마음

처음

•천산야• 명상집 하나

도서 출판 맑은샘

들어가는 글

세상 사람들이 '마음'에 대한 무수한 이야기를 합니다. 그러나 이 '마음'이 뭔가 어떻게 작용하는가는 정립되지 않았다 할 것입니다. 그리고 우리는 삶과 인생, 삶과 죽음에 대하여 잘사는 인생과 운명은 무엇인가, 어떤 이는 저렇게 호사하며 사는데 어떤 이는 왜 그렇게 불행스럽게 살아야 하는가에 대하여 온 세상 사람들은 무수한 말을 합니다. 사람들은 성장하면서 세상의 모습과 삶의 의미에 대해 눈을 뜹니다. 그러면서 인생을 되돌아보며, 나 자신의 마음에 대하여 인식합니다. 세상의 무의미와 혼돈, 그리고 고통과 절망이라는 것을 마음에 담게 됩니다. 되돌아보니 살아온 인생에 대한 자책감과 회한, 세상은 너무나 불공평해 보였고 그것은 내 마음속에 깊은 의문이 되기도 합니다.

가족과 함께하면서 내 마음속에는 그들의 아픔을 달래고 서로를 위로하며 살지만, 그것으로 나 자신의 모든 의구심이 사라지지는 않습니다. 세상에 올 때는 내 마음대로 온 것은 아니기에 한때는 희망을 품어보았던 시절도 있었을 것이나, 그것은 한때 지나가는 한낮의 소나기처럼 한순간의 꿈이었음을 알게 되고, 되돌아보니, 남는 것은 삶에 대해 허무함만이 남습니다. 그리고 이제 인생의 먼 길을 가야만 하는 저녁노을 석양이 되어 내 마음에 회한으로 남을 것입니다.

사람들은 자신의 삶이 무엇인가의 본질도 모르고 살면서 온 세상에 떠도는 무수한 말에 나 자신을 던져버립니다. 그리고 우리는 이 세상에 아무런 도움이 안 되는 욕망에 매달려 모든 것을 바치고 살아갑니다. 오직 출세와 나 자신의 보신을 위해 조직과 상사에 충성하고, 양심을 팔고, 허망한 지위와 명예를 거머쥐고 한세월을 그렇게 살다 마감합니다. 우리는 그러한 세상의 욕망과 집착에 매달려 살지만 결국 허망함을 보게 되고 세상이 갈망하는 부와 지위와 명예, 나의 꿈은 점차 나이가 들어감에 따라 그 의미를 점차 잃어갑니다.

살아남기 위해 우리가 몸부림쳤던 그 시절을 허무한 마음으로 되돌아보고 인간으로 태어났으므로 살아야 하는 이 거친 세상을 겪으며 위선과 탐욕을 혐오하게 됩니다. 그리고 자신의 야망과 집착을 부끄럽게 여기며 그것은 한순간의 꿈이었음을 알게 되고, 인간의 진실한 의미와 가치가 무엇인가를 찾아 나서게 됩니다.

이 세상에 과연 인간이 믿고 의지할 절대적인 진리가 있는지, 그리고 영원함이라는 의미와 신성함이라는 것이 존재하는지를 우리는 개념 없이 찾습니다. 그리고 과연 인간으로 태어나 살면서 나의 삶 전체를 좌우하는 절체절명의 과제는 무엇인가를 생각하게 되며 우리는 생각합니다. 만약 절대적 진리와 인간의 의미가 존재하지 않는다면 인간의 덕목에 대하여 우리가 알고 있는 이러한 모든 관념은 허위에 불과하며, 완전한 신성과 진리, 인간의 가치와 의미가 존재한다면 세상 사람들은 선행하지 말라고 해도 우리는 스스로 양심을 지키며 살아갈 것입니다. 그러나 문제는 아무리 둘러보아도 하늘에는 허공밖에 없었으며 신성한 의미나 그 어떤 것도 보이지 않을 것입니다. 아무것도 없는 이 허공 속에 그 무엇이 있다고 사람들은 야단법석을 떠는 것인가, 어떤 이는 회의감을 느낄 것이고, 누구는 아직도 그 희망의 꿈, 야욕의 꿈을 꾸며 살아가기도 할 것입니다.

세상은 약육강식의 논리만이 지배했고 혼돈과 무의미, 부정, 폭력과 부조리가 난무하고 있으므로 누구라도 이야기하는 신, 절대자라는 자애로운 손길을 어느 곳에서도 찾을 수 없을 것을 것입니다. 그리고 아무리 내가 바른 이치대로 살아간다고 해도 훌륭한 사람이 된다는 그 보장된 약속은 보이지 않음에도 사람들은 말합니다. 무엇을 알고자 하여 이치에 맞지 않는 무수한 이야기를 하고 있고, 진리의 갈증을 풀기 위해 배운 현대학문은 파고들면 들수록 나 자신을 불가지론자로 몰고 갑니다. 그런데 그러한 것은 내가 남과 무난히 어울려 살아가는 계산 빠른 소시민을 양산하는 말일 뿐 그것으로 우리에게 어떠한 희망도 제시해 주지 않았다는 것을 알게 됩니다.

이 시간에도 누구는 많은 학문(지식)을 섭렵할 것이고, 인류사가 어떻고 무엇이 어떠하며 등을 이야기하지만, 그것은 내가 이 세상에 살아가기 위한 객관적인 지식에 불과할 뿐이고 그런 것이 내 마음에 자유를 가져다주는 것과는 무관하다는 것을 후에 알게 될 것입니다. 더심각한 문제는 현대학문의 잘못된 가르침으로 인해 인간이 의지하고 살아갈 삶의 근거를 상실하게 하고 있다는 사실이고, 물질의 개념으로 우리는 경험적으로 분석하고 검증 가능한 것만 다루는 현대학문은 결국 눈에 보이는 것만을 대상으로 삼음으로써 인간에게 가장 소중한 의미와 가치를 외면하고 있는 것입니다.

나는 〈물질이치−진리이치〉의 개념이라는 말을 하는데, 항상 생각하는 동물인 인간에게 그 의미와 가치를 바르게 제시하지 못하는 지금의 사회교육은 진리이치에 대한 말을 전혀 하지 못하고 있고, 보이지 않는 진리이치에 대한 것은 가르치지 않고 물질의 이치만 이야기하고 있었으므로 사람들은 그 기준을 잡아가지 못하고 살아갑니다.

인간은 평생 살아가면서 자신이 하는 모든 일에 계속적인 의미를 부여하며 살아갑니다. 따라서 본질에서 진리이치가 아닌 물질의 이치에 대한 의미를 추구하며 살아가는 인간에게서 삶의 가치와 의미가 없어졌을 때, 진리이치가 마음에 확고하게 뿌리 내리지 못하면 삶 전체의 의미가 사라지며 동물적인 생존밖에는 남지 않을 것입니다. 이처럼 인간을 무의미하고 무가치하게 만드는 현대문명은 누가 만들었는가, 그 야만성 속에서 어떻게 인간에게 진정한 삶의 가치를 무엇으로 찾을 수 있느냐 하는 것이 최대의 문제라 할 것입니다. 많은 사람은 자신이 가지고 있는 관념과 사상으로 '진리와 인간'이라는 최대의 관심에 대해 무수한 이야기를 하고 있지만, 지금까지도 인간은 탐구와 방황이라는 것을 동시에 합니다. 그 이유는 바로 '물질이치-진리이치'의 개념에서 물질이치만으로 이야기하기 때문입니다.

  이러한 인생 전반에 걸친 문제를 해결하기 위해 우리는 나름대로 학문과 신앙의 세계를 알려고 합니다. 그러나 이 우주에 유일한 신이 있고 절대자 혹은 그 무엇이 인간에게 절대적인 신성이 있다고 외치는 종교적 주장은 그들만의 사상일 뿐이고, 이같이 불확실한 존재에 대한 믿음은 편협한 주장에 불과하며 철학자들이 내세우고 있는 무수한 주장은 근거 없는 가설로, 보면 볼수록 더욱 여러분을 혼돈과 판단을 흐리게 하는 결과로 빠트리고 있다는 사실입니다. 오늘날 종교계에서는 신의 존재성을 여러 가지 증거로 제시하였지만 결국 논리를 비약하여 말하는 것뿐이고, 이 우주 천지에 그러한 존재가 없음에도 그들은 오직 신만이 모든 진리의 근원이라고 강변하는 것에 불과합니다.

진리를 찾아 헤매는 여러분에게 '지식'은 더 이상의 답이 되지 못합니다. 인생의 근원적인 문제에 대한 해답은 논리적 지식 속에 있는 것이 아니라 오직 '진리이치'를 아는 그 자체에만 존재할 뿐이고 이에 대한 답은 나 자신이 가지고 있는 마음에 변화에서 온다는 것을 깨달은 사람도 없을 것입니다. 우리는 이같이 인생의 근원적인 문제에 대한 답을 논리적 지식 속에서 찾으려 하지만, 잘못된 관념은 나를 오랜 방황으로 이끌 것이고, 나의 인생이 모두 피폐해진 뒤에 알게 될 것입니다.

　그래서 바른 의식으로 옳고 그름을 스스로 정립하지 못하면 결국 나라는 존재는 인생에 대한 고뇌와 방황으로 만신창이가 될 것이고 우리는 생명을 걸고 마지막으로 그 무엇을 찾게 될 것이나, 문제는 무엇을 찾고 그 무엇에 내 마음을 걸 것인가의 문제만 남아 있다 할 것입니다. 따라서 『마음』은 인간이 누구나 가지고 있는 '마음'이라는 것이 무엇이고, 어떻게 작용하고 존재하는가에 대한 의구심을 이 한 권의 책으로 이해할 수 있을 것이며, 여러분 인생 여정에 참된 길잡이가 될 것입니다.

2016年 4月
천 산 야

존재의 이유

　　　　　　　　　　　　　　'나는 왜 이 세상에 존재하는 것인가?'에 대한 이야기는 21세기를 들어선 지금도 결론이 나지 않는 이야기이며 이것은 오늘날 과학문명이 발달한 지금 현존하는 종교의 입장에서도 이에 대하여 다 다른 말을 하는 것도 사실입니다. 우리가 알아야 할 것은 '나는 왜 이 세상에 존재하는 것인가?'에 대한 정립을 스스로 의식으로 하지 못하면, 우리가 지금까지 그래 왔듯이 이 부분에 관한 논쟁은 계속될 수밖에는 없다는 것입니다. 그러므로 '왜, 무엇 때문에 내가 존재해야 하는가.'의 개념을 먼저 정립해야만 그다음 이야기가 전개될 수 있습니다. 이것은 마치 삼거리에서 '나'라고 존재가 길을 선택을 할 때, '무엇이 있으므로 존재한다.'와 '나를 존재하게 하는 것은 없다.' 라는 것 중 어떤 것을 자신이 선택하느냐에 따라 인생 여정의 종착지, 또는 목적지가 다르게 되는 것과 같습니다. 그러므로 '나는 왜 이 세상에 존재하는 것인가?'에 대한 개념정립은 필수라 할 것입니다.

　예를 들면, 우리가 일반적으로 알고 있는 기도(祈禱)와 염불(念佛)은 '무엇이 있다.'라는 것을 전제합니다. 결론부터 말하면, 이 '기도'와 '염불'이라는 것은 타력의 개념이므로 이 말은 사실 진리적으로는 아무런 의미가 없는 것입니다. 종교를 어느 정도 이해를 한다면, 기본적인 기도(祈禱)와 염불(念佛)에 대한 이해는 어느 정도 있을 것이고, 실제 이 글을 보는 여러분도 자신이 직접 경험을 해보았거나, 혹은 주변을 통해서 알고 있을 것입니다. 일반적으로 여러분이 아는 기도(祈禱)와 염불(念佛)에 대한 부분을 진리적으로만 이야기해 보면 다음과 같습니다.

문제는 '무엇이 있다, 없다'의 개념과 '자력, 타력'의 개념으로만 보면, 기도(祈禱)에 대하여 일반적으로 말하는 사전적인 의미는 기도는 '천지신명(天地神明), 신(神), 부처, 절대자 등에게 자신의 소원을 빌어서 가호와 위력을 받으려 하는 것, 또는 구하는 것'이라고 정의하고 있고 이같은 대상에게 비는 의식, 나를 의지하는 것을 말합니다. 이러한 것은 인간이 지구 위에 존재하면서 인류 역사이래 해왔던 내용이고, 지금도 이 같은 행위는 종교를 가지고 있는 사람들이라면 각자의 종교적인 사상에서 기본적인 신앙적인 행위로 하고 있을 것입니다. 그런데 문제는 기도(祈禱)와 염불(念佛)이라는 것이 합당한 것이다, 아니다를 떠나서 먼저 정립이 되어야 하는 부분은 바로 위에 말하는 천지신명(天地神明), 신(神), 절대자, 부처 등등과 같은 어떠한 대상이 있는가의 문제인데, 천지신명(天地神明), 신(神), 절대자, 부처 등등과 같은 어떠한 대상은 진리적으로 존재하지 않습니다.

이같이 말하면 각자의 사상이나, 관념에 따라 무수한 의견의 대립이 있을 수 있겠지만, 이 부분의 정립이 먼저 되어야 하며, 그다음 이 결과에 따라서 우리가 하는 일반적인 기도, 염불이라는 것이 타당한 것인가가 논의되어야 할 것입니다. 이 관점에서 내가 말하는 이야기에 대하여 여러 의문을 제기할 수 있을 것이나, 나 자신이 가지고 있는 관념, 관점을 떠나 객관적으로 본 책에 이야기하는 내용을 보면 앞으로 내가 하는 말을 깊게 들여다볼 수 있을 것이며 각자의 의식에 따라 이 말이 무슨 말인가를 이해하게 될 것입니다.

기도(祈禱)와 염불(念佛)을 하는 것은 외부에 '그 무엇이 존재한다.'라는 것을 전제로 하는 행위라고 나는 말했습니다. 그러므로 나 자신이 하는 기도와 염불의 행위는 '나'와 '대상'이 있다는 것을 전제로 하는 것이기 때문에, 이 대상에게 의지하는 것으로 정립할 수 있을 것이나, 진리적으로 보면 우리가 생각하는 그러한 대상은 존재하지 않는다는 것이 진리적인 입장입니다. 자력(自力)과 타력(他力)은 서로 반대되는 개념이고, 이것은 진리적으로 같이 공존할 수 없는 개념이 되기 때문에 이 부분을 여러분이 먼저 이해를 해야 할 것인데, 다시 말하면 나에게 어떠한 영향을 주는 존재가 있는가, 없는가에 따라서 모든 이야기는 앞서 말한 대로 두 갈래로 분리가 되고 그 결과는 달라지기 때문입니다. 불교의 근본 사상을 보면 누구는 '자력 신앙'이라고 하고 누구는 또 '타력'이라고도 말하기도 하며, 최근에는 이 두 가지의 개념을 섞어 자·타력의 신앙이라고 이야기하는데, 이 말은 아직도 이 자·타력의 개념이 정립되지 않았음을 의미하고 진리적으로 대상이 있는가, 없는가의 문제가 정립되지 않았음을 의미합니다. 여러분이 지금 기도나 염불과 같은 것을 하고 있다면 아마 뭐가 있다는 것을 전제로 할 것인데 과연 무엇이 있는가입니다.

따라서 자력이란 그 어떤 것도 없다는 개념이고 타력이라는 것은 그 무엇이 있다는 것을 전제하는 것인데, 현존하는 종교 대부분은 '타력'의 개념으로 무엇이 있다는 것을 전제로 합니다. 그러므로 일반적인 사전(事典)도 대부분 이같이 그 무엇이 있다는 것을 기반으로 형성된 말에 대하여 의미를 설명한 것에 불과한 것으로 이 말은 사전에 있다고 하여 그 말이 사전에 있으므로 맞다고 생각한다면 착각입니다. 바꾸어 말하면, 진리적인 차원에서의 이 근본이 명확하게 정립되지 않았다는 것이고, 이 말은 다시 '진리이치'라는 것을 깨닫지 못했으므로 이 근본이 정립되지 않았다고 해야 맞는 말이 됩니다.

타력의 개념으로 무엇이 존재한다고 할 때, 이 대상에게 하는 기도(祈禱)와 염불(念佛)이라는 것이 성립되는 것이고, 자력이라고 하면 나 스스로라는 의미가 있으므로 이 경우는 대상이라는 것은 결과적으로 의미 없는 말이 된다는 뜻입니다. 결과적으로 '진리이치'에서 보면 이같이 나에게 어떠한 영향이나, 간섭하는 이 같은 신(神)적인 존재는 없다는 사실이고 무엇이 있다는 개념은 진리와 상관이 없는 말 민속신앙, 무속신앙에서의 개념일 뿐입니다.

따라서 일반적으로 기도와 염불은 각각의 종교 나름대로 어떠한 존재가 있다는 것은 믿는 사람들의 처지에서 보면 어쩌면 당연하게 '그 무엇'의 존재가 있다고 생각할 것입니다. 그러나 진리적으로 그것은 존재하지 않으므로, 그것은 종교를 믿는 사람의 사상에서만 존재하는 것뿐입니다. 진리적으로는 이같이 존재하는 대상은 없으므로 이치에 맞지 않는 기도와 염불을 한다고 하여 과연 자신이 원하는 바를 얻을 것인가의 문제는 여러분도 확신하지 못할 것입니다. 이것은 과거 인간이 무지했던 시절, 호랑이 담배를 피우던 시절이나 있었던 말과 같습니다. '지구는 네모나다.', '달에는 토끼가 산다.'는 것을 믿었던 그 시대는 응당 이와 같은 것이 있다는 관념이 강했지만, 대명천지 이 시대에 이같이 천지신명(天地神明), 신(神), 절대자, 부처 같은 존재들이 없다고 하는 사실은 쉽게 알 수 있으므로 갈수록 종교가 쇠퇴하여가는 원인 중에 하나가 될 것입니다. 이 말은 인간의 의식이 깨어 있는 이 시대에 이러한 신비주의에 대한 것이 없어졌기 때문입니다. 이 말은 인간이 무지했던 시절에는 이 같은 말을 개념 없이 믿었을 뿐이며, 의식이 깨어 있는 이 시대에 이 같은 말은 달에 토끼가 산다는 것과 같은 개념이라 할 것입니다.

'이 지구 상에 생명체는 왜 존재하는가'를 이해하기 위해서 반드시 여러분이 자력과 타력의 개념을 정립해야 한다고 나는 말했습니다. 그런데 각각의 종교는 자신들의 사상의 이념에 따라 자신들만의 수행법을 이야기합니다. 그리고 이 사상에 따른 방법(인간을 어떻게 한다는 사상)을 무수하게 이야기합니다. 예를 들어 불교의 경우 부처라는 대상이 있다는 것을 전제로 하고, 모든 말이 만들어져 있고 우리는 이것을 믿는 마음으로 모든 것을 대입하여 생각합니다. 그러므로 이 대상을 의지하며 부처의 색상이나 법신의 실상을 보는 관상 염불, 또는 아미타불과 같은 부처의 명호를 부르는 칭명 염불 등이 있고, 또는 염불을 정신수양의 한 방법으로 이야기하면서 천만 가지로 흩어진 나의 정신을 일념으로 통일시키고 정신을 안정시키는 방법이라고 하기도 합니다. 그리고 이 같은 것을 하여 결국은 나의 괴로움을 없애는 공부법이라고 하기도 하지만 결론적으로 이 같은 것은 그 어떠한 대상이 있다는 것을 전제로 하는 것이므로 진리적으로 이 같은 대상은 존재하지는 않습니다. 그러기에 뭐가 있다(타력의 개념)는 것과 뭐가 없다(자력의 개념)는 것을 먼저 여러분이 정립해야 한다는 이야기입니다.

지구 상에 종교가 많이 있지만, 다른 종교는 의미 없고 여기서는 불교와 관련된 부분으로만 이야기하겠습니다. 이같이 불교에서는 어떠한 존재가 있다는 것을 전제로 하고 자신이 목적하는 바를 이루기 위해서 염불 기도의 방법을 이야기합니다. 그것을 보면 몸의 자세, 음성, 정신 등에 관련한 일곱 가지가 있다고 하고 그 방법을 오래오래 따르면 염불 삼매를 얻게 되고 자신이 원하는 극락을 얻게 된다고 합니다. 이같이 하는 염불 기도의 공덕으로 나타나는 것은 자신의 행동 중에 경거망동하는 일이 차차 없어지고 병(病)이라는 것이 사라지고 피부가 좋아진다고 하고, 또 기억력, 인내력 등등이 생겨난다고도 말합니다. 이 밖에도 무수한 이야기가 있지만, 의미 없고, 이 말대로 된다면 인생 뭐 걱정 할 일이 하나도 없을 것입니다. 그야말로 이 말대로라면 모든 것이 다 해결되니 문제 될 것이 하나도 없을 것이나 바로 이 같은 것이 종교적 사상에 따른 것으로, 실제 이러한 것은 진리적으로 아무런 의미가 없습니다. 그래서 앞서 이야기 한 대로 자력이냐, 타력을 믿는가에 따라 여러분의 인생은 달라진다고 이야기한 것입니다.

그런데 진리적 측면에서 보면 자업자득·인과응보의 이치의 개념으로 진리라는 것은 '자력'이므로 타력이라고 하는 것은 의미 없으며, 오로지 내가 지은 대로 내가 받는다는 이치가 존재합니다. 실제 여러분도 뭐가 안되면 '다 내가 타고난 것이지'라고 무심코 이야기할 것이나, 실제 이것은 자신이 진리이치의 개념을 알지 못하고 하는 말에 불과합니다. 이 말을 하는 여러분이 위에 말한 기도 염불이라는 것을 한다면 상호 배치되는 것이라는 것을 알게 될 것입니다. 그러므로 이 같은 것을 하여 내가 이같이 변할 것이라고 하는 그 마음은 바로 타력의 개념이라는 사실이며 불교도들이 이 같은 말을 믿고 수행이라는 그 무엇을 하면 착심이 없어지고 자성의 혜광이 나타나고 극락을 수용하게 되며 생사에 자유를 얻게 된다 등의 말은 의미가 없습니다. 그 이유는 착심, 자성, 극락, 혜광, 생사자유라는 것이 근본적으로 정립되지 않고 이 같은 말은 의미 없기 때문입니다.

다시 말하면 뭐가 나타나고 나타나지 않는지가 중요한 것이 아니라 자성이 무엇이고, 혜광, 극락, 생사의 자유 등과 같은 것이 뭔가가 우선 정립이 되어야 한다는 말입니다. 이것이 정립되지 않는 않고 이 같은 말을 죽을 때까지 말해봐야 의미 없습니다. 그러나 여러분들이 그동안 이 같은 말을 믿고 사상적 이념에서의 이 수행이라는 것을 해본 사람들은 다 이 같은 것을 얻었으며 되었는가입니다. 물론 자신의 처지에서 그렇게 믿을 것이나, 그것이 지속하여 자신의 마음에 뭔가 남았는가를 스스로 생각해보면 내가 무슨 말을 하는가 이해하게 될 것입니다.

중심中心

　　자업자득(自業自得)이라는 말을 입버릇처럼 입에 달고 삽니다. 종교라는 것을 알아도 모른다고 해도 대부분은 〈자기 스스로 선악의 업을 지어 스스로 고락의 인과응보를 받는 것〉이라는 개념은 이해할 것입니다. 여기까지는 누구라도 이해를 하겠지만, 문제는 이 고(苦)와 락(樂)이라는 것이 왜 생기고 어떻게 하면 없어지는가에 대한 이야기는 온 세상 사람들이 이야기하는 것마다 다 다른데, 그 이유는 〈진리이치〉라는 것을 모르기 때문입니다. 이것을 다른 말로 자인자과(自因自果)의 법칙'이라고도 이야기하는데 이 말은 모든 원인은 나에게 있으며 그 원인으로 내가 그대로 받는 것이라는 개념입니다. 그런데 자인자과(自因自果), 자업자득(自業自得)이라는 말, 단어를 만든 사람은 과연 진리적으로 그 이치가 존재하는 것을 알고 이 단어를 조합했는가의 문제가 남게 될 것입니다.

　　여기서 알아야 할 것은 이 말을 만든 사람이 진리 이치를 알고 만든 것이 아니라. 물질의 이치에서 이 단어를 생각했고 만들었다는 이야기입니다. 따라서 "콩 심은 데 콩이 나고 팥을 심은 데는 팥이 난다."라는 보이는 물질에서 이치에서 이같이 만들었다 할 것이고 이 말뿐 아니라 인간이 사용하는 모든 단어는 이같이 보이는 형체, 현상을 보고 그것을 글자, 문자화했다는 것은 이미 여러분도 다 아는 내용일 것입니다. 따라서 자업자득(自業自得)이라는 말은 "자기가 짓고 남이 받거나 남이 짓고 자기가 받는 법은 없다."라는 말인데, 그렇다면 내가 짓고 내가 받는 것이라고 한다면, 우리가 기도하고 그 어떤 대상을 의지하고 무엇을 바라는 것과는 정반대의 개념이라는 것도 이해가 될 것입니다. 그런데 우리는 어떤가? 지금 여러분이 하는 행동은 이같이 바라는 개념에서 〈타력적 신앙〉을 마음에 대부분이 두고 있다는 것을 알아야 합니다.

참으로 안타까운 것은 이 같은 자인자과(自因自果), 자업자득(自業自得)이라는 말을 하면서 대상에게 기도하고 비는 행위를 하는 모순을 범하고 있다는 그 자체도 모르고 사는 인간 무수하게 있습니다. 따라서 세상에 존재하는 모든 종교는 이같이 '신앙의 대상'에게 비는 행위를 합니다만, 내가 말하는 법, 진리이치 라는 것은 신앙의 대상, 상징물이 없는데, 그 이유는 진리라는 그 자체는 어떠한 조형물로 표현할 수 없는 무와 공 그 자체이기 때문입니다. 하지만 무와 공이라고 하여 공기 속에는 아무것도 존재하지 않지만, 〈진리의 기운〉이라는 것 마음이라고 생각하는 그 자체가 〈기운〉의 형태로 존재하므로 이것을 나는 '자연의 기운'이라고 했고, 이것을 인간은 〈마음〉이라고 느끼고 있는 것이라 이야기했습니다. 따라서 이 마음으로 짓고 행하는 일체의 행위는 곧, 식(識-진리의 개념을 이해하기 위해서 표현하는 단어임)이라는 것으로 남고 그것이 그대로 나에게 되돌아오는 것이 바로 진리 이치의 작용인 자인자과(自因自果), 자업자득(自業自得)의 개념이 됩니다.

따라서 기도(祈禱)라고 하여 종교 신자들의 신앙 행위로서 종교의 공통적 특징의 하나로 하는 행위. 일정한 목적을 가지고 신앙의 대상에게 가호를 비는 일과 같은 것, 또는 탄원, 감사, 고백, 간청, 찬양과 같은 행위, 소원성취를 비는 신앙 행위는 사실 진리 이치에서는 존재하지 않으며 이같이 하는 것이 맞는다고 하는 것과 종교적으로 사용하는 말인 자인자과(自因自果), 자업자득(自業自得)이라는 말과는 정면으로 배치되는 말이므로 반대되는 개념이므로 이 판단은 여러분 스스로 의식으로 정리할 수밖에는 없다 할 것입니다. 따라서 우리는 현재의 〈나〉라고 하는 이 마음에 느끼는 괴로운 정도, 차이에 따라서 인생은 살만하다고, 또는 허망하다고 말하는 것도 궁극적으로 내가 짓고 내가 받는 자인자과(自因自果), 자업자득(自業自得)의 작용으로 그 차이가 만들어진다는 것을 알아야 합니다.

그러므로 인생 살만하다, 허망하다 등의 말도 다 이 자인자과(自因自果), 자업자득(自業自得)의 작용에 따라 느끼고 생각하는 관념이 생겨납니다. 그러므로 이것에 따라 허망한 고통도 즐거움도 나타나는 것이고 〈내 마음으로 작용〉만 나타나게 되어 있으므로 이것을 떠나, 별도로 그 대상이 존재하고 그 누가 주는 고통도 즐거움도 없으며, 내가 느끼는 고통은 또 허망한 것이고, 원인 없는 결과는 없고 이유 없이 일어나는 일은 없다는 것이 진리의 이치이므로 이 같은 개념을 정립하지 못하고 있으면서 우리는 막연하게 인생이나 운명 따위와 같은 이야기를 하고 있다는 자체는 모순입니다.

먹어봐야 알고, 당해봐야만 후회하고, 아파봐야 아픔이라는 것이 뭔가를 알고, 지금 당장 불필요한 것으로 생각하면 마음도 관심도 두지 않고 사는 것이 바로 인간이라는 동물이고, 나라는 우물에 빠져 허우적대고 있다는 것은 매우 안타까운 일이라 할 것입니다. 자업자득(自業自得) 인과응보의 이치에 따라 나는 존재하며, 따라서 허망한 고통은 본래 없고, 고통은 또 허망한 것이며. 원인 없는 결과는 없고 이유 없이 일어나는 일은 없다는 사실을 명심해야 합니다. 따라서 본 〈마음〉 책은 우리가 알고 있는 기존의 관념과 다를 수 있지만, 진리이치에 맞는 내용이므로 나 자신이 가지고 있는 관념과 주관을 떠나서 객관적으로 보면 무엇이 옳고 그름인가를 알 수 있을 것입니다.

선택

생명체가 태어나는 것은 '자연의 이치'에 따를 뿐인데, 누구에게 '선택'을 받았다고 하는 것은 무슨 말인가. 진리적으로는 이처럼 누가 누구를 선택하고, 누구를 선택에서 제외하고 등의 그러한 이치는 존재하지 않는데, 여기서 '선택'이라는 것은 어떠한 존재가 있고, 그 힘으로 좌우되는 것을 의미합니다. 그러나 진리의 세계는 이같이 물질의 개념으로 '어떠한 존재'라는 것은 없으므로, 누가 '선택'을 한다는 논리는 성립될 수 없고 '그럴 것이다.'라고 인간들이 믿는 것뿐입니다. 나는 물질이치, 진리이치 이 두 가지에 관해 이야기하는데 진리이치라는 것은 보이지 않는 '비물질의 세계'이고, 물질의 이치는 '나타나 있는 세계'를 의미합니다. 물질이치는 눈으로 보이고, 진리이치는 보이지 않지만 '기운'으로 작용하는 것이기 때문에 이 진리의 세계는 물질의 논리로 절대 대입해서 말할 수는 없으므로 양자물리학과 같은 개념으로 비(非)물질의 세계를 논할 수는 없습니다. 예를 들면 담배 연기는 물질인데, 이것이 공중 날아가 분해를 했다고 하더라도 그것은 물질의 개념으로 남아 있는 것과 같은 개념입니다.

따라서 이 개념으로 '선택'이라는 말은 뭐가 있다는 물질의 개념인데, 누가 있다는 것을 전제로 하고 있는 말이고 대상이 있다는 것을 의미하는 말이나, 이 말은 진리적으로 맞지 않습니다. 불교식으로 무와 공이라고 한다면 이 선택의 개념은 맞지 않으므로 선택을 받는다, 구원을 받는다고 하는 말도 진리적으로 의미 없다는 것은 당연합니다. 그러므로 나를 누가 선택했다는 것은 존재할 수 없는 말이 되므로 이 개념을 잘 이해하여야 할 것입니다. 앞서 이야기한대로 비물질의 세계는 오로지 '자연의 기운'만이 존재합니다. 우리가 반드시 정립해야 하는 부분이 하나 있는데 그것은 '진리'라는 단어입니다. 사전적으로 진리란 '사람의 생각, 지식, 견해 등에 상관없이 언제나 변함없는 정확한 사실을 진리라 말할 수 있다.'라고 정의하고 있는데, 이 말대로 진리를 말한다면 애당초의 그것, 그 말이 절대로 변하면 안 되는 것이어야 한다는 이야기입니다.

기운의 이야기를 다시 해보면 물질이치에서의 태양은 물질의 기운으로 빛이 있으므로 이 빛의 양이나, 세기를 확인할 수 있지만, 비(非)물질의 개념에서의 기운은 이처럼 확인할 수 없습니다. 다 같은 '기운'이라는 말을 하지만 다르다는 것을 정립해야 하므로 이것을 대입하여 몸의 기운(물질이치)으로 무슨 수련이라고 하여 마음(비물질)을 대입하여 깨달음을 이야기하는 것 자체가 맞지 않는다는 뜻입니다.

예를 들면, '산은 산이고 물은 물이지만, 산은 산이 아닐 수 있고 물도 물이 아닐 수 있다'는 말을 간단하게 '산은 산일 뿐이고, 물은 물일 뿐이다'고 하면 되지만, 위와 같이 '산은 산이고 물은 물이지만, 산은 산이 아닐 수 있고 물도 물이 아닐 수 있다'고 한다면, 이것은 쓸데없는 말에 불과합니다. 어떤 사람이 이 말을 하여 세간에 한때 관심을 받았던 말이기도 한데, 그 사람이 '산은 산이고 물은 물이다'고 한 것은 '진리를 깨달아 보려고 했지만, 나는 진리를 깨닫지 못했다.'라고 그 자신을 표현한 것뿐이므로 말 그대로 받아들이면 됩니다. 그런데 우리는 '산은 산이 아닐 수 있고 물도 물이 아닐 수 있다.'라는 식으로 추상적인 관념으로 무수논리로 한 말을 만들어 내는 것이 문제이며 진리적으로 산은 산이라는 말은 '진리는 진리일 뿐이다'라고 하면 되고, '나는 나일 뿐이다.' 라고 하면 되므로 이제는 이 말에 의미를 두지 않아야 한다는 말입니다.

문제는 이런 말과 마찬가지로 불교도 불교가 아닐 수 있다.'라는 말을 합니다. 이 경우에는 다른 종교도 마찬가지인데, 종교의 가르침이 변하지 않는 진리 같지만 모든 게 그러하듯 시간이 닿으면 변하기 마련입니다. 지금 종교라는 것도 이같이 무수하게 변하고 있는데, 이 이면에는 '종교도 시대에 맞게 변해야 한다.'라는 논리가 작용하고 있습니다. 종교의 가르침을 보면 기독교는 가톨릭, 개신교, 그리스교, 갈리

교, 유교도 시기에 따라 성리학, 양명학, 고증학 등 주류는 변했고 지금도 무수하게 변하고 있는데, 이것은 무엇을 의미하는가. 바로 진리의 측면에서 보면 그것은 진리, 진리의 말이 아니므로 변하는 것이고, 진리는 변하지 않는 것이 상식적입니다. 따라서 이같이 세월 따라 진리가 변한다, 변할 수 있는가의 문제입니다. '사상'과 '진리'는 그래서 다르다고 나는 이야기했는데, 사상이라는 것은 사람의 생각을 발전시켜나가는 것이므로 언제라도 시대와 환경에 따라서 변하게 되어 있는 것이 사상이며 진리(불변의 이치)라는 것은 이같이 변하면 안 된다는 것을 여러분이 정립해야만 합니다.

소위 종교적으로 말하는 '부처의 가르침'이라는 것도 세월 따라 인간의 상의 변화에 따라 이처럼 무수하게 변했고, 이것을 불교에서 말하는 애당초의 가섭의 '결집'이라고 말했던 그 말도 결국 무수하게 변해서 지금에 이르렀다는 것을 알아야 합니다. 애당초 석가모니는 하나의 인간이었고, 당시 성주의 아들인 왕자인 신분은 맞지만, 그가 진리를 공부하여 깨달아 부처가 된 것이 아닙니다. (이유는 그가 직접 남긴 말이 없으므로) 후에 그 부하였던 가섭에 의하여 결집이라는 것을 통해서 불교가 만들어졌다는 것은 여러분도 다 아는 내용일 것입니다. 이것은 과연 무엇을 의미하는가. 이처럼 만들어진 것이 불교의 기본이 되었지만, 이것은 온전하지 않은 말이므로, 후에 다시 4차까지의 결집을 통해서 무수한 사상과 말이 첨가되었습니다. 다시 다양한 부파불교를 거쳐 상좌부 불교와 대승불교로 갈렸으며, 한국의 불교는 인도에서 히말라야 산맥을 넘어 중국으로 전래한 대승불교를 받아들였고 이때에 첨

가된 것이 용수보살 등과 같은 보살의 사상이며, 무수한 중국 고승들의 말을 우리는 부처가 한 말이라고 보고 있으니, 어찌 이것이 부처가 한 말이 되는가입니다.

여시아문, 불성, 아난은 다음과 같이 말했다는 식으로 모든 말이 되어 있으므로 실제 부처가 직접 한 말은 없다고 할 것입니다. 따라서 우리가 아는 무수한 경들을 보면, '반야심경, 금강경' 등은 대표적인 것으로 이것은 대승불교에 이르러서 만들어진 것이라는 것을 알고 불교를 믿는 사람은 별로 없을 것이며 설령 있다고 해도 그 근본까지는 알지 못할 것입니다. 이처럼 발달해서 변하는 과정을 통해서 대승불교는 다시 유식학과 공 사상을 적극적으로 받아들였고, 중국에서는 화두와 선 수행을 강조하는 선불교가 발전하기도 했으며, 그래서 한국에서 불교를 말할 때는 '부처의 가르침'이라는 말과 이러한 과정을 통해서 우리는 전부 '부처의 가르침'이라고 하여 함께 섞어서 이야기하고 있을 뿐이며, 이러한 말들이 마치 '진리말', '부처가 한 말'인 것으로 믿고 있다는 사실을 알아야 합니다. 따라서 근본적으로 보면, 애당초 부처가 한 말도 없을뿐더러, 진리의 말이라고 할 것도 없다는 이야기가 됩니다.

이처럼 '사람의 생각, 지식, 견해 등에 상관없이 언제나 변함없는 정확한 사실을 진리라 말할 수 있다.'라고 사전적으로 진리에 대한 말을 정의했으며 했음에도 불교는 긴 세월 속에 무수하게 이같이 세월 따라, 각자 처지에 따라서 변해온 말을 하고 있는데, 이같이 무수하게 존재하는 경(經)이라는 것에 모든 말이 과연 상식적으로 보편·합리적으로 이치에 맞는 '진리의 말'인가입니다.

따라서 이같이 전해져온 말이 불교는 "부처님의 가르침이니, 부처님 가르침으로 충분하지 않으냐." 라는 말을 하지만, 그러나 내면으로는 무수한 의구심을 가지고 일부의 학자들은 보고 있습니다. 따라서 이같이 사상적으로 발전한 불교에는 알 수 없는 다양한 경전이 있고, 그 경전들은 제각각 성립 시기가 천차만별이고 사실 누가 말했고 누가 만들었는지 알 수는 없습니다.

예를 들면 이 아함경의 말이 진리의 말이라고 한다면 절대로 손대지 말아야 할 것인데, 문제는 이것마저도 개개인의 해석과 취향에 따라 지금도 무수하게 재해석되는 것이 현실입니다. 예를 들면 어떤 사람이 이 경(經)은 부처의 말을 정리한 것이라고 무수하게 이야기하는데, 이것은 무엇을 의미하는가? 그것은 바로 진리의 말이 아니므로 이같이 세월에 따라 무수하게 변합니다. 이것은 무엇을 의미하는가. 바로 그 무수한 말은 '진리의 말'이 아니라는 것을 의미합니다. 이같이 만들어진 말(경이라고 하는 것)이 고대 인도어인 산스크리트어로 되었고 다시 중국으로 건너가 한자로 번역되었고, 다시 한국어로 번역된 것을 우리는 모두가 부처가 한 말이라고 알고 있을 뿐입니다.

어찌 되었던 '진리'라는 말을 하지만 이같이 자신들의 처지에 따라서 가공하여 말하는 것이 이치에 맞는가인데, 진리는 진리자체일 뿐으로 '진리'와 '진리이치'라는 말을 분별해야 합니다. 예를 들면, 진리는 태양과 같은 것으로 임의대로 인간이 가공할 수 없는 것이라고 한다면(손 댈 수 없는 것) '진리이치'란 태양이 작용하는 것을 이야기하는 것이므 로 진리의 말과 진리라는 것은 다릅니다. 그러므로 부처가 있다는 것 과 부처가 한 말이라는 것도 근본적으로 개념정립이 필요하고 문제는 부처라는 것은 애당초 존재하지 않는 사상적 관념이라는 사실을 알아 야 합니다. 이 부분도 여러분이 잘 정립해야 하는데, 따라서 우리가 보 통 말하기를 '진리의 선택을 받았다는 것은 행운이다', '나를 선택해 주 세요.', '구원을 받게 해주라.'라는 식의 말은 애당초 성립될 수 없다는 뜻이 됩니다. 다시 말하면 태양이 누구를 선택할 수 있는가 이 부분이 문제이고, 진리자체는 스스로는 선택하지 못하지만, 생명체에게 평등 하게 존재할 뿐이므로 이같이 '선택'이라는 것에 더 이상의 어떠한 의 미는 둘 필요는 없다 할 것입니다.

다시 이야기하면 태양이 비추는 빛의 작용이 있으므로 진리도 마찬 가지로 진리 자체로(자연은 자연대로) 존재할 뿐입니다. 다만 그 작용을 나는 '진리이치'라고 말하는 것이고, 어떤 대상이라는 것은 끼어들 여 지가 없습니다. 그러므로 '진리의 선택을 받았다는 것은 행운이다', '나 를 선택해 주세요.', '구원을 받게 해주라.'라고 믿는 것은 인간적인 감 성일 뿐이고, 착각이고, 진리와 진리이치가 뭔가 본질을 알지 못하기에 하는 말에 불과합니다.

선택이라는 말은 '진리이치'에 맞는 말을 따르는 것을 선택의 개념으 로 정리하면 되는 것이고, 절대자에 의해서 내가 선택을 받고 있다고 하는 말과는 차원이 다릅니다. 생명체는 오로지 자업자득·인과응보의 이치에 따라 진리 속에 왔다가 진리 속으로 갈 뿐이므로 누가 인위적으로 개입될 여지가 없습니다. 생명체는 진리 속에 살므로 '진리이치'라는 것을 알고 그것에 맞게 살아야만 값어치 있는 삶이 되는 것이고, 내가 누구에게 선택을 받으리라는 것은 '나'라는 주관적 이치가 아닙니다. 진리이치에 순응하는 것이 최선이며 따라서 어떠한 것이 있다는 것은 나를 포기하고 믿는 것(타력의 개념)이고, '진리이치'를 아는 것은 '나'라는 것이 주관자가 되는 것(자력)이므로 개념이 다르다는 사실을 정립해야 합니다. 이 두 가지 상황에서 나의 인생의 길은 어떠한 것을 내가 마음에 두는가에 따라서 그 길은 달라집니다.

선택과 구원은 바로 이 개념이며 "진리이치에 맞게 나를 도구로 써주세요", "도와주세요." 라는 것은 바로 이 타력의 의미인데, 대상을 설정하고 그 대상에 매달리고 의지하는 개념으로 내가 선택을 받고자 하는 것과 내가 '진리이치'를 알았으니, 그 '진리이치'에 맞는 삶을 살겠다.' 라고 하는 개념과는 다르다는 이야기입니다. 문제는 어떤 것이 맞는 것인가의 선택만이 문제라 할 것이며 이 부분은 여러분이 가지고 있는 고정 관념을 떠나서 객관적으로 깊게 정립해야 할 부분입니다.

마음 비움

많은 사람이 말합니다. "놓아버려라.", "비워라.", "마음을 비움으로 깨달음을 얻어 부처가 된다." 등등의 무수한 말을 하지만 무엇을 어떻게 비우는 것인가에 대한 답은 다 다릅니다. 내가 말하는 놓아버림, 마음 비움, 깨달음이라는 것은 내가 '이치'를 알고 그 이치에 벗어나는 것을 하지 않는 것이 '비움'입니다. 그런데 이것이 아닌 어떠한 수행을 하면 마치 뭐가 비워져서 바로 부처가 되고 괴로움을 없앤다고 이야기하는 데 착각이며 하나의 인간이라는 생명체로 왔으면 인간다움의 행을 하고 사는 것이 최선이라는 이야기입니다. 돈 조금 더 있어 봐야 의미 없다는 이야기고 세상에 태어났으면 밥, 세 끼만 먹고 살 수 있다면 그것으로 먹는 것은 될 것이고 그다음은 내가 진리이치에 맞는 마음으로 사는 것만이 최선이라는 이야기이므로 존재하지도 않는 부처가 될 것처럼 호들갑을 떨 필요 없고, 부처가 될 수 없다는 것만 알면 됩니다.

우리가 말하는 '웰빙'의 시대를 지나 '자연치유' 그다음은 무엇을 말할 것인가? 인간의 오만함이 극에 치닫고 있다 할 것이며, 우리가 부처를 본 사람이 하나도 없는데 우리는 부처를 찾고 있으며, 또 부처가 한 말이라고는 하나도 없는데 부처가 말했다는 그 말의 함정에 다 빠져 있다는 것은 매우 안타까운 일입니다. 그런데도 우리는 부처가 되고자 하는 어리석음을 생각한다는 사실입니다. 우리가 일반적으로 말하는 일반인들에게 '삶의 화두'는 과연 무엇인가입니다. 다들 하는 말이 돈 많이 벌어 잘 쓰고 사는 것이 화두이라는 말을 할 것입니다. '놓아버림', '비워버림'. 과연 무엇을 놓고 비울 것인가 무수한 말을 하지만 종교적 수행이나 사상으로 '놓아버림', '비워버림'을 할 수는 없습니다. 인간 위대한 것 하나도 없으므로 '육신의 나'를 찾는 것이 위대함이 되고 행복의 기술은 될 수 없다는 것이고 '진리적인 나'라고 하는 본질에서의 나의 참나를 찾는 것, 아는 것이 위대함이라 할 것입니다.

 어떤 사람은 말합니다. 다양한 분노들이 나에게 다가올 때 "나무토막처럼 가만히 있어라." 라고 말합니다. 그리고 우리가 분노를 느꼈을 때 그 분노의 자연적 수명은 90초에 불과하다고 하며 분노가 긴 시간 이어지는 것은 그것을 그대로 바라보지 않고 무엇을 하려는 마음을 더해 화학작용을 일으키기 때문이라고 이야기합니다. 이게 무슨 말인가? 바로 육신의 있으므로 존재하는 육신의 감정을 이야기하는 것으로 내가 말하는 것은 이 육신의 감정의 상위법(上位法)을 이야기하고 있는 것이므로 위 말대로 나에게 어떠한 감정이 올라오면 숨 한번 쉬고 참으면 이 감정은 다소 누그러들고, 이것은 육신이라는 몸의 작용(감정)을 이야기하는 것이므로 이 감정의 본질에 관해 이야기하고 있으므로 내 말은 이 같은 기존의 말에 대하여 상위법이 된다는 이야기입니다.

 그러면 이처럼 단지 90초만 가만히 지켜보면 분노뿐만 아니라 모든 감정이 소멸이 된다면 문제는 이것이 온전하게 사라져야 하는데 한 번 생긴 감정이 지속하는 이유는 무엇일까? 바로 나 자신의 본성의 업과 깊은 관계가 있고, 진리적으로 이야기하면 내가 전생에 지은 업습(業

劫)에 의해서 나타나는 현상이라는 점입니다. 그러므로 마음속에서 타오르는 불을 끄지 못하면 결국 육신의 감정만을 이야기할 수밖에는 없는데, 불교의 말은 '이 세상에 태어나 그동안 살아오면서 분노했을 때 끊임없이 연습을 해왔기 때문이다.'라는 말인데, 왜 이같이 이야기하는가 하면, 운명이라는 것을 부정하는 것이 불교의 입장이기 때문에 그렇습니다. 그래서 운명 속에 나의 본성이라고 이야기해야 맞는 말이지만 이 말을 할 수 없고 현실적으로 90초만 버티는 연습을 반복하는 것만으로도 고통을 걷어내는 기본적인 연습으로 충분하다고 이야기하며 마음에서 일어나는 기타의 다른 감정들도 마찬가지라고 이야기합니다.

자, 이 말대로라면 여러분에게 어떠한 감정이 일어나면 위 말대로 90초만 참으면 되므로 참 쉽고, 다른 것 할 것 없을 것이나 그렇게 되지 않을 것입니다. 그러면서 불교는 이같이 놓아버림으로 감정을 항복받는 것이라고 이야기합니다만 착각입니다. 그리고 이 같은 것을 그들은 '기법', '비법', '기술'이라고 이야기하는데 이것으로 감정을 있는 그대로 지켜보고 놓아버리라고 하는 것은 '감정 포기의 개념'일 뿐이고, 내가 말하는 것은 왜 감정이 일어났는가, 그 본질을 보는 이야기이므로 차원이 다릅니다. 그리고 하는 말이 위빠사나가 관할 수 있는 힘을 키우는 연습이라면 이같이 놓아버림의 핵심기법인 이 '왓칭'은 충전한 힘을 실제로 사용하는 실습인 셈이라고 하여 '기법, 비법, 기술'을 이야기하는데, 그렇다면 이같이 내 마음에서 일어나는 감정을 이 같은 '기법', '비법', '기술'로 해결할 수 있다면, 인간사 걱정할 것 하나도 없을 것입니다. 다들 이러한 '기법', '비법', '기술'만 연마하면 내 마음 괴로울 일

하나도 없을 것이고 업이라는 것도 다 없앨 수 있으므로 인생사 문제 될 것 하나 없을 것이나 대단한 착각입니다.

아마 이 글을 보고 있는 여러분 중에도 이 같은 수행 많이 해보았을 것이나, 그러한 것으로 나 자신의 마음이 편안해졌는가를 보면 됩니다. 온 세상 사람들이 이 같은 말 무수하게 합니다. '마더 테레사'가 극찬한 세계적인 영적 스승인 '데이비드 호킨스' 박사라는 사람이 30여 년간의 연구를 통해 인간의 의식지도를 완성했다고 이야기합니다. 이 사람의 '의식 혁명'이라는 책을 보면 '의식지도'라는 것을 완성했다고 하는데, 그러면 이 사람은 진리를 깨달았다고 하는 석가모니보다 한 수 위의 사람이 될 것인데, 그 이유는 석가모니는 이같이 '의식지도'라는 것을 말하지 않았기 때문입니다. 이 사람의 말을 '놓아버림'으로 내 안의 위대함을 되찾는 항복의 기술을 밝혔다고 사람들은 말합니다만, 다시 말하면 이 사람은 '놓아버림' 기법을 말했고 이 기술은 인간의 의식 수준을 상위 단계로 끌어올려 깨달음에 이를 수 있도록 돕는다고 이야기하는데, 도대체 이 깨달음이라는 것이 뭔가, 그 본질은 이야기하지 않고, 이 같은 '기법', '비법', '기술'이라는 것을 이야기하는가인데 이것은 참으로 안타까운 일이고 잘못된 것입니다.

다시 말하면 나의 의식이라는 것은 이생에 태어나면서 만들어진 것이 아니라, 알 수 없는 전생(겁의 세월)에 내가 존재하면서 만들어진 나 자신의 본성에 영향을 받고 있으므로 이생에 태어나면서 만들어진 것으로 이야기하는 것은 논리적으로 맞지 않습니다. 만약 이생에 태어나면서 본성이 만들어진 것이라면 누구는 가난하고 누구는 부자로 살고, 또 죽어서 극락이고 지옥이고를 이야기하지 않아야 한다는 뜻이고, 더군다나 윤회라는 말, 업, 업장이라는 말을 하지 않아야 할 것입니다. 서로 배치되는 말이기 때문입니다. 우리가 겪는 일상적인 경험이나 상황, 감정은 무수하게 일어나는데, 그러한 것은 다 나의 본성과 깊은 연관이 있으므로 그 근본이 되는 내 마음을 근본적으로 바꾸지 않으면 90초간 참는다고 하여 나 자신의 본성은 바뀌지 않습니다. 따라서 이 사람이 말하는 것은 육신이 있으므로 있는 '나'라고 하는 육신의 감정을 이야기하는 것에 불과합니다.

그러므로 결국 이 사람 말은 육신의 감정을 참는 기법을 이야기하는 것일 뿐이고, 진리적으로 나의 본질을 고쳐가는 것은 아니며, 여기서 말하는 '놓아버림'이라는 것은 감정을 내지 말라는 말에 불과하며 순간에 일어나는 육신의 감정을 놓아버리면 마음이 놓이고 가벼워지는 느낌이 들면서 한결 기쁘고 홀가분해지는 것은 사실이나, 그러나 그 시간이 지나면 내 마음 깊은 곳에 다른 감정이 또 올라오게 됩니다. 또 누구는 "행복도 연습이 필요하고, 배워야 한다."라고 하면서 이상한 말을 하는 데 문제는 이같이 감정을 다 놓아버려야 한다는 것은 육신이 있으므로 일어나는 육신의 마음일 뿐이며, 진리적으로 이 감정은 왜 일어나는가, 그 본질을 알아야 한다는 것인데 나는 이 부분이 자신의 본성, 업과 깊은 연관이 있다고 한 것이고 이 같은 불씨가 나의 기운으로 작용하므로 육신이 있으므로 '나'라고 인식하는 그 마음에 작용하고 있으므로 결국 내 마음에 자리하고 있는 그 불씨를 끄지 못하면 아무리 육신의 감정을 다스린다고 하여 되지 않습니다.

자연치유

　　　　　　　　　　소방수가 불을 끄려면 불의 핵심이
되는 진원지를 찾아서 꺼야 합니다. 그래서 현존하는 말들은 물질이
치-진리이치에서 결국 물질이치라는 절반의 말만을 하므로 여러분의
참마음을 찾을 수 없다고 나는 말했습니다. 불교에서는 '무아'를 말하
기 때문에 결국은 '자아'라는 것이 사라져야 하는 것은 맞습니다만 이
것도 무아가 뭔가 자아가 뭔가의 본질을 알지 못하면 맨날 하는 말이
"무와 공이다."라는 말만 하게 되어 있습니다. 자아라는 것이 뭔가 바
로 '나'라고 하는 육신의 마음을 자아라고 합니다. 자아라는 상의 마음
을 어떻게 없애야 하는가? 그것은 '이치'를 알고 이치에 벗어나는 행을
하지 않으므로 나라고 하는 상의 마음은 비워지게 된다는 이야기입니
다. 그러므로 우리가 행복이라고 하는 것도 이같이 이치에 맞는 행을
함으로써 행복이라는 것은 이같이 나라고 하는 집착을 놓는 만큼 따
르게 되어 있다 할 것입니다.

　다들 "놓아라." 라는 말을 하지만 그것을 어떻게 놓는가. 나는 '이치
를 알고 이치에 맞는 행'이라고 말하고 있으며, 어떤 사람은 갈애를 놓
아버릴 때 마음을 항복 받게 된다고 이야기합니다만 그러면 여기서 갈

애라는 것이 뭔가를 알아야 할 것입니다. 갈애란 사랑하고 좋아하는 것이 갈애의 의미입니다. 그러면 또 무엇을 사랑하고 좋아하는 것인가를 알아야 하므로 불교의 말은 이처럼 무수한 말꼬리 이어가기의 말이 대부분인데, 이것은 바로 진리이치를 모르기 때문에 이같이 무수한 말 만들어집니다. 나는 간단하게 이야기합니다. "인간이면 인간답게 이치에 맞게 살면 된다." 입니다. 그런데 불교의 말은 "고를 해결하면 락은 특별히 찾지 않아도 되고 고를 제거하는 핵심기법이 결국 놓아버림이다. 부처도 고의 핵심으로 갈애를 말씀하시면서 갈애를 놓아버림으로써 항복 받을 수 있다고 하셨다."라는 식으로 이야기하므로 모든 것은 부처가 한 말이라고 해버리는데 수차 한 말이지만 부처도 없거니와 설령 부처가 있다고 해도 이 같은 말을 하지 않았다는 것을 알아야 합니다.

그런데 우리는 내 마음이라는 것을 놓아버림을 통해서 마음을 항복 받으면 현재 사로잡힌 고통이 놓아버린 만큼 사라진다고 이야기하며 이같이 놓아버리는 연습을 통해 집착을 놓는 만큼 행복이 따른다고 무수한 사람이 이야기하는데 과연 마음이 뭐고, 무엇을 놓아버려야 하는가입니다. 한동안은 상(象)을 버려야 한다, 내려야 한다고 하더니 이제는 마음을 놓아버리라고 이야기하는데, 이것은 무엇을 의미하는가 하면 아직도 무엇을 어떻게 해야 하는가를 모른다는 이야기인데, 내가 말하는 놓아버림, 상을 버리는 것은 '이치'를 알고 이치에 맞는 행을 하므로 이치에 어긋난 것을 마음에서 지울 수 있고, 이것이 상을 버리는 도구가 되고, 놓아버리는 도구가 됩니다. 그러니, 놓아버리자고 해도 무엇을 놓아야 할 것인가를 모르는 것은 당연하고, 마음 비움이라는 것을 말하면서 정작 이 마음이라는 것이 뭔지도 모르면서 위와 같이 놓아버림, 비우자고 말하는 것은 잘못되었다는 이야기입니다.

괴로움이라는 것은 이치에 맞지 않는 것을 마음에 두고 있을 때 생기는 것입니다. 육신의 감정, 감성으로 이치에 맞지 않는 것을 붙잡고 있는 것이 괴로움인데, 이것은 나의 업습과 깊은 연관이 있으므로 아무리 육신의 감정으로 애달파 하는 마음이 들지라도 그것이 이치에 맞지 않으면 붙잡고 있어 봐아 또 다른 괴로움으로 오게 되는 것이며, 이것을 놓을 때는 놓아버려야 비로소 그 괴로움은 사그라지게 되어 있습니다. 이치를 앎으로써 나의 주관이 확실하게 생긴 것이며 마음에 힘이 생기게 되지만, 수차 한 말이지만 이 '이치'라는 것은 절대로 혼자서 알지 못한다는 것이고 그래서 정법(正法)이라는 것이 존재해야 하는 이유이나, 우리가 살아온 세월을 되돌아보면 과연 이치를 아는 자가 있었는가입니다. 다들 깨달아 부처가 되자는 말만 할 뿐이지, 실제 부처가 뭔지도 모르면서 불교에서 말하는 보살이라는 것이 뭔지도 모르면서 부처 찾고 보살 찾고 절대자 찾는 것은 무엇인가입니다.

웰빙이라는 말을 우리말로 '참살이'라고 해야 한다고 이야기합니다. 또 힐링은 '자연 치유'라고 우리나라 말로 다시 부르고 있는데, 참으로 안타까운 것은 여러분도 다 알겠지만 '참살이'란 말은 영어로 '웰빙'을 우리말로 바꾼 것인데, 즉, '건강에 좋은'이란 뜻이므로 이해될 수 있을 것입니다만, 이처럼 내 몸에 좋은 것, 건강에 좋은 것이라고 하여 찾는 그 마음은 무엇이고, 정작 중요한 내 마음을 알고 그 마음을 바르게 사용하는 것은 마음에 두지 않는 것은 결국 보이는 물질에 치우쳐 살고 있다는 것을 의미합니다. 속마음은 시커멓게 타서 찌들어 있으면서 내 목구멍에 들어가는 음식은 이같이 호들갑 떨면서 챙겨 먹은 그 마음은 무엇인가입니다. 또 힐링이라는 말을 무수하게 하는데, 문제는 이 힐링을 우리나라 말로 '자연치유'다. 라고 이야기합니다만, 무엇이 과연 자연 치유인가 그 본질을 알지 못하고 모두가 힐링이라는 것을 한다고 야단법석을 떨고 있는데 그렇게 한다고 하여 치유되지 않습니다.

답답한 도시에 있다가 산속에 가면 자연치유가 된다, 자연치유를 했다고 하지만, 이것은 육신의 감정, 감성에서 느끼는 것으로 물질의 개념이고 이 같은 것으로 하여 인간 자연 치유되지 않습니다. 음식이란 음식으로 먹을 수 있는 것, 내가 먹고 싶은 것을 과하지 않고 적당하게 먹는 것이 최고이며, 따라서 무엇이 어디에 좋다고 하여 호들갑을 떨 필요 없으며, 그렇게 먹는다고 하여 내 몸에 병이 사라지고, 얼굴이 밝아지는 것이 없으며, 음식은 생명을 유지하기 위한 수단일 뿐이고, 좋다는 것을 골라 먹는다고 하여 불로장생하는 것도 아니고, 음식에 무슨 특효라고 하는 것도 없습니다. 어떠한 음식을 먹는다고 해도 내 죽음, 내 몸의 병은 다 전생에 나 자신의 업의 이치에 따라 한 치의 오차도 없이 진행되고 있을 뿐이라는 것을 명심해야 할 것입니다. 따라서 우리가 말하는 '자연치유'라고 하는 것은 도시에 있다, 산에 간다고 하여 되는 것이 아니라, 내 마음이라는 것을 이치에 맞게 하여 사용하면, 내 몸과 마음은 그것에 맞게 자연스럽게 변한다는 것이 정법인데, 이같이 마음을 만드는 것이 아니라, 우리는 걸핏하면 자연치유를 한다고 힐링, 치유하면서 실제 그 행동은 이치에 벗어나게 하는 사람 무수하게 있는데, 이것이 바로 바른 진리이치를 알지 못하고 살기 때문에 그렇습니다.

인간이 가지고 있는 육신의 마음, 상(象)의 논리이며, 더 우스운 것은 먹고살 만하니 무슨 자연치유 프로그램에 참가하여 자신의 몸과 마음이 치유되었다, 자연치유가 되었다고 호들갑을 떱니다. 한동안 방송에 나와 자신이 어떠한 자연치유 프로그램에 참가하여 몸과 마음이 좋아졌다고 대대적으로 광고했던 사람은 지금 어떻게 되있는가, 좋다고 하는 음식을 대대적으로 광고하던 사람들은 지금 어찌 되었는가입니다. 다들 보이는 허상에 마음이 매달려 살고 있는데 참으로 안타까운 일이라 할 것입니다. 음식으로 내 몸을 관리하는 마음을 갖는 것은 맞지만, 이것이 선을 넘어 지나치게 되면 괴로움으로 남게 될 뿐이고 자연치유라고 하여 치유가 되는 것이 아니라, 이것은 내 업의 변화, 즉 내 마음에 변화에 따라 병이라는 것이 나타나고 사라지고 하는 것뿐이며, 내 업에 따라서 내가 그 병으로 죽어야 하는 경우도 있고, 아니면 그 업에 따라 병의 경중도 다 다르게 됩니다.

암(癌)에 어떤 음식이 좋다고 하면, 사실 암에 걸린 사람들 다 그것만 먹으면 될 것이나, 그렇지 않은 것은 바로 이 마음이라는 것이 제각각 다 다르므로 이 개념으로 어떤 것이 어디에 특효다, 좋다고 하는 것은 있을 수가 없는 것입니다. 자연치유라고 하여 어디를 찾아가는 것도 인간의 오만한 상이며 진리이치를 모르고 하는 육신의 감정을 다스리는 것일 뿐이며, 그렇게 하여 과연 나 자신이 무엇이 치유되었는가, 어떤 사람이 자신이 어떤 것에 애착하고 있으므로 괴롭다고 하여 자연치유, 힐링이라는 것을 하고 온 후 그 애착을 놓았다고 하여 치료가 되었다고 볼 수는 없다는 이야기이며, 이것은 '포기'일 뿐입니다. 자연치유라는 것은 어떤 것에 대하여 '바른 이치'를 알고 그것을 이치에 맞게 행하는 것이 진리적으로 자연치유의 개념이 되므로 우리가 일반적으로 말하는 마음이라는 것을 놓아버림으로 마음을 항복 받는다고 막연하게 이야기하는 것은 그래서 잘못된 것이라 할 것입니다.

병病의 원인 -1

사람이 몸에 병 없이 살다 죽으면 그것만으로도 다행이라 할 것이나, 병(病) 없이 사는 사람도 있고, 죽을 때까지 이 병(病), 만성질환을 안고 살아가는 사람도 있습니다. 그런데 이 같은 병도 애당초 태어나면서 가지고 오는 경우도 있고, 인생을 살면서 어느 시점에서 발생이 되는 경우도 있으므로 나타나는 증상이나 그 현상도 다 제각각인데 한편으로는 이 같은 병(病)이 없이 살다가 죽는 사람도 있는데, 참으로 다양하게 나타나는 이 병의 근본은 어디에 있는가. 그것은 바로 '마음'에 있습니다. 수차 한 말이지만, 사람, 생명체가 이 세상에 존재하는 것은 마음이라는 진리적 기운이 바탕 되어 있으므로 이 마음 작용에 따라 나 자신의 몸은 형성되어 있으므로 내 몸에 병이라는 것이 왔다고 하면 내 마음에 문제가 있다는 말이 됩니다. 그런데 우리는 내 몸에 만성질환이나, 특이한 질병이 있으면 이것을 물질로 치료하려고 하지만, 이것만으로는 치료될 수 없다는 것이 진리적인 입장입니다.

똑같은 병(病)이 있다고 해도 어떤 사람은 병이 나았다고 하고, 어떤 사람은 그 병(病)으로 죽게 되는 경우도 있는데, 같은 것이라고 해도 이처럼 다양한 현상이 나타나는 것은 무엇 때문인가? 바로 자신이 지은 업(業)과 무관하지 않습니다. 그래서 똑같은 병을 가지고 있다고 해도 똑같은 약물로 치료한다고 해도 그 결과가 다 다른 이유가 바로 자신의 마음이 어떠한 마음을 가졌는가(이것은 업의 이치에서 업의 차이를 말함)에 따라 누구는 나았다고 하고 누구는 낫지 않았다고 하는 이유가 바로 여기에 있습니다. 다시 이야기하면 수많은 사람이 어떤 병(病)에 걸리는 이유는 각자가 지은 업, 업장의 이치에 따라 진행이 되고 있을 뿐이고, 똑같은 병(病)이라고 생각하겠지만, 실제 개개인을 보면 그 병(病)의 작용은 다릅니다.

어떤 사람은 쉽게 낫기도 하지만, 그렇지 않은 경우 '내가 지은 업의 유통기한'의 작용이 있으므로 이 같은 결과가 나타난다는 이야기입니다. 예를 들면 어떤 사람의 병(病)에는 음식을 고쳐먹어 몸이 좋아지는 경우도 있으나, 어떤 사람은 음식으로도 해결이 안 되는 경우가 있으므로 요즘에 '어떤 병에 어떤 것이 특효다.'라고 하는 말이 맞지 않는다는 것은 바로 이같이 개개인의 업(業)의 작용이 다르므로, 무엇이 어디에 좋다고 하여 일괄적으로 이야기하는 것은 인간들의 오만한 마음이며, 물질의 논리로 모든 것을 대입하려는 것으로 진리적으로 존재하는 기운의 작용을 알지 못하면 절반의 이야기가 될 뿐입니다. 나 자신이 존재하는 것, 생명체가 존재하는 이유는 '존재해야 할 이유가 있으므로 나는 존재한다.'라는 것이고, 그렇다면 내 몸에 병(病)이라는 것이 있다고 하면 내가 병(病)을 가져야 하는 때가 있으므로 그때 맞게 병이 생겨나는 것으로 누구라도 생각하면 알 수 있는 상식이라 할 것이나, 이것을 모르고 내 몸에 병은 속된 말로 재수가 없어 나에게 오는 것쯤으로 알지만 착각입니다.

　사람들이 하는 말 중에 자신에게 뭐가 잘못되어 고통이 있으면 "타고난 내 운명이 그런 거지 뭐?"라고 자신이 알든 모르든 이같이 업(業), 운명(運命)이 있다고 말하면서 정작 나 자신의 몸과 마음에 어떠한 병(病)이 있다고 하면, 말은 이같이 하면서 실제 그 운명에 대한 것은 마음으로 받아들이지 못합니다. 이와 관련된 말로 내가 낳은 자식이 내 말대로 따라주지 않으면 뭐라고 하는가? 바로 '팔자'라는 말을 합니다, 물론 사주팔자로 인생, 또는 생명체의 이치를 알 수 있는 것이 아니지만, 문제는 이같이 나 자신에게 그 어떠한 것이 생기면 이같이 운, 팔자 등을 이야기하는데, 문제는 그 무엇이 있으므로 내가 존재하는 것이 아니라, 나 스스로가 존재해야 할 나를 존재하게끔 하였다는 것을 모르고 이같이 나에게 어떠한 문제가 있으면 내 팔자, 운명 타령을 하지만, 정작 그 본질을 모르기 때문에 이같이 두리뭉실하게 말하고 있다는 사실입니다.

세상 사람들은 말합니다. 어떤 병(病)에는 무엇이 좋고 특효라고 하는데, 이것이 같은 부류의 병에 일괄적으로 해당하는 것이 아니라, 진리적으로 보면 그 자신만의 업이 달라서 나타나는 것이고 병이 내 몸에 존재하는 기간도 나의 업의 유통기한이 그렇게 되어 있을 뿐이므로 자신이 그 어떠한 것으로 병(病)이 나았다고 하더라도 그것은 일괄적으로 다 적용할 수는 없다는 것이 진리적인 입장입니다. 만약 일괄적으로 같은 병(病)에 똑같이 그것으로 나았다고 한다면 세상사 걱정할 것 하나도 없을 것입니다. 하지만 그렇게 되지 않고 누구는 좋아지고 호전되고 누구는 그 병으로 죽어야 하는 이유는 이같이 보이지 않는 '진리적인 기운의 작용과 그 이치'가 작용하기 때문이라는 사실을 알아야 합니다. 예를 들면 어떤 사람은 식물인간으로 있을지라도 쉽게 깨어나고 어떤 사람은 영원히 깨어나지 못하고 죽는 사람도 있는데 여러분은 이 같은 현상 어떻게 생각하는가입니다.

　이 문제에 있어 여러분은 자신이 가지고 있는 자신만의 관념이 있을 것이나, 문제는 그 관념이라는 것도 자신만의 입장일 뿐이며 그 관념이 진리적으로 맞고 합당한 것이 아님을 알아야 하고 이 말은 모든 것은 '나'를 떠나, 객관적으로 판단해보라는 이야기입니다. 이 세상에 무수한 책이 있고, 나름대로 그 주장을 하고 있지만, 누구라도 보이는 이치에서 이야기는 할 수는 있을 것입니다. 하지만 보이는 것의 작용(나는 이것을 물질의 이치라고 했음)과 보이지 않는 작용(이것을 진리의 이치—작용— 마음의 작용)이 두 가지를 이해하고 정립하지 못하면, 생명체의 본질에서 이 같은 병(病)의 작용 근본적으로 해결할 수는 없다는 사실입니다. 실제 암(癌)에 걸린 사람의 경우도 누구는 물질 이치로 그것을 치료하면 쉽게 낳을 수 있지만, 누구는 아무리 해도 치료가 되지 않으며 결국 그것으로 죽게 되는 것을 보는데, 이 경우에 물론 물질(약물)로 치료하는 것이 현실적으로 맞지만, 문제는 그 이면에 그 사람의 업(업-마음)이 작용하고 있다는 것을 인정하지 않으면 근본적으로 이 병은 치료가 되지 않는다는 사실입니다.

또 예를 들면 어떤 병원균에 의해서 전염되는 병이라는 것은 현실적으로 물질의 이치에서 접근하는 것은 맞습니다. 하지만 과거에 있었던 후진성 전염병들이 퇴조하는 대신 새로운 전염병(傳染病)이 생기는 것도 물질적으로 생활환경의 변화라고 볼 수 있지만, 사실 현실적으로 이같이 보지만, 문제는 보이지 않는 개념에서 '진리적인 기운의 변화다'라고 해야 철길의 두 갈래처럼 맞는 말이 됩니다. 하지만 우리는 이같이 보는 것이 아니라, 몸에 병(病)이라는 것이 생기면 무조건 물질의 개념으로만 해결하려고 하는 것이 문제라는 이야기입니다. 그래서 요즘 사람들이 뭐라고 하는가 하면 자연치유(healing)라는 말을 만들어 냈는데 이 말의 뜻은 치료라는 말인데, 암이 걸린 사람도 정신병에 걸린 사람도 다들 자연치유로 치유한다, 치료한다고 하지만, 이같이 하여 내 몸에 병을 근본적으로 치료할 수 없다는 것이 진리적인 입장입니다.

다시 말하면 이 치유(자연치유)라는 것으로 치료가 다 된다고 하면 누구라도 이 같은 것으로 치료하면 될 것이나, 그렇지 않은 이유는 뭔가 바로 보이지 않는 것 진리적으로 개개인이 존재해야 하는 이유가 다 다르기 때문입니다. 이 글을 보는 여러분도 객관적으로 판단하고 정립하지 못하면 결국 인간들이 만들어낸 이상한 논리에 끄달리게 될 것이고, 그러한 것으로 나 자신의 몸과 마음에 병을 치료한다 할 수 있다면 이 글을 볼 필요 없이 누구라도 할 수 있는 그러한 것 하면 될 것입니다. 여기서 중요하게 알아야 할 것은 몸(물질)과 마음(비물질)이 두 가지가 작용하는 개념을 이해하지 못하면 여러분은 기존에 해왔던 대로, 알고 있는 자신만의 관념으로밖에 살 수 없을 것입니다.

힐링(healing)이라는 말을 좀 풀어서 쓰면 '감화가 된다.'라는 의미가 있을 것이나, 이 말은 좋은 영향을 받아 생각이나 감정이 바람직하게 변화하는 것으로 보통은 말하고, 정신적, 육체적으로 지친 상태에서 무언가 감동적이고 즐거운 일이 생김으로써 좋은 방향으로 온화하거나 상쾌한 자극을 받아 재충전되는 경우에도 편안함을 느끼게 될 때도 자연치유가 된다고 보통 사람들은 말하지만 사실 이 경우 '나'라고 인식하는 내 육신의 마음(상)일 뿐이며, 문제는 이 '나'를 존재하게 한 근본(참나)을 알지 못하면 이같이 보이는 이치에서 허상인 육신의 마음인 '나'의 마음만을 이야기하게 되어 있지만, 문제는 이 나를 존재하게 하는 본질(생명체의 근본)을 알아야만 내 몸에 일어나는 것을 본질적으로 알 수 있다는 사실입니다.

병病의 원인 -2

누군가는 말합니다. "나에게 먼저 찾아온 우울증이다." 또는 "누구나 다 찾아오는 병이다." 그런데 '나에게만 일찍 왔다.'라고 하는 논리는 진리이치에 맞지 않는다는 사실이고, 문제는 또 같은 병이라도 우울증 하나만 겪는 경우와 이것에 더하여 조울증이라는 것이 온다면 이중으로 힘겨울 것입니다. 결국, 몸에 병이라는 것이 이같이 몇 가지씩 있다고 하면 그 자신의 업은 상당하게 좋지 않다는 것은 쉽게 알 수 있습니다. 이 말은 깨끗하게 몸을 유지하고 죽는 경우와 병이라는 것을 달고 사는 사람들의 업은 다르다는 것을 의미합니다. 그러므로 같은 병(病)이라고 하더라도 내가 이러한 것으로 치료되었다고 해도 그것을 다른 사람에게 일괄적으로 적용할 수 없는 이유가 바로 이 업(業)이라는 것이 다르기 때문입니다.

제는 여기서 내가 치료되었다고 하는 부분인데, 이것은 진리적으로 두 가지의 개념으로 보면 물질이치-진리이치 이 두 가지로 이해하면 되는데, 진리적으로는 내 업의 유통기한에 따라서 좋아지는 방법과 다른 하나는 내 몸은 내 업으로 형성된 것이라고 했으므로 약물이라는 것은 물질의 개념으로 이 약이라는 것과 나의 몸(물질)의 이치가 맞았을 때 치료가 된다고 볼 수 있다는 이야기입니다. 그러므로 똑같은 병(病)이라고 하더라도 'A=A다'라는 논리는 맞지 않는다는 이야기입니다. 감기의 예를 들어보면 똑같은 감기약이지만 누구는 치료되고, 누구는 그 감기로 죽기까지 하는데 그 이유가 바로 여기에 있으므로 중요한 것

은 '진리이치=물질이치'

이 두 가지가 잘 조화를 이루었을 때 병(病)이라는 것도 치료된다는 이야기입니다. 이 개념으로 우리 사회를 보면 어떤가, 물질의 논리로 모든 것을 대입하고 잣대를 삼기 때문에 한쪽으로 치우침의 삶이 되는 것이고 마치 시소처럼 이제는 물질이라는 논리의 상이 세상을 지배하므로 '진리이치=물질이치'의 균형이 깨졌다는 것이고, 이것은 결국 생명체가 본분을 잃어버렸다는 것을 의미하는 것으로 이제는 지구, 자연은 되돌아올 수 없는 강을 건넜다고 나는 이야기 한 것입니다.

인간이 참으로 어리석은 것은 뭔가, 이같이 내 몸에 뭔가의 불편함이 있어야만 호들갑을 떨고 야단법석을 한다는 사실인데, 나는 생명체는 진리 속에 살고 존재하므로 내 몸에 뭔가 병(病)이라는 것이 있기 전 이같이 진리이치를 알고 그것에 맞게 물질이치−진리이치 이 두 가지를 균형이 있게 사는 것이 중요하다고 했고 인간이면 인간의 본분을 알고 살아야 한다고 했는데, 이 사회는 이미 인면수심의 사회가 되어 버렸다는 사실은 매우 안타깝고 이 오만한 마음으로 결국 인간은 인간 스스로 자멸의 길로 들어섰다는 사실을 자각해야 합니다.

이같이 내 몸에 어떠한 현상이 오면 대부분 사람은 뭐라고 하는가. "우리는 얼마든지 강해질 수 있다."라는 말로 자신을 스스로 위안 삼지만, 과연 이 같은 말로 이 같은 병이 치료될 수 있는가입니다. 이 말과 비슷한 개념의 말이 "모든 것은 내가 하기 나름이고, 내 마음먹기 달렸다.”라는 말인데, 무엇으로 강해지고 무슨 마음을 어떻게 먹어야 하는 지도 모르고 이같이 호들갑을 떨지만 그런다고 이 같은 병이 “그래 애쓴다. 내가 이제 나살게.”라고 하여, 업으로 온 그 병이라는 것이 내 몸에서 치료되는가입니다. 이런 것 아니면 기도하고 염불하고 천도재를 하여 치료가 된다고 하는 사람도 있을 것이나, 바로 이 부분이 진리이치를 모르는 인간들의 대단한 어리석음이라 하는 것입니다. 사람들은 말합니다. 인생을 살다 보면 이런저런 굴곡이 있다고 자신을 스스로 위안 삼는데, 이것이 어쩌면 귀한 인간으로 와서 무명 속에 빠져 사는 사람이라 할 것인데, 문제는 이같이 크고 작은 인생의 굴곡이 과연 우연히 일어나는 현상일 뿐이라고 말할 수 있는가입니다.

이같이 내 몸에 어떠한 현상이 나타나면 누구는 ‘악몽의 부활’이라고도 이야기하고, 자신을 스스로 위로하고 늦에서는 기도하라고도 하지만, 이러한 것으로 내 인생의 희망을 볼 수는 없을 것이고, 이 같은 마음 죽을 때까지 가지고 있어 봐야 치유와 회복은 되지 않는다는 사실이 진리적인 입장입니다. 아무리 우리가 우울증, 조울증에 대해 공감하고 이해한다고 해도 진리이치를 모르면 절반의 이야기밖에는 되지 않으므로 내가 어떠한 의식을 갖고 사는가만이 중요합니다.

우리는 정상과 비정상의 차이를 뭐라고 하는가? 내 몸에 이같이 어떠한 것이 나타나면 그것으로 정상, 비정상을 이야기하지만, 실제는 내 마음이 어떠한 관념을 가지고 있고, 어떠한 사상에 길들여 있는가로 정상, 비정상을 이야기해야 맞는다는 이야기입니다. 그런데 우리는 똑같은 인간의 모습을 하고 있으므로 모든 인간은 다 '동등하다.'라고 이야기하지만 대단한 착각이라는 것이고, 각자가 가지고 있는 마음의 상태에 따라서 비정상은 얼마든지 존재한다 할 것입니다.

　육신의 장애의 근본 원인은 바로 '마음의 장애'에 있으므로, 이것에 따라서 정상 비정상을 논해야 한다는 뜻입니다. 문제는 우리는 이 같은 현상이 나타나면 먼저 대입하는 것이 인간적인 마음인데, 물론 인간이므로 가족의 입장이 있을 수 있지만 이같이 인간적으로 가지는 마음이 우선이 아니라, 진리적으로 그 근본을 알고 대처하는 것이 우선이 되어야 하고, 현실적인 문제들과 대처 방법도 중요하지만(이것이 물질의 이치라고 하면) 진리적으로 보이지 않는 진리이치를 알고 대처하는 마음도 길러야 한다는 사실입니다. 오늘날 이 같은 문제는 사람들이 환경적인 문제점들을 대입하지만, 이것은 다람쥐가 쳇바퀴를 돌듯이 똑같은 이야기인데, 환경 탓을 할 이유 없는 것이 환경이라는 것을 누가 이같이 만들었는가. 바로 인간입니다. 결국, 인간들 스스로 자멸의 길로 만들었다는 것이고, 이 말은 다시 진리이치를 망각하고 살았다는 것을 의미하는 게 어리석은 인간들은 이같이 반복된 이야기를 하면서 자신을 위안 삼고 사는데 참으로 안타까운 일이라 할 것입니다.

　그리고 또 하나 어리석은 것은 이 같은 병이 찾아오면 꼭 물질만을 대입하여 말한다는 것입니다. 그것은 미네랄과 호르몬의 관계와 같이 이 물질을 대입하여 미네랄 결핍증과 천연공급원의 부족으로 생기는 현상이라고 하여, 이에 무슨 약, 어떠한 음식이 좋다고. 이야기하는 어리석은 모순을 범하고 있는데, 내 말은 이러한 것이 전혀 연관이 없다는 이야기가 아니라, 진리이치—물질이치 이 두 가지가 조화를 이루어야 한다는 것이고, 사실 종교라는 것도 이 같은 개념에서 접근해야 맞는 것이나, 이같이 생명체의 본질, 진리이치를 이야기하는 것이 아니라, 절대자나 어떠한 사상을 주입하는 것뿐이고, 내가 말하는 이 같은 이치를 이야기하지 못하고 있는데, 그 이유는 바로 '마음'의 작용을 모르기 때문에 죽을 때까지 들어봐야 그 말이 전부입니다. 그리고 이같이 어떠한 사상을 믿다가 죽으면 내가 극락을 가고 지옥을 가고 하는 이야기만 되풀이하고 사는 이 세상이 바로 아비규환의 지옥의 세계라 할 것입니다.

그러면 우울증 대처법과 조울증 대처법은 뭔가. 바로 '진리이치'를 알고 그 마음을 진리이치에 맞게 뜯어고쳐라.'입니다. 그러면 이 같은 병은 쉽게 치료될 수 있다는 이야기고, 현실적으로 앞서 이야기한 대로 그러한 것 등으로 나의 근본이 되는 마음의 병을 치료할 수 없다는 사실입니다. 어리석은 인간들은 이 같은 것을 모르고 현실적으로 조울증을 유발하기 쉬운 우울증 대처법이라고 하여 조울증 극복 요령 십계명이라는 것을 만들고 걸핏하면 스트레스를 피하라는 말 되풀이 하지만 그것은 착각이며, 그러한 것으로 내 본성을 고치기는 어렵습니다.

'우리는 얼마든지 강해질 수 있다.' 무엇으로 강해진다는 말인가를 깊게 정립해야 할 것입니다. 마음공부란 간단한데, '초록은 동색이 아니다.'라는 것이므로, 여기에 무수한 철학적 개념, 종교적 사상은 다 필요 없는 것이고, 어떤 것이 옳고 그른 것인가만을 분별하면 그뿐이고, 불교에서 분별하지 말라고 하는 말과는 반대되는 말일 것입니다만, 이 판단을 하는 것도 내가 하는 말과 여러분이 기존에 알고 있는 것, 그것을 객관적으로 보고 판단을 잘하는 사람이 자신의 마음 고쳐갈 수 있고 괴로움 줄여 갈 수 있다 할 것입니다.

흔히 우리는 같은 시대, 같은 문화, 같은 언어 속에서 산다고 이야기합니다만, 이것은 겉으로 보이는 것으로 이야기하는 것이고, 실제는 다 다른 업의 작용으로 존재합니다. 이 부분에 대하여 나라마다 인종마다 그 업의 이치는 다 다르다고 나는 이야기했습니다. 하지만 우울증과 조울증(양극성 장애)과 같은 것은 다 사람마다 다 비슷한데, 그것은 진리라는 기운의 작용이 다 같은 것이기 때문에 그렇고, 이 기운(마음)의 작용에 따라서 나라마다 인종마다 다 다르고 이 개념으로 하나의 나라의 사회도 가정도 개개인의 이치도 다 다르게 나타납니다. 바로 이 개념으로 우울증과 조울증(양극성 장애) 등 무수하게 나타나는 병이라는 것도 업과 무관하지 않습니다. 이 이치, 작용을 모르고 어떤 사람이 무슨 병에 걸려 어떤 약으로 치료했다고 하는 개념은 그 자신의 견해일 뿐이고, 이것이 보편적으로 맞는 말은 되지 않는다는 사실입니다. 현실적으로 나타나는 이 우울증과 조울증(양극성 장애)과 같은 것이 자신이 받아들이기도, 참고 치료하기도 어려운 병이 될 수밖에는 없는 이유는 바로 이같이 진리라는 기운, 업의 작용, 마음에 작용이기 때문입니다.

불치병

많은 사람은 자신에게 어떠한 병(病)이 오면 그것을 약물(물질)로만 치료하려고 합니다. 그러나 문제는 눈으로 보이지 않게 찾아온 병(病)은 이 같은 물질적인 약물로 치료되지 않습니다. 특히 만성 질환이나, 난치병, 우울증, 조울증과 같이 눈에 잘 띄지 않는 것에는 우리가 깊게 관심을 두지 않고 있다는 것이고, 서서히 진행되어 어느 날 심각한 상태가 되어서 이것을 치료하려고 하지만, 그렇게 하여 이 같은 병(病)은 치료되지 않으며 상당히 진행된 상태에서는 이미 '나'라고 하는 의식이 떨어진 상태기 때문에, 의식이 없다는 것은 나 스스로 그것을 이겨낼 마음에 힘이 없는 것이므로 사실 이같이 기운이 작용하기 이전에 바른 법을 알고 마음공부를 하는 것만이 최선이라 할 것이나, 어리석은 사람들은 너 잘났다고 살다가 이 같은 병(病)이 눈에 띄게 나타나면 그것만 여드름 짜내버리듯이 생각하는 마음은 대단한 어리석음이라 할 것입니다.

마음의 병은 하루아침에 나타나는 것이 아니라, 암과 같이 서서히 마음을 병들게 하는 것인데, 이것은 내가 재수가 없어 나에게만 찾아오는 것이 아니라, 내가 전생에 이 같은 병의 원인을 만들었으므로 나에게 찾아온 것이므로 재수가 없다는 식으로 이야기할 필요는 없습니다. 그러므로 같은 병(病)이라고 하더라도 사람마다 다 차이가 있는 것은 개개인의 업의 이치가 다르기 때문이고 각각이 지은 업의 유통기한에 따라 그 차이가 다릅니다. 예를 들면 어떤 사람은 이러한 병으로 죽고, 어떤 사람은 도중에 낫기도 하는데, 이것은 그 약물에 따른 것이 아니라, 내 업의 유통기한, 업의 종류에 따라서 이같이 나타나는데 또 어리석은 사람은 어떠한 약물을 먹어 나았으므로 그 약이 특효라고 하여 대대적으로 이야기하지만, 만약 그러한 약물로 치료되었다면 현실적으로 이 같은 병(病)은 다 치료가 완전하게 되어야 할 것입니다. 그래야 이치에 맞는 말이 되기 때문인데, 그렇지 않은 것은 다 이같이 자업자득·인과응보의 이치에 따라서 그 업의 작용이 다르므로 'A=A다'라고 하는 말이나, 논리는 있을 수 없습니다.

인간, 아니 생명체는 이같이 '진리의 기운'을 가지고 살기 때문에 살아가는 모습이나, 방법이 다 다릅니다. 이 부분을 인정하지 않고 일반적으로 우리가 해왔던 그 사고방식대로 산다면 이 부분에 대한 답은 영원히 찾을 수 없으므로 우울증과 조울증(양극성 장애), 식물인간, 정신병 등과 같은 것은 알기도, 받아들이기도, 참고 치료하기도 어려운 병임에는 틀림이 없고 수많은 사람이 이 같은 것으로 고생하고 있고 앞으로 갈수록 더 심화 될 것입니다. 그 이유는 인간들의 마음이 점점 더 이치에 벗어나는 삶을 살기 때문에 그렇습니다. 문제는 이 같은 것을 모르고 자신이 어떠한 것으로 치료하여 좋았다, 나아졌다고 하면 모든 사람이 그 방법을 따라 하지만 착각입니다. 앞서도 이야기했지만, 그 자신만의 업의 유통기한에 따른 현상에 불과한 것이기 때문에 그것을 일괄적으로 적용할 수 없습니다.

그런데 현실적으로 자신만의 그러한 삶을 통해 조울증으로 인한 장

애의 어려움을 극복한 경험을 이야기하고 그것을 지혜라고 하는 말은
자신만의 문제일 뿐이고 그것이 '지혜'라고 할 수는 없다는 이야기입
니다. 물론 현실적으로 이 같은 이야기를 나누며 같은 질환을 가지고
있는 사람에게 참고될지 모르겠지만, 그것이 맞는다는 것은 아닙니다.
나는 인간, 생명체는 물질이치─진리이치 이 두 가지로 존재한다고 했
으므로 몸이 아프면 일단 현실적인 관점에서, 생물학적이고 영양학적
인 관점에서 접근하는 것은 맞지만 그러한 것이 실질적으로 도움이 되
어 이 병을 치료할 수는 없다는 것이며, 인간적인 동정심 내지는 감성
을 자극하는 말이 될 수는 있을 것입니다. 앞서 나는 이 같은 병도 원
인이 있다고 했고 그러므로 이같이 업이 표면으로 나타나는 그 시기가
다 다르다고도 이야기했으므로 이것이 모든 인간에게 공통으로 온다
면 나타나는 시기나, 그 병의 크기가 다 같아야 하지만, 다른 이유는
업(마음)이라는 것이 다 달라서 일괄적으로 그렇게 똑같지는 않습니다.

  문제는 이 같은 병(病)은 모두가 나서서 밝히기를 꺼리며 숨어 지내
는 현실이고 창피하고 부끄러움을 갖게 하는 것은 맞지만, 이제까지
우리는 이 같은 것을 사실적이고 진리적으로 접근하지 못했고, 한다
는 것은 고작 그들을 인간적으로 이해하려고 하는 것이 전부였습니다.
조울증과 우울증 등등의 병이라고 하는 것은 아직 일반 대중에게 많
이 알려지지는 않았지만, 조울증이나 정신분열증을 경험한 당사자의
이야기를 들어보면 명확한 원인을 스스로 모르고 있다는 것이 문제이
고 이것도 의학적으로 명확하게 규명되지 않았습니다. 문제는 이러한
현상은 재발이 될 수 있는데, 그것은 내 업에 의한 현상이므로 약물

로 할 수 없으므로 재발이 되는 특성이 있고 결국은 이 같은 병으로 생을 마감하기도 하는데, 진리적으로 자업자득·인과응보의 이치에 따른 것이다 입니다.

그러므로 이것을 극복하고 관리할 수 있는 것은 오로지 마음을 이치에 맞게 하는 것밖에는 방법은 없습니다. 지금도 무수한 사람이 쓸쓸히 자신과 싸우고 있지만, 이 정신질환은 어떠한 약물로도 극복될 수 없습니다. 문제는 진리적으로 근본이 되는 이 마음을 어떻게 만들어가는가입니다. 사람들은 조울증, 우울증으로 힘겨워 모든 것을 포기하고 싶을 것이나, 이것은 전생에 내가 지은 업의 인과응보를 그대로 받고 있다는 것을 전제로 하고 그다음 어떻게 할 것인가에 대한 답을 찾아야 합니다. 누구는 말합니다. '병은 아는 만큼 이겨낼 수 있다.' 라고 하지만, 무엇을 어떻게 알아야 하는가는 오로지 자신의 의식이 깨어나, 어떤 것이 옳고 그름인가를 정립하지 못하면 답 찾을 수 없습니다.

사실 우리는 어떻게 보면 크고 작은 병(病)이라는 것을 가지고 있고, 그것이 무엇이고 어떻게 나타나고 작용을 하는가의 차이만 다를 뿐입니다. 사람들은 이같이 사람들에게 나타나는 증상에 대하여 무수한 이름을 붙여 그것을 세분화하여 이야기하지만, 그것은 의미 없고, 보이는 현실에서 육신이 아프다는 것은 전생의 나의 업과 깊은 연관이 있다는 사실을 명심해야 하고, 이 이치를 이해하면 그다음 어떻게 해야 하는가를 알면 됩니다. '병은 아는 만큼 이겨낼 수 있다.' 입니다, 하지만 무엇을 어떻게 알아야 하는가는 매우 중요하다 할 것이고, 당뇨병이

나 고혈압, 그리고 조울증처럼 그 병세가 일상생활과 얽혀 있고 오래가는 병은 진리적으로 내 업과 연관이 있다는 사실 명심해야 합니다. 문제는 이 같은 병을 우리는 울다가 웃기도 하는 그 정도로 알고 있거나, 살다 보면 누구나 기분이 좋을 때도 있고 우울할 때도 있으므로 병이 아니라고 생각하는 사람도 많다는 사실입니다.

인간이 기분과 활력의 변화가 갑자기 변하는 것도 진리적인 기운의 작용이고 이 같은 경우 뚜렷하게 병증으로 표현되는 데까지 세월이 지나고, 병이라고 인식하는 데까지 또 세월이 필요하지만 그러기에 진리 속에 존재하는 인간은 진리이치를 바르게 알고 사는 것이 기본이라 한 것인데, 우리는 이 같은 증상이 나타나야만 진리라는 것을 찾고 단방약을 찾습니다. 어쩌면 현실적인 종교라는 것도 사후약방문을 이야기하는 것이고, 사실 종교의 본질은 이같이 진리이치를 이야기하고 그것을 고쳐가는 것이 본분이라 할 것이나, 현실은 그렇지 않습니다. 문제는 스스로 자신의 상태(마음)를 자세히 관찰하는 것이 어렵습니다. 이것이 바로 '나를 알자.', '내 마음을 알자.' 와 깊은 연관이 있고 따라서 마음이라는 것이 무엇이고 어떻게 작용하는가에 대한 본질을 알지 못하면 이 같은 문제 물리적인 약물로 해결할 수 없다는 사실입니다.

업장과 병病

불교의 경(經)인 '보왕삼매론'이라는 것에 보면 '몸에 병 없기를 바라지 마라. 몸에 병이 없으면 탐욕이 생기기 쉽나니 그래서 성인이 말씀하시되 병고로써 양약을 삼으라 하셨느니라.'라는 말이 있습니다. 이 같은 말이 무수하게 있지만, 개념 없이 이 말을 들으면 좋은 말처럼 들리게 되어 있습니다. 그러나 이 말 속에는 대단한 오류가 있다는 사실을 알아야 하는데, 여기서 몸에 병(病)이라는 것은 탐, 진, 치심을 여기서는 병이라고 이야기한 것인가, 아니면 육신에 생기는 육신의 병(질환)을 이야기하는 것인지 모르겠지만, 우선 육신의 몸에 있는 병이라는 것은 다 업으로 인해, 즉 자업자득·인과응보의 이치에 따라서 오는 것이므로 현재 나 자신의 몸(육신)에 일어나는 각종 질환은 내 업과 직접적으로 연관이 있습니다.

또다시 이야기하면 진리적인 근본(비물질–참나의 개념)이 있으므로 그것을 뿌리로 하여 나라는 것이 존재한다(물질의 개념)는 사실을 나는 이야기했습니다. 그러면 현재 내 몸을 구성하고 있는 것, 나라고 하는 육신이 존재한다는 것은 이미 나 자신이 지어놓은 근본의 영향을 받기 때문에 나라는 몸이 존재한다는 사실이고, 따라서 내 몸에 병(病)이라는 것은 나의 몸을 구성하고 있는 세포도 나의 업연에 따라서 몸을 구성하고 있다는 이야기가 되므로 내 몸에 병이 있다는 것은 이미 내가 받아야 할 과보를 받고 있다는 이야기가 됩니다. 이러한 것은 실제 진리적으로 보면 한 치의 오차도 없이 이같이 이루어지고 있다는 것을 알 수 있는데, 우리는 내 몸에 병이 있다고 하면 보통 '물질-과학의 힘'으로 이것을 해결하려고 합니다.

하긴 현실적으로 눈에 보이는 것이기 때문에 물질의 논리로 대입하는 것은 맞지만, 결코 물질의 논리만으로 해결되지 않는다는 것도 알아야 한다는 이야기입니다. 어떤 암에 걸린 사람이 절에 가서 요양이라는 것을 합니다. 아침저녁으로 불상 앞에서 허리가 분질러지도록 절하고 관세음보살, 지장보살을 찾더니 결국 있는 돈을 다 쓰지도 못하고 하루아침에 저세상으로 간 것을 나는 보았는데, 죽은 그 날까지 '내 남편', '내 자식'만을 걱정하다가 죽었습니다. 사실 대부분 사람은 이같이 살다가 갑니다. 문제는 앞에 말한 보왕삼매론에 '몸에 병 없기를 바라지 마라. 몸에 병이 없으면 탐욕이 생기기 쉽나니 그래서 성인이 말씀하시되 병고로써 양약을 삼으라 하셨느니라.'라고 하는 말에서 결국 인간의 몸에 병이 있을 수밖에 없는 것은 화현의 부처님 법으로는 업(業)에 의한 현상인데, 여기서는 응당 몸에 병이 있어야만 하는 것으로 이야기하는 것은 잘못된 것이라 할 수 있습니다.

어찌 되었든 몸에 병이라는 것이 있다고 합시다. 그러면 과연 몸에 병이 없으면 탐욕이 생기기 쉬울까요? 결국은 병이 없으면 안 된다는 이야기가 됩니다. 하지만 몸에 큰 병 없이 사는 사람이 많이 있는데, 이 사람들은 이 논리라면 탐욕이 무지하게 커야 한다는 말이 됩니다. 아닌가요? 다시 말하면 화현의 부처님 법으로는 몸에 오는 병은 업이 있어 오는 것이므로 몸에 병이 없다는 이야기는 결국 그 사람이 인생을 살면서 자신의 몸에 병이 오는 업, 올 수 있는 업을 최소한 짓지 않았다는 것을 의미합니다. 그러므로 이같이 누가 쓴 책인지는 모르겠지만, 보왕삼매론에 '몸에 병 없기를 바라지 마라. 몸에 병이 없으면 탐욕이 생기기 쉽다.'라는 말은 대단히 잘못된 말이라는 것을 알아야 하고 또 설사 병이라는 것이 있다 합시다. 그러면 이 병(病)이라는 것이 어떻게 오는 것인가 그 본질 정도는 이야기해야 맞는 말인데, 이 부분에서 이 병의 원인을 이야기하려면 '운명'이라는 것을 이야기해야 하는데 불교는 운명을 부정했으니, 이 병의 원인을 말할 수 없을 것입니다.

육신의 병은 마음이 근본이고 마음은 이치에 맞지 않는 삶을 산만큼 어긋나 있다(괴로움으로)는 것이고, 마음에 병을 바로 잡을 수 있는 것은 화현의 부처님 법에서는 '이치'입니다. 내가 나라고 하는 이 존재는 이치에 맞지 않게 산만큼 육신의 병(물질의 개념)과 마음에 병(비물질의 개념)으로 분명하게 존재하기 때문에 어느 쪽으로든 자업자득에 따라서 괴로움은 나타나게 되어 있습니다. 따라서 뜬구름 잡는 식으로 운명을 부정하는 입장에서 알 수 없는 사람이 운명을 부정하는 입장에서 막연하게 인간의 감성을 자극하는 말, '몸에 병 없기를 바라지 마라. 몸에 병이 없으면 탐욕이 생기기 쉽나니 그래서 성인이 말씀하시되 병고로써 양약을 삼으라 하셨느니라.'라고 하는 말은 의미 없습니다.

이 말을 몸에 병이 있는 사람이 들으면 뭐라고 생각하는가. '아! 병이 있는 것은 당연하구나.'라는 정도로 육신의 마음을 위안으로 삼는 말이고 진리적으로는 병이 없이 깨끗하게 살다가 가는 것이 제일이라 할 것이고, 병이 있어 탐욕이 생기는 것이 아니라, 병이 없으면 탐욕도 없다는 것을 알아야 합니다. 병이 없다는 것은 업이 비교적 깨끗하다는 것을 의미하기 때문입니다. 따라서 진리이치에서의 마음공부법은 이같이 섬세하게 이치에 맞는가, 아닌가를 정립하는 것이 마음공부법의 정석이라 할 것입니다.

따라서 우리가 해마다 어떤 시기에 나 자신의 몸에 규칙적으로 나타나는 현상이 있다면 그 원인은 내가 전생에 그 시기에 뭔가의 문제가 있었다는 것을 의미합니다. 노인들이 보통 하는 말이 있습니다. "꼭 때만 되면 어디가 아프다."라는 말을 은연중에 하는데, 뭐 이것을 현대 의학에서는 '계절병'이라고 하기도 하지만 그렇지 않습니다. 분명한 것은 '나'라고 하는 것은 나의 근본이 있다는 것이고 그 뿌리에 따라서 나라고 하는 잎사귀, 가지는 존재합니다. 이것이 운명의 개념이며, 인간은 이 범주에서 벗어나 존재하지 않습니다. 따라서 해마다 나 자신이 어떠한 때만 되면 뭔가의 몸에 현상이 일어난다고 한다면 나 자신의 전생에 어떠한 문제가 있었고, 그 영향으로 그때만 되면 아픈 것이라고 이해하고 그 근본의 원인 '진리이치'를 알아야 합니다.

이같이 법을 이해하고 나 자신의 본질을 알아가는 것이 바로 '나의 참나를 알자'의 개념이라는 것도 알아야 합니다. 그리고 내가 이생에 생각하는 육신이 있으므로 그것을 다시 반복하지 않는 것으로 마음을 만들어가는 것이 마음공부의 본질이라는 것 반드시 명심해야 합니다. 따라서 내 몸을 구성하는 모든 것은 내가 지은 업의 이치대로 그대로 갖고 산다는 것 명심해야 하고, 내 몸에 병이 있다고 한다면 그것은 진리적으로 자업자득·인과응보의 이치에 따른 것임을 인정하지 않으면 그 답을 구할 수 없고, 이것을 인정하고 그다음 나는 어떻게 할 것인가를 찾아야 본질을 해결할 수 있다는 이야기입니다.

그런데 여러분이 알아야 할 것은 문제의 본질, 즉 나 자신의 문제 해결이라는 것이 자신이 하루아침에 확 변하고, 달라지고, 자신이 원하는 것을 얻는 것이 아니라는 점을 알아야 하는데, 예를 들면 사업을 하는 사람이 자신의 본질을 알았다고 하여, 그 사업이 하루아침에 원하는 대로 되는 것이 아니라, 그 사업을 이치에 맞게 하는 것, 이 말은 때로는 그 사업을 하지 말아야 하는 경우도 있다는 것이고, 아니면 하되 어떻게 할 것인가에 대한 이치를 알고 하라는 이야기입니다. 또, 자신이 다니던 직장문제도 그 직장을 계속 다녀야 하는지 아니면 옮겨야 하는지 등등의 이치는 다 다르다는 이야기고 이것은 자신의 업과 무관하지 않습니다.

그런데 우리는 그것을 모르고 나라는 것에 집착하여 그것에만 마음이 꽂혀 그 마음에 두는 것만 어떻게 되기만을 바라는 요행을 기대합니다. 이 말은 내가 결혼을 하지 못했다고 하면 결혼만 하면 된다는 것에 마음이 꽂혀 산다는 것이고, 따라서 우리가 이생에 살면서 이루어지고 있는 것(이것은 보이는 물질의 개념)은 모두 다 전생에 나의 업(운명, 본성)에 따라서 연계된 것이기 때문에 지금 나 자신의 몸과 마음에 어떠한 반응이 있다고 하는 것은 분명하게 자신의 전생과 무관하지 않습니다.

결국은 마음이라고 하는 근본에 뭔가가 문제가 있으면 이것은 물질, 마음 어느 쪽으로든 나타나게 되어 있다는 이야기입니다. 어떤 사람이 결혼하지 못했다고 한다면 결혼을 하지 못할 근본적 원인이 있고, 그 이유가 있다는 것이고, 마음공부라는 것은 그 원인을 알기 위하여 문제점을 찾아가는 것이나, 안타까운 것은 여러분은 '나'라고 하는 나의 관념을 버리지 못하기 때문에 아무리 손에 금은보화를 쥐어 준다고 해도 그것이 금인지 돌멩이인지도 분별하지 못하고 산다는 것이고, 이것은 자신의 본성, 근본의 업, 업장(빙의 작용)과 무관하지 않습니다.

빙의(업장) -1

　　　　　　　　　　　　　　영혼의 세계에 존재하는 생명체의 모든 영혼은 '기운'으로 존재합니다. 따라서 우리가 귀신이라고 하는 영혼도, 머리카락 하나라도 움직일 수 있는 물리적인 힘은 절대로 없음을 알아야 합니다. 그 이유는 영적인 세계, 즉 진리적인 세계는 형체나 질량, 부피가 없는 공의 상태지만, 기운을 가지고 있으므로 물리적인 힘은 절대로 가질 수가 없지만, 이 '기운'의 작용으로 육신이 가지고 있는 마음에 영향을 주게 되고, 마음에 영향을 주게 되면, 마음이라는 기운의 작용으로 육신이라는 물질에 영향을 주게 됩니다. 결국, 육신을 움직이는 것은 '기운'의 작용이라는 뜻이며, 이 기운의 작용은 내가 어떠한 업을 지었는가에 따라, 나타나는 그 형태가 다양하므로 한마디로 정의할 수는 없습니다. 따라서 그 자체로 하나의 형태로 존재하며, 영화에서나 나오는 괴상한 소리를 낼 수도 없으며 문이 닫혔다 열렸다 하는 등의 형태는 절대로 있을 수 없습니다.

그러나 그 영혼들은 인간이 하는 행위에 반응은 하는데, 예를 들면, 인간이 흔드는 방울 소리 등에 반응하게 된다고 하지만, 이것은 육신이 없는 그들이 방울 소리를 직접 들어 반응하는 것이 아니라, 방울을 흔드는 사람이 방울을 흔들면서 먹는 '마음의 기운'을 느끼게 되는 것입니다. 따라서 방울을 흔드는 그 자체의 소리로 그 영혼에게 전달되지는 않는다는 뜻입니다. 예를 들면, 우리가 영가에 천도재를 지낼 때, '천도법문'이라고 하는 말을 하게 되고, 경(經)이라는 것을 하게 됩니다만 역시 이 말도 입으로 하는 말을 직접 듣는 것이 아니라, 말을 할 때의 움직이는 그 마음(기운)을 듣게 됩니다.

결국 영(靈)으로 존재하는 것은 기운의 작용으로 존재한다는 것이고, 물질의 개념으로 존재하고 있지는 않습니다. 만약 물질의 개념으로 존재한다면, 생명체의 역사로 보면 지구는 영으로 넘쳐나게 될 것입니다. 하지만 기운의 세계 속은 물질의 개념이 아니므로 물질처럼 넘쳐날 일은 없고 오로지 기운으로만 존재합니다. 따라서 나는 이 기운을 하나의 식(識)으로 이야기했으며, 물질의 질량, 형태 등으로 논할 수 없다고 말했습니다. 그러므로 우리가 빙의, 영혼, 귀신 등등이라고 이름하고 있는 이 영(靈)의 세계를 나는 '참나'라고 이야기한 것이고, 이것은 진리적인 '기운'이지만, 그 속에 '식(識)'이 있어, 그 식의 작용이 있습니다. 즉, 참나라고 하는 것을 나는 진리의 기운이라고 말했는데, 이해하기 쉽게 말하면, 어느 것이나 흡수할 수 있는 '투명한 물'이라고 한다면 식이라는 것은 '색소'라 할 수 있는데, 따라서 내가 어떠한 업식(業識)을 가지고 있는가에 따라, 나의 참나의 색이 변하게 되는 것입니다.

다시 예를 들면, 공기라는 것이 하나의 거대한 진리 덩어리라고 본다면 이 공기 속에 나라고 하는 근본의 '참나'는 나의 업식, 업연에 의한 하나의 색(色)을 가지고 있다는 것이고, 이것이 진리 속에 존재하는 나의 근본이 된다는 뜻입니다. 따라서 나는 이 참나의 이치에 대하여 '빛과 색'의 이치로 이야기 하였습니다. 그러므로 나의 근본은 참나이고, 이 참나는 색의 이치에 따른 기운의 작용으로 각각의 생명체가 제각각 다른 모습을 하고 있다는 것을 이야기한 것입니다. 따라서 이 '참나' 속에 각인된 업식의 작용이 있고, 이것을 나는 나의 근본이 되는 '운명'이라고 말한 것입니다.

그러므로 존재하는 생명체는 모두 이 '진리의 기운-참나'이 있으므로 이 기운의 영향으로 살아가며, 이 진리의 이치를 최초로 밝힌 분을 나는 '화현의 부처님'이라고 하였고, 그 이치를 이야기하고 있으므로 이 개념은 기존 불교와 차이가 있다고 이야기한 것입니다. 기존 불교는 이 참나라고 하는 운명을 부정하고 있으므로 무아라고 이야기하죠, 그래서 나는 실제 나라고 할 만한 것이 없다, 그러므로 무아라고 이야기하고 있으므로 이 부분이 잘못된 것이라고 나는 말하고 있는 것인데, 이것이 핵심이며 이와 같은 개념이 정립되지 않고 부처 찾고 보살 찾아봐야 의미 없다는 이야기입니다.

　이것은 종교를 떠나, 생명체의 본질을 가지고 나는 이야기하는 것이므로 종교와는 아무런 연관이 없다는 뜻이고, 이것을 떠나, 사상적으로 종교의 관점으로 이야기하는 것과 내가 말하는 이치와는 근본적으로 다릅니다. 그런데 이같이 존재하는 이 진리의 세계를 알지 못하면, 그 세계를 인간의 사회와 비슷하게 이야기하게 됩니다만, 의미 없습니다. 진리적으로 존재하는 기운의 작용이 결국 나를 존재하게 하는 것이고, 이들은 육신이 없으므로 인간세계에 직접 나타나거나, 어떠한 표현도 할 수 없습니다. 따라서 귀신을 보았다 등등의 말은 본 사람의 마음에 착시현상을 일으킨 것으로 이것을 보았다고 하면 그것을 본 자신도, 다른 기운을 가지고 있다는 말이 되는데. 이것이 빙의 작용의 이치입니다.

　그 이유는 내가 가지고 있는 기운이 상대의 기운을 느낄 때, 그 존재를 볼 수 있는데, 이것이 착시현상이며 착시를 일으키는 것도 이와 같은 기운의 작용이기 때문입니다. 만약 자신이 어떠한 것(흔히 귀신)을 보았다고 하면 다른 사람도 전부 그것을 보아야 할 것이나, 다른 사람은 느끼지 못하는데, 자신이 그것을 보았다고 하면 자신의 기운 역시 바른 기운을 가지고 있다고 할 수 없다는 뜻입니다. 이처럼 영적인 세계는 기운으로 존재하며, 보이지 않는 진리(자연)의 세계지만 결국 생명체의 기운을 움직이는 힘(여기서의 힘이란 물질 개념으로서의 힘이 아니고, 마음의 힘을 의미함)이 있으므로 인간은 그 이치(운명)대로 살 수밖에는 없습니다. 이렇게 말하면 누구는 "아니, 그럼 모든 것은 운명대로 이루어진다면 허무한 것 아닌가."라는 말을 할 수 있겠지만, 이것은 피할 수 없는 운명이라 하지만, 그러나 전생에 지은 나의 운명이 이와 같을지라도, 그 운명을 만든 것은 바로 나 자신이라는 것이고, 마음으로 지은 운명을 지금 인간으로 마음이라는 것을 가지고 있으므로 그것을 바꿀 수 있다. 변화시킬 수 있기도 하다는 뜻입니다.

이처럼 기운의 작용은 인간의 마음이라는 기운을 흔들지만 우리는 모든 것을 단순하게 '내 마음'이라고 인식하고 살아갑니다. 그래서 바른 마음공부란 이처럼 무수하게 일어나는 마음 중에 어떤 것이 나의 본마음이고 거짓의 마음인가를 분별하여 결국은 나 자신의 순수한 본마음으로 살아가고자 하여 마음공부를 하는 것이고 이 마음이 본마음 하나로 살아가게 되면 해탈이라는 것을 하게 됩니다. 이것이 마음공부의 요지입니다. 그러므로 부처가 되는 공부가 아니라는 뜻입니다. 그러나 현실적으로 보면 이같이 진리적으로 존재하는 이치를 누구 하나 정확하게 말하지 않았고, 석가모니마저도 운명을 부정했으니, 할 말은 없으며, 운명을 부정한 상태에서 인간 육신의 마음 하나만을 이야기하고 모든 것은 내 하기 나름이다, 마음먹기에 달렸다는 말만 하지만, 실제로 좀 더 구체적인 내용은 이야기하지 못하고 있는 것이 현실이며, 무수한 사상만 이야기하고 있을 뿐입니다.

흔히 우리는 착시현상이나 꿈자리 사나움 가위눌림 등을 이야기합니다만, 이러한 것도 다 기운의 작용이고 이 같은 현상을 자주 겪는 것도 내 마음이 본마음이 아닌 다른 기운이 있다(빙의)고 볼 수 있습니다. 나는 모든 것이 다 기운의 작용이라고 이야기했습니다. 그리고 '마음'은 기운이라고도 이야기했습니다. 따라서 내 마음에 다른 기운이 있으면 '착시현상'이나 '사나운 꿈자리' '가위눌림' 등이 나타날 수도 있으며, 육신이 아픈 것 등 외형적으로도 나타날 수 있으므로 한마디로 정의할 수는 없습니다. 그러므로 이 기운의 작용으로 자신의 운명은 존재하지만, 그것을 바꿀 수 있는 것도 마음이 있으므로 가능한 것이라 이야기한 것입니다. 이 같은 작용으로 자신이 본마음으로 제대로 살지 못하면, 되는 일이 없게 됩니다. 빙의(업장)의 방해가 있기 때문이죠. 그런데 또 누구는 꿈을 많이 꾸는 것이 좋다고 말합니다만 어처구니없는 말이죠. 사람은 꿈을 될 수 있으면 꾸지 않는 것이 좋습니다. 꿈을 많이 꾼다는 것은 내가 그만큼 마음이 혼란스럽다는 것을 의미합니다.

그런데 이 같은 이치를 모르고, 빙의란 사주를 풀어보면 나타나게 된다고 이야기하는 것도 이치에는 맞지 않으며, 철학이나, 사주로 이것을 알 수 있다고 하여, 사주팔자의 지지에서 원한귀들이 충과 원진으로 얽혀 있으면서 서로들 뜯고 할퀴고 하는 작용으로서 인간의 뇌파를 흔들고 있으므로 일어나는 일종의 정신 분열이라고만 이야기하지만, 어찌 되었던 정신작용은 맞지만, 이것은 누구나 말할 수 있는 것으로 정법의 진리이치와는 상관이 없습니다.

그리고 사람의 감성을 자극하는 말을 하게 됩니다. 보면, '원한귀는 거지나 노숙자의 형태를 보인 영혼으로서 태아 때나 아니면 후손을 두지 못하고 어릴 때 죽은 영혼이다. 이러한 영혼을 조상신으로 착각해서는 절대 안 된다. 우리 인간들은 신에 대한 이해가 굉장히 부족하므로 조상신인지 원한귀인지 구분해서 생각하기란 쉽지 않다. 그냥 대충 신기가 있다고들만 한다. 그런데 조상신과 원한귀는 분명히 구분된다. 조상신이란 사주의 천간으로 나타나는데 일간의 칠살 대운 10년 중 일간과 합하는 년운에 신내림을 받을 수 있게 되고 칠살년운 12개월 중 일간과 합하는 월운에도 신내림을 받을 수는 있지만, 굳이 신내림을 받지 않아도 된다. 그러니까 조상신 내림은 수학 공식처럼 분명한 시기도 있으며 조상신이란 순박하고 거짓이 없다. 그런데 원한귀란 사주의 지지와 행운의 지지로 나타나는데, 사주 원국의 지지는 태어날 때 따라붙은 원한귀로서, 원한귀는 누구에게나 모두 붙어 있으며 도움이 되느냐 해가 되느냐의 차이일 뿐이다.'라는 식으로 이야기하는 것이 보통일 것입니다.

진리의 세계는 아무것도 형체로 존재하지 않죠. 그러므로 숫자나, 날짜의 개념 없습니다. 하지만 과거 인간이 이같이 사주팔자를 만들어 낸 것은 인간의 상이 만들어 낸 것이고 이것을 진리에 대입하여 그 진리를 알고자 했던 것뿐이며 실제 이와 같은 어떠한 것으로 '기운'으로 존재하는 이치를 알 수 없다는 것을 알아야 합니다. 그런데 위의 말을 보면 인간의 감성을 자극하는 말을 하므로 인간은 이 말을 마음에 두고 매달립니다. 이것이 바로 인간이 가지고 있는 마음이라는 것이죠. 말, 언어의 함정입니다. 진리의 세계는 오로지 기운으로 존재하고, 마음이 기운이므로, 마음이 이 기운의 이치를 아는 것, 이것이 깨달음입니다. 그런데 이 마음으로 이 세계를 누구도 보지 못하고 알지 못하니, 인간이 상상력으로 진리의 이치를 임의대로 해석하고 있는 것이기 때문에 무수한 말이 난무하게 된 것이고 지금도 무수한 사람이 이 세계를 나름대로 이야기하지만, 결론은 어떤 것으로든 이 세계를 대입하여 알 수 없으며 말할 수 없습니다.

아무것도 존재하지 않는 이 세계를 무엇을 알 수 있는가, 그것은 바로 마음의 눈인 '지혜'로 밖에는 알 수 없습니다. 사람은 자신의 과거와 현재의 이치, 그리고 미래를 알고자 합니다. 바로 이 마음이 있으므로 사람이 이것을 이용하여 민속신앙이 생겨난 것이고, 사주팔자, 철학 등이 생겨난 것이죠. 이것이 인간의 어리석음이고 상이라고 하는 것입니다. 그리고 이것을 임의대로 만들고 진리에 대입하여 인간의 감성을 자극하고 있을 뿐입니다.

빙의(업장) -2

사주에서 말하는 '원한귀란 오다 가다 붙게 되는 원한귀라는 뜻, 바로 객귀신'을 말하는데 이것도 자신에게 붙는 시기가 있다고 보통 말하고 있고, 또 지지(地支)에 충(衝)이나, 원진, 형 등이 이루어지고, 년 또는 월, 일에 따라붙게 된 것이라고 하며, 그래서 문상을 간다거나, 음기가 센 곳을 간다거나 사주의 일지가 충이 되는 날에는 주의해야 한다고도 이야기합니다만 전혀 이 같은 말들은 진리적으로 아무런 의미가 없습니다.

이와 관련하여 하나의 예를 들면, 문상을 가게 되면 그곳에서 귀신이 붙어 온다는 이야기를 일반적으로 합니다. 그래서 문상을 하기 전, 그 집 화장실에 가서 소변을 맨 처음 봐야 하고, 소변을 볼 때, 발뒤꿈치를 들고 보면 귀신이 붙지 않는다 하여 나도 과거에 이 같은 행위를 한 적이 있는데, 참으로 기가 막힐 일이라 할 것입니다. 따라서 귀신이 어떤 사람에게 쉽게 따라붙게 되겠느냐는 말은 다 부질없는 이야기입니다. 영의 세계를 보면, 윤회에 들지 못하고 자신의 한으로 실제 우리가 사는 이 세상에는 무수한 기운이 존재합니다. 물론 이 기운 중에는 특정한 사람에게 한이 되어 그 한을 풀기 위하여 존재하는 기운도 있으며, 자신이 특정한 업이 없지만, 이 세상의 삶에 대한 애착이 남아 있으면 특별한 업이 없더라도, 이 세상에 기운(여기서 기운은 물질의 개념이 아님)으로 남아 있게 됩니다.

이들은 비록 특정한 업, 한이 없더라도 임의대로 떠돌다 어떤 사람에게 기운의 영향을 주기도 합니다. 이 이치로 내가 어떤 사람에게 한을 심어주게 되면, 그 상대가 기운으로 남아 나의 인생에 그 한을 풀게 됩니다. 이것을 업장, 혹은 빙의라고 하죠. 기운으로 나의 마음에 영향을 준다는 뜻입니다. 그런데 이같이 기운으로 작용하지만, 우리는 이 기운의 작용을 분별하지 못하므로 내 마음인 줄 알고 '내 마음'이라고 이야기해버립니다. 그래서 이 기운의 작용으로(내 마음), 행하는 것은 실제 나의 본마음이 아닐 수 있고, 이 기운의 작용으로 상대가 가지고 있는 기운과 서로 작용하여 내가 하는 일을 방해하게 되므로 되는 일이 없죠, 이것은 내 본마음과는 전혀 상관이 없이 이루어져 버립니다. 그래서 하는 것마다 되는 일이 없는 이유는 이처럼 자신이 타고난 기본업의 작용과 이 같은 특정한 업장(빙의-기운)의 작용이 있다는 것을 알아야 한다는 것입니다.

그렇다면 이 같은 것을 사주라는 개념으로 알 수 있을까? 사주라는 것은 년, 월, 일, 시를 이야기하고 이것은 내가 태어난 날짜를 의미합니다. 만약 사주로 나 자신의 운명을 알 수 있다고 하면 이 사주와 진리와의 어떠한 연관이 있어야 하지만, 사실 진리적으로 수차 한 말이지만, 진리에는 숫자의 개념이나, 날짜의 개념은 존재하지 않습니다. 그러므로 사주라는 글자를 임의로 만든 것뿐이고 이것으로 진리이치를 알수 없다고 말한 것입니다. 그런데 사주를 이야기하는 사람은 이처럼 태어난 년, 월, 일, 시 사주에 원진, 충 등이 있는 사주라면 그곳이 원한 귀들의 눈에는 쉽게 남의 눈을 피할 수 있는 처마 밑처럼 편안한 곳으로 보이게 된다고도 이야기합니다. 잘못 타고난 사주를 가진 사람들은 항상 조심해야 한다고 이야기합니다만, 앞서 말한 대로 이 같은 글자를 임의로 만든 것도 사람이고 이것을 해석하는 사람도 인간입니다. 이처럼 글자로 보이지 않는 진리의 이치에 대입할 수 없습니다.

결국, 보이지 않는 이 영혼의 세계(진리의 세계) 속에 존재하는 기운은 인간에게 어떤 영향을 주게 되는가. 앞서 말한 대로 영혼이란 형체나 부피나 질량 등이 없으므로 머리털 하나도 움직일만한 힘은 없다고 이야기했습니다. 그러므로 이 영혼이라는 것, 나의 마음이라는 것은 기운으로 작용하죠. 나의 마음이 나는 기운으로 존재한다고 했고, 바로 영혼이라는 것도 기운으로 작용하므로 내 마음에 다른 마음이 기운으로 영향을 주는 것이죠. 그러나 육신의 나는 이것을 내 마음이라고, 하나의 나의 마음이라고 인식하고 있다는 데 문제가 있습니다. 이같은 기운은 육신이 없습니다. 따라서 '빛이나 음영 또는 소리로는 나타날 가능성'조차도 없는 것은 당연하고, 이같이 나타난다고 이야기하는 것은 이 진리적으로 존재하는 기운의 이치를 깨닫지 못하고 하는 말에 불과한 것입니다. 다시 말하면, 기운의 작용으로 나의 마음을 작용하여 육신을 움직이게 하는 이치로 나타나고, 이처럼 영향을 줄 뿐이고 이 형혼(기운) 스스로 독단적으로 어떤 형태로든 나타날 수는 없다는 뜻입니다.

물리적 힘이나 영향력으로는 나타날 수가 없는 것입니다. 그런데 내가 어떠한 환청이 들리고, 환각 상태가 되는 것은 바로 마음(기운)의 작용 현상일 뿐입니다. 이러한 것은 내가 과거 생에 어떠한 대상에게 한을 심어주게 되면 그 대상이 윤회에 들지 못하고 이처럼 기운으로 나에게 그 한을 풀고 있다는 의미이고, 내가 그것을 느낀다고 하면 이미 그 기운이 나에게 존재한다는 것을 의미합니다. 따라서 환청이나, 환각, 정신착란, 불길한 꿈 등등 나타나는 현상은 참으로 다양하므로 여기에 한마디로 정의하여 이것은 이것이라고 이야기할 수 없습니다. 그럼 이러한 것은 흔히 말하는 조상신과 연관이 있는가의 문제인데 전혀 영향이 없습니다. 앞서 말한 대로 사람이 이같이 만들어 낸 것으로 조상과 아무런 연관이 없습니다.

이러한 현상들은 조상과는 전혀 관계가 없는 윤회에 들지 못하고 남아 있는 기운의 작용이거나, 앞서 말 한대로 내가 지은 자업자득의 이치로 인과응보를 받게 되는 것뿐입니다. 문제는 이러한 현상들이 우리의 주변에 경중의 차이만 있을 뿐 수없이 나타난다는 것입니다. 이것을 치료하기 위하여 병원을 찾고, 무속을 찾고, 천도 등등 온갖 방법을 동원하지만, 결코 해결될 수 없음을 알아야 합니다. 문제는 근본의 원인을 모르면 그것을 해결할 수 없습니다. 이것은 마치 병(病)의 원인을 모르고 약을 처방하는 것과 같은 것으로, 물질의 육신은 보이는 것으로 해결할 수 있지만, 문제는 기운의 작용은 어떠한 물질로도 해결할 수 없습니다. 그런데 우리는 상을 차려 이처럼 기운을 달랜다, 천도한다 하여 행위를 하죠. 육신이 없는 이 기운이 무엇을 먹고 무엇을 들어준다는 것인가, 참으로 안타까운 일임에는 틀림이 없다 할 것입니다. 이 같은 것은 바로 진리적 이치를 모르기 때문에 하나의 신앙으로 할 뿐입니다.

그리고 사주팔자를 이야기하는 사람들은 '사주를 적어보면 일 년 열두 달 중 충이나 원진 등이 누구에게나 한 번씩은 이 같은 어려움은 꼭 돌아오게 되어 있다'라고 이야기합니다. 이것을 삼재라고 하죠. 의미 없습니다. 그런데 누구는 괜찮고 누구는 빙의되는 이유는 왜일까요? 이것은 각각의 업, 업장의 이치가 달라서 나타난 방법 또한 다 다를 뿐입니다. 그런데 사주에서는 '사주 중에 어떤 글자는 스스로 치료할 수 있는 약이 되기도 하고 또 어떤 글자는 원한귀를 더 불러들이기도 한다. 그래서 원진살이니 충살 등은 상당히 무서운 것이다. 이렇게 해서 빙의가 되었다면 어떻게 해야 할까? 12 지지에는 어떻게든 치료하는 약은 있다.'라고 이야기합니다만 앞서 누누이 말한 것처럼 이것은 인간이 만든 것으로 해석하는 사람의 입장에 따라 제각각 다 다릅니다.

하지만 진리라는 것은 하나입니다. 태초부터 존재했고, 지구가 멸하는 날까지 그대로 존재할 뿐입니다. 사주가들처럼 각각의 입장에 따라 변하는 것이 아니라는 뜻입니다. '지독하게 걸린 빙의는 물상만으로는 안되는 경우도 많다 이럴 때는 불쌍한 원혼들을 잘 불러내어서 돈도 쥐여주고, 밥도 주고 해서, 편안하게 천도를 해주게 되면 빙의에서 벗어날 수가 있게 된다. 조상신들이 사는 천계로 어린애들의 영혼을 올려보내게 되면 어른 영혼들이 귀여움을 받게 되는 것이다.'라는 어리석은 이야기를 하여 인간의 감성을 자극하게 됩니다. 한마디로 대단히 잘못된 말이며 진리와는 전혀 상관이 없는 말에 불과합니다.

여기서 우리는 한 가지 바르게 알아야 할 것이 있는데, 절에 가보면 누구나 마음이 편안함을 느낀다고 이야기합니다. 이 말은 무슨 의미일까. 간단합니다. 절에는 부처가 있으므로 항상 청정하리라는 것은 자신의 관념일 뿐이고 또 하나는 복잡한 생활에서 벗어나는 느낌, 홀가분하다는 느낌으로 편안함을 느낄 것이고, 요즘에는 무슨 웰빙이라고 하여 야단법석을 떱니다. 이같이 편안하다는 의미는 육신의 마음으로 느끼는 감성적이며 진리적으로 보면 사실 그렇지 않습니다. 만약 불상이 있어 편하다고 하면 각각의 가정에 불상을 하나씩 두면 다 해결이 될 것입니다. 보이는 현실에서의 불상은 의미 없습니다.

이러한 것은 그 종교가 가지고 있는 상징적일 뿐이고, 그것이 물질의 형상으로 존재한다고 하여 진리적으로 '청정하다'와는 다르다는 것을 알아야 하고, 어떤 사람은 사찰에 가면 편하다는 것은 '절에서는 조상천도는 물론 주변의 유주무주 고혼까지 수시로 천도를 해주기 때문'이라는 말을 하지만 잘못된 말입니다. '음기인 원한귀들을 수시로 천도해주기 때문에 원한귀가 없게 되는 것이며, 음기인 원한귀가 없는 곳은 마음이 편안해질 수밖에는 없다.'라고 이야기하고 있지만, 이것은 진리이치를 모르고 하는 말이므로 논할 가치가 없는 이야기이며, 인간의 감성을 자극하는 말에 불과합니다.

잠재의식 潛在意識

'잠재의식'과 '무의식'은 엄밀히 말하면 차이가 있습니다. '잠재의식'과 '무의식'은 두 가지의 개념으로 정리할 수 있는데, 하나는 진리적인 기운에서의 이치고, 다른 하나는 육신이 가지고 있는 정신 상태를 이야기할 수 있는데, 진리적 개념에서의 잠재의식이라는 것은 '나에게 어떠한 것이 있다'는 현상을 느끼는 것이고 무의식은 '나에게 어떠한 현상이 있다'는 것을 느끼지 못하는 현상이 두 가지로 해석할 수 있는데, 이것은 내가 아닌, 다른 기운의 작용을 의미합니다. 예를 들면 보통의 사람이 일상을 살 때, 나라고 하는 마음으로 삽니다만, 그러나, 어떤 경우에 내가 아닌, 즉 나라고 할 만한 것이 아닌 '다른 기운(마음)'을 느끼는 경우입니다. 바로 빙의라고 하는 다른 기운을 이야기하는 것인데, 우리가 죽으면 하나의 기운으로 남는다고 나는 말했습니다.

따라서 우리는 육신을 가지고 이 세상을 살지만, 이 육신을 버리고 가면 남는 것은 '참나'라고 하는 진리적인 기운만 남게 되는데, 예를 들면 내가 어떠한 사람에게 한이 많다고 하면 그 애착이 있는 마음으로 윤회의 틀에 들지 못하고, 하나의 기운으로만 남게 되고 이 기운은 자신에게 한을 맺게 한 그 사람의 마음을 좌우하게 됩니다. 따라서 본인은 '나의 마음'이라고 할 수 있겠지만, 사실은 다른 기운의 작용일 수 있다는 뜻인데, 인간은 보통 내 마음이라고 하는 이 마음이 나의 마음일 수 있고, 이처럼 다른 빙의(마음)일 수 있다는 뜻입니다.

그러므로 '잠재의식'과 '무의식'이라는 것은 진리적으로 다른 기운이 나에게 있다는 것을 스스로 알 때, 이때를 내 안에 다른 것이 잠재해 있다고 알 수 있고, 이것을 모를 때를 무의식이라고 할 수 있다는 것인데, 이처럼 업장의 기운(빙의)은 우리가 마음이라고 하는 것처럼 같은 이치로 존재하여 사람의 마음을 좌지우지하게 되므로 내 마음이 아닌 다른 기운의 작용으로 업을 짓고 괴로움을 겪게 되며, 이것이 바로 업장의 이치입니다. 그러므로 보통 윤회를 하는 생명체는 이 업장(다른 마음)이 없다고 볼 수 없으므로, 계속 업을 짓게 되고 윤회를 하게 됩니다. 다만 이것이 어떻게 내 마음으로 들어와 내 마음으로 행세하게 되는가에 따라 육신으로 나타나는, 표출되는 방법만 다를 뿐입니다. 그러므로 진리적으로 '잠재의식'과 '무의식'이라는 것은 내가 내 마음이라는 것과 상관없이 나에게 영향을 주는 기운을 이야기하는 것이 진리적 이치입니다.

육신의 이치에서 '잠재의식'과 '무의식'을 이야기하면, 육신의 마음으로 내가 어떤 상대와 이야기할 때, 원칙을 숨기고 이야기하는 것, 즉 속임수를 이야기합니다. 예를 들면 '2+2=4'라는 것을 내 마음에 숨기고 '2+2=2'라고 하면, 내 잠재의식에는, 즉 내 마음속에는 '4'라는 답을 알지만, '2'라고 말하는 경우, 내 잠재의식 속에 답이 4라는 것을 알고 있을 때, 이때를 잠재의식이라 할 수 있고, 무의식이라는 것은 '4'라는 답을 모르고 순간 '2'라고 답하면 아무런 의식 없이 즉흥적으로 말하는 것, 이것을 무의식이라고 할 수 있을 것입니다. 다시 말하면, 내면의 어떤 것을 숨기고 있지만, 그것을 알고 답할 때, 숨긴 그것을 잠재의식이라 하고, 내 마음에 무엇을 숨겼는지도 모르고 내가 의식하지 못하고 하는 말을 무의식이라고 할 수 있다는 뜻입니다. 그런데 최면이라는 것을 보면 어떤 사람이 상대를 최면을 건다고 할 때, 최면이 걸리는 경우가 있고 그렇지 않은 경우가 있을 것입니다.

왜 그럴까, 그것은 바로 다른 기운의 작용이 강하면 쉽게 최면에 걸리고 의식이 강하면 최면에 걸리지 않게 됩니다. 다시 이야기하면, 시소의 이치처럼, 다른 기운의 작용이 내가 의식하는 기운보다 강하면(올라가면) 다른 내 의지와 상관없이 다른 기운의 작용으로 최면이라는 상태가 되어버리고, 이때는 내 마음이 아닌, 다른 마음(빙의)작용으로 진리이치에 맞지 않는 말을 횡설수설하게 됩니다. 이것이 바로 다른 기운(빙의)의 작용일 뿐이며 그들이 한 말, 소위 전생이야기들은 진리 속에 있는 말이 아니라, 빙의(다른 기운)가 장난삼아 하는 말에 불과합니다. 따라서 우리가 보통 '내 마음'이라고 하는 마음은 사실 내 마음이라고 생각하지만, 그것은 본마음이 아니라 다른 기운의 마음(빙의의 마음-기운)일 수 있지만, 위에 말한 것처럼 보통의 사람은 '내 마음'이라고 생각해버린다는 것이고, 이 본마음이 아닌 마음(기운)은 바른 이치를 모르므로 업을 짓게 되고 이치에 맞지 않는 결과를 초래하게 됩니다.

이것이 업장의 이치이므로 우리가 업장을 녹인다고 하여 음식을 차린다는 것은 육신이 없는 이들에게 욕하는 결과, 멸시하게 되는 결과를 초래하게 되고, 이들이 느끼는 것은 바로 '마음'이라는 기운만 느끼며, 이들 업장이라는 것도 '마음-기운'으로만 존재하고, 사람의 마음도 기운으로 작용하기 때문입니다. 그래서 나는 우리가 마음이라고 하는 마음은 바로 기운으로 존재한다고 이야기한 것입니다. 그래서 이들은 천도한다는 것은 이들이 믿는 '진리의 기운'만을 알아보고 이 기운을 가진 사람만이 이들을 교화할 수(천도) 있다고 한 것입니다. 그런데 자신의 마음이 진리의 기운(진리적으로 빛의 참나를 가진 사람)이 아닌 사람이 이들을 교화(천도)한다면 이들이 과연 믿을까요?

그래서 천상세계는 이생과 같다고 한 것이 뭔가 하면, 이 세상에 싸움을 하면 경찰이 말리고 중재를 하고 그 잘잘못은 판사가 결정하는 것처럼 저승, 진리의 세계에서 그들을 중재하고 업장을 풀어줄 수 있는 것은 바로 참나가 빛을 가져야만 가능한 것입니다. 그러므로 이승에 한이 맺혀 저승에 있는 참나(마음)의 맺힌 한을 누가 알까요? 바로 마음이 진리의 기운이라 했으므로 이 기운의 이치를 알아야만 천도(화해)를 할 수 있다는 뜻이며 그러므로 아무리 음식 차리고 북 치고 장구 치고 한다고 하여도 그것으로 그들의 마음(기운)을 움직일 수 없으며 소통할 수 없다는 것을 알아야 합니다. 이것이 바로 윤회천도 하는 방법이고 빙의(업장)을 제도하는 정법입니다.

분별 -1

불교에서는 분별(分別)하지 말라고 이야기합니다. 분별한다는 것은 '나'라고 하는 주관이 있기 때문이고, 주관이 있으면 객관(경계, 대상)이 만들어지며, 객관은 항상 주관에 의해서 분별 되고 차별되기 때문에 있는 그대로 보는 것이 분별 되어 있는 가운데 분별없이 보는 것이라는 식으로 이 분별을 이야기합니다. 이렇게 하므로 내 생각, 고정관념, 무명, 아상을 내려놓고 보는 것이 있는 그대로 보는 것이고 이것이 무분별지(無分別智)라고해서 무조건 분별하지 말아야 한다고 하는데, 다시 말하면 '무엇이든 묻지 말고 따지지 말고 말하면 말한 대로 믿어라.'라는 말이 됩니다. 그런데 사전에는 '추량하고 사유하는 것' 또는 '구분하고 분석하는 것'이라고 정의되어 있는데, 불교에서는 분별하지 말라고 하고, 사전에는 이같이 나와 있으므로 어떤 것이 맞는가입니다.

이 말대로라면 세상 밖의 일은 분별하고 불교의 말은 분별하지 않아야 한다는 말이 맞는 것인지, 모르겠지만 분별과 분별심의 말이 또 다른데, 분별심(分別心)에 대하여 뭐라고 하는가 하면, '나누고 구별하는 마음'이라고 이야기합니다. 이 말은 '사량계교(思量計較)하고 분별 시비하며 망상에 사로잡혀서 모든 현상을 나누고 구분하는 마음. 본성을 잃지 않는 본래심에 대비해 현상을 대하면서 일어나는 중생심을 말한다.'라고 이야기합니다. 그리고 하는 말이 '현실 세계에서 현상을 파악하는 데에는 분별이 필요하기도 하지만, 우주의 본체와 인간의 본질을 파악하고 깨달음에 이르기 위해서는 분별심을 놓아야 한다.'고 이야기합니다. 여러분은 이같이 사전적으로 정의한 이 말에 함정이 있다는 것을 알아야 하는데 보면, '분별=서로 다른 일이나 사물을 구별하여 가름, 세상 물정에 대해 바른 생각이나 판단이 분별에 대한 개념'이라고 보통 말합니다. 그런데 분별심(分別心)에 대하여 뭐라고 하는가 하면, '나누고 구별하는 마음'이라고 하고 '이같이 나누어 보는 마음을 종교적으로 중생심의 마음이다.'라고 합니다.

이같이 말하면 현실적으로는 분별하는 것이 옳다고 하고, 종교적으로 이같이 나누고 분별을 하는 것은 중생심, 즉 어리석은 사람들의 마음, 깨닫지 못한 마음이라고 한다면 말이 되고 이치에 맞는 말이 되는 가입니다. 그러면 중생심의 마음은 '현실 세계에서 현상을 파악하는 데에는 분별이 필요하기도 하지만, 우주의 본체와 인간의 본질을 파악하고 깨달음에 이르기 위해서는 분별심을 놓아야 한다.'고 한다면 상당하게 모순이 있는 말이 됩니다. 하나의 단어만 가지고도 이같이 여러 가지로 나누어 해석한다는 자체가 대단한 착각인데, 분별과 분별심은 같은 개념이므로 이같이 하는 말은 이치에 맞지 않습니다. 내가 말하는 진리이치에서 이 분별심(分別心)이라는 것은 사회에서 또는 종교적으로 꼭 해야만 하는 필수입니다. 사회에서는 분별하고, 종교적으로 하는 우주, 인간본질 등에 대해서는 분별하지 말라고 하는 것은 모순되는데, 거꾸로 이야기하면 종교적으로 하는 말은 '묻지 말고 따지지 마라'라는 것이고, 사회적으로는 분별해야 한다면 이중적인 태도가 됩니다.

바로 이 부분에 종교적인 말에 함정이 있다는 것을 알아야 합니다. 내가 말하는 것은 인간이라는 몸을 가지고 태어났으면 최소한 무엇이 옳고 그름인가는 반드시 구분하고 살아야 종교를 떠나서 단순한 인생살이에도 필수라 할 것이고 이같이 분별하는 마음을 가지고 살아야 잘 살 수 있는 것이 인생입니다. 문제는 뭔가. 바로 어떠한 것에 대하여 '옳고 그름'이라는 것을 구분할 줄 알아야 한다는 것입니다. 다시 말하면 어떤 것에 대하여 나자신의 관념을 관철시키기 위해서 상대의 말을 꼬장꼬장 따지라는 이야기가 아니라, 그 사안에 대하여, 어떤 이의 말에 대하여 맞다, 아니라는 것을 객관적으로 분별한 다음 그것에 대하여 정립이 되면, 다시는 그 말을 분별하지 않아야 한다는 것이 내가 하는 분별에 대한 정의입니다. 그러면 이것을 사회적으로만 하고 종교적으로는 하지 말라 하면, 그 마음은 중생심이라고 낮추어 말하는 자체는 이치에 맞지 않으며, 이 같은 것은 종교적으로 자신들의 말을 무조건 따르게 하려는 것이므로 이치에 맞지 않습니다.

일상에서 사고가 나는 것도 분별하지 못함에서 발생하는 원인이 있는 것이고, 나에게 괴로움이라는 것이 생긴 것은 모두다 '분별'없이 살아왔기 때문에, 그것이 업이 되고 괴로움으로 나에게 일어나게 됩니다. 문제는 이치에 맞게 상황에 맞게 분별을 하는가, 아닌가가 중요한데, 이것은 나의 의식이 깨어 있어야만 가능하다는 이야기입니다. 다시 정립하면 분별심(分別心)에 대하여 '나누고 구별하는 마음'이라고 하고 이때는 '구별'을 하라는 의미입니다. 그런데 한쪽에서는 '사량계교(思量計較)하고 분별 시비하며 망상에 사로잡혀서 모든 현상을 나누고 구분하는 마음, 본성을 잃지 않는 본래심에 대비해 현상을 대하면서 일어나는 중생심' 이라고 이야기합니다. 반대되는 개념일 것입니다. 다시 이야기하면 분별심은 '현실 세계에서 현상을 파악하는 데에는 분별이 필요하기도 하다, 그러나 우주의 본체와 인간의 본질을 파악하고 깨달음에 이르기 위해서는 분별심을 놓아야 한다.'는 이야기입니다.

아무리 봐도 이치에 맞지 않는다는 것은 여러분도 알 것이나, 이 말을 이어서 하게 되면 분별을 하라는 것인지 하지 말라는 것인지 헷갈릴 것입니다. 왜 이같이 말이 다른가? 그것은 현실적으로 분별하는 것은 맞지만, 문제는 보이지 않는 '진리'의 세계에서 무엇이 어떻게 작용을 하는지를 모르기 때문에 막연하게 '우주의 본체와 인간의 본질을 파악하고 깨달음에 이르기 위해서는 분별심을 놓아야 한다.'라고 이야기하는 것에 불과하고 다시 말하면 '진리이치'를 깨닫지 못했다는 것을 의미합니다. 그래서 보통 말하는 분별심(分別心)에 대하여 ① 나누고 구별하는 마음 ② 사량계교(思量計較)하고 분별 시비하며 망상에 사로잡혀서 모든 현상을 나누고 구분하는 마음, 본성을 잃지 않는 본래심에 대비해 현상을 대하면서 일어나는 중생심을 말한다. 현실 세계에서 현상을 파악하는 데에는 분별이 필요하기도 하지만, 우주의 본체와 인간의 본질을 파악하고 깨달음에 이르기 위해서는 분별심을 놓아야 한다고 이중적이고 상반된 말을 한다는 사실입니다.

그런데 이 분별심(分別心)에 대하여 불교에서 자주 이야기하는 '선종의 육조 혜능'이라는 사람은 뭐라고 했는가 하면, "만유제법(萬有諸法)은 본래무일물(本來無一物)이므로 분별심이 아닌 본래면목(本來面目)이라야 만유의 본체를 여실히 볼 수 있다."라고 했고, 다시 "그러나 번뇌가 곧 보리이기 때문에 분별심을 떠나서 본래심을 따로 찾으려 하는 것도 큰 망상이다. 또 깨달은 사람은 법도에 맞는 분별을 내어서 육근 동작이 보리가 되도록 해야 한다."라고 또 이상한 말을 하는 것입니다. 이 말에 대하여 깊게 이야기하면 한도 끝도 없는 말이 되지만, 번뇌, 보리, 분별심, 본래심, 육근동작 등등 무수한 말의 조합이 생겨납니다. 그래서 보리(깨달음)라는 것이 뭔지를 모르기 때문에 이같이 사상적으로 엄청난 말들을 하고 있지만 다 부질없는 이야기에 불과합니다.

부처가 뭔지, 무슨 말을 했는지도 모르고 이같이 부처가 말했다는 그 한마디의 말에 무수한 의미를 두고 해석을 하는 자체는 진리이치를 깨닫지 못했다는 것이 결론입니다. 여러분이 불교를 다닌다면 그곳에서 물어보면 됩니다. 불교에서는 분별(分別)하지 말라고 이야기하는데 이 말이 맞는가, 아닌가를 물으면 되는데, 문제는 그나마 불교라는 것을 정통으로 안다면 그 사상에 따라 '분별을 하지 말라.'라고 할 것이고, 또 개개인의 입장에 따라서 여러 가지 말을 할 수도 있을 것입니다. 솔직하게 이야기하면 성직자의 입장에서 이같이 여러 가지를 물어 온다면 좋지는 않을 것인데, 그 이유는 그 사람들은 자신들의 사상을 교육받았으므로 한결같이 자신들의 입장만을 관철하려고 할 것이므로, 거기에 내가 뭔가 의구심이 나서 물어보면 좋아할 사람이 하나도 없을 것입니다. 바로 이것이 그들이 말하는 편견인데, 사실 자신들이 하는 그 말이 편견, 치우침이라는 것을 알지 못합니다. 그 사상이 박혀 있기 때문인데, 외골수의 마음을 가지고 있다는 그 자체도 모르고 자신들이 배운 대로 주입식으로 앞에서 한 말처럼 "묻지 말고 따지지 말라, 그렇게 하는 것은 곧 '중생심'이다." 라고 말할 것입니다.

그래서 분별, 분별심에 대한 단어의 의미를 두 가지로 상반되게 이야기하고 있는 것입니다. 여러분이 알아야 할 것은 종교적으로 분별한다는 것은 "'나'라고 하는 주관이 있기 때문이고, 주관이 있으면 객관(경계, 대상)이 만들어지며, 객관은 항상 주관에 의해서 분별 되고 차별되기 때문에 있는 그대로 보는 것이 분별 되어 있는 가운데 분별없이 보는 것이다.'라고 하므로 종교적인 관점에서는 분별하지 않고 그들이 하는 말은 무조건 믿고 따라야 한다는 것을 알아야 합니다. 이렇게 하므로 '나'라고 하는 것이 없어지게 된다는 말인데 잘못된 말이 됩니다. 있는 그대로를 보는 것이 '분별 되어 있는 가운데 분별없이 보는 것이다' 가 아니라, 어떤 것에 대하여 이치에 맞는 것인가 아닌가를 분별하고 이치에 맞지 않는 것을 버릴 때, 그것에서 마음을 쓰지 않음으로 나라고 하는 분별심이 사라지게 되고, 나라고 하는 주관자적 입장이 없어지게 된다는 이야기이므로, 이 개념을 잘 이해하여야 할 것입니다.

다시 이야기하면 종교적 사상에서는 무조건 분별을 하지 않아야 하므로 그 사상의 틀 속에 정신을 놓고, 넋을 놓고 있다가 사회로 나오면 분별해야 하므로, 분별해야 살 수 있으므로 냉·온탕을 왔다 갔다 하므로 더 정신이 없어져 버리게 됩니다. 그러므로 어떠한 상황에서든 바른 의식으로 분별하는 것이 중요하다 할 것입니다. 그래서 사상 속에 있을 때는 나라는 것을 인위적으로 포기하므로 편하다고 느끼는 것이고, 그 울타리를 벗어나면 나라는 것이 살아나기 때문에 이중적인 행동을 할 수밖에는 없다 할 것입니다. 얼마나 이 말을 여러분이 이해하게 될지는 모르지만 깊은 의미가 있는 말입니다.

분별 -2

우리는 '깨달음', '깨어나자.' 등을 막연하게 이야기하는데, 이것은 무엇인가. 바로 바른 의식으로 분별을 잘하는 것, 이것이 깨어있는 것인데 이 같은 내가 분별을 잘하므로 깨어있는 것이 됩니다. 분별하지 못하면 결국 나를 알 수 없고 깨달음이라는 것을 얻을 수 없다는 이야기가 됩니다. '옳고 그름', '맞다 아니다.'라는 것을 무엇으로 아는가? 결국 '분별심'이 있어야 하는데, 분별하지 못하면 결국 무엇이 옳은지 그른지를 알 수 없다는 이야기입니다. 그러기 때문에 누가 나를 좋아한다면 그것이 옳은가, 이치에 맞는 것인가를 모르기 때문에 의식이 없어져 버리게 되므로, 그 행을 하므로 괴로움이라는 것이 나오게 되어 있으므로, 내가 하는 말은 여러분의 의식을 깨어나게 하기 위한 말이며, 나는 종교적 사상을 이야기하는 것이 아니므로 여러분의 마음에 의구심 나는 것을 물어보고 그것을 자신이 분별하여 옳고 그름을 스스로가 정립하는 것이 핵심입니다.

그런데 문제는 어떠한 말을 해주어도 '나'라고 하는 아집에 사로잡혀 자신이 분별하지 못한다면, 그것은 아무리 신적인 존재가 있다고 해도 그것까지는 어떻게 해줄 수는 없다 할 것이고 이 부분이 사실 제일 안타까운 일이라 할 것입니다. 그러므로 분별에 대하여 일반적으로 하는 이야기와 내가 하는 말은 다를 수밖에 없고, 이렇게 하므로 내 생각, 고정관념, 무명, 아상을 에서 벗어나는 것이 되고, 있는 그대로를 보는 것이 되므로 이것이 정법에서의 바른 이치입니다. 따라서 사상적으로 무분별지(無分別智)라고 해서 무조건 분별하지 말아야 한다고 하는 말은 맞지 않으며, 종교적으로는 분별하지 말라고 하는 말은 사상적으로 이야기하는 그 말에 '묻지 말고 따지지 말고 말하면 말한 대로 믿어라.'라는 말이 된다고 이야기한 것입니다.

그러므로 사전에 나와 있는 대로 무엇이던 '추량하고 사유하는 것' 또는 '구분하고 분석하는 것'이라고 정의되어 있는 말대로 어떤 것이든 옳고 그름을 분별하고 사는 것은 일부는 맞는 말이지만, 문제는 종교적으로 분별하지 말라고 하는 것은 맞지 않는다는 사실입니다. 그런데 선종의 육조 혜능이라는 사람은 '만유제법(萬有諸法)은 본래무일물(本來無一物)이므로 분별심이 아닌 본래면목(本來面目)이라야 만유의 본체를 여실히 볼 수 있다.' 했는데 이 말이 잘못된 것이 "만유제법(萬有諸法)은 본래무일물(本來無一物)이다." 라고 했는데, 진리적으로 내가 말하는 것은 만유 제법(萬有諸法)이라는 것은 진리이치를 이야기합니다. 따라서 "진리가 법이다." 라고 하는 일반적 이야기로 "진리가 본래무일물(本來無一物)이다." 라고 하면 안 됩니다. 그 이유는 진리라는 것은 물질의 개념이 아니므로 당연히 아무것도 없기 때문이고, 그러므로 만유제법(萬有諸法)은 본래무일물(本來無一物)이라는 말까지는 맞습니다.

여기까지는 누구라도 이야기할 수 있는데 그것은 물질이 아니기 때문입니다. 문제는 본래면목(本來面目)이라는 것이 뭔가의 문제인데 이 말은 '나 자신의 본래'를 의미하는 것으로 이것은 내가 가지고 있는 관념으로 옳고 그름을 분별해야만 그 차이를 나 자신이 알게 되고, 따라서 얼마만큼 내가 진리이치에 어긋나 있는가를 알게 되므로 나의 본래면목(本來面目) 즉 나의 마음, 참나를 알게 됩니다. 깊게 이해를 해야 할 부분이고 이해를 한다면 무슨 말인가 정립을 할 수 있을 것입니다.

분별은 두 가지의 개념입니다. 하나는 '추량하고 사유하는 것' 또는 '구분하고 분석하는 것'이고, 또 하나는 불교에서 '모든 사물과 존재의 본성을 보지 못하고 겉모습에 매달려 판단하고 사유·추론하는 의식 작용을 말하는 부정적 의미의 용어다.' 라고 이야기하는 이 부분이 문제이므로 불교는 분별하지 않아야 한다고 이것이 이치에 맞지 않는다고 하자, 다시 어떤 종교에서는 뭐라고 하는가 하면 "대소 여부의 이치와 시비 이해의 일을 사량(思量)하여 식별하는 것 또는 세상살이의 경험을 쌓아서 천만 사물에 적당한 판단을 내리는 것 그리고 정의·불의·진실·거짓을 확실하게 판단하는 것" 등을 의미하는 긍정적인 의미로 사용하기도 하지만 문제는 '분별없는 자리와 분별 있는 자리 두 가지를 아울러서 모든 분별이 항상 정을 여의지 아니하여 육근을 작용하는 바가 다 공적 영지의 자성에 부합되는 삼학 병진을 목표로 공부하라'라고 이야기합니다, 여기서 삼학이라는 것은 계, 정, 혜를 의미하지만, 잘못된 것은 계(戒)라는 것을 종교적으로 무수하게 정하고 있지만, 문제는 또 이같이 정한 계라는 것의 기준이 뭔가입니다.

종교적으로 만든 계율은 범하면 업이 되는 것이므로 하지 말라고 정한 말인데 그러면 진리라는 것을 누가 깨달아서 이야기해야 하는데 문제는 진리를 깨달았는지 아닌지를 어떻게 아는가의 문제가 남습니다.

따라서 이것을 판단할 수 있는 것은 무엇인가? 바로 그들이 했다는 말, 그 말로 판단할 수밖에는 없습니다. 그 말이 진리이치에 맞는가, 아닌 가를 알아야 하고 이것을 알 수 있는 것은 뭔가 바로 '분별심'이 됩니다. 그러므로 결과적으로 '진리이치'를 알지 못하고 하는 말은 들어봐야 말에 끄달림에 불과하고 따라서 말, 단어에 여러분의 마음을 끄달릴 수밖에는 없다는 사실입니다. 흔히 우리가 괴롭다, 업이다, 힘들다고 하는 것 그 이유가 뭔가 바로 이 전생까지 어제까지 내가 바른 의식으로 분별하지 못하였으므로 그것을 그대로 자업자득·인과응보의 이치에 따라서 받으므로 괴로운 것입니다.

문제는 이같이 본질을 말하려면 반드시 '마음의 작용, 마음'이라는 것이 뭔가를 알아야 하는데, 그 누구도 이같이 마음이라는 것이 뭔지를 모르기 때문에 막연하게 뜬구름 잡는 식으로 업이다. 부처, 해탈이라는 이야기를 하는 것이므로 여러분이 문제의 본질을 모를 수밖에는 없다 할 것이고, 분별해야만 이치를 알게 되므로 무엇이 업이 되는지 아닌지를 알게 되므로 인간들이 만들어 놓은 계율이라는 것은 사실 아무런 의미가 없게 된다는 사실입니다. 분별하지 못하면 결국 나는 내 업습으로 형성된 마음인 '나'라고 하는 상의 마음으로 살게 되므로 업은 눈덩이처럼 커지게 되어 있으므로 괴로움 속에서 업의 수렁에서 벗어나지 못하므로 그 늪에서 허우적대고 있다는 사실을 알아야 합니다.

그러므로 분별, 분별심(分別心)에 대한 개념 바르게 정립해야 하는데, 우리는 어떤가. 분별이라고 하여 나누고 구별하는 마음이라고 하고 다시 '사량계교(思量計較)하고 분별시비하며 망상에 사로잡혀서 모든 현상을 나누고 구분하는 마음, 본성을 잃지 않는 본래심에 대비해 현상을 대하면서 일어나는 중생심을 말한다. 현실 세계에서 현상을 파악하는 데에는 분별이 필요하기도 하지만, 우주의 본체와 인간의 본질을 파악하고 깨달음에 이르기 위해서는 분별심을 놓아야 한다.'라고 하는 말은 안타깝지만 잘못된 말에 불과합니다. 이 정립이라는 이 개념만 마음에 바르게 정립하고 산다고 하면 마음공부 쉽게 하고 나 자신의 본성(운명)을 바꾸어 갈 수 있다 할 것이고 정립하지 못한다면 할 때까지 이 글을 봐야 할 것입니다.

분별 -3

문제는 인간이 이 세상을 살면서 그 어떠한 것에 대하여 옳고 그름을 정확하게 분별하고 산다는 것은 매우 어렵습니다. 그러한 차이는 전생에 나 자신이 어떠한 업을 지었는가에 따라서 지금의 나의 모습(본성)이 형성되었으므로 당연히 차이는 있을 수밖에 없는데, 그래서 이생에 그 이치를 바꾸는 것이 나의 운명을 바꾸는 것이 되는데, 이같이 하려면 분명하게 나 자신의 의식이 뚜렷하게 깨어나 있어야 하고 나는 여러분의 의식이 깨어나게 하도록 기존에 여러분이 관념으로 가지고 있는 것과 내가 하는 말의 차이에 대하여 이야기했습니다. 만약 그 누가 이러한 말을 하지 않는다면 우리는 기존에 전해져 오는 그러한 말들을 답습하며 한세월 살다가 갈 것인데, 문제는 죽고 나서 중음 속에 하나의 기운(마음)으로 있을 때는 이미 늦습니다.

중음에 있을 때는 몸을 받기 이전이므로 기운으로 존재하기 때문에 어떠한 생명체의 마음으로 작용하여 세상의 모든 것을 알 수는 있지만, 그 기운의 작용으로 업과 연관되지 않는 그것에 대하여 자신이 영향을 줄 수는 없습니다. 다른 사람의 마음으로 작용하여 세상을 볼 수는 있습니다. 그러나 볼 수 있다고 하여서 업연에 관계가 없는 그 사람에게 영향을 줄 수 없고, 나는 다시 윤회의 이치에서 몸을 받아 다른 생명체로 태어나면 이같이 다른 사람의 마음에서 작용할 수는 없습니다. 그러므로 이생에 인간으로 왔을 때, 내가 어떠한 의식으로 깨어나 살아가는가는 매우 중요한 것이며, 의식이 깨어난다는 것은 내가 그 어떤 것에 대해서도 '분별'하여 이치에 맞는 마음을 만들어 가는 것이 곧 깨어난다, 깨어있다는 말이 됩니다. 그런데 불교식으로 막연하게 깨어나라, 깨어나야 한다고 하지만 정작 그 깨어남이라는 것이 뭔가에 대한 말은 없습니다. 나를 알자는 개념도 나의 관념으로 알고 있는 것도 다른 것과 비교하여 무엇이 다른가를 객관적으로 비교하고 거기서 맞는다고 하는 그것과 내가 가지고 있는 것과의 차이를 아는 것이 '나를 알자.' 입니다.

내가 가지고 있는 나라고 하는 마음이 이치에 맞는 것과 아닌 것을 비교하여 그 차이를 아는 것이 '나를 알자'의 개념이 된다는 이야기입니다. 그러므로 기준이 되는 그 무엇이 있어야 거기에 비교하여 나의 마음과의 차이를 알 수 있다는 이야기인데, 이 기준이 나는 '진리이치'라고 했는데, 이것과 내가 가지고 있는 나라고 하는 관념과 비교하면 분명하게 뭔가의 차이는 있을 것이고, 그 차이만큼 나는 분별하지 못하고 살았다고 할 수 있고, 그 차이만큼 나에게 괴로움의 업으로 받고 이생을 살고 있다고 하면 됩니다. 나는 업(業)이 있으므로 존재하는 것이고 업이 있다는 이야기는 내가 바른 분별을 하지 못하고 살았다고 해야 맞는 말이 됩니다. 바로 이 부분이 내가 이생에 존재하는 이유가 되는데 사람들은 이러한 것은 알지도 못하고 이제껏 말한 사람도 없었음을 알아야 합니다. 그러니, 우리는 맨날 들어왔던 그 말만 되풀이하여 듣고 있고, 또 들어봐야 그 말이 그 말입니다.

앞에 말한 대로 '분별'이라는 것을 해야 하는가, 말아야 하는가에 대한 부분도 정립되지 않았으므로 말하는 사람마다 제각각 다 다릅니다. 불교의 대가라 할 수 있는 선종 사상에서의 육조 혜능이라는 사람은 '만유 제법(萬有諸法)은 본래무일물(本來無一物)이므로 분별심이 아닌 본래면목(本來面目)이라야 만유의 본체를 여실히 볼 수 있다.'라고 한 부분도 분별심이 아닌 본래면목(本來面目)으로만 만유의 본체를 본다고 했는데, 그렇다면 이 본래면목(本來面目)이라는 것은 과연 무엇인가입니다. 여기서 말하는 본래의 면목이라는 것은 '나 자신의 본래의 성품'을 의미합니다. 그런데 왜 불교에서는 본래 성품이라는 말을 하는가 하면, '내 본래의 성품은 곧 부처의 성품이기 때문이다.'라고 하여 인불사상에 기반을 둔 말이기 때문에 불교에서 말하는 본래면목(本來面目)이라는 것은 곧 '내가 자성불, 부처다.' 라고 하는 경지에 이르러야만 '세상에 모든 실체를 본다.'는 의미의 말이라고 할 수 있는데, 거듭 말하지만, 이것은 불교의 사상에서나 있는 말이고 진리적으로는 이 같은 말이 맞지 않습니다.

진리적으로 나의 본성(本性)이라는 것은 내 업으로 인해서 형성된 것이므로 이것은 사상적으로 존재하는 부처가 될 근본은 아니기 때문인데, 마음이라는 것은 다 같은 것이나, 마음속에 들어 있는 나의 본성은 내 업으로 형성된 것이므로 다릅니다. 그런데 인불사상에서의 부처라는 것은 인간이 가지고 있는 본성에 비유하는 것이므로 맞지 않습니다. 불교의 말은 그래서 현실을 떠나 다른 세상을 이야기하고 있으므로 현실과 동떨어진 말이라면 그 말은 아무런 의미가 없는 것이 되고, 내가 말하는 것은 현실 속에 나 자신이 옳고 그름을 분별해가는 것이므로 차이가 있는데, 문제는 불교는 이같이 현실과 동떨어진 그 어떠한 가상의 세계, 상상 속의 먼 나라 이야기를 하고 있으므로 상당한 괴리감이 있다는 것을 알 수 있는데, 이것을 알 수 있는 것도 결국 여러분이 무엇이 옳고 그른가를 정립해가는 수밖에는 별다른 방법이 없습니다.

이 말과 불교에서 말하는 분별에 대한 이야기를 보면 뭐라고 하는가. "번뇌가 곧 보리이기 때문에 분별심을 떠나서 본래심을 따로 찾으려 하는 것도 큰 망상이다. 또, 깨달은 사람은 법도에 맞는 분별을 내어서 육근 동작이 보리가 되도록 해야 한다."라고 이야기하는데, 보리, 분별심, 본래심, 망상, 육근동작 등의 단어를 말하는데 문제는 진리의 이치가 뭔가를 모르고 이처럼 단어의 조합을 나열하는 것은 의미가 없으며 이 같은 것은 종교적 사상 내에서 이야기하는 것이고, 실제 진리적으로 깨어남, 깨달음이라고 하는 것은 나 자신이 어떠한 상황에 부닥쳐서 그 상황에 대해 바른 분별을 하는 것이 우선이고, 그다음 나의 행이 그것에 맞는, 이치에 맞는 행을 하면 그뿐이고 이같이 하면 괴로움은 만들어지지 않으며 있는 괴로움도 소멸이 됩니다. 처음에는 이것이 쉽지 않지만 작고 소소한 것에서부터 이같이 바른 분별을 하게 되면 이 마음이 확장되어가고 점진적으로 이 마음이 100이 되었을 때 비로소 생명체로 태어나지 않는 해탈이라는 것을 하게 됩니다.

문제는 혼자서 이 개념을 알 수 없는데, 그 이유는 나 자신이 어떠한 상황에 처하게 되면 나 자신의 본성(업으로 형성된 육신의 마음인 나의 관념)이 발동하여 그 업의 관념으로 판단해 버리기 때문에 이치를 알아가는 마음공부라는 것은 혼자서 할 수 없다고 한 것입니다. 자신의 관념에서 자신이 유리한 쪽으로 자신의 본성대로 마음이 일어나버리기 때문에 어렵습니다. 문제는 내가 어떠한 생각이 일어나기 전에 이미 나의 마음에는 순간 나 자신의 업습대로 이미 확정이 되어버리고 난 후에 생각이 일어나게 되기 때문인데, 예를 들면 내가 '밥을 먹어야지.' 라고 생각하기 전 이미 내 마음에는 무슨 밥을 먹지라고 미리 일어나 버린다는 이야기입니다. 순간 내가 어떠한 상황, 경계에 부딪혀있다고 하면 이미 내 마음에는 그 상황에 대한 나의 마음은 일어나 있다는 것을 이야기합니다.

바로 이 부분은 나 자신의 본성과 깊은 연관이 있는데, 우리는 보통 한 박자 늦게 마음에서 일어났음을 발견하는데, 이때는 현실적인 윤리, 도덕, 상황 등등이 개입되게 되어 있습니다. 그래서 타고난 본성이라는 것이 매우 중요한데, 다시 예를 들면 어떠한 물건이 길가에 떨어져 있다고 할 때, 열 사람이 이것을 보았다고 하면 제각각의 마음이 다 다를 것입니다. 왜 다른가? 바로 개개인의 업의 이치가 다르므로, 똑같은 것을 보았다고 하더라도 앞에 말한 대로 그것을 본 순간, 즉시 이미 내 마음에는 이것을 어떻게 해야 한다고 마음이 다 일어나게 됩니다. 바로 이것이 찰나의 개념인데, 그러므로 애당초 내 본성을 잘 만들어야 하므로 마음공부라는 것을 하여, 나의 본성을 이치에 맞게 하는 것입니다. 다시 말하면 향(香)냄새가 나는 내 마음을 가졌다고 하면, 자신이 어떠한 것을 보면 이 향냄새의 관념이 은연중에 작용을 해버리므로 결국 그 향의 관념으로 그 물건을 본다는 이야기입니다.

죄와 벌 -1

우리는 아직도 '죄를 지으면 반드시 그 죗값을 치러야 하는가?'에 대한 부분 또, 부처나 하느님은, 진리는 죄를 지은 사람을 용서할까? 아니면 벌을 줄까? 라는 것이 정립되어 있지 않은 상태에 살고 있으며, 이 물음에 관한 말만을 한다고 해도 무수한 이야기를 할 수 있을 것이나, 이 부분은 매우 간단하게 정의할 수 있는데 그것은 바로 '자업자득·인과응보의 이치'에 따른다고 정립하면 간단합니다. 문제는 이 부분이 정립되지 않으므로 현실적으로 무수한 말이 난무하고 여기서도 분별만 바르게 하고 스스로가 개념정립을 하면 매우 간단합니다. 사실 진리는 진리자체로 존재하므로 이것을 뭐라고 이름 붙일 필요는 없는데도, 사람들은 진리라는 말을 수없이 하지만, 진리는 진리 그 자체로 존재하므로 그 누구도 뭐라고 말할 수 없으며 다만 그 작용인 '진리이치'를 이야기해야 그것이 법이 됩니다.

다시 말하면 공기는 공기 자체로 존재하므로 가만히 있는 공기를 이러쿵저러쿵 이야기하지 말라는 뜻이고, 가만히 있는 공기를 내가 숨을 쉴 때 느끼는데 이 작용을 법, 진리이치라고 이야기해야 맞는 말이 되는데, 우리는 진리가 벌주고 죄를 주는 것으로 말하는데 잘못된 것입니다. 그러면 여기서 부처와 하느님이라는 것을 우리가 믿지만 사실 진리적으로 이 같은 존재는 별도로 없을 뿐이고, '진리의 작용'만이 존재하는데 왜 우리는 이 같은 대상이나 존재에게 빌고 비는가입니다. 그리고 이들이 죄와 벌을 주는 것으로 이야기되는 부분 자체가 진리이치에 맞지 않는다는 것을 알아야 합니다. 그러므로 누가 죄라는 것을 지은 사람을 단죄하는 법칙을 만들지 않았다는 이야기입니다.

그런데 우리는 내가 아무리 큰 죄를 지었다 할지라도 오로지 부처는 대자대비로 용서를 해주고 품어주고, 또 절대자는 사랑으로 용서할 뿐이라는 식으로 이야기하고 살아가는 것이 인간의 마음일 것입니다. 그런데 문제는 인과응보는 뭐고, 잘못한 사람이 받는 인과응보는 뭐고,

천벌은 무엇이며, 지옥은 또 무엇이냐는 것에 의구심을 가지게 될 것입니다. 이 같은 존재가 있어서 나쁜 짓 한 사람도 다 용서받는다면, 왜 애써 착한 일을 해야 할까? 그렇다면 부처가 오히려 잘못하는 것은 아니냐는 의구심을 가지게 될 것입니다. 그러므로 우리는 애당초 진리라는 것을 잘못 이해하고 있었으므로 이같이 무수한 말 속에 무엇이 맞는 것인가 조차도 모르고 개념 없이 그 대상을 믿고 있다고 해도 과언은 아닐 것입니다. 근본이 정립되지 않았으므로 그 관념으로 내가 하는 말을 보면 생소하고 여러 가지 마음이 들 것인데 간단하게 보면 근본을 모르지만, 우리는 '선인 선과 악인 악과'라는 말을 하고 인과응보라는 말, 잘못한 사람은 그에 합당한 죗값을 치르는 것도 맞는다는 식으로 포괄적 개념으로 두리뭉실하게 넘어갑니다.

왜 이렇게 되는가. 그 모두가 다 진실이라고 믿으면서 정작 나 자신은 이러한 것에 대하여 바른 개념을 정립하지 못하고 살아갑니다. 인과응보의 개념은 무엇인가? 보통 사람들은 인과응보의 목적을 단죄 혹은 죄지은 사람을 벌할 목적이라고 생각합니다. 이 말은 죄지은 사람은 악업을 받고, 선을 행한 사람은 선업을 받는 것이 균형의 법칙입니다. 내가 남에게 뺨을 한 대 때렸다고 하면 응당 나도 그 뺨을 맞아야 맞는 것, 이것이 인과응보의 법칙인데, 문제는 이것은 보이는 이치에서의 작용이나, 보이지 않는 진리적인 작용에 대하여 당장 물질처럼 내 앞에 나타나 이루어지는 것이 아니므로 간과합니다. 이것은 시간이 지나 반드시 나에게 되돌아온다는 것을 당장에 일어나는 것이 아니므로 마음에 두지 않는다는 것이고, 그러면서 나 자신이 괴로우면 그때

가서 앞에 말한 것처럼 누가 나에게 벌을 주고 어떻게 하겠느냐는 생각을 합니다.

따라서 진리 자체가 벌을 주는 것이 아니라, 내가 한 행위의 결과로 인과응보를 받는 것이므로 그 목적은 어떠한 대상에 의해서 주어지는 단죄에 있는 것이 아니라는 사실입니다. 다시 이야기하면 이 인과응보가 일어나는 이유는 그 사람에게 '잘못했으니 당해도 싸다.'라고 하거나, 또는 '죄를 지었으니 당연히 벌을 받아야 한다.'거나 하여 누가 주는 것이 아니라, 진리이치가 그렇게 작용을 하고 있다는 것입니다. 그러므로 우리가 알고자 하는 것은 이 과정을 이해하려는 마음이 중요합니다. 이러한 것은 보이지 않는 작용이나, 문제는 그것이 마음으로 작용하여 행동으로 나타나게 되어 있으므로 죄(업)를 지은 사람에게 자신의 죄(업)를 깨닫고 참회할 수 있도록, 자신의 잘못을 깨닫게 해 주기 위한 목적으로 자업자득·인과응보의 이치를 이해하는 것입니다.

그런데 이 같은 것이 어떠한 존재에 의해서 자비와 사랑 나타나는 것이 아니라, 오로지 진리이치가 그렇게 되어 있을 뿐이며 이것이 우주 법계의 특징일 뿐이며 진리의 작용이 그렇게 되어 있을 뿐입니다. 그러므로 우리가 말하는 '이 우주는 무한한 자비와 사랑으로 계획되었다. 아무리 큰 잘못을 저지른 죄인이라 할지라도 우주 법계는 그를 용서하고 사랑한다. 그에게 죗값을 치르게 할 목적이거나, 단죄하고 벌 받게 할 목적으로 벌을 주지는 않는다. 다만 그를 너무나도 사랑하고 깨닫게 하고 싶어서 그가 깨달을 때까지 그에 합당한 과보를 받게 하는 것이

다.' 라고 이야기하는 말은 잘못된 말인데, 보면, 자비, 사랑이라는 것은 진리 속에는 없는 말이고 이치만 존재하므로 자비, 사랑의 개념은 누가 있다는 것, 대상이 존재한다는 것을 의미하므로 이치에 맞지 않습니다. 그래서 불교는 이같이 전제하고 이것을 부처님의 동체대비 자비심이다. 누구의 사랑이라는 말을 하지만, 인간적인 행위에 불과하고 진리는 공기와 같아서 무엇이라 이름 붙일 수 없음에도 인간은 여기에 자비, 사랑이라는 말을 더합니다.

그래서 어떤 사람은 나에게 괴로움이 있다며 '깨닫게 해 주기 위해 벌을 주는 것이다.'라는 식으로 이야기하지만 착각입니다. 이 말이 성립될 수 없는 것은 '깨닫게 해 주기 위해 벌을 주는 것이다.'가 아니라, '내가 지은 행위에 대한 결과는 그대로 받는 것뿐이다.'인데, 이것이 '벌을 주는 것이다.'라고 하면, 누가 무엇이 있다는 것을 의미하므로 개념이 다릅니다. 결과적으로 벌을 받는 것은 똑같은 것 아니냐고 하겠지만, 누가 주는가, 아니면 이치가 그렇게 되어 있는가의 차이가 다르다는 뜻이며 이것은 매우 중요한 개념이므로 잘 정립해야 할 것이고, 이것을 깨닫는 것은 삶의 방식에 큰 변화를 가져온다는 이야기입니다. 이말을 달리한다면 죄가 먼저가 아니라 이 같은 이치를 아는 깨달음이먼저라는 것을 의미합니다.

불교는 '죄업을 지었을지라도 벌을 받기 전에 먼저 그 죄업에 대해 참회하고 깨닫게 된다면 그 죄의 과보를 받지 않아도 된다.' 라고 이야기합니다만 잘못된 것인데, 내가 무슨 죄를 지어 어떠한 과보를 받는가의 본질을 알아야 어떻게 해보는데 무슨 죄를 지었는지도 모르면서 이같이 '죄업을 지었을지라도 벌을 받기 전에 먼저 그 죄업에 대해 참회하고 깨닫게 된다면 그 죄의 과보를 받지 않아도 된다.' 라고 하는가입니다. 바로 이 부분이 종교적 관념인데, 무조건 죄를 이었으므로 참회를 한다고 하는 것은 논리적으로 맞지 않는데, 우리는 어떤가? 바로 이와 같은 관념을 갖고 죄를 빌고, 벌을 받는다고 이야기하는 것, 이것이 맹신입니다. 내가 무엇, 어떠한 것이 잘못되었는가도 모르면서 막연하게 자업자득이고 인과응보라고 이야기하는 자체가 맹신이라는 뜻입니다. 내가 이야기하는 화현의 부처님 법에서는 내가 무엇이 이치에 얼마나 벗어났는가를 알고 그것을 고쳐가는 것인데, 이 개념과 막연하게 죄와 벌이라는 관념을 가지는 것은 맹신입니다.

죄와 벌 -2

정리하면 죄(罪)라는 것은 이치(理致)에 벗어난 것이 죄의 개념이고, 벌(罰)이라는 것은 받아야 할 업(業)의 개념이 됩니다. 그런데 여기에 누가 있으므로 죄와 벌에 관여한다는 것을 전제로 죄와 벌의 개념을 이야기하고, 이것을 담당하고 지배하는 존재가 그 어떤 것이 있다는 것을 설정한 것이 종교의 개념이라면, 내가 말하는 것은 이치에 벗어난 행위가 악업(죄)이 되고, 이치에 맞는 행위는 선한 일(선업, 복의 개념)이 되는데, 이 과정에 누가 그 무엇이 개입

될 여지가 없는 것이 '진리이치'이고, 이 진리이치는 오로지 자업자득·인과응보의 개념으로 작용하는 것뿐입니다. 그런데 '죄업을 지었을지라도 벌을 받기 전에 먼저 그 죄업에 대해 참회하고 깨닫게 된다면 그 죄의 인과응보를 받지 않아도 된다.' 라고 하는 종교적 관점에서 보면 죄라고 하는 이 죄(罪)에 대한 기준이 없으며 있다고 한다면, 종교적 관념으로 만들어 놓은 계율(戒律), 율법을 어긴 것이 죄라고 하겠지만 진리적으로는 그렇게 작용하지 않습니다.

이 말은 누가 이 계(戒)라는 것을 만들었다고 하면 반드시 진리적으로 어긋난 것이 뭔가를 알고 그것에 맞게 만들어 놨어야 할 것이 이치에 맞는 것이고, 그렇다면, 이 계(戒)라는 것만 지키면 죄(업)를 짓지 않는 것이 된다는 이야기인데 그렇다면, 종교가 없었던 태초 인간의 세계에서는 다 죄를 지었고, 그들은 다 괴로움을 안고 살았어야 마땅한 말이 되는 것이나, 실제 진리이치를 보면 그 당시의 사람들이 윤회에서 벗어나 해탈의 자리에 많이 있는데 이것은 무엇을 의미하는가입니다. 이것은 바로 자연의 순리, 섭리에 따르는 사람들이 많았다는 것을 의미합니다. 따라서 오늘날 이 사회가 혼란스러운 것도 자연의 이치를 거슬렀기 때문에 그 질서가 무너졌으므로 나타나는 현상이고, 이것을 초래한 것은 다름 아닌 '마음'이라는 것을 가진 인간의 작품이라는 사실입니다.

그러므로 이 본질을 모르고 좋은 말로 참회하고 깨달으면 그 죄의 인과응보를 받지 않아도 된다고 한다면 이것에 대한 기준은 무엇인가입니다. 누가 얼마나 참회를 하고 무엇을 깨달아야 하는가의 문제가 남게 된다는 뜻입니다. 이 기준을 누가 정하고 누가 판단한다는 말인가? 따라서 이같이 막연하게 인간적으로 개인이 가지고 있는 관념으로 윤리, 도덕의 기준으로 내가 무엇을 잘못했다고 하면, 이것은 보편적인 인간 윤리, 도덕으로 대략의 기준으로 삼을 수 있지만, 이마저도 그 기준은 없다는 사실입니다.

어디까지가 인간 윤리이며 도덕인가의 이 기준이 여러분은 있다고 생각하는가입니다. 냉정하게 보면 그 기준은 없으며 다만 우리가 객관적으로 판단할 때 '이것은 아니다.'라고 하는 막연한 기준을 잣대로 하고 거기에 벗어나는가, 아닌가를 가늠할 뿐이므로 이것도 진리적으로 의미는 없지만, 현실적으로는 이 방법밖에는 없습니다. 그래서 이 기준에 어긋나는 것을 가지고 잘잘못을 따지고 가늠하는 것이 고작이고, 이 윤리와 도덕을 이해하는 것도 하나의 깨달음은 될 수 있지만, 이것으로 나의 근본이 바뀌고 본성이 바뀌는 것은 아니라는 뜻입니다. 이 이치(理致)라는 것은 '사물의 정당한 조리(條理). 도리에 맞는 취지(趣旨)'라고 사람들이 정의했으므로 이 말대로 어떤 것에 대하여 정당한 조리, 취지라고 한다면 어떤 것이 정당한 것이고 취지인가를 아는 것 이것이 바로 진정한 '깨달음'이 되고, 괴로움은 없어지게 됩니다. 그래서 이 이치를 알면 이치에 어긋난 행위를 하지 않으므로, 인과응보의 개념으로 진리라는 것은 그것에 맞게 반응을 할 뿐이므로, 내가 이같이 했으므로 어떠한 대상이 죄와 벌을 주는 것이라고 중간에 설정할 이유가 하나도 없다는 것을 알아야 합니다.

그런데 이 인과응보의 개념을 불교에서 뭐라고 하는가 하면 '인과응보는 기계적인 것이 아니다. 기계적으로 무조건 받아야만 하는 것이 아니라, 얼마나 깨달았느냐에 따라, 더 크게 혹은 더 작게 받게도 되고, 다른 방식으로 받음으로써, 받지 않는 효과를 얻게 될 수도 있다. 소금물의 비유도 이 원리를 표현하고 있다. 그릇에 소금(죄업)이 가득 담겨 있으면 어떻게든 그 소금물을 다 자신이 먹어야 한다. 그러나 그릇을 크게 키우게 되면 소금물을 계속 마시더라도 크게 짜지 않게 먹을 수도 있다. 여기에서 그릇을 키운다는 것이 바로 깨닫는다는 것을 의미한다.' 라는 논리로 이야기하는 것이고, 내가 말하는 것은 내 마음이라는 그릇을 키워서 그 죄라는 것을 희석해가는 개념이 아니라, 그 소금의 원인을 알고 그 소금이 줄어들게 하여 결국 없어지게 만드는 것을 이야기하므로 다르고, 또 불교의 말대로라면 그 소금이라는 것이 왜 생겨났는가를 그대로 두고(이것은 운명을 부정했으므로 근본을 이야기하지 못하는 것) 막연하게 깨달음이라는 것으로 내 그릇을 키워야 한다고 하는 논리이므로 내가 말하는 것과는 다릅니다.

　　따라서 '어떻게든 그 소금물을 다 자신이 먹어야 한다. 그러나 그릇을 크게 키우게 되면 소금물을 계속 마시더라도 크게 짜지 않게 먹을 수도 있다.' 라는 논리로 비유하는 것 자체가 잘못된 것입니다. 내가 말하는 것은 소금이 왜 생겨났는가를 스스로 아는 것 이것을 알면 다시는 그 소금이 만들어지지 않는다는 논리고, 불교의 말은 깨달음으로 내 그릇을 넓혀서 희석해버리는 것과 같은 개념이므로 다릅니다. 또 소금물의 발생원리, 개념을 알면 소금물이 생기는 것을 막을 수 있는데, 이것을 나는 기운의 변화(마음의 변화) 개념으로 이야기했습니다.

그런데 이놈의 깨달음이 뭔지는 모르겠지만, 온통 깨달음이라는 것
만 이야기하지 실제 그 본질을 이야기하지 못하므로 '깨닫게 되면 지혜
가 성숙하고, 그것은 곧 자비와 사랑이 깊어짐을 의미한다. 깨닫는다
는 것은 곧 자비로워진다는 것을 의미하는 것이다. 내가 상대방을 괴
롭혔고, 인과응보를 받기 전에 스스로 잘못을 뉘우치고 참회하고 깨닫
게 된다면, 상대방을 괴롭힌 것에 대해 반성하면서 상대방을 향한 자
비와 사랑이 여물게 될 것이다. 즉 그릇을 키운다는 것은 곧 깨달음과
사랑, 지혜와 자비가 깊어짐을 의미하는 것이다.' 라는 식으로 무수한
말이 난무하는데 어리석은 말에 불과합니다.

이치에 맞으면 선업이 되고, 이치에 어긋나면 죄가 되며 벌(과보)은 누
가 존재하여 주는 것이 아니라 진리의 작용이 그러한 것이며, 이것에
누가 개입될 여지는 없다, 이것이 자업자득·인과응보의 개념입니다. 그
런데 불교에서 하는 말은 '인과응보가 일어나는 이유, 끌어당김의 법칙,
황금률의 법칙, 작용 반작용의 법칙이 일어나는 이유가 바로 깨달음과
사랑이고 지혜와 자비를 자신에게 배우게 하기 위함이다.' 라는 논리로
이야기하는 것은 진리이치를 알지 못하고 물질을 진리에 대입하여 하
는 말에 불과한 것이라는 사실을 명심해야 합니다. 무슨 법칙이 있고
황금률의 법칙이 어디에 있는가, 앞서 '죄업을 지었을지라도 벌을 받기
전에 먼저 그 죄업에 대해 참회하고 깨닫게 된다면 그 죄의 인과응보를
받지 않아도 된다.' 라고 하는 일반적인 종교 관념을 이야기했는데 잘

못인지 잘 알지 못할지라도 분별하지 말고, 묻지 말고, 따지지 말고 종교사상을 믿고 행하면 죄는 다 없어진다는 것은 맹신입니다.

만약 우리의 삶에 어떤 역경, 고난, 괴로움, 병이 찾아왔다고 하면 그런 괴로움이라는 인과응보가 온 이유는 무엇이냐는 본질을 알아야 한다는 이야기인데, 이같이 나에게 문제가 생기면 불교에서 하는 말은 "그것은 바로 당신을 깨닫게 해 주고 싶기 때문이다. 이 우주 법계가 감사하게도 당신에게 깨달음과 사랑이라는 축복을 전해 주고 싶어진 것이다." 그래서 '나에게 괴로움이 있다면 그것은 그 대상에게 선택받은 인간이다, 불교는 이것은 나를 깨닫게 해주기 위해서 일어나는 것이므로 가피다, 응당 감사해라, 그러므로 보시해라, 바치라.' 고 하는 개념으로 귀결될 것입니다. 그러므로 내가 이야기하는 본질과는 전혀 다른 것이고, 대부분은 아마 이 같은 것을 믿고 자가당착에 빠져 있다는 것, 그 우물에 빠져 있다는 것을 아는 사람 없으며, 내가 빠져 있다는 것을 스스로 아는 것이 '나를 알자'의 개념입니다.

그래서 속된말로 괴로움이 있으면 선택받은 것이라고 믿고 있고, 불교는 당신을 깨닫게 하기 위해서라는 말로 인간적인 감정을 다스리는 것이고 여기에는 보시나, 그 어떠한 물질의 크기로 죄를 사해주는 것이 다르고 내가 얼마나 기도를 했는가, 의지했는가로 빠져나갈 여지를 만들었습니다. 그래서 똑같이 했지만, 그 차이가 다르고 자신이 원하는 것이 들지 않으면 기도가 부족해서 보시가 부족해서 등으로 이런저런 이야기로 자신들이 빠져나갈 구멍을 만들어 놓았으므로 중간에 그렇게 하라고 말한 한 그 사람들은 아무런 잘못이 없는 것이 되어 버립니다. 말을 전했을 뿐이므로 나는 잘못이 없고, 당신들의 기도가, 보시의 공덕이 부족한 탓이라고 이야기한다는 것이며, 과연 누가 축복을 주고 누가 무엇을 깨닫게 하길래 이같이 야단법석을 하는가입니다.

죄와 벌 -3

                               회적으로 이름 좀 있다는 어떤 사람이 말합니다. '천상세계에만 있으면 매우 좋은 조건, 완벽한 조건만 있으므로 삶의 성숙과 깨달음이 더딘 것이다. 우린 본래부터 인간이 아니라, 천사이며 신이고 천상세계의 풍요와 완전함을 누리며 살던 이들이다. 그러나 그곳에서의 행복을 박차고 고해인 인간계를 선택해 태어난 데에는 이유가 있다. 고통의 바다인 인간계에서 고통을 통해 크게 성숙하고 깨닫겠다는 것이야말로 모든 인간의 공통된 생의 목적인 것이다. 그 생의 목적을 생각한다면, 우리 앞에 놓인 고통 앞에서 더는 좌절하고 있을 수만은 없을 것이다. 원망할 일이 아니란 것을 알게 될 것이다. 그 고맙고도 감사한 괴로움을 받아들이고, 용서하고, 감사해 하고, 사랑해 주자, 이것이 이 고해의 인간계에서 태어난 이생의 목적이다.' 라는 말을 합니다.

사실 이 같은 말을 어떤 사람이 진리의 말이라고 하여 말하는데, 착각입니다. 천상세계라는 것이 무엇이고 어디에 있으며, 무엇이 매우 좋은 조건이고 완벽한 조건인가이며, 무슨 삶의 성숙이고 천사이며 등등의 위와 같은 말은 진리를 모르고 인간의 감성만 자극하는 말이므로 말할 가치가 없는데 우리는 이 같은 말의 함정에 빠져 오늘도 누구에게 허공 법계에 존재한다는 이같이 죄와 벌을 준 그들에게 선택받기 위해 별짓 다 합니다. 사람들은 다들 말합니다. '지금 나를 괴롭히는 사람은 과거(전생)의 나의 모습이다. 이러한 윤회(순환)의 원리(인과의 원리)를 깨닫고 과거의 나의 잘못을 참회하고 괴롭히는 그를 따뜻하게 대해주는 것이 진정한 용서다. 괴롭히는 그가 나를 깨우치게 하는 동기가 되었으니 그는 나쁜 사람이 아니라 나를 깨닫게 해준 스승이다.' 라고 이야기합니다. 단편적으로 보면 참 좋은 말이라 생각하겠지만, 이같이 전생에 나의 모습이라고 하면서 나를 깨닫게 해주는 스승이라 하니, 과연 이같은 말이 이치에 논리적으로 맞는 말인가입니다.

  예를 들면, 어떤 사람이 무지하게 괴로움을 겪다가 어느 순간에 안정되는 경우가 있다 할 때, 이 사람은 고통을 극복해서 좋아졌다고 이야기할 것입니다. 그렇다면, 지금 괴로움이 있을 때 이것을 극복하지 못하는 사람은 다 괴로울 것입니다. 따라서 고통을 극복한 사람만이 성공이라는 것을 하고, 극복하지 못한 사람은 성공하지 못한다는 이야기인데, 이 글을 보는 여러분은 자신이 노력하지 않아서 자신의 고통을 극복하지 못한 것이고, 돈 좀 벌었다는 사람은 극복해서 번 것이라는 이야기가 되는데, 그 극복이라는 것은 무엇인가입니다. 그런데 우리는 이같이 무엇을 극복하여 성공했다는 사람들의 이야기 주변에 많이 있습니다만, 내가 극복한다고 하여 모든 것이 그 삶과 같이, 아니면 비슷하게라도 되지 않습니다.

소위 극복하여 성공했다는 사람들은 전생에 자신이 지은 업연이 그와 같이 업의 유통기한에 맞아야 하고 이생에서는 그것이 진리적으로 작용하는 밑바탕이 있으므로 내가 지은 업과 시기와 때라는 것이 동시에 맞아야만 이같이 극복의 개념이 성립됩니다. 이 중에 어느 하나가 맞지 않는다면 아무리 내가 극복하고자 노력한다고 해도, 되지 않는데, 이유는 나 자신의 본성과 깊은 연관이 있으므로 그렇습니다. 그러므로 보이는 현실에서 이같이 노력하면 안 되는 일 없다고 목에 힘주어 말하고, 뭐가 안 된다고 하면 "당신의 노력이 부족해서 그런다."라는 식으로 이야기하는 것 자체는 모순이라는 이야기입니다.

앞에 '지금 나를 괴롭히는 사람은 과거(전생)의 나의 모습이다. 이러한 윤회(순환)의 원리(인과의 원리)를 깨닫고 과거의 나의 잘못을 참회하고 괴롭히는 그를 따뜻하게 대해주는 것이 진정한 용서다. 괴롭히는 그가 나를 깨우치게 하는 동기가 되었으니 그는 나쁜 사람이 아니라 나를 깨닫게 해준 스승이다.' 라고 하는 말을 보면, 어떤 사람과의 관계에서 문제가 있다면, 현실적으로 내가 받아야 할 인과가 있으므로 고통을 겪는 것이라고 할 수는 있지만, 그렇지 않을 수도 있다는 이야기입니다.

예를 들어 어떤 사람이 사사건건 나에게 시비를 건다고 할 때, 내가 이 사람에게 받아야 할 업, 인과응보가 있다고 하여 무조건 참는 것은 맞지 않는다는 이야기이고, 현실적으로 분별하여 그 문제가 이치에 맞는 것인가 아닌가를 분별하여 이치에 맞지 않는 행동으로 상대가 나에게 시비를 했다고 하면 그것을 따지는 것이 맞는데, 이때 내가 받아야 할 업이 있으므로 그런 것이라고 이해를 하는 것은 옳지 않다는 것이므로 이런 원리를 모르면 막연하게 '나를 괴롭히는 그를 미워하고, 원망하고, 다투게 됨으로써 영원토록 서로 괴롭히는 윤회의 틀에서 벗어나지 못한다.'라고 이야기하게 됩니다. 전혀 다른 개념이 되는데, 문제는 나에게 접촉되는 모든 관계는 분명하게 내가 받아야 할 업(業)에 의하여 인과의 관계가 있지만, 나의 업이 아닌 상대의 업(상)으로 시비할 수 있으므로 막연하게 '나를 괴롭히는 그를 미워하고, 원망하고, 다투게 됨으로써 영원토록 서로 괴롭히는 윤회의 틀에서 벗어나지 못한다.' 라고 하는 말은 이치에 맞지 않으므로 이 개념을 잘 이해하여야 합니다.

문제는 어떠한 고통이던 '고통은 고통이 아니라 나를 성장시켜주는 원동력이다.'라는 것은 맞는 말이기는 하지만, 그 고통이 나와의 업연에 의한 고통인가, 아니면 상대의 일방적인 행위인가는 분별해야 하는데, 여러분이 이것을 스스로 모르기 때문에 반드시 진리이치를 아는 자가 큰 틀을 잡아주는 것이 최선이고, 그래서 마음공부 혼자 할 수 없으며 정법으로 진리라는 그 이치를 배우는 것 이것이 마음공부의 정석입니다. 혼자서 할 수 없는 것은 어떤 것을 스스로 한다고 해도 그것은 결과적으로 나의 본성으로 행동을 하므로 혼자서 글을 보고 혼자 판단하는 것은 딴 길로 갈 수 있으므로 주의해야 합니다. 불교에서는 '고통이 없고 고통을 극복해 보지 못한 삶은 진정한 삶이 아니다. 고통 없는 삶은 없다. 다만 그 고통을 극복하느냐? 극복하지 못하느냐? 의 차이만 있을 뿐이다.' 라고 이야기하므로 얼핏 보면 내 말과 같은 말이라 생각하겠지만, 문제는 여기까지는 누구라도 이야기합니다만 내가 말하는 것은 그 고통이 뭔가의 본질을 이야기하는 것이므로 막연하게 위와 같이 이야기하는 자체는 본질이 없는 이야기가 됩니다.

정리하면 앞에 '이 우주는 무한한 자비와 사랑으로 계획되었다. 아무리 큰 잘못을 저지른 죄인이라 할지라도 우주 법계는 그를 용서하고 사랑한다. 그에게 죗값을 치르게 할 목적이거나, 단죄하고 벌 받게 할 목적으로 벌을 주지는 않는다. 다만 그를 너무나도 사랑하고 깨닫게 해주고 싶어서 그가 깨달을 때까지 그에 합당한 인과응보를 받게 하는 것이다.' 라는 말과 '고통이 없고 고통을 극복해 보지 못한 삶은 진정한 삶이 아니다. 고통 없는 삶은 없다. 다만 그 고통을 극복하느냐? 극복하지 못하느냐? 의 차이만 있을 뿐이다.' 라고 하는 말은 결과적으로 어떠한 존재가 죄와 벌이라는 것을 주었는데 그 이유는 고통을 줌으로써 '나를 깨닫게 하는 것이다.' 라는 이야기입니다. 그러니, 이 말대로라면 어떠한 존재가 주었으므로 나는 극복하면 된다는 이야기인데 그러면 내가 어떻게 무엇으로 극복해야 하는가, 그 방법이 또 문제가 됩니다.

그래서 종교적으로 물질을 많이 가져다주면 위 개념으로 고통은 사라지는 것이 되며, 이같이 했음에도 고통이 사라지지 않는다고 하는 것은 극복하느냐 극복하지 못하느냐 두 가지인데 나에게 괴로움이 있다면, 그것은 나의 능력에 따라 좌우된다는 뜻인데 이 개념이 맞는가를 여러분은 정립해야 할 것입니다. 그래서 하는 말이 뭔가 '모든 것에 감사하라.' 라는 말인데, 어떤 존재가 나를 깨닫게 하려고 괴로움이라는 것을 주었으므로 어찌 되었든 감사해야 한다는 논리인데, 이 논리로 '감사할 줄 모르면 어떠한 고통도 극복할 수 없다.'라고 이야기합니다. '이 우주는 무한한 자비와 사랑으로 계획되었다. 아무리 큰 잘못을 저지른 죄인이라 할지라도 우주 법계는 그를 용서하고 사랑한다. 그에게 죗값을 치르게 할 목적이거나, 단죄하고 벌 받게 할 목적으로 벌을 주지는 않는다. 다만 그를 너무나도 사랑하고 깨닫게 해 주고 싶어서 그가 깨달을 때까지 그에 합당한 과보를 받게 하는 것이다.' 이라고한 부분을 보면, 나는 선택받았으므로 괴로움이 있으므로 '감사해라.' 라는 말이 된다는 뜻인데, 그래서 어떤 종교를 믿는가에 따라서 나에게 '괴로움을 주어서 감사하다.' 라고 하는 말이 되므로 안타까운 일이라 할 것입니다.

그리고 하는 말이 '감사하는 마음은 스스로 만드는 것이다.' 라는 말을 일체유심조(一切唯心造)에 비유하여 이야기하는데, 대단한 착각을 하고 있다 할 것입니다. 그래서 사랑하고 고맙고 감사해야 한다는 말이 난무하게 되지만, 진리적으로 누구에게 고맙고 감사해야 할 것은 없습니다. 다들 자업자득·인과응보의 이치에 따라서만 이루어지기 때문입니다. 이 같은 논리로 이야기하는 사람은 뭐라고 하게 되는가 '어떤 사람은 미안해하고 어떤 사람은 감사해 한다. 미안해하면 미안할 일만 생기고 감사해 하면 감사할 일만 생긴다. 우주 만상은 상호관계성(상호의존성, 연기관계, 생명공동체)으로 존재하므로 이 원리를 확연히 깨치면 감사하지 않을 수 없다.' 라는 논리로 이야기하는데 무엇을 감사해야 하는가입니다. 그러므로 인과응보의 이치에서는 감사해야 할 대상이 없는데, 이같이 '우주 만상은 상호관계성, 상호의존성, 연기관계, 생명공동체로 존재하므로, 이 원리를 확연히 깨치면 감사하지 않을 수 없다.' 라는 말은 곧 대상이 있다는 것을 전제로 해서 대상에게 감사해야 할 이유가 생깁니다.

따라서 이 말과 자업자득·인과응보의 개념에서는 대상이 없으므로 이같이 감사해야 할 것 하나도 없다는 것입니다. 위빠사나 훈련이 명상이라고 한다면 이 명상은 '정신을 집중하고 마음의 움직임을 알아차리고 내려놓는 것이다. 깊게 보면 하나의 풀잎에서 모든 것 (우주)을 볼 수 있다.'라고 말합니다. 그리고 깨달음의 세계에서 본다는 말은 육안(육신의 눈)으로 보는 것이 아니라 심안(마음의 눈)으로 보는 것이라고 이야기하고 심안은 '원리'를 깨쳤을 때 가장 밝아지고 원리를 깨치면 모든 것을 꿰뚫어 보는 통찰력(지혜)이 생긴다.'라고도 말합니다만, 명상이라고 하는 것을 하여 보는 것은 이같이 허상을 보고, 허구를 말하게 되어 있고, 내가 말하는 것은 살아있는 생명체에서 그 작용에 대한 이치를 아는 것을 깨달음이라고 했으므로 다른데, 이 개념도 무엇이 이치에 맞는가를 스스로 정립해야만 할 것입니다.

과학의 한계 -1

　　　　　　　　　　　　　　　　생명체의 본질, 근본은 무엇인가.
불교에서는 생명체의 본질에 대한 이야기는 없습니다. 깨달음이라는
것도 현실적으로 정의되지 않아서 불분명한데, 그래서 과학자들이 과
학(물질)의 개념으로 생명체의 본질을 밝히려 하고 있고, 오늘날 현대
물리학은 양자물리학이 발달하면서 이같이 보이지 않는 진리의 세계
를 과학의 논리로 연구하게 되었고, 이 논리로 석가모니가 이 세상에
존재하면 훌륭한 과학자가 되었을 것이라는 이야기를 하지만, 대단한
착각입니다. 양자물리학에서는 모든 물질을 쪼개고 쪼개서 더는 쪼갤
수 없을 때까지 쪼개면 최소한의 알갱이가 남는데 이것을 소립자(미립
자)라고 합니다.

　따라서 소립자는 인간의 눈에 보이는 물질에 대한 것을 구성하고 이
것을 분석하는 것이 과학의 논리, 물질의 이치일 뿐인데, 이 물질을 진
리에 대입하여 이야기하는 것 자체가 근본적으로 잘못된 것입니다. 위
에 말한 대로, 양자물리학에서는 모든 물질을 쪼개고 쪼개서 더는 쪼
갤 수 없을 때까지 쪼개면 최소한의 알갱이가 남는데 이것을 소립자(미
립자)라 하고, 이것이 생명체의 기본이라고 한다면, 문제는 어디까지를
쪼개야 하는가의 한계의 끝이 없고, 이같이 양자물리학에서 '모든 물
질을 쪼개고 쪼개서 더는 쪼갤 수 없을 때까지 쪼개면'이라는 것이 무
엇을 기준으로 하고, 무엇이라고 정의할 것인가의 문제가 남는데, 이 부
분은 오늘날 이 시점에서 본 과학의 한계점까지이므로 쪼갠다는 것도

사실은 의미가 없습니다. 쪼갤 수 있는 것은 무한대이기 때문에 어디까지를 쪼갤 것인가의 문제는 여전히 남게 된다는 뜻입니다.

수차 한 말이지만, 생명체는 물질이치와 진리이치의 합에 의해서 존재하는데, 이같이 물질이치로 진리를 대입하려고 하니, 생명체의 본질인 '마음-기운'이라는 것을 알 수 없고 결국 위 양자물리학을 하는 사람들이 진리를 깨달았다고 하는 석가모니보다 더 진리를 안다고 하는 개념이 되므로, 이같이 물질이 진리라고 하는 논리는 이치에 맞지 않습니다. '침대는 과학이다.'라고 할 때, 이것은 물질의 논리라는 이야기고, 양자물리학이라는 것도 이같이 물질의 개념입니다. 그런데 공통적인 것은 이러한 것은 '생명'이 없는 것이므로 무정(無情)이라고 하여 일반적으로 '목석(木石)처럼 감각성이 없는 물건'에 해당이 되므로 이 양자물리학은 이같이 물질적으로 한정된 것이므로 이것을 유정물(有情物) 즉, 생명이 있는 것, 마음이 있는 인간이고 동물과 같은 것에 대입할 수는 없는데, 오늘날 인간은 이같이 무정의 논리를 유정으로 대입하고 있는 것은 진리라는 것이 뭔가를 알려고 하다 하다 되지 않으니, 이같이 이치에 맞지 않는 무정(無情)을 유정(有情)으로 보고 같은 것이라는 논리를 이야기하는 자체가 의미가 없습니다.

그렇다면 과학자들은 바로 진리적인 깨달음을 얻었다고 볼 수 있는데, 이것과 내가 말하고 있는 '마음은 진리적 기운이다.' 라고 하는 개념과는 완전히 다른데, 진리라는 것을 이같이 학식으로 이야기하는 자체가 모순이고, 우리 주변에는 이같이 물질의 개념으로 진리라는 것을 이야기하는 사람 무수하게 있으며 실제 불교도 이같이 양자물리학을 대입하여 말하는 사람들 많지만, 착각이고, 이들은 진리이치가 무엇인지 모르기 때문에 침대는 과학이라는 개념으로 말합니다. 무정물은 살아서 움직이는 개념이 아니라, 움직이지 않는 것이므로 나무나 풀, 바위, 흙과 같은 것은 무정의 개념이고, 살아서 움직이는 것, 인간, 동물 등과 같은 것은 유정의 개념입니다. 그런데 유정물에 대하여 누구는 '무정물인 금수 초목까지도 동포의 범위'에 포함하여 이야기하는 자체가 진리이치에는 맞지 않습니다.

그 이유는 유정의 경우에는 '윤회'라는 것을 하여 존재하지만, 무정물, 나무나 돌과 같은 것은 윤회의 개념이 아니라, 자연의 흐름에 따라서 그 이치에 맞게 자라나는 것이므로 유정, 무정의 개념을 여러분이 잘 이해하여야 할 것입니다. 다시 이야기하면, 무정물(無情物)이라는 것은 흙, 돌처럼 감각성이 없는 것이고, 유정물이라는 것은 개미, 뱀, 강아지 등과 같이 심지어 바이러스와 같은 것도 유정물의 개념이라는 이야기입니다. 언어와 동작이 없는 것이 무정이고, 누구는 사은이라고 하여 천지, 부모, 동포, 법률이라고 하여, 이 중에 무정인 금수초목을 동포의 범위에 넣고 이야기는 사람들도 있지만, 잘못된 것입니다.

문제는 이같이 유정, 무정으로 존재하는 그 모든 것을 잘게 쪼개면, 최소한의 알갱이가 남는데 이것을 소립자(미립자)라고 이야기하는데, 이것은 아무리 쪼갠다고 해도 물질의 개념일 뿐이라는 것을 여러분이 정립해야 합니다. 결론적으로 과학으로 진리를 증명할 수는 없으므로,

이는 양자물리학과 같은 물질의 논리일 뿐이며, 이것은 오늘날 과학의 한 분야인 현대물리학으로 양자물리학이 발달하면서 이같이 보이지 않는 진리의 세계를 과학의 논리로 연구하게 되었지만, 물질은 아무리 잘게 쪼갠다고 하여도 물질은 물질인데, 예를 들면 담배 연기는 물질입니다. 이것이 공기 속으로 사라져 버린다고 해도 그것은 영원한 물질의 개념으로 존재할 뿐인데, 이것을 위와 같이 양자 물리학의 개념으로 하나의 에너지라고 하는 것은 어디까지나 물질의 논리일 뿐이고, 내가 말하는 것은 여러분의 마음이라고 하는 것은 이같이 물질의 개념으로 존재하지 않으므로 이 차이를 잘 정립하지 못한다면 그 어떠한 말을 해도 여러분은 바르게 분별할 수 없다는 것입니다.

따라서 왜 바른 의식이 필요하고 분별을 바르게 해야 하는가. 그것은 바로 나 자신의 괴로움과 직접 연관이 있기 때문인데, 이 부분은 진리를 떠나 상식적으로 생각해보면 무슨 말인가 이해가 될 것입니다. 양자물리학으로 물질을 쪼개면 기운으로 남는다 하니 그렇다고 하고, 이같은 기운의 개념과 마음이라는 것에 작용하는 기운의 개념과 같은가 다른가, 이 부분을 정립하면 내가 하는 말과 기존에 불교나 사회적으로 이같이 물질을 쪼개어 남는 기운의 개념과 그 차이를 이해하게 될 것입니다. 그러므로 '마음은 기운의 작용이다.' 라고 하는 부분과 물질을 쪼개면 기운으로 남는다고 하는 차이를 이해하면, 나를 움직이고 있는 것은 이같이 물질의 쪼갬에서 존재하는 마음인가를 이해하게 될 것입니다. 따라서 물질이치에서의 물질의 쪼갬과 마음이라는 것은 물질에서 나오는 것이 아니므로 마음은 이같이 물질적으로 쪼갤 수 없다는 차이를 이해하게 됩니다.

보통 '내 마음을 쓴다.'라는 말을 할 때의 마음은 내 몸에 세포도 내
업으로 와서 존재하기 때문에 개개의 세포(이것은 보이는 물질의 개념)
도 이처럼 하나의 기운으로 존재하고, 따라서 내 몸의 세포도 포도송
이 같은 개개의 기운이 있습니다. 나라고 인식하는 나는 이 포도송이
의 줄기와 같은 것이므로 내 몸은 '나의 근본이 되는 기운'의 작용, 포
도송이의 줄기와 같은 개념으로 우리는 나라는 것을 인식할 뿐이므로
반드시 물질의 기운, 진리의 기운 이 두 가지의 개념을 정립해야만 '나'
라는 생명체는 왜 현재와 같이 존재하는가의 근본을 이해하게 될 것
입니다. 따라서 일부 사람들이 이야기하는 이같이 양자론에 대입하여
석가모니가 이 세상에 존재하면 훌륭한 과학자가 되었을 것이라는 이
야기를 하지만, 이것은 진리가 뭔가, 마음이 뭔가를 모르고 하는 말이
고, 대단한 착각입니다.

다시 이야기하면 맑은 물에 검정 물감 한 방울을 퍼트렸다고 합시다,
그러면, 이것은 온전하게 맑은 물인가 아닌가인데, 양자물리학은 이 같
은 물질의 개념으로 진리를 대입하는 것이므로 착각이고, 따라서 '양
자물리학에서는 모든 물질을 쪼개고 쪼개서 더는 쪼갤 수 없을 때까
지 쪼개면 최소한의 알갱이가 남는데 이것을 소립자(미립자)라고 하고
이것이 생명체의 본질이다.' 라고 이야기하는 이 말이 얼마나 어리석은
말인가, 이 개념을 정립하지 못하면 여러분이 무엇을 찾을 수 없고, 알
수 없으므로 이같이 보이는 것 보이지 않는 모든 것을 구성하고 있는

최소한의 근본을 모르면 이것이 바로 무명이 됩니다.

더욱 어리석은 것은 앞에 말한 대로 '양자물리학에서는 모든 물질을 쪼개고 쪼개서 더는 쪼갤 수 없을 때까지 쪼개면 최소한의 알갱이가 남는데 이것을 소립자(미립자)다.' 라고 한다면 그 한계가 과연 어디까지 인가의 문제가 남습니다. 따라서 이같이 양자물리학에서는 '모든 물질을 쪼개고 쪼개서 더는 쪼갤 수 없을 때까지 쪼개면'이라는 것을 누가 기준으로 하고 어디까지라고 정의할 것인가의 문제가 남는데, 이 부분은 오늘날의 과학의 한계이고 과학으로 진리를 대입하는 모순이 되므로 의미 없으며 이 같은 말에 따라 죽을 때까지 생명체의 근본, 나라는 존재를 알려고 해봐야 의미 없고 물질의 개념으로 죽을 때까지 쪼개어 봐야 그것은 물질일 뿐입니다.

과학의 한계 -2

물질(物質)과 진리를 연관 지어 이야기할 수 없다고 나는 말했습니다. 물질의 개념으로 보면 결국 인간이 살아 있으므로 나타나는 뇌파와 햇빛도 소립자이고, 그 때문에 소립자는 일종의 에너지(氣)라고 과학자들은 말합니다. 이 개념으로 보면 인간도 이같이 몸(육신)이라는 것도 뼈와 살 등으로 이루어져 있으므로 인간만의 기(氣), 에너지의 파장이 있을 수 있다 할 것입니다. 아니

인간뿐 아니라 모든 생명체는 그 나름대로 기(氣)라는 것은 있을 것이나, 문제는 이같이 물질이 가지고 있는 기(氣)라는 것과 우리가 마음이라고 하는 기운의 개념은 다르다는 것을 이해하지 못하기 때문에 보통 기(氣)라고 하면 물질의 개념으로만 모든 것을 정리하려고 하므로 생명체의 본질에 접근하지 못하고 있다고 해도 과언은 아닐 것입니다. 따라서 흔히 말하는 '기 수련'이라고 하는 것도 깨달음하고 연관을 지어 이야기하는 것을 보는데, 이것은 물질(몸)에서 나오는 에너지라는 것이므로 비물질인 진리이치의 개념에 맞지 않습니다.

몸은 움직이거나, 어떤 것에 반응하면 몸에서는 그에 맞는 기운의 작용을 일으킬 수 있는데, 이때 작용하는 기(氣)의 개념과 마음을 쓰는 개념에서의 기(氣)작용은 다릅니다. 몸은 인위적으로 움직이는 상태에서의 그에 맞는 기운이 나온다고 하면 대략 맞겠지만, '마음'이라는 것은 이같이 물질의 개념에서의 기(氣)와 같은 것은 아닙니다. 예를 들면 몸은 육신의 감정 변화에 작용한다면, 마음이라는 것은 이치를 알고 모르는 것에 따라서 작용을 하므로 이 작용은 진리적인 기운에 영향이 있지만, 육신의 기(氣)라는 것은 나라고 하는 육신(몸)이 있으므로 있는 것(물질 개념으로 몸에 힘을 의미함)이고, 따라서 몸이라는 것이 없어지면 몸에서 나오는 기운, 기라는 것은 당연하게 사라집니다.

그런데 우리는 현대물리학의 양자이론에 따라 '우리 몸의 세포를 쪼개면 그것이 기운으로 남고 생명체의 근본이다.' 라고 학계나 불교에서 이야기하는 것을 들을 수 있는데, 이같이 물질의 개념에서의 기(氣)의 개념과 '마음'이라는 것은 육신의 기(氣)의 개념으로 이야기할 수는 없습니다. 그러므로 진리적인 깨달음에서의 기(氣)라는 말은 이치에 맞지 않으며, 물질(육신)의 감정을 다스리는 데는 도움이 될 수는 있지만, 이같이 감정적인 도움을 조금 받는다고 해서 그것이 나를 근본적으로 바뀔 수는 없다는 것이고, 그러므로 물질이치-진리이치라는 이 두 개의 개념을 이해하고 정립을 하지 못하면 보이는 물질에 대한 논리는 양자물리학 같은 개념으로 이해할 수 있을지 모르겠지만, 생명체의 본질은 이해할 수 없다는 것이 진리적 입장입니다. 그런데 우리는 뭐라고 하는가 하면, '보이지 않는 공(空)의 상태(미시의 세계)로부터 보이는 현상계가 만들어졌기 때문에 안 보이는 것이 원인이고 보이는 것은 결과다.' 라고 인연법이라는 것을 이같이 대입하지만, 대단한 착각이고 어리석음의 말입니다.

따라서 이 말은 진리라는 것이 무엇인지를 모르는 사람이 하는 말이고 누구라도 다 할 수 있는 말인데, '보이지 않는 공(空)의 상태(미시의 세계)로부터 보이는 현상계가 만들어졌기 때문에 안 보이는 것이 원인이고 보이는 것은 결과다.' 라는 말 중에 '보이지 않는 공(空)의 상태'라는 말을 보면, 진리의 세계는 보이지 않으므로 이같이 보이지 않는 공(空)의 상태라고 할 수 있겠지만, 이것은 어차피 이 공(空)의 개념으로 불교사상에 기반을 두고 이같이 이야기하는 것이지만, 내가 말하는 것은 모든 것은 '무와 공'이 아니라, 그 속에 마음이라는 '진리의 기운'이 있다고 나는 말하는 것이고, 이 마음이라는 기운은 나를 존재하게 하는 근본이며, 우리는 이것을 육신이 있으므로 '내 마음'이라고 인식하고 있다는 이야기입니다.

　그러므로 몸(물질)이라는 것은 이같이 내가 태어나야 할 인연(마음의 작용)이 있으므로, 그 이치에 따라서 태어난다고 해야 논리적으로 맞는 말이 됩니다. 그런데 누가 한 말처럼 '보이지 않는 공(空)의 세계'에서 만들어진 것이기 때문에 이것이 인(因)이고, 그것에 따라서 나라는 것이 있다는 것을 과(果)라고 하는데, 이 부분도 애당초 나라고 하는 나는(윤회가 아닌 태초의 것) 이같이 인(因)이 있으므로 온 것이 아니고 윤회 속에 도는 인생이 태어나는 것은 인연이 있으므로 온다고 구분해서 정립해야 말이 됩니다. 그러므로 위에 말한 보이지 않는 '공(空)의 세계'라는 말은 공의 세계, 즉 진리의 세계가 어떻게 되어있는지 그 이치, 작용을 모르므로 그 세계에 대한 것을 이야기하지 못하고 막연하게 뜬구름 잡는 식으로 누구라도 말할 수 있는 말로 '보이지 않는 공(空)의 세계'에서 나는 생겨났다고 하는 말은 개념정립이 되지 않는 무명 속 사람들이나 하는 말에 불과합니다.

　업이라고 하는 것도 왜 업이라는 것이 생기는가도 모르면서(진리적으로는 이치에 맞지 않는 행위가 업이 됨)무조건 어떤 것에 대하여 걸핏하면 업이라고 하고, 위와 같이 '보이지 않는 공(空)의 세계'라는 말을 합니다. 그러면 이같이 무와 공이라는 세계에서 왔다고 합시다, 그러면 사람이 죽어서 어디로 가는가. 이 말대로라면 무와 공으로 간다라고 할 것입니다만, 그러면 무와 공인데 나는 죽어서 어디에 어떻게 존재하는가의 문제가 남게 될 것입니다. 무와 공, 아무것도 없는데 과연 석가모니도 인간이었다면 그 어디엔가 있어야 이치에 맞을 것입니다만, 불교의 말은 이같이 모순된 말이 많이 있음에도 여러분은 의식, 개념 없이 '보이지 않는 공(空)의 세계'에서 왔다고 하니 그 말을 믿고 있으면서 무슨 전생을 이야기하고 업, 윤회라는 말을 하는가, 이 같은 말이 이치에 맞는가를 정립해야만 나 자신을 위하여 뭔가를 할 수 있는 것이 뭔가를 알게 된다는 이야기입니다.

불교는 운명이라는 것을 부정했으므로 이같이 막연하게 무와 공이라는 것이 전부이므로 과학자들이 양자물리학으로 소립자를 발견했고, 이것이 보이지 않는 공(空)의 세계에서 기(氣)로 남는다고 하니, 이것이 생명체의 본질이고 부처가 될 근본이라고 하는 말은 착각입니다. 불교는 우리 눈에 보이는 것들은 시간이 지나면 사라지나 소립자는 어떤 상황에서도 죽지 않는다고 하니, 이것을 뭐라고 하는가 하면 불멸(不滅-영원함)이라 하고 이러한 사실이 과학으로 증명되었다고 하여 불교는 '진리는 과학이다.' 라고 말하고 있는 것이나, 침대는 과학일지 모르나, 진리라는 것은 과학의 논리로 대입하여 말할 수 없습니다.

그러면 이 논리대로라면 만약 과학자가 이같이 양자물리학이라는 것을 발견하지 못했다면 어떻게 할 것인가입니다. 그 이전까지는 7, 8아뢰야식이라는 것을 만들고 거기에 생명체의 뭔가가 저장되어 있다가 인연이 되면 온다고 했습니다. 그러다 과학이 이같이 발전된 후, 세포를 쪼개면 기운으로 남고 이것이 에너지라고 하니, 과학이 있는 한 불교는 영원하게 존재하게 되었으니 반가울 일이라 할 것입니다. 착각인데, 예를 들면 이 과학으로 논리로 이야기하면 어떤 사람이 죽었다고 합시다. 그러면 이 사람의 몸은 남아 있고, 숨을 쉬지 않는다면 우리는 죽었다고 합니다. 그러면 양자물리학의 논리라면 이 사람은 몸이 있고 죽었다고 하면 이 사람은 과연 어디에 있는가, 어디로 무엇이 가는가에 관해 이야기해야 합니다.

그러므로 물질의 논리에서 무엇을 쪼개면 그것이 생명체의 본질이라고 하는 것은 이치에 맞지 않는 말이 됩니다. 다시 말하면 '보이지 않는 공(空)의 세계'에서 인간이 왔다고 합니다. 그러면 죽어서 무엇이 남길래 이같이 에너지로 남는다고 하는가입니다. 보이지 않는 공(空)의 세계에서 왔다면 우리가 죽어서 간다고 하는 그 세계는 어디에 있는가. 이 부분도 사실 각자의 사상이나 관념에 따라 자신들의 주장이 있을 수 있겠지만, 그렇다고 하여도 객관적으로 냉정하게 이 부분은 여러분이 한번 정립해보아야 합니다.

보이지 않는 공(空)의 세계에서 우리는 왔다가 전부이고 또 "형상이 있는 모든 것들은 서로 분리되어 있으나 소립자의 입장에서 볼 때는 하나로 연결되어있기 때문에 나(주관)와 너(객관, 대상)는 결코 분리될 수 없으며, 조건 없이 서로 주고받음으로써 존재가 가능한 하나의 '생명 공동체'다. 이러한 진실(진리, 원리)을 깊이 깨닫고 나면 너의 아픔은 나의 아픔이 되어 고통을 서로 나누지 않을 수 없다. 이것이 진정한 사랑이다. 이 원리를 깨달음으로 체득하면 서로 분별하고 배척하고 다투는 일은 있을 수 없으며 나누지 않고 살아갈 수는 없다." 라는 말은 대단한 착각이고 어리석음의 극치입니다. 물질의 개념에서 소립자는 결국 에너지로 하나의 기운으로 연결되어 있다는 논리로 생명공동체라는 이 말, 부처도 하지 않았던 이 말을 과학으로 밝혔다고 하면 이것을 밝힌 과학자는 진리를 깨달은 자가 되고, 석가모니보다 한 수 위라는 이야기가 될 것입니다. 사람들 참 무수한 말 많이 만들어 내고 있습니다.

기도祈禱

기도에 대한 말을 일반적인 사전에서 찾아보면, '천지신명(天地神明), 신(神), 부처에게 소원을 빌어서 가호와 위력을 구하는 것'이라고 나와 있습니다. 이 같은 것을 믿고 많은 사람은 이 같은 대상에게 비는 의식을 하지만, 문제는 앞에 말한 어떠한 대상이 있는가. 이 부분을 먼저 정립을 해야 모든 말의 개념을 정립할 수 있으므로 이 본질을 정립하지 못하고 기도(祈禱)와 염불(念佛)이라는 이야기해봐야 무수한 논란거리만 만들게 되어 있다고 할 것입니다. 기도란 종교 신자들의 기본적 신앙행위로 하는 것이나, 진리적으로 문제는 이같이 대상에게 비는 행위는 진리적으로 의미 없고 그러한 대상 또한 존재하지 않습니다.

사람들은 이 같은 대상이 있는 줄 알고, 신앙적 사상에서 신과의 대화라는 이름으로 내가 즐거운 일을 당할 때에는 감사하고 괴로운 일을 당할 때에는 사죄를, 그리고 내가 무엇을 결정하기 어려운 일을 당할 때에도 이 같은 대상에게 빌어 그 어떠한 대상에게 위력을 얻고 또 원하는 것을 이룰 것이라는 마음을 가지고 있지만 대단한 착각이며 진리적으로 이 같은 존재는 없습니다. 따라서 대상이라는 것이 있는가, 없는가를 먼저 정립해야 한다는 이야기고, 이 정립 후에 무엇을 해도 해야 한다는 뜻입니다.

따라서 기도(祈禱)라는 것은 나 아닌 다른 대상이 있는가, 아니면 나 자신 스스로 문제인가를 먼저 정립하지 않으면 이 같은 자신이 그 어떠한 행위를 한다고 해도 기도의 본질을 이해하기 어려울 것입니다. 예를 들어 어떤 사람이 손목에 염주를 끼고 다닙니다. 부처라는 대상을 믿는다는 자신의 마음 표현일 것이나, 문제는 이 사람은 자력과 타력을 분별하고 있는가가 매우 중요하다는 뜻이며 다시 말하면 내 자신이 부처를 믿으므로(타력) 부처가 나를 도와줄 것이라는 마음으로 살 것이나 이 같은 대상은 존재하지 않는다는 이야기입니다. 그러나 종교를 믿는다고 하는 것 대부분 어떠한 대상을 의지하는 것이며 타력에 어떠한 대상을 의지하는 행동은 정법에서는 맞지 않으며 존재하지 않는 대상에게 자신의 마음이 매달려있다고 할 수 있습니다.

이처럼 어떠한 대상이나 보이는 형상에 내 마음을 두고 있다면 잘못된 것이고 내가 말하는 정법(正法)은 '진리이치라는 기운의 작용'을 알고 자신의 마음으로 이 개념을 긍정하여 내 마음이 변하면 진리라는 것은 그 마음에 상응하게 반응을 할 뿐이며 이것만이 존재합니다. 따라서 이것이 정법에서의 '가피' 개념이 되지만 가피라는 것도 여러분이 일반적으로 알고 있는 대상이 도와주는 것으로의 가피의 개념과 다르기 때문에 본 글을 읽고 이해를 하다 보면 무엇이 진정한 가피인가를 알수 있을 것입니다. 따라서 이 가피라는 것도 어떤 대상이 주는 것으로 대상이 있음을 의미하는 것이고 내가 말하는 '진리이치'는 신앙의 대상이 아니므로 이것은 앞에 말한 그 어떠한 대상이 존재하여 주는 개념과는 차원이 다른 이야기입니다.

그런데 문제는 우리 주변을 보면 자신이 기도와 같이 어디서 무엇을 좀 하면 어떠한 대상에게 가피라는 것을 받는 것으로 착각합니다. '인과응보 자업자득'이라고 했으니 '내가 부처에게 무엇을 했으니 될 것이야.' 라고 믿는데 이것도 단편적으로 보면 내가 빌었으므로 인과응보 자업자득의 개념이라는 식으로 항변할 수 있을 것이나, 여러분이 바르게 알아야 할 것은 나는 이같이 '빌어야 할 대상'이 없다고 말하는 것이고, 내 마음이 진리이치에 맞게 변하면 진리는 그 이치대로 반응한다고 해야 맞는 말이 됩니다. 그러므로 자신이 이 같은 개념을 전혀 알지 못하고 존재하지 않는 것에다 무엇을 아무리 빌고, 믿는다고 하여도 의미가 없다는 뜻이며 따라서 반드시 진리가 어떻게 작용하고 그 이치라는 것을 먼저 바르게 아는 것이 중요합니다.

우리가 왜 기도에 대한 의미를 두는가 하면 종교적으로 불교에서 인간의 괴로움은 업(業)이라고 이야기하고 있으며, 이 괴로움은 누구나 소멸할 수 있다고 말하고 있고, 이것은 기도를 통해서라는 공식을 이야기하고 있기 때문인데, 기도라는 개념을 먼저 정립하면 이 같은 말이 진리이치에 맞지 않는다는 것을 알 수 있으며, 불교도 진리라는 것을 이야기하고 나도 말하지만, 문제는 그 핵심이 다르므로 여러분의 고정관념을 버리고 보면 무슨 말인가를 알게 될 것입니다. 또 중요한 것은 불교는 '운명-영원'이라는 것을 부정하고 있지만, 이것을 알고 불교를 믿는 사람도 많지 않을 것이고, 나의 고통은 업연의 이치라는 말을 하고 있으나 중요한 운명이라는 그 생명체의 본질을 알지 못하기 때문에 앞으로 여러분은 내가 하는 말과 기존의 말에 대해 혼란스러움이 있을 수 있을 것이나, 차분하게 보면 무슨 말인가 이해될 것입니다.

불교의 말 중에 업, 업장은 얼마든지 자신의 노력으로 바꿀 수 있다는 것까지는 맞지만, 문제는 불교는 이 업, 업장이 뭔가 그 근본, 뿌리가 되는 것을 구체적으로 이야기하지 못하고 있으므로 후에 이야기하는 이 방법에 문제가 있다 할 것이며, 이 부분이 핵심의 문제이므로 여러분이 아무리 부처를 찾고 매달려도 그 이치가 내가 말하는 진리이치에 맞는 말과 다르므로 기존의 것으로 자신에게 도움이 되지 않으며, 자신의 발전을 기대할 수 없는데 계란 속을 모르고 껍질만을 이야기하는 것으로 자신의 업, 업장이라는 말을 하여도 그 진리의 실체를 바르게 알고 자신이 긍정하면 되지만 그런데 뭐가 뭔지 그 근본을 알지도 못하고 업, 업장은 녹일 수 있으니 기도하라고 한다면, 녹일 수 있느냐 하는 것이고 이 부분은 여러분이 깊게 이해를 하여야 합니다. 예를 들어 어떤 사람이 한 30년 기도를 했다고 한다면, 불교식대로라면 자신의 마음이 현실적으로 뭔가 긍정의 변화, 근본적으로 변화가 있었어야 할 것입니다.

이같이 말하면 누구는 나는 변화가 있었다고 이야기할 수 있을 것이나, 만약 있다고 한다면 그것은 육신이 가지고 있는 '나'라는 상의 마음, 육신의 감정의 변화일 뿐이고, 이것을 나는 육신(물질)의 개념에서의 나라는 것이고 내가 말하는 것은 이러한 마음이 진리이치에 수긍하고 변한 것이 아니므로 본질이 변하지는 않는다는 뜻입니다. 나는 카페를 운영하고 있지만, 이 같은 말은 이미 본 카페를 통해서 검증된 부분이고, 문제는 기존의 종교 사상으로 자신의 마음이 원하는 대로 변했다면 이 글을 봐야 할 이유는 없을 것입니다. 문제는 우리는 나 자신의 어떠한 문제를 해결하고자 하고, 따라서 부처의 말이라고 하는 그 말에 따라 자신은 최선을 다했을 것이나 달라진 것은 없고 가세만 점점 기울어져 가고 몸과 마음은 지쳐갈 것입니다.

그리고 그 마음은 어디에다 의지할 곳이 없고 혼란스러웠을 것이며 남는 것은 마음에 허탈함만 가득할 것입니다. 부처가 되는 법이라는 것이 이처럼 의미가 없다면 그것은 진리라 할 수 없을 것입니다. 그리고 고통스러워 다시 그곳을 찾으면 하는 말 '당신의 업장이 두터워서 그런다.'라는 식으로 이야기할 것입니다. 실제 나도 이 같은 상황을 무수하게 겪었던 부분이기도 합니다. 하지만 내가 말하는 정법에서는 지식, 물질이 있건 없건 아무런 의미가 없으며, 오로지 나 자신의 마음이 진리이치에 따라, 그 마음 정도에 따라 분명 자신의 마음(기운)이 변하면 그 이치에 맞게 나 자신의 마음은 변하게 됩니다. 실제 이 부분은 본 카페를 의지하는 많은 회원이 느끼고 있는 부분이기도 합니다. 그런데 이와 같은 정법의 이치의 근본을 모르고 아무리 경건하고 엄숙한 마음과 진실하고 거짓 없는 마음으로 기도한다고 하여도 바른 진리이치를 모르면 자신의 문제를 궁극적으로 해결할 수 없을 것입니다. 종교에서는 인간의 윤리를 기본적으로 이야기하지만, 이 말과 함께하고 말하고 있는 사상을 가미하고 있다는 것을 여러분이 분별해야 합니다.

그런데 개념 없이 우리는 다 좋은 말로 인식해버리고 있고 그 우물에 빠져 있으므로 바른 법을 알지 못하는 것이며, 이것을 무명이라고 하는 것입니다. 그리고 늘 들어왔던 말, '허공같이 텅 비고 맑은 마음, 삼독 오욕이나 사량계교가 없는 마음, 천진면목 그대로의 마음을 가져야 한다.' 라고 하거나, 또 '진리의 위력을 꼭 얻겠다는, 진리와 내가 기필코 하나가 되겠다는 큰 서원을 세우며, 그러기 위해서 어떠한 경계의 유혹에도 끌려가지 않을 확고한 신념과 서원을 가진다, 꾸준한 정성으로 계속한다, 모든 일에 기도하는 마음으로 살아가야 한다, 살·도·음의 중계를 범하지 않는다 계문을 잘 지켜야 한다, 개인의 이익만을 위해서가 아니라 전 인류·만 생령을 위해서 기도를 한다.' 등 무수한 말을 하지만 진리이치를 바르게 알지 못하고 하는 행위는 마치 썩은 나무에 열매가 열리기를 바라는 것과 같은 것이며 그래서 정법의 진리이치를 바르게 아는 것이 매우 중요한 것이라고 나는 이야기 한 것이고, 말이라고 하여 다 같은 말은 아니라는 것을 알아야 합니다.

정리하면 법이라는 것은 진리의 이치, 이 작용을 법이라고 하는 것이고, 무조건 법이라고 하여 말하는 그것을 개념 없이 분별없이 죽을 때까지 믿어봐야 의미 없으므로 진리이치를 아는 것이 중요하고 이것은 나 자신의 의식이 깨어나야만 가능합니다. 따라서 진리이치를 분별하지 못하고 존재하지도 않는 그 대상에게 기도한다면 진리와는 전혀 상관이 없는 것임을 알아야 할 것입니다. 바른 법을 알지 못하고 '일상생활 속에서 기도를 올리면 불가사의한 진리의 힘을 얻게 된다, 항상 진리의 기운을 받아 안심입명의 생활을 하게 된다, 모든 일에 소원 성취하게 된다, 진리와 내가 하나가 되어 큰 힘을 얻고 고해 중생을 구제할 능력이 생긴다, 삼세 제불제성과 심심상련하게 되어 부처님과 같은 훌륭한 인격자가 된다, 천지 만물과 내가 하나가 되어 대자대비심이 생기고, 가는 곳마다 불국 정토를 건설하게 된다.' 라고 말 해봐야 그것은 자신에게 꿈같은 이야기이고 아무런 도움이 되지 않는, 마음의 끄달림일 뿐입니다.

굳이 이 기도에 의미를 말한다면, 자신의 마음이 정법(正法)—이치에 맞는 말에 의지하고 그 마음이 진리이치에 맞게 따르고 행하는 것이고 그러므로 자신의 마음이 진리이치에 부합되는 마음으로 변해가는 것이고, 이에 진리는 그에 맞게 반응을 할 뿐이므로 마음이 변한다는 것은 자기 삶의 색(기운)이 변함을 의미하고, 변하는 색의 이치에 따라 자신의 삶이 달라지는 것 이것이 정법의 진리이치입니다. 그런데 '금생에 가난하다던가, 게으른 것도 전생의 악업으로 인한 업장이다, 업장이 두터운 사람은 정도 수행을 방해하므로 업장이 다 녹을 때까지 끊임없이 참회 개과하고 수행 정진해야 한다.' 라는 식으로 두루뭉술한 이야기를 죽을 때까지 이야기한들 이 속에서 답을 찾을 수 없다는 것을 알아야 하며, 무수한 말 중에 자신이 이치에 맞는 말인가 아닌가를 분별하는 수밖에 별도리가 없습니다.

서원과 기도 -1

서원(誓願), 원을 세운다는 말은 과연 의미가 있는 말인가? 사람은 누구나 자신이 바라고 원하는 것이 있을 것입니다. 이것에 대하여 불가에서는 '불보살이 원(願)을 세우고 반드시 이루기를 맹세하는 것' 또는 '어떤 원을 발하여 그 원이 이루어질 때까지 간절한 마음과 정성을 바치는 것'이라고도 하고, '모든 중생이 삼독오욕심을 버리고 불보살이 되려고 간절히 맹세하고 소원하는 것'이라고 이야기합니다. 문제는 종교적인 개념에서 이같이 불보살이라고 하는 존재에게 나의 원을 빈다, 다짐한다, 되기를 바란다는 의미로 이야기하지만, 진리적으로 이같이 나의 부탁을 들어주는 그 어떠한 존재는 없으므로 이 같은 서원이라는 말은 하지 말아야 합니다. 그런데 종교적으로 이 같은 것이 있다고 믿고, 이 대상에게 내가 세운 원을 빌면 들어준다는 것이 서원, 기도라고 하지만, 이 같은 맹세의 개념으로 한다고 하여 그러한 것이 된다는 것은 존재하지 않습니다.

인간, 생명체는 오로지 자업자득·인과응보의 이치만이 존재하는데,

이 말을 하면서 위와 같이 어떠한 대상에게 원을 세우는 것, 세우라고 하는 말은 과연 무슨 말인가입니다. 자업자득·인과응보의 이치는 자력의 개념이고, 기도, 서원의 개념은 무엇이 있다는 것을 전제하는 행위이므로 타력에 기대는 것으로 상반된 개념인데, 우리는 어떠한 대상 전에 올리는 맹세를 하고 서원이라고 하여 무엇을 빈다는 자체가 진리이치에 맞지 않는다는 개념을 정립해야 할 것입니다. 그런데 문제는 불교를 안다는 사람들도 간혹 "기도하는데 무슨 효과를 바라고 하는가?"라고 하면 "나는 그저 내 마음을 평안하게 하려고 염불할 뿐이다, 한 생각 잘 지키면 부처인데 아직도 뭘 그리 바라는 게 많은가?" 라는 식으로 이야기하는 사람들이 있는데, 과연 무엇이 부처이고 무슨 생각을 지키면 부처가 되는가도 모른 체 막연하게 이같이 빌면 되고, 원하면 이루어진다는 막연한 믿음을 가지고 있고 바로 이것이 맹신이라고 말할 수 있을 것이고, 또 하나는 나 자신의 의식이 바르게 깨어 있지 못하다는 것을 의미합니다.

또 하나 잘못된 것은 무언가하면, 업이 있으므로 존재한다는 자업자득·인과응보의 개념임에도 우리는 나라를 위하여, 세계를 위하여, 가정을 위하여 원을 세우고 기도라는 것을 한다고 합니다만, 이같이 한다고 하여 그 나라와 세계가 잘 되는가입니다. 만약에 기도라는 것이 사실 진리적으로 맞는다면 인간 역사 이래 무수한 사람이 이 같은 행위를 했으므로 이 사회, 세계는 평화가 있어야 하는데, 현실은 어떤가? 하루가 다르게 암울함으로 변해가고 있는데, 이것을 어떻게 이야기할 것인가입니다. 신이라는 것, 어떠한 대상이 있다고 한다면 그러한 신,

존재는 어디서 무엇을 하고 있다는 이야기인가입니다. 따라서 근본적으로 이 같은 대상에 대한 부분도 정립하지 못하면서 '서원은 본질에서 나를 떠나 공공을 위하려는 마음이어야 한다. 그리고 규모에 따라 개인·가정·국가·세계에 대한 서원이 있다'는 식으로 이야기하는 데 착각이며 모순된 말을 하고 있다는 사실입니다.

사람들은 누구나 목적이 있어서 기도하고 염불을 하는 것이라고 합니다. 그리고 그 목적은 작게는 세속에서의 정당한 행복을 이루는 것이고 더 나아가서는 부처님을 친견하는 것이고, 내 마음을 스스로 맑게 하는 것이며, 궁극적으로는 내가 바로 부처가 되려는 것이라고들 이야기합니다. 하지만 이것은 맹신이 되는데, 그 이유는 우리는 부처라는 것을 본 적도 없습니다. 그런데 본 적도 없는 그것이 되어야 한다고 하는 이 말에 함정이 있다 할 것인데, 이치에 맞지 않는 이러한 것에 목적을 세우고 서원(誓願)한다고 하여 과연 부처가 될 수 있는가입니다. 부처나 절대자 같은 것은 이같이 사상적으로 설정된 것뿐이며, 그 어디에도 존재하지는 않습니다. 그럼에도 우리는 마음의 번뇌를 씻고 무명을 제거하여 밝고 진실한 경지와 하나가 되는 것에 목을 빼고 있는데 참으로 안타까운 일임은 분명합니다.

무엇이 번뇌이고 무명인지도 모르면서 번뇌를 제거하자, 무명에서 벗어나자는 것을 이야기한다는 것은 뜬구름 잡는 이야기이며 바로 이 같은 생각, 행위가 어리석음입니다. 그런데도 우리는 내 개인적인 서원도 있고, 밖으로 눈을 돌려 이 모든 생명체가 나와 똑같은 경지를 얻기 원하는 것이 또 하나의 서원이라고 한다면 자업자득·인과응보의 이치에서 맞는 말인가입니다. 그런데 종교적으로 뭐라고 하는가 하면, "개인적인 서원이란 이기주의에 사로잡혀 자기 개인의 영달이나 일신의 안락에 머물러 있는 상태다. 가정적 서원이란 아직도 자기의 가정에 국한된 마음으로 내 권속 내 식구만의 안락에 관심 가진 단계이며, 국가적 서원이란 내 나라 내 민족에게까지 마음이 미쳐지는 것을 말하고, 세계적 서원이란 민족과 국가의 제한 없이 시방일가, 사생일신이 되고자 하는 것을 말한다."라는 식으로 이야기하며 마치 이같이 하는 행위가 이루어지고 진리적으로 연관이 있는 것으로 이야기하는데, 바로 이 부분 때문에 국가를 위해서 기도한다, 세계평화를 위해서 등과 같은 말을 하므로, 어리석은 중생들은 이 같은 서원 기도의 행위를 함으로써 무엇이 어떻게 되는 것으로 알지만 어리석음입니다.

내가 이치에 맞게 나 하나의 행동을 고쳐 가면 자동으로 가정, 사회, 국가는 그에 맞게 편안해지게 되는 이치인데, 나를 어떻게 고쳐갈 것인가를 우선으로 생각하는 것이 아니라, 나라는 것을 가만히 두고 이같이 사회, 국가, 세계를 운운하는 것은 순서가 거꾸로 되었다 할 것이고, 이같이 말하면 종교적으로 인류의 평화를 이야기하고 사람이 잘되라고 하는 것은 같은 것이라고 이야기할 사람도 있을 것이나, 진리적인 측면과 인간적인 면, 이 두 가지를 정립하지 못하면, 다 좋은 말, 사람 잘되라고 하는 말로 착각하게 됩니다. 어떤 사람들은 말합니다. 잔잔한 것, 작은 것에 욕심부리지 말고 큰 것을 욕심내라고 하는데, 그러면 잔잔한 것은 없어질 것이라고 이야기하지만 착각입니다. 거대한 빌

딩도 결국 작은 모래알 하나로부터 시작이 된다는 사실을 알아야 합니다. 정법으로는 내가 하는 작은 하나하나에 대하여 올바른 의식으로 개념정립을 바르게 정립해나가지 못하면 결국 나라고 하는 것은 무너질 수밖에는 없습니다.

하나의 사상이 발전하고 종교의 형태를 갖추고 세력화되면 그들이 하는 말이 다 맞고, 옳은 것으로 여러분은 그 말이 이치에 맞는가, 아닌가도 분별하지 못하고 맞는 것으로 생각하는 그 자체가 무명이고 어리석음이라는 이야기입니다. 따라서 현존하는 사회에서 부처라는 이야기를 하는 사람들의 말을 보면 사실 '부처'라는 것이 뭔지 모릅니다. 막연하게 전해져 오는 종교적 사상으로 존재하는 그러한 존재가 부처라 생각하겠지만 그러한 것을 본 적이 없으므로 그 말로 부처라는 것을 상상해볼 것이나, 내가 이야기하는 것은 그러한 부처라는 존재, 절대자라는 것은 존재하지 않는다는 것입니다. 그러므로 진리이치가 뭔지 정립되지 않은 현 상태에서 여러분이 이같이 "기도하는데 무슨 효과를 바라고 하는가?" 라고 하면 "나는 그저 내 마음을 평안하게 하려고 염불할 뿐이다, 한 생각 잘 지키면 부처인데 아직도 뭘 그리 바라는 게 많은가?"라는 식으로 이야기하는 것은 진리라는 것, 진리의 이치와 작용을 모르고 하는 말에 불과하고 올바른 개념을 가지고 있지 못한 것입니다.

이와 관련하여 불교에서 하는 말을 보며, '목적이 뚜렷하게 서 있는 사람은 자신이 가야 할 길을 잘 걸어간다. 간혹 흔들리거나 길을 잘못 들었다 해도 목적이 분명하기에 이내 바로잡을 수 있다. 서원을 간절하게 마음에 품은 사람도 이와 똑같다. 아무런 바람도 없고 의욕도 없이 그저 맑은 경지만을 추구하며 사는 사람보다는 크고 작은 바람을 품고 열심히 그것을 이루려고 사는 사람이 더 불교적인 삶을 살아간다고 할 수 있다. 단, 그 바람이란 나와 남을 함께 이롭게 하는 올바른 것이어야 함은 말할 필요가 없다.' 라는 식으로 이야기하는데, 개념 없이 이 말을 듣고 있으면 '나와 남을 이롭게 하는 것'이라는 말을 하니 참 좋은 말로 생각할 것이나, 착각이며, 존재하지도 않는 이치에 맞지 않는 그 '목적'을 향해서 간다고 하니, 무조건 서원을 세우고 기도를 하면 되는 것으로 이야기하지만, 착각이며, 이같이 서원이라는 말 자체가 자업자득·인과응보의 이치에서 의미가 없다고 할 것입니다.

기도의 비법

주변에서 흔히 볼 수 있는 말 "반드시 한 가지 소원을 이루어준다는 영험한 보살이 있다." 와 이같이 비슷한 말은 우리 주변에서 얼마든지 볼 수 있습니다. 이 같은 말은 수능성취, 취업성취, 공시성취 등등과 같이 무엇을 성취해준다, 이루게 해준다는 말인데, 진리적으로 이러한 말은 의미가 없고, 실제 내가 어떠한 대상에게 빈다고 하여 될 문제는 아닙니다. 그럼에도 우리 주변을 보면 이같이 무슨 기도를 접수한다고 하여 이것을 명분으로 하여 기도비를 정하고 어떠한 '능력을 갖춘 사람'이 기도를 해준다고 합니다. 그러면 이같이 어떠한 사람을 위해 기도를 해주는 것은 분명하게 진리적으로 말하는 '자업자득·인과응보의 이치'에 어긋나는 것인데, 대상이 있다는 것을 믿는 것 이것은 타력의 개념이고, 자업자득·인과응보의 이치는 자력의 개념이므로 자력과 타력의 개념을 정립하지 못하면 '타력도 의지하고 자력도 필요한 것'이라는 이상한 논리를 대입하여 이야기하지만, 결론은 누가 누구를 위하여 기도해준다고 하는 이치는 진리적으로 존재하지 않으며 인간이 만들어 놓은 사상에 따른 것일 뿐입니다.

다시 이야기하면 수능성취, 취업성취, 공시성취 등과 같은 것은 반드시 한 가지 소원을 이루어 준다는 영험한 보살이 있다는 말, 또는 특별한 비법이 있다고 하는 말들은 진리적으로 의미가 없으므로 이 같은 말에 마음 매달려 봐야 말 그대로 되지 않습니다. 이 같은 종교적, 혹은 무속적인 행위를 하지 않아도 자신이 지은 업연의 결과에 따라 될 부분이(받아야 할 업) 있으면 되고, 되지 않아야 할 자신의 업이 있다면 그 어떤 것을 해도 의미가 없습니다. 이 같은 것은 아마 종교가 생긴 이래 사회적으로 연례행사가 되어 버렸지만, 이것은 마음에 끄달림일 뿐이고, 육신의 마음인 상(象)으로 의지하는 것뿐입니다. 수능 백일기도라고 하여 이것에 동참하라고 하고, 소위 말하는 유명하다는 사람들은 자신들의 이름을 걸고, 직접 진로와 진학 취업 등에 도움이 되는 조언을 한다, 또는 가정에서 기도할 수 있도록 특별한 기도법과 기도 염불 소원성취에 영험한 광명진언 책을 준다는 식으로 이야기하는 것은 진리적 이치에 맞지 않습니다.

누구나 사람은 자신들만이 원하는 목적이 있을 것입니다. 그러나 대학 합격을 이같이 기원한다고 하여 수능성취 기도를 한다고 하여 될 문제인가. 그런데 우리가 현실적으로 보면, 이 같은 행위는 민족의 역사와 무관하지 않으며 인간들이 상으로 만들어낸 대학이라는 것을 나와야만 인간 구실을 하는 것으로 편견을 갖고 있기 때문에 어떠한 수단 방법을 가리지 않고 이같이 대학이라는 학벌을 가져야만 인생을 살 수 있다는 이상한 성공의 잣대를 들이대지만, 사실 현실적으로도 우리 주변에 보면 대학을 나와야 잘된다는 보장은 없습니다. 어찌 되었든 이 같은 것을 바라는 것은 인간의 상(육신의 마음)의 마음이지만 문제는 이같이 타력에 의지하는 것은 진리이치에 없는 것이므로 어떠한 행위를 한다고 해도 그러한 것이 아무런 의미가 없으므로, 먼저 진리적으로 '타력'과 '자력'의 개념을 먼저 이해하는 것이 중요합니다.

진리적으로 타력과 자력은 양립될 수 없으므로 직업성취 시험성취를 이루게 해주고 발원하는 기도에 동참하라고 하고, 기간을 정하고, 인간들의 욕망에 따라 종교라는 것은 변해가고 있고, 이같이 자녀들의 수능 수험 성취를 위해 각자의 가정에서 광명진언 지장기도를 해주면 좋은 인연성취에 많은 도움이 된다고 말하면 현실적으로 할 수 있는 것이라고는 이 같은 것밖에는 없으므로, 진리를 모르는 중생의 입장에서 이같이 하는 것이 최선이라 생각하겠지만, 그렇게 한다고 하여 그 누가 "그래 알았어." 라고 자기 뜻을 들어 주며, 있다면 그 대상은 과연 어디에 있는가입니다. 누구는 말합니다. 가정에서 수능기도를 할 때 관음 기도가 좋다, 칠성기도가 좋다. 또 무슨 기도가 좋다라고 하는 말 무수하게 하지만, 이같이 관음보살, 칠성이라는 것 등은 인간이 사상으로 만들어낸 것이므로 진리적으로 아무런 의미가 없는데 우리는 오늘도 어느 기도라도 지극정성과 간절한 마음으로 임하면 이루어진다고 믿고 삽니다.

대부분 사람은 광명진언, 지장기도라는 것을 하면 가정 내 가족들의 영가 장애를 소멸해 주는 기도이기에 잡념과 망상을 일으키는 마구니나 마장의 장애가 없어지게 되므로 대학 진학을 앞둔 수험생들이나 고시 공시 등의 시험을 앞둔 취업 준비생들이 자기 공부에 집중할 수 있게 되고, 또 수험생이 직접 이 진언을 외우면 머리가 맑아지고 기억력이 증강하여 많은 도움이 된다고 합니다. 이게 다 무슨 말인가. 참으로 안타까운 일인데, 문제는 이 같은 말을 하는 사람들이나, 이것을 개념 없이, 의식 없이 따라서 하는 중생이나, 분명한 것은 진리의 이치를 모른다는 것입니다. 이같이 진리가 뭔지, 자력인지 타력이 맞는지조차도 모르며, 이 같은 것을 하면 무엇에 좋다고 하니, 하지 않을 수도 없고 하지 않으면 뭔가 찜찜한 마음이 들고, 떨어지면 이러한 것을 하지 않아서 떨어진 것이 아니냐는 죄의식 같은 것이 듦으로 부모의 입장에서 자신들이 믿는 종교적 신앙에 따라 제각각 하겠지만, 진리적으로 자업자득·인과응보의 이치에서 이같이 타력에 의지하여 내 업의 이치에 맞지 않는 행위를 해봐야 그것을 알아줄 존재는 없습니다.

사람은 제각각의 업으로 형성된 본성으로 타고난 업연의 이치에 따라서 삽니다. 그런데 주변에 보면, 어떤 사람이 누구의 말을 듣고 최선을 다해 이 같은 기도라는 것을 합니다. 그런데 당장 눈앞에 닥친 일들 때문에 마음이 불안하여 기도가 잘 안 된다고도 이야기합니다. 이 경우 불교에서는 뭐라고 하는가, "마음이 불안하면 당연히 처음 초심과 발심한 마음이 달라져서 그러니, 기도에 집중하고 기도시간을 잘 지키고, 매일 기도를 거르지 말고 하면 기도가 잘 된다."라고 말할 것입니다. 사실 이 같은 말하자면 한도 끝도 없는 이야기가 되므로 긴 이야기 해봐야 의미 없을 것입니다. 이 글을 보는 여러분도 이 같은 것 무수하게 해보았을 것이나, 자신을 되돌아보면 과연 이같이 이루어졌는가입니다. 만약 이 같은 것으로 자신이 원하는 것을 얻었다고 하면, 이글을 봐야 할 이유는 없다 할 것입니다.

종교라는 것은 어찌 보면 인간이 존재하므로 인간을 떠나 존재할 수 없는 것은 당연하다 할 것이고, 따라서 인간의 감성, 육신의 마음을 자극하는 말할 수밖에는 없을 것이므로 요즘 종교계에서 하는 말들이 시대가 바뀌었으므로 종교도 그것에 맞게 바뀌어야 한다는 말을 많이 합니다. 그렇다면 진리를 이야기한다는 곳에서 이같이 인간의 마음을 따라간다는 이야기인데, 진리가 인간의 마음에 맞춘다고 하는 말이 과연 이치에 맞는 말인가를 생각해봐야 할 것입니다.

보편적으로 하는 말 중에 이같이 기도라는 것을 했다가 자신의 마음 대로 되지 않으면 "기도 성취가 잘되지 않는다. 해봐야 의미 없다."라는 말을 하게 되는데, 알아야 할 것은 나는 업에도 유통기한이 있다고 이야기했는데, 예를 들면 수능기한이 되어 자신의 업의 이치가 바뀌게 되면, 기도하든 하지 않든 간에 그 자신의 업의 이치에 따라 될 것은 되고 되지 않을 것은 안 되는데, 문제는 이 기간에 시험에 되었다고 하면 진리적으로 업의 이치가 바뀌어서 되는 것인데 이때 기도라는 것을 했다고 하면 마치 자신이 기도를 잘해서 되었다고 생각하고 있는 것, 없는 것 가져다 신앙의 대상에게 보답합니다.

하지만 떨어진 입장에서는 어떨까, 믿어도, 의미 없다고 하여 포기를 하게 될 것이고 그 대상을 불신하거나, 자신의 노력이 부족해서라고 스스로 위안을 삼는 것이 전부입니다 그러면서 그 대상을 원망하지 않는 관대함의 마음을 가지게 됩니다. 이것이 진리이치를 모르고 사는 인간 양면성의 관념입니다. 문제는 종교인들이 하는 무수한 말입니다. '수험성취 직업성취 혼인성취 사업성취 등 앞으로 다가올 계획이나 목표를 이루기 위해 정해진 날짜나 일들을 앞두고 기도하는 사람도 있고, 경제적 법적인 문제로 인한 곤란이나 기존의 맺어진 악연이나 병고 등으로 지금 현재 닥치거나 당하고 있는 어려운 일들을 극복하기 위해 기도 하는 사람도 있다, 따라서 어디에 어떠한 사람이 기도하는가에 따라서 그 결과는 달라진다.' 라고 하여, 마치 특별한 장소, 특별한 사람이 하면 될 것이라고 하여 각각의 사찰이 터도 좋고 산세도 좋아서 최고의 기도터라고 하여 그러한 곳에서 해야 하는 논리로 이야기하는 것은 우리 주변에서 얼마든지 봅니다만, 착각입니다.

그리고 '기도가 잘되지 않는 것은 부처님의 위신력을 믿지 못하여 생기는 것이므로 믿으라 하고' 말합니다. 그런데 이같이 하다가 결과가 좋지 않으면 하는 말이 있는데 그것은 "당신의 믿음이 부족하고 정성이 부족해서 그렇다."라고 하거나, 또는 그 신앙의 대상이 아직은 자신에게 길을 열어 주지 않고 있다는 식으로 모든 것은 기도한 당사자의 문제 또는 믿었던 신앙의 대상에게 그 책임을 전가해버립니다. 아니면, 자신이 스님 등 그 누가 이야기해주는 말, 삶에 대한 조언이나 기도법에 대한 믿음이 없고, 또 기도의 영험과 가피에 대한 믿음이 없어서 그런다고 합니다. 그래서 어디를 가더라도 자신의 말을 믿어야 하고 기도자는 첫째도 둘째도 불보살의 말을 믿고, 이 기도를 하면 이루어진다고 이야기하면서 "부처와 보살들이 지켜줄 것이다, 또는 조상이 돌봐줄 것이다, 그러니 믿음을 가져라." 라고 온갖 말을 다 하지만 이 같은 말은 진리이치에는 존재하지 않습니다.

기도의 성취

오늘 이 시간에도 무수한 사람은 자신이 마음에 담고 있는 것이 이루어지게 하려고 별별 방법을 다 동원합니다. 그리고 자신들이 한만큼의 성취가 있을 것이라고 믿습니다. 여러 가지 대상을 찾아 빌고 비는 것, 이것을 좋은 말로는 기도(祈禱)라고 보통은 말합니다. 문제는 무엇인가? 여러분 보통으로 알고 있는 것은 기도의 일반적 정의는 종교 신자들의 신앙행위로서 종교의 공통적 특징의 하나라고 말하고, 또 일정한 목적을 가지고 신앙의 대상에게 가호를 비는 일이라 말하고 있는 것이 보통일 것입니다. 앞에서도 이야기했지만, 문제는 이 기도(祈禱)의 핵심은 나를 떠난 어떠한 대상이 존재하고 있음을 믿는 것입니다. 그리고 대상에게 탄원, 감사, 고백, 간청, 찬양 등등의 의미를 두고 비는 행위, 그 대상에게 자신이 마음에 두는 목적을 이루기 위하여 소원성취하기 위하여 대상에게 비는 일종의 신앙 행위라고 말할 수 있을 것입니다.

하지만 문제는 뭔가 바로, 진리이치에서 보면 이 같은 그 어떠한 대상은 존재하지 않습니다. 그러므로 각각의 입장에 따라서 자신의 마음에 그것이 옳다고 하면 그것을 따라하면 될 뿐이므로 누가 뭐라고 할 이유는 없을 것입니다. 자유주의 국가에서 내가 어떠한 종교를 가지는가는 법으로 보장하고 있습니다. 나는 이같이 누가 어떠한 것을 믿는가를 뭐라고 하는 것이 아니라, 기도라는 것이 진리적으로 합당한가 아닌가, 이치에 맞는 것인가 아닌가만을 이야기하고 있을 뿐이고 내가 깨달은 진리의 이치만을 이야기하고 있으므로 선택은 각자가 알아서 하면 됩니다.

어찌 되었던 이 기도(祈禱)라는 것은 각각의 종교입장에서는 필수이기 때문에 여러분은 이 기도를 하므로 나와의 신앙적 대화를 할 수 있다는 마음도 있을 것이며, 그러기에 자신이 즐거운 일에는 감사와 찬양을 하고, 괴로운 일에는 사죄의 고백을 하며 힘들고 어려운 일에는 큰 힘을 내려주도록 빌 것입니다. 그리고 우리는 각각이 추구하는 그 종지(宗旨)에 따라 그 뜻에 합당하게 살아가고자 라고 그 종교의 대상을 닮아갈 것을 서원하고 비는 신앙 행위가 기도(祈禱)입니다. 그리고 우리는 그 위력을 얻기 위해서 경건하고 엄숙한 마음과 진실하고 거짓 없는 마음으로 기도를 올려야 하며, 일상생활이 언제나 진리와 함께하는 생활이 되어야 한다고도 이야기합니다. 그리고 그것에 일환으로 여러 가지 방법의 수행을 제시합니다. 심신을 재계하고, 지극한 서원을 세우고, 꾸준한 정성으로 계속하여야 하고, 등등의 무수한 방법을 제시하지만, 사실 진리적 입장에서 위와 같이 어떠한 대상에게 비는 이치는 맞지 않는데 그 이유는 실제 진리 속에는, 아니 대명천지 밝은 날 우주 그 어디에도 이같이 나를 어떻게 해주는 그러한 존재는 아무것도 없다는 사실이고 이 같은 것은 종교적 사상에서만 존재할 뿐입니다.

위 그림을 보면, 어디서라도 주변에서 흔하게 볼 수 있고 어떤 대상을 향해 열심히 비는 모습이지만 과연 무엇을, 어떤 대상에게 빌고 있는 것일까? 이와 같은 것은 수차 말한 내용이지만, 우리가 진리, 진리 이치라는 개념을 알지 못하였을 때인 과거부터 전래 되어온 행위이고,

그 어떠한 대상에게 비는 내용이고 위 그림은 바다에 용왕이 있다고 하는 관념을 가지고 하는 민속적 행위인데, 지금도 제각각 가지고 있는 신앙에 따라, 기도(祈禱)라는 행위를 하며 그 신앙의 대상에게 빌지만, 이것은 '종교적인 관념'일 뿐이며 신앙의 자유가 있는 이 나라에 살고 있으므로 그 판단은 각자가 알아서 하면 될 것이나, 문제는 인간들은 어떠한 것에 감응을 얻고자 하여 이 같은 행위를 하지만 의미 없습니다. 대명천지 밝은 날 과연 무엇을 누구에게 감응받기를 원하는 것인가. 그리고 누가 누구에게 감응을 준다고 하는 것인가. 이 역시 각각의 입장에 따라 자신들의 관념에 따라서 다 다릅니다. 하지만 한 가지 분명한 것은 진리의 이치는 오로지 '자업자득·인과응보 이치'만 존재한다는 사실이므로 이같이 한다하여 나 자신이 달라지고 변하는 것은 없고 그 소원 이루어지지 않으며 마음에 끄달림만 남게 될 것입니다.

예를 들어 나 자신에게 어떠한 문제가 있어 우리는 이 같은 기도(祈禱)를 통해서 해결하려고 하지만, 기도라는 것을 논하기 이전에, 진리적 이치에서는 자신이 지은 과보가 있으므로 그에 상응하는 괴로움이 있는 것이고, 이것이 바로 나 자신의 참나(운명)속에 그 이치가 있다는 이야기입니다. 그렇다면 이 괴로움의 원인이 되는 것을 찾아 해결하면 될 뿐입니다. 자업자득·인과응보의 이치에서 나에게 괴로움이 있다면 나의 마음에서 찾으면 됩니다. 그런데 어리석은 것은 나 자신이 이 이치를 가만히 두고, 외부의 대상에게서 그 문제를 해결하려고 하는 것이 문제가 됩니다.

불가에서는 업을 이야기합니다. 그렇다면 이 업의 원인은 무엇인가를 알면 되는데 운명을 부정하는 불교에서 결코 자신의 문제를 찾을 수 없다는 것을 알아야 합니다. 진리적으로 나는 전생에 자신이 '바른 이치'로 살지 않아 그것이 업(業)이 되어 지금의 나라고 하는 존재가 있는 것뿐인데, 물론 이 같은 말은 또 누구라도 하겠지만, 문제는 어떤 것이 바른말 '이치에 맞는 말'인가를 알지 못하고 있으므로 괴로운 것이고 업이다. 뭐다를 이야기하고, 또 나를 찾자, 나를 알자, 부처가 되고 해탈하자는 말 무수하게 하지만 문제는 그 진리의 핵심, 마음이라는 것이 뭔가를 모르기 때문에 이 같은 어리석은 말만 되풀이하고 있습니다.

기도(祈禱) 누구는 말합니다. 자신이 염원하는 바에 따라서 1년을 계속해야 할 경우도 있고, 10년 또는 한평생, 나아가 영생을 계속해야 할 경우도 있다고 이야기하는 것이 보통이나, 이것은 각각의 종교가 가지고 있는 사상적 개념, 관념일 뿐이고 물질적으로 대입하고 말하지만 진리적으로는 시간의 개념이 없으므로 이 말은 맞지 않습니다. 나 자신의 근본 마음을 바르게 인식하지 못하고 어떠한 대상에게 빌어서 해결된다면, 세상의 인간 모두는 이같이 다 기도(祈禱)라는 것을 하면 해결될 것이나, 그러나 이 기도라는 것을 통하여 얻을 것은 없고 남는 것은 그것에 대한 끄달림만 남을 것입니다.

'진리이치'를 바로 알아가는 것 이외의 어떠한 방법은 없는데, 사람들은 참으로 쉽게 말합니다. "우리가 사는 일상생활이 그대로 기도생활이며, 감사 보은생활이 되어야 한다.” 라고도 하고 또 “내가 하는 모든 일에 기도하는 마음으로 살아가는 것이 실지기도이며, 그래야만 진리의 은혜를 받게 된다.” 라고도 하지만 잘못된 말입니다. 이와 같은 말은 인간이라는 존재는 육신의 마음을 가지고 살아가므로 육신의 마음이 그렇게 생각하고 믿는 것뿐이며, 내면에서 작용하는 업(業)의 이치, 작용은 막을 수 없습니다. 다시 말하면 내면에서 작용하는 나의 참나의 이치(운명)가 진행이 되면 육신의 마음(나)이 아무리 기도를 한다고 하여도, 이미 내면의 업, 업장의 작용은 끊임없이 일어나게 되므로 어떠한 대상이 해결할 수 없고, 나 자신의 마음이 변해야만 가능합니다. 문제는 우리가 기도라는 것을 하는 도중에 자신에게 조금 좋은 일이 생기면 ‘기도의 힘이다 가피다.’ 라고 이야기하지만, 사실은 기도하든 하지 않든 나 자신의 업의 유통기한의 현상이고 업의 이치는 변함이 없이 작용하므로 육신의 마음(나라고 인식하는 마음)이 그렇게 느끼는 것뿐입니다.

따라서 기도나 대상을 의지하여 내 업을 소멸시키는 방법은 없습니다. 하지만 마음작용이라는 것의 이치를 알면 마음이라는 기운이 변하기 때문에 소위 말하는 바위로 맞을 것, 모래알로 맞는 개념만이 존재하므로 나에게 정해진 업, 운명은 절대 피할 수 없다는 뜻이고 문제는 이것을 알고 맞을 것인가, 모르고 맞을 것인가에 따라서 내가 느끼는 마음의 고통에 차이가 있을 뿐입니다. 그런데 이와 같은 ‘진리이치’라는 것을 모르니 기도(祈禱)하면 업이 소멸하고 가피를 받을 것이라고 하는 말은 진리적 이치에는 존재하지 않고 맞지도 않습니다.

나는 우리가 마음이라고 하는 이 마음이 진리의 기운으로 존재한다고 이야기했습니다. 따라서 '진리이치'를 자신이 마음으로 긍정하는 삶을 살면, 삶의 기운이 변하게 되어 기운이 바뀌므로 괴로움은 그것에 맞게 줄어드는데, 이것이 진리적으로 업 소멸, 업장의 소멸입니다. 따라서 고정된 업, 타고난 업은 변하지 않지만, 육신의 삶의 기운이 변하므로, 고정된 업이 작용해도 그것을 상쇄시킬 수 있는 마음의 힘을 얻게 되므로 나의 운명을 개척할 수 있다, 바꿀 수 있다고 이야기한 것입니다. 이것이 정법에서의 진리이치이므로 이것이 아닌 그 어떠한 것으로도 나 자신의 운명을 바꿀 수는 없습니다.

그런데 우리는 이 이치를 모르기 때문에 마음을 그대로 두고 어떤 대상에게 비는 기도(祈禱)행위를 하고 있습니다. 그리고 괴로움을 소멸하기 위하여 살·도·음의 중계를 범하지 않아야 한다, 기도(祈禱)는 만물과 내가 한 기운으로 상생 상화하려는 것이며, 개인을 위해서가 아니라 전인류, 만생령을 위해서 기도를 올려야 한다, 또 혼자만 잘살겠다는 것은 큰 죄를 짓는 것이다. 등등의 의미를 부여합니다만 이치에 맞지 않습니다.

내가 진리이치를 바르게 앎으로 그것이 널리 퍼져 많은 사람이 이와 같은 마음을 가지게 되면, 자연스럽게 사회는 맑아집니다. 따라서 계율이라는 것이 자동으로 지켜지게 됩니다. 그런데 듣기 좋게 남을 위해서, 나라를 위해서 기도의 개념을 이야기한다는 것 자체가 종교가 가지고 있는 종교적인 입장일 뿐이며, 이 같은 기도(祈禱)의 행위에 대한 진리적 입장은 의미 없는 행위일 뿐입니다. 만약 대상이 있다면, 자업자득·인과응보라고 하는 말과 반대되는 말이므로 어떤 것이 맞는 이치인가, 스스로 정립하는 길밖에는 없습니다. 위 사진은 유명한 기도터라고 알려진 곳인데 아마 대부분은 가보았거나, 알 수 있을 것이나 과연 무엇을 향해, 누구를 향해 기도라는 것을 하는 것인가, 이것 또한 각자의 몫이니, 알아서 생각하면 됩니다.

한 가지 잘못된 것은 이 기도(祈禱)에 대한 효과인데, 나 자신의 앞일은 한 치 앞도 모르고 사는 것이 인생인데, '만생령이 상생 상화의 선연으로 천도 받고 진급하도록 염원하는 것이 기도의 정신'이라고 이야기하고 있고, 또한 자신이 지은 죄업에 대해서 진정한 참회를 하고 개과천선의 생활을 하기 위한 것이며, 참회 개과 없는 기도는 거짓의 마음이고 인과의 이치를 부정하는 것이며, 이러한 마음으로 일상생활 속에서 기도를 올리면 불가사의한 진리의 힘을 얻게 된다, 그리고 진리의 위력을 얻어 모든 일에 소원 성취하게 된다, 진리와 내가 하나가 되어 큰 힘을 얻고 고해 중생을 구제할 능력이 생긴다, 삼세 제불제성과 심심상련하게 되어 부처님과 같은 훌륭한 인격자가 된다, 천지만물과 내가 하나가 되어 대자 대비심이 생기고, 가는 곳마다 불국 정토를 건설하게 된다'는 등등의 이야기는 오랜 세월 했지만, 이 사회, 나 자신 달라진 것은 무엇이며 남는 것은 무엇인가입니다.

진리적으로 나 자신이 내 업이 있어 그 이치에 따라서 윤회를 하고 괴로움을 당하고 있는 '자업자득·인과응보'라는 말을 하면서 이같이 대상을 찾는 것 종교적 사상의 이야기 한들 나 자신에게 도움이 될까? 내가 바른 진리이치를 알고, 그것을 수용하는 마음이 생기면 자연스럽게 이웃을 생각하지 말라고 하여도 합니다. 왜 그럴까? 바로 업의 개념을 알기 때문입니다. 문제는 어떤 것이 맞는 이치인가 자신이 정립하는 수밖에는 별도리 없습니다. 돌멩이에게 빌던, 전봇대에게 빌던 각자가 알아서 하면 될 뿐이고 반대로 진리이치를 알아 스스로 마음을 변화시키던 판단은 각자의 몫입니다.

인간과 동물

이것이 인간과 동물이 다른 점이다

나는 인간과 동물이 다른 점은 '마음'이 있고 없고의 차이만 다를 뿐이라고 했습니다. 위 그림은 아마 이 글을 보고 있는 여러분 중에도 하고 있을지 모르겠지만, 손톱, 발톱에 그림을 그린 것인데 몸뚱어리에다 별의별 짓 다 하고 삽니다. 하든 말든 그것은 각자가 알아서 하면 될 것이나, 그 정도가 도에 넘어가서 이제는 손, 발톱뿐만이 아니라, 배꼽에도 아니면 이상한 곳에도 하는 사람 무수하게 있습니다만, 마음을 가진 사람이므로 이 같은 것 할 수는 있지만 보기에 안타까울 뿐입니다. 언제인가도 이야기했지만, 사실 적당한 옷에 적당한 액세서리 정도 할 수는 있을 것이나, 위 그림과 같이 하는 그 마음은 무엇인가입니다. 우리가 인간의 상(象)이라는 것이 뭔가를 이야기하지만, 그림과 같이 지나친 행위, 도가 넘는 행위는 업이 되고 자신의 상(象)의 크기를 나타내는 것뿐이고 자신의 견해에서 또는 이 같은 것을 보는 입장에서 '보기 좋다.'라 할 수는 있을 것이나, 이같이 죽으면 썩어 없어질 몸뚱어리에 치장하지 말고, 내 마음이 뭔가를 생각하고 내가 살아야 할 궁극적인 목적은 무엇인가를 아는 것이 자신의 미래를 위해서 좋다는 것을 알아야 합니다.

이같이 말하면 어차피 인간으로 왔으므로 이것저것 다 해봐야 하지 않느냐고 이야기하겠지만, 사실 이 같은 것 해봐야 좋을 것 하나도 없고, 남이 봐도 좋다고 할 사람 별로 없을 것입니다. 이 세상을 함께 살아가는 동물을 보면 그들은 오로지 자신이 처한 환경에 순응하며 자신만의 업(業)의 길을 갑니다. 그들은 자신의 손과 발에 이 같은 짓을 하지 않는데 왜 그런가? 바로 인간이 가지고 있는 '나'라고 하는 그 마음이 없기 때문인데, 마음(업으로 형성된 가식된 나)이 있는 인간만이 이같이 자신의 몸에 있는 것 없는 것 치장을 하고 사는데, 이것이 바로 인간이 동물하고 다른 부분인데 하지 말라가 아니라 하고 싶다면 하되 어디까지를 해야 하는가 그 선을 알고 해야 한다는 이야기입니다. 참고로 누가 한다고 하면 나는 투명으로 하는 것이 최선이라고 이야기해주기도 하는데, 사실 투명이라는 것도 의미는 없을 것입니다.

어찌 되었든 여자, 남자의 근본이 다르므로 어쩔 수 없기는 하지만, 요즘 세상이 어떻게 돌아가는가 하면 미국의 엄마들이 최근이 다음과 같은 말을 했다는 뉴스를 보았는데, 그것은 어린아이의 옷을 남, 여의 성을 따지지 않고 구분하지 않고 남녀 공용으로 만들어 입히자고 하는 말을 보았는데, 이 말이 무슨 말인가. '중성을 만들어 버리자.' 라는 이야기입니다. 태어나는 것은 남자, 여자로 구분되지만, 이것은 현실적으로 바꿀 수 없으므로 입히는 옷이라도 이같이 평등하게 하자는 취지이지만, 잘못된 것이고 진리이치를 거스르는 것이 됩니다. 그 이유는 남자는 남자다운 옷, 여자는 여자에게 맞는 옷을 입으면 되지만, 이같이 남녀의 구분을 없애는 옷을 만들어 입히자고 하는 것 자체는 대단히 잘못된 발상이라는 사실입니다. 그렇다면 이같이 같은 옷을 입히고 머리에 차이를 두지 않는다면 뭐가 남자이고 여자인지 알 수 없을 것인데 이 부분은 동성과 혼인을 허락하는 미국사회의 문제와 같은 맥락으로 봐야 할 것이나, 이러한 것들이 바로 인간의 상이 극에 달해있다는 것을 의미합니다.

세상에 모든 것은 분명 '이치'가 있고 그 이치에 맞게 살다가 죽으면 그뿐인데, 비단 이것뿐만 아니라, 인권이라는 명분으로 남자, 여자의 구분을 없애가는 것은 뭔가 잘못되어가도 한참 잘못되어 가고 있다 할 것입니다. 예전에는 불륜의 남녀가 여관에만 들어가도 간통죄로 처벌을 받았지만, 이제는 실제 성관계를 해도 아무런 죄가 되지 않는 세상이 되어 버렸으며 같은 성을 가진 사람끼리 혼인하는 것도 용인되는 세상이 되어 버렸으므로 지금 내 앞에서 밥을 먹고 있는 부부의 입장이 내일 저녁은 만나지 못할 수도 있을 것입니다.

오늘 밤 잘 먹고 자는 부부의 입장에서 다음과 같은 말 한마디 한다면 어떻게 되겠는가. "나는 개인 행복 추구권을 찾아서 가야겠어. 당신에게서는 나의 행복 추구권이라는 것을 찾을 수가 없어서 그래 그러니 나를 보내줘."라고 한다면 여러분은 뭐라고 할 것인가? 잡을 도리가 없다는 이야기입니다. 바로 이것이 인간의 기본윤리와 도덕이라는 것이 이같이 '개인의 행복 추구권'이라는 것에 하위법이 되어버렸기 때문에, 다들 개인플레이하고 사는 세상이 되었다는 이야기입니다. 그리고 더 중요한 것은 이같이 윤리와 도덕을 '물질—돈'이라는 것으로 대체되어 버렸다는 것은 매우 안타까운 일이라 할 것입니다.

결국, 이 사회는 미국을 닮아가는 형국이고 보면 진리적으로 업(業)이 다른 국가 대 국가인데, 결국 인간의 상으로 업이 다른 나라의 국민성을 강제적으로 하나로 만드는 것이므로 진리적으로 대단히 잘못되어가고 있다는 것을 알아야 합니다. 따라서 결혼이라는 것도 우리나라 과거처럼 '검은 머리가 파뿌리 되도록 산다.' 라는 것은 이미 없어져 버렸고 성(性)의 문란함만 남았고, 육신의 짜릿함 쾌락만이 남았다 해도 과언은 아닐 것입니다. 섹스하다가 마음에 들지 않으면 언제라도 상대를 바꿀 수 있는 이 사회는 결국 파멸의 길로 들어섰다는 이야기입니다. 우리가 이성을 선택하는 것도 마음에 드는 인연이 아니라, 섹스를 잘하는 사람을 선호하는 세상이 되어 버렸다는 것이고 이같이 뒹굴다가 자신의 마음에 무엇인가 괴로우면 그 마음으로 부처 찾고, 진리 찾는 그것이야말로 마음을 가진 인간의 추악함이라 할 것입니다. 이와 반대로 동물은 인간처럼 문란한 성행위를 하지 않습니다.

동물은 자신들의 필요에 의한 본능의 행위만 하는 것과 달리 인간은 과연 어떠한 행위를 하고 있는 것인가를 되돌아 봐야 할 것입니다. 이것은 여러분 스스로가 인간의 기본적인 윤리·도덕을 기반으로 생각해 보면 자신의 마음 상태를 알 수 있을 것이고, 인간은그 이치에 맞는 성행위가 아니라, 자신의 욕정을 풀기 위한 도구로 전락해 버렸음은 매우 안타까운 일이고 문제는 이같이 사회적 기운이 변해가는 것은 바로 지구의 종말이 멀지 않았음을 의미하고 이 같은 것은 자연의 흐름을 보면 쉽게 알 수 있습니다. 우리가 본성이라는 말을 하고 나 자신의 근본을 알려고 합니다만, 자신의 마음 작용을 가만히 보면 일어나는 마음이 있을 것이고 그 마음속을 들여다보면 자신의 본성을 알 수 있을 것입니다.

죽으면 썩어 문드러질 자신의 몸뚱어리에는 온갖 치장을 하고 살다가 환경이 바뀌니 괴롭다고 하고, 사네 못사네 하면서 진리 찾고 무엇을 찾는 것이 바로 마음을 가진 인간입니다. 수없이 한 말이지만 나 자신의 지금의 환경, 지금 내 마음에서 일어나는 그 마음이 바로 자신의 업으로 형성된 나 자신의 본성의 마음이라는 것을 알아야 합니다. 과연 인간 어떻게 하고 사는 것이 최선인가? 마음에 정이 있고, 인간미가 있으며 사람의 냄새가 나는 사람이 가장 아름다운 사람이라는 사실 잊어서는 안 될 것이고, 나는 오늘 얼마만큼의 사람다운 냄새를 풍기고 살았는가를 되돌아봐야 할 것이며, 이것이 바로 '나를 알자.' 라는 것을 명심해야 합니다. 내 몸에 어떠한 치장을 했는가가 나 자신의 상(象)의 두께라는 사실을 알라는 이야기입니다. 이생에도 저생에도 남는 것은 마음뿐이라는 사실입니다.

개와 정승

'개같이 벌어서 정승같이 쓴다.'라는 말은 '비천하게 벌어서라도 떳떳이 가장 보람 있게 쓴다.'는 말로 이야기 합니다. 그런데 여기서 '개'라는 것에 대하여 깊게 정립해 볼 필요가 있는데, 사실 이 강아지는 사람과 제일 가까운 동물인데, 윤회의 측면에서 보면 나중에 인간으로 올 확률이 가장 높은 것이 이 강아지이기도 합니다. 다시 이야기하면 사람과 가까운 동물일수록 인간으로 올 확률이 있다는 것이 진리적 입장이고, 따라서 사람의 눈에서 보이지 않고 멀리 있는 생명체는 지옥의 개념이라 할 수 있습니다. 실제 바닷속의 미생물은 인간과의 관계에서 제일 먼 곳에 있는데 이 경우 알 수 없는 윤회를 해야만 인간으로 올 수 있으므로 인간의 눈에 가장 가깝게 존재하는 강아지의 입장에서 인간과의 접촉이 가장 많기도 한데, 이것도 진리적으로 보면, 업연(業緣)의 관계가 가장 깊습니다. 그런데 이 같은 속담이 나오게 된 연유를 사람들은 다음과 같이 말합니다.

"옛날의 어느 한 구두쇠가 자신의 돈 항아리를 가득 채우고 싶은 욕심에 전 재산을 모두 금화로 바꾸어서 인적이 드문 산의 땅속에 숨겨두고 하루에도 몇 번씩이나 그 돈 항아리를 확인하며 좋아하고 있었다. 그런데 어느 날 구두쇠의 행동을 미심쩍게 생각한 한 젊은이가 그 구두쇠 뒤를 따라가서 구두쇠가 돈 항아리를 숨겨놓았다는 사실을 알고 몰래 훔쳐갔다. 다음날 돈 항아리를 확인하러 온 구두쇠는 돈 대신 돌멩이로 가득 찬 항아리를 보고 낙심했다. 낙심한 구두쇠에게 말을 걸어서 그 이야기를 모두 들은 나그네는 어차피 쓰려고 모은 돈도 아니고 보려고 한 것이었다면 돌을 돈이라 생각하면 되지 않겠느냐고 했다." 는 이야기에서 유래되었다고 합니다. 물론 이 말이 '개같이 벌어 정승처럼 쓴다.' 의 유래가 되는 말인지는 확인할 수 없는 일이지만, 문제는 왜 이같이 '개'라는 말이 나오는가인데, 앞서도 이야기했지만, 강아지는 이것저것 가리지 않는 모습을 보고 생겨난 말일 수는 있을 것입니다.

그러면, 이 강아지, '개같이 벌어서 정승같이 쓴다.', '개(강아지)같이 벌어 정승같이 논다.' 라는 말은 과연 일리가 있는 말인가입니다. 이 말이 잘못된 것은 '돈을 벌 때 무조건 돈만 벌면 된다.' 다시 말하면 앞뒤 가릴 것 없이 돈만 벌면 된다는 이야기가 되는 것이고 돈을 쓸 때는 내가 힘들게 벌었으므로 자유분방하게 나 하고 싶은 대로 쓰면 된다는 말이 되므로 잘못된 말이고, 또 여기서 말하는 '정승'이라는 말은 무슨 말인가? 양반을 의미하는 말로 다시 이야기하면 정승이 하인을 종 부리듯이 하여 돈을 벌어다 주면, 정승은 그 돈을 자신이 고고하게 쓰는 것으로 이해될 수 있으므로 어떻게 보면 '비천하게 벌어서라도 떳떳이 가장 보람 있게 쓴다.' 라는 말에 심각한 오류가 있습니다. 나는 돈이라는 것도 '이치'에 맞게 벌고, 이치에 맞게 쓰라고 이야기했는데, 주변에 보면 종교를 다니는 사람들이 사회에서 무자비하게 행동하는 사람들을 자주 보게 됩니다만, 이같이 밖에서 개같이 벌고(무자비하게 인면수심으로 오로지 돈만 벌면 된다는 행동) 그 돈으로 어떻게 하는가? 무슨 자선 사업을 한다, 인류를 돕는다, 이웃을 돕는다는 식으로도 무수한 말을 합니다.

이 글을 단편적으로 보면 '개같이 열심히 벌어서 정승같이 즉, 우아하고 필요한 곳에 점잖고 멋지게 쓰자.'라는 말이므로 일할 때는 땀이 뻘뻘 나고 힘들게 열심히 일하고, 지저분해 보이고 천해 보이게, 억척스럽게 벌자는 의미이겠지만, 직업에는 귀천이 없으므로 각자가 처한 환경에서 그것에 맞게 최선을 다해서 벌면 될 뿐입니다. 그런데 우리는 육체의 노동 없이 편하게 수월하게 버는 사람과 속된 말로 지저분하게 육체노동 하면서 버는 사람을 비교하여 이 같은 말 '개같이 벌어서 정승처럼 쓰자.' 라고 자신을 스스로 위안 삼았던 말이 될 수도 있을 것이나, 어찌 되었든 돼지를 잡은 사람의 입장은 속된 말로 비천한 직업이고, 고기를 잡은 어부는 이와 비교하여 좋은 직업이라고 생각하는 관념은 잘못된 것인데, 내가 어렸을 때 어떤 종교를 가보니, 소나 돼지를 잡은 직업을 가진 사람은 업을 많이 짓는 사람이라고 하여 좋지 않게 이야기하는 것을 보았는데, 바로 이것이 종교의 모순입니다.

사람이 직업을 가지는 것은 자신의 업과 깊은 연관이 있는 것은 맞지만, 위와 같이 소, 돼지를 잡는 사람은 비천한 직업이라는 논리, 바닷고기를 잡은 사람은 그대로 소, 돼지를 잡는 사람보다는 좋은 직업이라는 관념을 가지고 있다면 여러분은 대단한 착각을 하고 있다는 사실을 알아야 합니다(이 부분은 개개인의 업에 따라 다르므로 여기서는 생략함) 내가 이 세상에 태어나 어떠한 환경 속에 살아간다는 것은 나 자신의 업과 깊은 연관이 있으므로 현실적으로 그 환경에서 최선을 다하여 일하고 그에 상응하는 대가를 받는 것은 맞습니다. 예를 들면 사무실에서 일하는 사람과 밖에서 배달 같은 것을 하면서 돌아다니는 사람들의 차이는 왜 다른가, 그것은 전생에 자신의 본성과 무관하지 않으며 깊은 연관이 있기 때문입니다.

거꾸로 이야기하면 돌아다니기를 좋아하는 사람보고 사무실 근무를 하라고 한다면 못하는데, 바로 이것은 자신의 본성과 업과 깊은 연관이 있으므로 그렇습니다. 우리가 쉽게 하는 말이 또 있는데, '정승같이 쓴다, 힘들게 번 돈으로 좋은 일을 한다.' 라는 말도 스스로 힘든 일을 하면서 자신을 스스로 위안하는 말일 뿐이고 실제 나 자신이 '좋은 일'이라고 하지만, 그 좋은 일이라는 것이 무엇인가입니다. 우리가 어려운 이웃을 위해 얼마간을 기부하고 동정한다고 하여 그것이 좋은 일이라고 한다면, 이것은 인간적인 도리에 불과한 것이고, 그 자체가 진리적으로 맞는 것은 아니라는 이야기입니다. 나는 '개념정립'이라는 말을 많이 하는데 사실 개념정립 없이 '개같이 벌어서 정승같이 쓴다.' 라는 말만을 마음에 둔다면 내 말을 이해하기 어렵고, 내가 미친 사람이 될 것입니다만, 그런 마음으로 마음공부를 하기 어렵고 나 자신의 마음을 바르게 바꾸어 가기 어렵습니다.

내가 하는 말은 '이치와 순리에 맞게 벌고, 이치에 맞게 써라.' 는 것인데, 바로 이것이 우리가 말하는 순리를 따르는 것이고, 마음법당의 업(業)과 복(福)의 개념이 여기 이 말 속에 다 있습니다. 따라서 개(강아지)라는 말, 함부로 사용하면 안 되는 말이며, 무엇이 개 같은 것의 개념이고 정승의 개념이 무엇인가를 정립해보라는 뜻입니다. 세상 속된 말로 너 죽고 나만 살자고 하면서 돈이라면 물불 안 가리고 상대를 짓밟아가면서 돈 버는 사람들 무수하게 있는데, 이같이 벌어서 과연 정승같이 무엇을 어디에다 썼는가, 소위 말하는 불우 이웃 돕기 혹은 기부를 했다고 하여 그 행위 자체가 정승처럼 썼다고 생각하는가입니다.

성性 -1

**내 인생의 족쇄는 나 스스로가 채운 것이다.
그 누구를 원망하지 말라!**

자유분방한 세상이 되면서 성(性)에 대한 인식도 과거와 비교하면 상당히 많이 바뀌어 가고 있고, 오늘날에는 중성의 성을 가진 사람들도 당당히 사람들 앞에 자신을 드러내 놓고 사는 사회가 되었습니다. 성(性)에 대한 말은 무수하게 많이 있지만, 구차한 이야기는 생략하고 여기서는 왜 이같이 중성의 성(性)을 타고나게 되는가, 그리고 이 경우 어떤 성을 선택해야 하는가만을 진리적인 입장에서만 이야기해 보면 다음과 같습니다. 보통 '성전환자'라고 하면, 육체적인 성과 정신적인 성이 반대라고 생각하는 사람을 이야기합니다. 이 말은 육체적으로는 남자이지만 여성의 성기를 가진 사람, 이 반대로 여성이면서 남자의 성기를 가진 사람이 있을 수 있는데, 문제는 이 같은 성전환자 모두가 성전환 수술을 받거나 원하는 것은 아닐 것입니다. 따라서 어떤 성전환자는 성전환 수술을 거부하기도 합니다.

그 이유는 남자 여자의 성을 다 사용하려고 하는 의도가 있기 때문이고, 어떤 사람은 남자, 여자의 성으로 전환하기도 합니다.

어찌 되었던 진리적인 근본을 보면, 이같이 중성의 성을 타고나는 사람은 윤회 속에 서로의 성을 탐내는 마음, 여성일 경우 남자가 되고자 하는 욕망이 크고 상대의 성에 집착할 때, 반대로 남성의 경우 여성의 성을 그리워하거나, 여성이 되고자 하는 욕망이 클 때, 이 같은 성의 변이가 일어나게 됩니다. 결론은 성전환자의 성이 생기는 원인은 상대의 성에 대해 집착을 할 때 생기는 것이고, 태초의 개념(윤회가 아닌 순수하게 태초의 생명체의 개념에서는 이같이 성의 변이가 일어나지는 않습니다.), 태초 생명체이기 이전에 생명체로 확정되기 이전에는 남녀의 성이 구분을 지어진 것이 아니라, 하나의 기운이 빗방울처럼 떨어져 하나의 생명체로 탄생이 될 때는 남녀의 구분이 확실하게 정립이 되어 태어납니다. 그러나 윤회를 하면서 살다가 자신의 환경의 영향, 또는 육신의 상(象)의 마음에 따라 상대의 성(性)을 그리워하고 동경하고, 그 성에 집착하면 근본은 바뀌지 않지만 이같이 중성의 성인 성전환자로 태어난다는 사실입니다.

따라서 성전환자는 그들이 육체와는 반대되는 성의 역할을 수행하는 데 그치지 않고 자신을 스스로 반대의 성으로 인식하고 있기도 합니다. 남성 성전환자(중성의 성)는 이같이 윤회과정에서 생기게 된다는 것이 진리적 입장이고, 여기서 우리가 알아야 할 것은 남자로 태초에 태어났으면(윤회가 아닌 개념) 영원한 남자의 성을 갖게 되고 도중에 남자가 여자로, 여자가 남자로 바뀌어 태어나는 일은 없습니다. 그러기에 근본인 남자가 이같이 성전환자로 태어나는 것, 근본인 여자가 이같이 성전환자로 태어나는 것은 나 자신이 상대의 이성에 대한 집착이나 동경하는 마음이 심하면, 그것이 원인이 되어 근본의 성은 변하지 않지만, 이같이 상대의 성을 갖고 태어납니다. 근본적으로 윤회과정에서 바뀌는 이치는 없다는 것이고 태초의 생명체가(무작위로 올 때) 잉태되어, 몸을 받기 전에는 '나'라고 할 것도 없고 하나의 순수한 물방울과 같은 것이기 때문에 남녀의 성별도 무작위로 정해지는 것뿐입니다.

다시 이야기하면 윤회가 아닌, 순수하게 태초로 오는 생명체는 선택이 아니라, 자연적으로 무작위로 태어난다고 나는 이야기했고 이것이 진리적 사실이고, 따라서 태초에 한번 떨어진 나라는 것은 나의 선택으로 남녀의 성이 가려지는 것이 아니라, '그렇게 그냥 우연히 정해지는 것뿐이다.'가 진리적 이치에 맞습니다. 따라서 남, 여의 성별은 태초에 자연스럽게 정해져 버리기 때문에 도중에 남자, 여자의 성이 바뀌어 태어나는 이치는 없습니다. 그러므로 막연하게 내가 여자, 남자가 되고 싶다고 하여 되지 않습니다. 따라서 아무리 내가 마음을 먹는다고 하여 윤회과정에서 절대로 바뀌는 이치는 없다는 것이 진리이치이기 때문에 일반적으로 내가 원하면 어떤 것이던 될 수 있다는 불교의 말은 대단한 착각이고 진리이치를 모르고 하는 말입니다. 그러므로 윤회의 개념과 태초의 생명체에 대한 개념을 바르게 정립하지 못하고 막연하게 업, 윤회를 이야기라는 것은 잘못된 것입니다. 따라서 태초의 개념, 생명체의 본질을 알지 못하면 나 자신과 관련된 문제를 절대로 알 수 없다고 이야기한 것이며, 법, 진리라는 말을 할 수 없다고 이야기한 것입니다.

　따라서 윤회의 개념에서 태초의 생명체와 윤회 속을 돌면서 태어나는 생명체 태초의 개념을 정립해야 한다고 한 것입니다. 태초의 생명체가 무작위로 올 때, 잉태되어 몸을 받기 전에는 '나'라고 할 것도 없는 것은 맞고 윤회의 개념이 아닌 하나의 순수한 물방울과 같은 것이라고 할 때, 성별도 무작위로 정해지는 것뿐, 더 이상의 의미는 없습니다. 오늘날 현실적으로 이야기하면, 흔히 말하는 남녀의 성이 혼합되어 다 가지고 태어나는 성전환자(중성)인 사람들이 남자로 전환해야 하는가, 여자로 전환해야 하는가의 성을 선택할 때 신중해야 하는 이유가 여기에 있는데, 다시 말하면 태초에 여성으로 태어났는데 남자의 성기를 달고 있다고 할 때, 이 사람의 본성은 여자이므로 절대로 여자의 본성을 포기하면 안 된다는 이야기이고 이같이 전환을 한다 하여도 태초의 본질은 여성이므로 영원한 여성이 되며, 이같이 성의 전환을 한다고 해도 그 근본(본성-바탕)의 성은 바뀌지 않습니다. 따라서 애당초(윤회가 아닌 태초를 말함)근본의 성(性)이 남자였는데, 이생에 여성의 성(性)으로 전환을 했을 경우, 다음생 태어나게 되면 다시 태초의 근본인 여성의 성을 가지게 된다는 뜻입니다. 그런데, 남자, 여자를 선택할 때 이 사람이 '남자'라는 성(性)을 선택하면 진리적으로 여성에서 남성을 바꾸어 살게 되므로 대단한 업(業)이 된다는 것을 알아야 합니다.

　그런데 남자, 여자의 성기를 동시에 가지고 살 것을 고집한다면, 이것은 진리적으로 대단한 업이 되고, 근본 바탕의 업으로 현실적으로 이같이 두 가지 성을 다 가졌다면 이제라도 자신의 근본 성을 알고 그것에 맞게 성을 선택하여 사는 것이 자신의 업, 운명을 바꾸는 것이 되지만, 어느 쪽도 선택하지 않고 산다고 하면 전생의 그 업의 이치를 그대로 갖고 산다는 의미가 되므로 이것은 진리이치에 맞지 않습니다. 그러므로 생명체의 본질을 모르고 '모든 것은 내 마음먹기에 달렸다.' 라고 하는 불교의 말은 대단히 착각이고, 진리적으로 이치에 맞지 않는다는 것을 알아야 합니다. 나는 수차 말했는데 사람, 아니 생명체는 누구나 다 '본성-근본'을 가지고 있고 이 본성 속에 자신의 모든 운명의 이치가 다 있습니다.

이 말은 본래의 성(性)은 누구나 있고 이같이 성전환자의 성은 윤회과정에서 생기는 것이고, 나 자신이 성전환자의 몸을 갖고 있다는 것은 나의 업습에 의하여 형성된 것뿐입니다. 이같이 태초의 성을 알지 못하면 절대 법이다, 진리라는 말을 해서는 안 된다는 이야기입니다. 그러므로 '우리가 법, 진리요.' 라고 하는 말은 나 자신의 의식이 바르지 않으면 분별할 수 없으므로 이 판단 또한 개개인의 몫으로 둘 수밖에는 없다고 한 것입니다. 따라서 나 자신의 문제는 모두가 내 안에 있다고 한 것이고, 내가 진리이치를 바르게 아는지 모르는지도 자신의 몫이고 바른 의식을 가져야 하고 그래야 분별을 바르게 할 수 있다고 한 것입니다. 이 본성을 알아야만 법, 진리의 말을 이야기할 수 있으며 나는 이 진리이치만을 이야기하고 있을 뿐이므로 판단은 각자의 몫이고, 이것을 알기에 여러분 개개인의 문제가 뭐가 잘못되었는가를 알 수 있다는 이야기입니다.

　과거 어찌 되었든 현실적으로 이같이 성전환자라는 상황이 되었다고 하면, 그 근본의 성이 남자, 여자의 성이었는가의 본질을 알고, 그 성에 맞게 고쳐가는 것이 진리적 순리에 따르는 삶이 되고, 나 자신의 운명을 바꾸어가는 길이라는 것을 명심해야 하고, 이것 이외 어떠한 방법으로도 이 같은 본질의 문제 해결할 수 없습니다. 근본이 남자인데, 이생에서 여성으로 전환했다고 하면 애당초 자신의 본질인 남자를 포기했으므로 그 괴로움의 업은 상당하다 할 것입니다. 깊게 생각해봐야 할 부분입니다. 따라서 최근에 사회적으로 남녀의 성을 구분하지 말자, 남녀 공용을 옷을 입히자, 동성의 결혼을 허락하자 등등의 말 대단한 잘못을 하고 있다 할 것이며, 이미 이 세상은 되돌아올 수 없는 강을 건넜다 이 세상 멸하는 시간만이 남았다는 사실입니다.

성性 -2

　　　　　　　生명체로 살아가는 자연 속에 남녀, 암수가 만나 그 종족을 번식시키는 것은 '자연적인 본능'입니다. 이것은 오늘날과 같은 지구가 존재한 이후 지극히 당연한 생명체의 본능, 생식기능이라 할 것이나, 문제는 행위 자체가 나쁜 것이 아니라, 그 과정에 있다 할 것입니다. 왜 이같이 인간은 성(性)에 대해 집착을 하는 것인가? 그것은 바로 '마음'이라는 것을 가지고 있기 때문이고, 내 마음에서 일어나는 성(性)적인 생각, 관념은 나 자신의 업과 깊은 연관이 있다는 이야기입니다. 이같이 성(性)적인 이야기는 인간이 존재하면서부터 있었지만, 문제는 마음이라는 것을 발견한 이후 같은 성(性)행위를 하더라도 여기에 무수한 것을 가미하게 됩니다. 이러한 것은 고대부터 무수한 이야기를 하고 있으므로 여기서 별도로 이야기할 필요는 없고, 또 그러한 것을 재론한다는 것 자체가 의미 없으므로 생략하고, 진리적으로 인간과 성(性)의 관계를 보면 다음과 같습니다.

동물도 성(性)행위를 하지만 그들은 본능에 의하여 종족을 번식할 때만 행위를 하는 데 비해 인간은 어떤가, 행위 자체는 동물과 다르지 않지만, 문제는 인간은 시도 때도 없이 한다는 것이 다르고, 여기에 온갖 것을 더하여 '쾌락'이라는 것을 추구합니다. 성교(性交)는 자연적 생식의 방법일 뿐인데 여기에 더하여 쾌락이라는 것을 즐기고자 인위적으로 하는 행위는 바로 자신의 본성과 업습과 깊은 연관이 있다는 이야기입니다. 누구는 말합니다. 인간이 이러한 쾌락 없이 무슨 재미로 사느냐고 이야기하는 사람도 있지만, 문제는 이처럼 같은 성(性)이라고 하여도 개개인의 마음이 다르므로 성(性)에 대하여 생각하는 관념도 다 다르지만, 이같이 생물적 생식은 생물의 진화 과정에서 주어진 환경에 맞게 수 없이 변모하고 발전되어 왔고 이러한 것들이 오늘날에는 어떻게 변했는가입니다.

생명체의 단순한 성(性)행위 만을 보면 세포 분열을 통한 개체의 증식에서 비롯하여 자가수정 그리고 수정행위에 대하여 암수가 직접 또는 간접적으로 관계를 맺는 방법에 이르기까지 그 생식의 방법은 천차만별입니다만 유독 이 인간만이 야단법석을 떠는 이유는 바로 '마음'이라는 육신의 상을 가졌기 때문인데, 어찌 되었든 동물의 성행위는 단순한 목적이라고 한다면, 인간만이 시도 때 없이 성행위를 하고, 그 행위 자체를 소위 말하는 변태적으로 하는 사람 무수하게 있을 것이나, 이같이 변칙적인 행위를 좋아하는 것도 다 전생에 자신의 업습과 연관이 있으며, 또는 이성만 보면 소위 몸이 근질근질하고 마음이 콩떡거리는 것도 업연에 따라 그 정도의 차이가 있습니다. 예를 들면 나 자신이 어떠한 상대를 볼 때, 이성적인 감정으로 먼저 본다면 자신의 업을 먼저 들여다봐야 합니다.

앞서도 이야기했지만, 남녀의 성이 다르므로 이성에 대한 마음, 감정은 누구나 다 일어나지만, 그것을 단순하게 성(性)이 다른 측면에서의 호기심이 아니라, 그 이상의 상상을 하는 것은 업과 연관이 있다는 이야기입니다. 자연 속에 사는 생명체는 분명하게 성(性)이 다르고 동물계에서 몇 개의 다른 생물 부류를 제외한다면 암수가 교미함으로써 생식을 하게 됩니다. 생식 행위는 일반적으로 암수의 생식 기관끼리의 접촉과 결합을 의미하지만, 생식 행위의 본질은 암컷이 난자의 수정을 위해서 수컷으로부터 정자를 받는 것이고 이것으로 번식에 의한 행위를 하는데, 인간만큼은 '육신의 쾌락'을 추구하며, 이 때문에 온갖 사회의 문제가 대두하기도 합니다. 동물 대부분은 수정(임신)이 잘 이루어지게끔 발정기에 자연적으로 성교하지만, 인간은 그렇지 않습니다.

물론 일부 동물도 발정기가 아닌 때에 교미하며, 동성과도 관계를 갖는 것도 있기는 합니다. 그러나 대부분의 경우 인간은 육체적 쾌락을 위해 성교를 합니다. 따라서 앞에서 언급한 동물의 교미도 즐거움을 얻기 위한 것이 있기도 하겠지만 큰 틀에서는 인간만큼 성행위를 즐기는 것도 없을 것입니다. 우리가 업(業)이야기를 무수하게 하지만, 이처럼 성행위 하나에도 이치에 맞지 않으면 업이 되는 것이며, 죽고 나서 알게 뭐냐 라는 식으로 즐기고 살자고 한다면 각자 알아서 하면 되겠지만, 문제는 그러한 것이 현실적으로나, 진리적으로 나에게 괴로움으로 다가온다는 사실이고 주어진 짝이 아니라면 결국 좋게 끝이 나는 불륜의 관계는 없습니다.

성(性)과 인간은 결코 분리되어 생각할 수 없는 부분이지만, 이성에 대한 호기심은 있을 수 있을 것이나, 그것이 어느 선을 넘어서 생각하고 상상하는 것 이치에 맞지 않는 행위로 성행위를 하는 것은 나 자신의 본성과 깊은 연관이 있으므로 깊게 생각하고 정립해야 할 것입니다. '하지 마라'가 아니라 어느 선까지를 생각하고 어떻게 해야 하는가는 정립해보라는 이야기인데 우리는 업(業)이라고 하면 꼭 살생하고 도둑질하는 것으로만 업이 된다고 생각하겠지만, 내가 숨 쉬고 사는 한, 나의 일거수일투족은 나의 업습과 연관된 행동을 하고 있다는 것을 알아야 하고, 업은 이처럼 꼭 살생이 아니더라도 순식간에 만들어지게 됩니다.

따라서 세상에서 제일 지저분하고 추잡한 것이 '마음'이라는 것을 가진 인간의 상으로 하는 성(性)행위라 할 것입니다. 따라서 생명체이므로 할 수 있는 성(性)은 마음이 어떻게 작용하는가에 따라서 추잡할 수도 있고, 아닐 수도 있는데, 그 이유가 뭔가를 정립하면 바른 성생활 할 수 있을 것입니다. 이러한 것 아무것도 아니라 생각한다면 그 마음으로 마음공부 할 수 없고, 나 자신의 본성 바꾸어 갈 수 없습니다. 우리가 해탈이라는 것을 목적으로 하지만, 이러한 부분에 걸림이 있는 마음이라면 아직 해탈은 멀었으므로 차근차근하게 업습으로 일어나는 나의 마음에 이 같은 탐, 진, 치의 마음을 이치에 맞는 마음으로 바꾸지 않는 한 해탈은 먼 꿈나라 이야기라는 것을 명심해야 할 것이고 나 자신의 괴로움 지울 수 없다는 이야기입니다.

일심동체

사회나, 가정에서 어떠한 문제가 발생하면 그것은 당신 탓이다, 내 탓인지를 따지면 그뿐입니다. 하지만 한 사람은 이 법을 이해하고, 한 사람은 이해하지 못한 상황에서 어떠한 문제가 생기면, 두 사람의 문제 사이에 법당을 끌어들이고 걸고 갈 것입니다. 인연법과 관련된 이야기인데, 예를 들면 내가 이 법을 알기 전 한 가정을 이루고 산다고 할 경우 어떤 문제이든 법과 연관이 없는 그 가정의 문제이므로 서로가 이해하던 언쟁을 높이든 간에 그 안에서 어떻게든 결말이 날 것입니다. 그런데 부부가 같이 이 법을 알았다면 법의 틀에서 이해하기 쉽지만, 한쪽만 이 법을 알았다면 이 법을 모르는 상대는 자신의 가정에 어떠한 문제가 있으면, 이 법에 대입하여 자신을 합리화하여 이 법을 모략하게 됩니다. 그런데 역으로 이 마음법당의 법이 아닌 일반 기성종교를 다녔을 경우에는 관대합니다.

이 경우 똑같은 문제가 생기더라도 기성 종교를 끌어들여 문제로 삼지 않을 것인데, 그렇다면 이 법이 옳다고 믿는 나 자신에게 문제가 있는 것인가 아니면 나는 옳다고 생각하는 이 법을 모르는 상대에게 문제가 있는 것인가 분명하게 둘 중의 하나는 잘못되었다 할 것입니다. 문제는 이 법을 모른다고 하여도 어차피 각자의 가정에 인연들은 업연에 따라서 그 이치대로 가게 되어 있으므로 이 법 알지 못하고 살아도 살 수는 있습니다. 하지만 일반종교라면 관대하고 이같이 생소한 법을 이야기하니, 앞뒤 따지지 않고 사이비이고, 삿된 것으로 생각하는 이 사회의 현실이 안타까울 뿐이고, 남들이 이같이 삿된 것으로 생각하는 이 법을 카페의 회원인 우리는 좋다고 하니, 분명하게 어느 쪽이 잘못되어도 잘못된 것은 맞습니다.

그러면 이 같은 판단은 누가 해야 하는가인데, 이 역시 이글을 보는 여러분 자신이 판단하는 수밖에는 별도리가 없다 할 것입니다. 이 법을 알아도 몰라도 자신 앞에 일어나야 할 일은 일어나게 되어 있다는 사실 명심해야 하고, 잘되면 내 탓이고 못되면 조상 탓한다는 이 사회에서 마음공부를 한다는 우리는 얼마나 이 법에 대한 확신이 있는지는 모르겠지만, 부부라 하더라도 업에 이치가 다르므로 내가 알고 있는 것 행동하는 것에 모두를 공유하고 이해한다는 그 마음으로 자신의 마음을 이야기한다면 그것은 옳지 않습니다. 물론 한 가정을 이루고 살면서 마음이 맞고 서로를 조건 없이 이해하려고 하는 것은 좋지만, 문제는 업이 다르므로 단편적으로 공유한다는 차원에서의 할 말과 하지 않아야 할 말이 있다는 것을 알아야 하고 이것도 의식으로 분별해야 하는 일입니다.

수차 한 말이지만, 내가 어떠한 위치인가에 따라서 그에 맞는 행동만 하면 될 것이고, 그에 맞는 도리만 하면 되는데, 함께 산다는 이유만으로 모든 것을 이해하고 공유한다는 개념으로 모든 것을 다 이야기 한다면 마음이 다르므로 다 이해하지 못합니다. 이해하지 못한 것은 결국 다툼으로 이어지고 그사이에 이 법당, 이 법을 개입시켜 말하게 되어 있습니다. 앞에도 이야기했지만, 이 법을 자신이 모른 상태에서도 이 같은 다툼은 소소하게 있을 것이나 냉정하게 보면 그것도 업의 다르므로 일어나는 문제이므로 이 법을 알든 모르든 일어날 것은 일어나게 되는데, 그중에 이 법을 끌어들여 이 법을 빌미로 삼아 자신의 말을 합리화한다는 것이 문제입니다.

최고의 방법은 두 사람이 이 법을 함께 알아가는 것이 최고의 선택이지만, 앞서도 이야기했듯이 이 법은 깊이를 알지 못하면 이 법과 인연이 없으면 알지 못하는 법이고 일반적으로는 존재하는 종교가 아니면 이치에 맞는 말인가 아닌가도 분별하지 않고 무조건 사이비라고 생각하니, 안타까울 뿐이고 모든 것은 다 인연과 때가 있으므로 이 법을 믿는다고 하여도 어차피 개개인의 업에 따라 삶은 진행이 되므로 어떠한 일이 있어도 이 법을 자신에게 끌어들여 대입하여 합리화하지 않았으면 합니다. 이 법이 맞는다고 하는 나 자신과 이 법이 문제라고 하는 그 상대의 사이에서의 판단은 자신 스스로 하면 됩니다. 흔히 하는 말로 일심동체(一心同體) 마음을 하나로 합쳐서 한마음 한몸이 되는 것을 이야기하는데, 부부는 일심동체라는 말은 좋은 말이나, 진리적으로 진정한 일심동체는 없습니다. 업연의 관계로 만나 인간적인 정이 들어 서로가 그 뜻을 이해하면서 업의 유통기한에 따라서 사는 것뿐이고, 일심동체(一心同體)라고 하여 '몸과 마음이 하나다.'라는 것은 존재할 수 없는 말에 불과합니다.

여기서 일심(一心)이라는 말은 진리적으로 업연의 인연이 같다는 것에 불과하고 다만 어떠한 업연인가 그 종류와 차이, 그리고 그 업의 유통기한만 존재할 뿐입니다. 그러므로 내 맘을 당신이 다 알아줄 것이라고 하는 것은 착각이고 이해를 하려고 하는 것, 노력하는 것이 전부이므로 어차피 만났다고 하면, 그 이치에 맞는 행만 하고 살면 현실적으로 큰 문제는 없지만, 살다 보면 헤어지고 하는 것도 결국은 업의 유통기한에 따라 진행될 뿐이므로 말 그대로의 일심동체(一心同體)라고 하는 말은 사실 존재할 수 없는 이야기이므로 일심동체라는 말 사용하는 것은 진리적으로 존재할 수 없는 말입니다. 업연에 따라 상(象)의 마음이 통했고, 그러므로 몸이 오고 간 것뿐입니다. 따라서 상(육신의 마음)의 변화에 따라 부부의 관계도 동업(同業) 또는 각자의 업(業)의 흐름에 그 업의 유통기한에 따라 변하고 흘러가게 되어 있습니다. 사람은 애당초 인연을 만날 때 어떤 인연을 만나는가는 매우 중요하고, 무수한 업 중에 이같이 나에게 맞는 업의 상대를 찾고 만난다는 것은 매우 어렵고 이 같은 것은 각자의 참나의 마음으로 알 수 있습니다.

인연

주변에 보면 조금 유명하다는 사람이 결혼하고, 아이를 낳으면 그 사람의 아이 훈육이 화제가 되고, 많은 사람은 그것을 이상향의 모델로 생각하고 그들을 따라가기에 바쁩니다. 비단 이것은 인간관계뿐 아니라, 음식, 자동차, 주택 등 생활 전반에 걸쳐 나타나고 있는 사회적 현상이라고 생각하는 사람들 무수하게 있지만, 왜 우리는 무엇이 조금 이름 좀 나고 유명하다, 좋다고 하면 그것을 하지 못해 야단법석인가입니다. 얼마 전 어떤 사람이 방송에 나와 자신의 아이를 이렇게 했더니, 이같이 좋아졌다고 하면 그 사람의 교육법임에도 불구하고 그것을 나도 하면 그같이 될 것으로 생각하는데 대단한 착각이며, 그 방식으로 그 사람의 입장에서 아이 교육을 잘했다고 이야기하겠지만, 그것이 표준이 되고 아이 훈육의 모델이 되지는 않습니다.

부부가 인연을 맺었다고 하면 그 부부 사이에 태어나는 아이도 부부와 인연이 있어서 태어나는 경우와 인연이 없음에도 그 가정으로 태어나는 경우가 있습니다. 이것이 진리적 입장인데, 그러면 부부 두 사람은 인연이 있다고 해도 자식으로 올 인연이 없는 경우도 있는데, 이 경우 부부의 인연이 아닌, 아무런 연관이 없이 태어나는 아이가 있을 것입니다. 그러면 이 아이는 실제 부부와 인연이 없으므로 그 아이만의 이치에 따라 그 자신만의 길을 갈 것입니다. 그런데 그 아이의 본성에 그 자신만의 특별한 재능이나, 능력을 갖추고 있었다고 하면 부부와 상관없이 그 아이는 자신의 능력을 발휘하게 되는데, 문제는 이러한 아이가 이름 좀 있는 사람의 집안에 태어날 수도 있고 가난한 집안에 태어날 수도 있으므로 이 경우 부부가 아이에 대한 훈육의 능력이 좋아서 그 아이가 그렇게 된 것이 아니라는 사실입니다.

어떠한 인연도 가지고 오지 않는 아이의 측면에서 보면 부잣집으로 태어나면 육신의 고생을 덜 하고 자신의 능력을 발휘할 것이나, 가난한 집안으로 오면 자수성가해야 하는 고단함이 있을 것이므로 이 차이만 존재합니다. 진리적으로 운명은 이같이 전제가 되는데 우리는 이러한 본질을 이해하는 것이 아니라. 눈으로 보이는 입장에서 유명하다는 누가 아이를 낳았는데, 그 사람들이 아이를 잘 훈육해서 그같이 되었다고 이해하는 것은 잘못된 것입니다.

물론 전혀 영향이 없다고 할 수도 없을 것이나, 문제는 이같이 편견을 가지고 그들의 방법이 좋다고 하지는 말라는 이야기입니다. 실제 우리 주변에 보면 어떠한 사람이 아이 훈육을 잘해서 그 훈육 방식이 화제가 되는 경우가 있습니다. 그들이 하는 말은 아이들과 눈높이를 맞추며 감정을 읽어주고 적절한 권위와 경계 설정을 통해 일관성 있게 훈육하였기 때문이라는 식으로 이야기하는 자체가 잘못된 것이라는 이야기이고, 자신들의 입장에서는 그것이 맞을지는 모르지만, 그 자체가 모든 부모의 표준의 대상은 아니라는 뜻입니다. 아이를 잘 키우는 법은 우선 내 아이를 하나의 인격체, 즉 나와 다르지 않은 동등하다, 그런데 입장만이 다를 뿐이라고 이해를 하는 것이 중요합니다.

많은 부모가 떼를 쓰거나 말을 듣지 않는 아이를 어떻게 훈육해야 할지 난감해 하지만, 앞서도 이야기했지만, 부부의 인연에 의한 업의 관계인가, 아니면 그 아이가 부부와 업연의 관계가 아닌가에 따라서 그 아이를 키우는데 수월하고 고단하고 그 차이가 있습니다. 그런데 우리는 '내 마음'에 들지 않으면 내가 원하는 대로 아이가 반응하지 않고 따라주지 않으면 순간적으로 냉정함을 잃고 소리를 지르는 극단적인 이분법적 태도를 보입니다. 왜 그런가? 바로 아이와 부모 간에 업연의 관계가 존재하기 때문입니다. 물론 어린아이로서 지각이 성숙하지 않는 대서 오는 아이만의 특성을 이해하는 것도 중요하지만, 문제는 아이가 점차 커가면서 부모와의 갈등의 차이가 생겨나는데, 어떤 아이는 수월하게 이해하고 모난 행동을 하지 않지만 어떤 사람은 원수가 되어 지내는 관계도 있습니다.

이같이 부부와 자식 간에 관계는 제각각의 업연이 다르므로 하는 행동도 다르고 부모의 말도 이해하는 폭도 다 다르므로 앞서 이야기한 대로 누구의 자식은 이같이 하여 잘 키웠다고 한다는 말은 사실 아무런 의미가 없습니다. 부부가 인연으로 만났고, 부부 사이에 아이가 태어난다면 분명하게 뭔가의 인연이 있으므로 태어나는 것이라는 것을 먼저 인정하고 그 아이를 동등한 인격체로 봐주는 것이 중요합니다. 그리고 그 아이가 하는 행동을 보면서 '이치'에 벗어나지 않게만 관리를 해주면 된다는 이야기인데, 앞에 말한 바와 같이 누구의 자식은 이러한 교육법으로 했다고 하여 그대로 답습을 하는 것은 서로에게 갈등의 골만 깊어지고 그 방식대로 흉내는 낼 수 있지만 그렇게 되지 않습니다. 진리적인 것을 떠나 현실적으로 보면 아이가 말을 듣지 않고 고집을 부리는 것은 부모가 아이의 말에 귀를 기울이지 않았기 때문이고 그것을 본질에서 보려고 하지 않았기 때문입니다.

아직 인지기능이 발달하지 않는 상태에서 아이가 무언가를 원할 때가 있는데, 이 경우 엄마가 반응을 보이지 않으면 아이는 소리를 질러 자기에게 관심을 기울이게 할 것입니다. 이 같은 상황이 반복되다 보면 아이는 소리를 지르고 떼를 써야만 엄마가 자신의 요구를 들어준다고 생각할 것입니다. 이것은 현실적인 문제이고, 결국 이 같은 상황이 발생하면 아이와 부모 사이에 나쁜 관계의 악순환이 생기는 것은 당연하지만, 이 경우 앞서 말한 누구의 말이 올바른 훈육 방법이라고 할 수 없고 부모와 내 자식의 관계에서만 훈육의 방법을 만들어 가면 그것으로 충분하고 그래야만 결국 현실적으로 부모와 아이 모두가 조금은 편안해질 수 있을 것입니다.

그런데 요즘에 '마음'이라는 말을 많이 하고 또 마음 챙김이라는 말도 많이 합니다. 그래서 어떤 사람은 자식을 낳기 전에 먼저 어른들이 마음 챙김 수행을 하여 자신의 마음을 먼저 알고 아이를 낳으면 잘 돌볼 수 있다고 이야기하는데 과연 무슨 마음을 어떻게 챙겨야 하는가의 문제입니다. 자기 자신을 조절하고 돌보는 법을 배워야 비로소 자녀를 돌볼 수 있다고 한다면 어떤 것이 과연 자기 자신을 돌보는 것인가? 마음을 열고 아이와 함께할 때 비로소 올바른 훈육이 시작된다고 하지만 무슨 마음을 어떻게 열어야 하는가입니다. 누구는 이같이 마음 챙김 수련을 통해 자기 내면의 지혜와 선한 마음을 키워야 한다고도 이야기하고 이를 위해 자신의 마음을 먼저 만들고 이 마음 챙김 훈육이라는 것을 받으며 자란 아이들은 자기 절제력, 정서 지능이 높은 사람으로 성장할 수 있다고 이야기하는 사람들이 있지만 여기서 말하는 마음이라는 것은 진리적인 마음이 아니라, 인간이면 누구나 다 가지고 있는 자신의 업으로 형성된 육신의 마음을 이야기하므로 업연으로 형성된 그 마음으로 아무리 해봐야 자기 절제력, 정서 지능이 높은 사람으로 성장하지 않습니다.

만약 앞에 말한 훈육방식이 이치에 맞는 것이라고 하면, 다 이같이 내 마음을 챙기고 그같이 훈육한다면, 세상의 모든 사람이 자기 절제력, 정서 지능이 높은 사람으로 되는가입니다. 그 이유는 바로 내 자식이라는 것이 어떠한 인연으로 나에게 오는가, 그것이 근본이 되고 중요한 문제가 된다는 것을 알아야 합니다. 훈육은 두 가지 방법이 있는데 하나는 현실적인 훈육이 있고, 진리이치를 알고 훈육하는 방법이 있는데 훈육(訓育)을 사전에서 찾아보면 '품성이나 도덕 따위를 가르쳐 기른다'고 되어 있습니다. 그러면 품성의 기준, 도덕의 기준이 무엇인가를 먼저 알아야 한다는 이야기입니다. 아무리 내가 자기 절제력을 키워서 어울려 사는 법을 가르친다고 해도 서로의 업연, 업습이 다르므로 그 표준이 되는 것은 '진리'를 바르게 아는 것밖에 달리 방법은 없습니다.

업연이 다르므로 결국 어떤 것 하나로 아이의 훈육을 해야 한다고 하는 것은 정형화할 수 없고, 바로 이 부분 때문에 많은 부모가 훈육에 거부감이 있으므로 아이만 낳아서 되는 것이 아니라, 인연의 법칙을 알고 그 인연에 맞게 아이를 대하면 자연스럽게 성장하게 될 것이므로 부모들은 진정한 훈육이 무엇인가의 본질을 알아야 한다는 이야기입니다. 진리이치와 현실적인 이치의 조합 이것만이 화목한 가정을 이루는 데 도움을 준다는 사실입니다. 자신의 육아 습관과 반응을 깨닫는 일은 상당히 고통스러운 것이 현실입니다.

진리적인 개념을 이해하고 나 자신이 마음을 열고 판단하지 않으면 바른 훈육 할 수 없습니다. 부모 노릇이란 상당히 고됩니다. 따라서 부모는 매일같이 육신이 어린 자식을 돌보면 그 한계에 다다르지만, 육신의 정으로 보면 그 아이가 끔찍할 정도로 사랑스러워 보이기도 할 것입니다. 따라서 진리이치와 물질의 이치 두 가지를 조화롭게 내 마음을 만들어 갈 때 비로소 화목한 가정이 된다는 사실을 알아야 하고 진리이치를 모르고 인간적인 감정으로만 아이를 바르게 키울 수 없다는 사실을 명심해야 할 것입니다. 어떠한 사람이 어떠한 방법으로 무엇을 했다가 아니라, 인간다운 인간의 마음을 만들어 주는 것이 장래를 위한 최고의 훈육이 된다는 뜻입니다. 아이의 육신이 어릴 때는 혼자의 힘으로 육신이 움직일 수 없으므로 부모의 도움이 필요하지만, 점차 어른으로 성장하면 아이의 본성이 나타나게 되어 있습니다. 내가 전생에 어떠한 업을 지었는가에 따라 나에게 오는 그 인연도 다 다르게 되어 있다는 이야기입니다.

방하착 放下着

불교를 안다는 사람들은 방하착(放下着)이라는 말을 합니다. 이 말은 '내려놓아라.'라는 말을 할 때 하는 말이므로 여러분도 들어 봤을 것이고, 이 말은 불가에서 자주 사용하는 말인데, 여러분이 알고 있는 이 말을 먼저 이야기하면 다음과 같은데, 이 말과 내가 하는 말의 차이가 뭔가를 알 수 있을 것이고, 먼저 불교에서 방하착(放下着) '내려놓아라.'라는 것이 뭔가를 불교 예화를 보면 다음과 같습니다. 어떤 스님이 탁발하러 길을 떠났는데, 산세가 험하고 가파른 절벽 근처를 지나게 되었는데, 그때 갑자기 절벽 아래서 '사람 살려'라는 절박한 소리가 들려왔다. 소리가 들리는 절벽 밑을 내려다보니, 어떤 사람이 실족해서 절벽으로 굴러떨어지면서 살려 달라고 발버둥을 치고 있는 것이 보였다. 스님은 어떻게 된 것이냐고 물었더니, 이 사람은 '사실 나는 앞을 못 보는 봉사입니다.'라고 말했다.

'산 너머 마을로 양식을 구하러 가던 중 발을 헛디뎌 낭떠러지로 굴러떨어졌는데 다행히 이렇게 나뭇가지를 붙잡고 구사일생으로 살아 있으니, 누구인지는 모르나 속히 나 좀 구해 달라, 나는 이제 힘이 빠져 곧 죽을 지경이다.' 라고 했다. 스님이라는 사람이 자세히 아래를 살펴보니 그 장님이 붙잡고 매달려 있는 나뭇가지는 땅바닥에서 얼마 되지 않는 곳에 있었으므로 손을 놓고 뛰어내려도 다치지 않을 정도의 위치에 있었던 것이다. 그래서 스님이 외쳤다 '지금 잡고 있는 그 나뭇가지를 그냥 놓아 버리시오. 그러면 더는 힘들지 않고 편안해질 수 있다.' 그러자 절벽 밑에서 봉사가 애처롭게 애원했다. '내가 지금 이 나뭇가지를 놓아버리면 천길만길 낭떠러지로 떨어져 버리므로 즉사할 것인데 앞 못 보는 이 사람을 불쌍히 여기시어 제발 나 좀 살려주시오.' 라고 애걸복걸했다.

스님은 봉사의 애원에도 불구하고 살고 싶으면 당장 그 손을 놓으라고 계속 소리쳤다. 그런 와중에 힘이 빠진 봉사가 손을 나무에서 놓치자 땅 밑으로 툭 떨어지며 가볍게 엉덩방아를 찧었다. 잠시 정신을 차리고 몸을 가다듬은 장님은 졸지에 벌어졌던 어처구니없는 상황을 파악하고 멋쩍어하며 인사도 잊은 채 황급히 자리를 떠났다." 사실 이 이야기를 근거로 하여 이 방하착(放下着) '내려놓아라.'라는 말을 일반적으로 합니다.

그리고 우리는 뭐라고 하는가 이 말을 빗대어 하는 말이 '우리도 앞 못 보는 장님과 크게 다를 바 없다.' 라는 식으로 이야기합니다. 불교는 이 같은 말을 하면서 봉사가 붙잡고 있는 나뭇가지가 오직 자신을 살

려주는 생명줄인 줄 알고, 죽기 살기로 움켜쥐듯이 끝없는 욕망에 집
착하며 살고 있다는 식으로 이야기합니다. 그리고 현재 자신이 가지고
있는 것을 놓아버리면 죽고 못 살 것처럼 아등바등 산다. 그러므로 우
리는 눈뜬장님이라는 논리를 이야기하는데 대단한 착각입니다. 이 같
은 말을 전개하고 불교는 자기를 지켜주는 생명줄이라고 집착하고 있
는 것들을 과감하게 놓아버려야 편안하게 사는 길이라고 부처는 알려
주고 있는데, 어리석은 중생들이 이것을 모른다고 합니다. 문제는 이같
이 방하착(放下着) '내려놓아라.'라고 하는 것은 '마음을 내려놓아라, 편
하게 마음을 먹으라, 마음속에 있는 번뇌와 갈등, 집착, 원망 등이 얽
혀져 있는데, 이러한 것을 홀가분하게 벗어 던져 버리라.' 고 하는 말이
바로 이 방하착(放下着) '내려놓아라.'라는 말이라는 논리로 이야기합니
다만 이것은 대단한 착각이며 매우 잘못된 말입니다.

  위 장님의 일화로 진리적으로 내 마음속에서 일어나는 번뇌와 갈등,
집착, 원망 등과 같은 것하고는 아무런 상관없는 이야기인데, 위 상황
은 현실적으로 그 이치에 맞게 이야기를 해주면 되는 문제입니다. 만
약 이 사람이 장님이 아니라, 눈으로 볼 수 있는 상황이라면 뭐라고 할
것인가입니다. 지금 이 글을 보고 있는 여러분의 마음에 번뇌와 갈등,
집착, 원망 등이 있다면 그것을 이 같은 말로 놓아 버릴 수 있는가? 없
습니다. 그 이유는 나라는 마음에서 일어나는 이 같은 번뇌와 갈등, 집
착, 원망 등은 모두 내 마음에서 일어나는 것이므로 위와 같이 물질의
개념에서 무조건 놓아 버리는 것하고는 차원이 다른 이야기이므로 예
를 들면 내가 결혼을 하지 못했다고 하면, 이같이 마음으로 '결혼이라

는 것 하지 않는다.' 라고 하면, 그 마음이 비워지는가입니다.

현실적으로 또, 내 아내가 또는 남편이 이상한 행동을 했는데 그것을 이같이 마음에서 비울 수 있는가입니다만 그렇게 되지 않는다는 이야기입니다. 그럼에도 불교는 이 같은 말을 하면서 다 비우라고 하니, 여러분이 어떻게 내 마음에서 일어나는 번뇌와 갈등, 집착, 원망 등과 같은 것을 놓을 수가 있는가, 이것이 바로 인간을 바보로 만드는 것이 아니면 무엇인가입니다. 막연하게 번뇌와 갈등, 집착, 원망 등을 놓아야 한다면, 위와 같은 것으로 마음에서 일어나는 탐, 진, 치심이라는 것을 놓을 수는 없습니다. 내가 말하는 것은 내 마음이라는 것에서 일어나는 것이므로 위와 같은 현장 상황에 의한 것으로 대입하여 말할 수는 없다는 뜻입니다. 그래서 나는 '이치'라는 말을 했는데, 가령 내가 금덩어리를 갖고자 하는 마음이 있다고 하면, 그것을 마음에서 지우는 방법은 '이치'인데 현실적으로 내가 그것을 가질 수 있는가, 없다면 현실적으로 불가능하다고 하면 그것은 이치에 맞지 않으므로 마음을 두지 않으므로 지워집니다.

내 아내에 대한 집착이라는 것도 비록 한집에 사는 사람이므로 내 것이라는 집착을 한다면 이것을 어떻게 비우는가? 그것은 바로 부인도 나와 다르지 않은 동등한 생명체이므로 서로의 처지를 이해하므로 번뇌와 갈등, 집착, 원망을 갖지 않게 됩니다. 위 상황은 단편적이고 물질의 개념이지, 만약에 장님이 아니었다면 이러한 일 없었을 것이며, 장님이라고 하더라도 마음이라는 작용은 위 상황과 번뇌와 갈등, 집착, 원망이라는 마음에서 일어나는 본질하고는 다릅니다. 불교의 말은 이같이 본질은 그대로 두고 무조건 비우라고 하니, 도대체 무엇을 어떻게 비워야 하는가에 대한 답을 찾을 수 없는데, 다시 하나의 이야기를 보면, "한 수행자가 불원천리하고 험난한 길을 지나 스승이 있는 곳에 왔다. 마침 마당에는 고명하신 스승께서 나와 계셨다. 너무 감격한 나머지 맨땅에 넙죽 엎드려 절을 올리고 다소곳이 섰다. 스승께서 어떻게 왔느냐고 물으셨다. '스님의 가르침을 받고자 왔습니다.' 하니, '방하착 하여라!' 하셨다. 오른손에 쥔 염주와 산길의 거미줄을 걷고 오던 작대기를 내려놓았다. 방하착이란 말은 내려놓으라는 말이기 때문이다. 다시 공손히 여쭈었다. '어찌하오리까?' 눈을 지그시 내려 뜨신 채 거듭 '방하착 하라!' 하셨다 손에 쥔 것이 아무것도 없었던 수좌는 잠시 어리둥절하다가 얼른 등 뒤에 걸머진 바랑을 바닥에 내려놓고 손까지 탈탈 털어 보이며 '이젠 아무것도 없습니다.' 했다. 스승께선 돌아서시는 걸음에 자비를 아끼지 않으시고 한 말씀 이르셨다. '그래? 그렇다면 다시 짊어지고 가거라!'"라는 말이 있습니다만, 과연 이 같은 말속에서 여러분은 무엇을 알 수 있는가입니다.

이같이 말하면 누구는 이러한 것을 통해서 깨달음을 얻는 것이므로 이 과정이 수행이고 공부라고 하겠지만 대단한 착각이고, 죽을 때까지 이 같은 말 들어봐야 내 마음에 일어나는 근본의 문제는 해결할 수 없다는 것을 알아야 합니다. 말은 좋습니다. 방하착(放下着) '내려놓아라.' 라는 말, 하지만 장님이 한 행동에서 손을 내려놓은 것은 그 사람이 눈이 보이지 않는 상황이므로 현실에 이치일 뿐이고, 이것으로 진리적으로 내 마음이라는 것에서 일어나는 탐, 진, 치의 마음을 대입하여 말할 수는 없는데, 이같이 대입하여 말한다는 것은 논리적으로 맞지 않습니다. 근본의 문제는 불교는 운명이라는 것을 부정했고 우리가 '마음'이라고 하는 이 마음을 육신이 인식하는 마음 하나만을 이야기하기 때문에 마음에 본질을 모르면 이같이 보이는 것으로 진리적인 문제를 이야기하기 때문에 답을 찾을 수 없습니다.

어떤 사람이 돈에 대해 집착을 한다 합시다. 물론 사람이 살면서 어느 정도의 돈은 필요하겠지만, 이 선을 넘어선 집착을 보이는 것은 그 사람의 전생에 업과 깊은 연관이 있다는 사실입니다. 그래서 지금 이 글을 보는 여러분의 마음에서 무수하게 일어나는 그 마음도 나 자신의 전생의 업습과 연관이 있으므로 당연히 내 마음에서 일어나는 탐, 진, 치심의 마음도 나의 본성과 연관이 있는데, 이같이 일어나는 그 마음을 위의 예에서 이야기 한 대로 방하착(放下着) '내려놓아라.'라고 하여 비워지지는 않습니다. 이러한 것을 마음에서 일어나지 않게 하려면 '이치'를 알면 되는데, 이것은 진리를 떠나 인생을 사는 입장에서 어떠한 상황을 보고 내 마음에서 일어나는 것이 현실적으로 이치에 맞는가, 아닌가를 보면 되고, 이치에 맞는 것이 뭔가를 알면 그 마음에서 일어나는 것을 비울 수 있습니다. 바로 이것이 내 본성을 바꾸어가는 법이며, 내가 업을 짓지 않는 방법이고, 나의 운명을 바꾸어가는 것이므로 이것 이외 어떠한 방법으로도 방하착(放下着)이라고 하여 내려놓을 수는 없습니다.

우리가 '참된 진리를 찾는다.' 라는 말을 합니다. 그런데 과연 뭐가 참된 진리인가 라는 본질은 누구도 이야기하지 못합니다. 위에 예를 들 내용이 과연 참된 진리라 할 수 있는가인데, 불교는 '참된 진리를 찾는 이는 철저히 자신을 버리지 않으면 뜻과 같이 성취할 수 없다. 비단 부귀공명에 관한 것뿐만 아니라 일체의 허망한 생각까지도 포함된다. 그러므로 비록 손에 쥐었던 염주 한 가닥과 등에 메고 왔던 낡은 옷가지를 내려놓았다고 하더라도 무엇이 되었든 구하고 바라는 생각이 마음속에 아직 남아 있다면 진정 버리고 비운 것이 되지도 않거니와 기본적 자세도 못되기 때문이다. 한 호흡(呼吸) 멈추고 한 발 뒤로 물러서서 보면 꼭 죽어서가 아니라도 선잠일망정 손에 쥔 것은 다 놓아 버리게 된다.' 라는 식으로 이야기하지만, 의미 없습니다.

이치에 맞지 않으면 업이 되고 이치에 맞으면 괴로움은 없어지게 된다는 것이 진리 입장이며, 따라서 장님의 이야기로 진리적인 개념으로 방하착(放下着) '내려놓아라.'라고 할 수는 없으며, '이치'를 알고 그것에 맞게 마음을 정립하므로 비로소 내려놓았다고 할 수 있다는 이야기고 위 상황은 그 상황에서 일어나는 순간의 마음에 대한 이야기이므로 그 상황이 끝이 나면 없어지는 마음이라는 것이고 내가 말하는 것은 근본적으로 내 마음에서 끊임없이 일어나는 무수한 탐, 진, 치의 마음을 위 상황에 대입하여 근본적으로 없앨 수는 없다는 이야기이므로 위 예화로 대입하여 방하착이라는 논리는 맞지 않으므로 잘못된 말입니다.

천년만년 -1

어떤 사람이 말합니다. "아들아, 여름에는 힘이 센 장어를 먹어야 여름을 날 수 있단다. 그러니, 어서 많이 먹어라."라고 이야기하는 것을 보았는데, 과연 이같이 몸에 좋다고 하는 음식을 먹어야 하는가인데, 결론부터 이야기하면 음식은 음식으로 내가 먹고 싶은 것 적당하게 먹으면 그것으로 충분할 뿐입니다. 그런데 사람들이 보기에 장어라는 것은 보기도 어렵고 힘이 세다고 인식하고 있으므로 이것을 먹으면 사람도 그와 같이 힘이 날 것으로 생각하는 것은 인간의 상(象)에 불과한 것이고 다른 음식에 없는 어떤 영양성분이 있을지는 모르겠지만, 좋다고 하는 그것만을 먹는다고 그 영향으로 내 몸이 어떻게 되는 것은 없습니다. 진시황 하면 떠오르는 것이 많은데, 최초의 중국 통일, 분서갱유, 만리장성, 진나라, 불로초 등이 있습니다.

불로초라는 것은 말 그대로 불로장생이라 믿고 있는 약인데, 그런데 이 같은 것은 물론 실제는 없지만, 문제는 절대 죽지 않는다는 음식이 있는가입니다. 그런데 문제는 사람으로 태어나 누가 영원히 살고 싶지 금방 죽고 싶은 사람은 아마 없을 것입니다. 이 사람 역시 불로초를 구하기 위해 미친 듯이 찾아내려고 혈안이 되어있었다는 것이고, 일화를 보면 어느 신하들이 산삼과 인삼 전복 등 몸에 좋다는 것을 다 주었으나 전혀 효과가 없어 보이자 그 사람은 이것을 던져 버립니다. 그리고 서복이라는 신하가 진시황에게 말하길 "제가 동양에 신선이 있는데 불로초가 있는 곳을 알고 있다." 라고 하자, 진시황은 서복에게 동남동녀 수천 명을 황금이나 여러 가지 보물과 함께 보내 신선과 불로초를 찾아보도록 보냅니다. 서복이라는 사람은 제주도로 갔고, 정방폭포의 암벽에 '서불과지(徐市過之:서불이 이곳을 지나가다.)'라는 글귀를 새겨 놓고 서쪽으로 돌아갔다고 하는데, 서귀포(西歸浦)라는 명칭도 여기서 유래했다는 설이 있는데 의미 없다 할 것이고, 그러나 이같이 나간 서복이라는 사람은 다시는 돌아오지 않았습니다.

그런데 어느 신하가 무엇을 가져다가 진시황에게 이것이 불로초라고 가져왔고 주었습니다. 진시황제가 처음 이것을 맛보자, 바로 기운이 솟고 활기가 찼으며 얼굴은 어려 보이는 등 효과가 있어, 진시황은 매일 이것을 먹고 심지어 이것이 넘치는 물에서 목욕하고 매일 이것에 믿고 의존했는데 이것의 정체는 수은이었습니다. 과학적으로 이 수은은 중금속의 하나로 중독의 위험성이 있다고 알려졌고, 우리 몸으로 지속해서 수은이 들어오게 되면 중독 증세를 일으키는데 신경계에 이상이 생겨 언어장애, 운동장애 등이 나타나다가 심하면 사지가 마비될 수도 있다고 이야기합니다. 결론은 이것 때문에 그의 성격이 바뀌었고 고작 50세의 나이로 목숨을 잃게 되는데, 아마 진시황은 죽어서도 이 불로초라는 것을 잊지 않았을 것 같습니다. 문제는 음식이라는 것은 내가 먹고자 하는 것을 적당하게 먹으면 되고, 우리가 일반적으로 찾는 보양식이라고 하는 것은 없습니다.

시중에 떠도는 이야기를 보면 대략 다 비슷한데, "여름만 되면 힘을 못 쓰는 남편 때문에 걱정되어서 그런다. 추위도 잘 타지만 더위는 더심하게 타서 하루 내내 땀 흘리고 집에 오면 완전 파김치가 따로 없다. 기력이 달려서 그런다. 뭘 먹여야 힘도 나고 여름을 잘 보낼 수 있을까."라는 말 무수하게 합니다만 이같이 음식 가지고 야단법석 떨 문제는 아닙니다. 각자 처지에 따라 무수한 음식을 이야기하고 이것이 최고다, 저것이 최고라고 하지만 이것은 인간이 가지고 있는 상(象)의 논리일 뿐이므로 유별나게 살 필요는 없다는 이야기입니다. 사람의 몸이라는 것은 각자의 업(業)에 따라 만들어지는 것이므로 물질이치, 진리이치라는 두 가지의 개념을 이해하고 내 몸이 아프면 아파야 할 이유가 진리적으로 있으므로 그것에 맞게 물질의 논리로 치료하면 될 것이고, 또 진리이치에 맞는 마음을 만들어 가면 그것에 맞게 몸은 변하게 되어 있습니다.

따라서 지금 나 자신의 몸은 전생에 내 업의 이치에 따라 만들어져 있다는 사실을 명심해야 하고 이 개념으로 마음-몸이라는 두 가지는 보이는 것과 보이지 않는 것으로 존재하지만, 이것을 거울 속에 비친 것과 같은 것으로 물질은 물질의 논리에 맞게 하면 되고, 진리의 기운은 나를 존재하게 한 근본이므로 이 관계를 정립하면 모든 문제는 이 이치에 맞게 풀어 갈 수 있습니다. 그러나 우리는 이같이 보이는 것에만 치중하고 보이지 않는 마음이라는 것은 소홀하게 하므로 사람들은 모두 보이는 허상에 마음을 빼앗기고 끄달리고 살아갑니다. 그러면서 업, 괴로움을 이야기하는 것은 모순이라 할 수 있고, 문제는 이 '나'라고 하는 육신의 마음에 초점을 두고 모든 이야기를 전개함으로 앞서 이야기 한 대로 음식으로 몸을 이야기하게 됩니다.

　만약 어떠한 음식으로 몸을 치료하게 한다는 것은 물질의 논리이므로 이 개념으로 몸은 치료될 수는 있지만, 문제는 이 같은 것으로 온전한 '치료가 되었다.'라고 만은 할 수 없다는 이야기인데, 마음은 보이지 않으므로 이 같은 물질로 치료할 수 없습니다. 하지만 몸은 누구라도 볼 수 있으므로 치료의 방법을 찾아가는 것은 가능하지만, 모든 병(病)의 근본은 바로 마음에 있다는 것을 알아야 할 것입니다. 음식이든 뭐든 간에 '이치'에 벗어나지 않으면 그것으로 업이 되지 않는 것이고, 이치에 어긋나는 것은 병으로 오고 괴로움으로 나타나게 되어 있을 뿐이며, 마음을 그대로 두고 보이는 허상이 매달려 사는 인생 고단한 삶을 살 수밖에는 없으므로 반드시 물질이치-진리이치 이 두 가지가 조화를 이룰 때 나라는 존재는 그 이치에 맞게 변하게 되어 있습니다.

　오늘을 사는 우리는 어떠한 마음가짐으로 살아야 하는가를 되돌아봐야 할 것입니다. 온 세상에 무엇이 어디에 좋고, 무엇이 어디에 특효라고 하는 세상 과연 그 음식으로 인간의 모든 것을 만족하게 한다면, 그것은 온당하지 않은 말이 됩니다. 내 마음은 썩어 문드러져 있는데, 이같이 보이는 것에 끄달리고 사는 사람이 이 세상에 무수하게 살고 있습니다. 그러면서 입으로는 고고한 말 하며, 논리에도 진리이치에 맞지 않는 말로 사람의 마음을 현혹하며 자신의 말이 진리의 말이라 착각하고 사는 사람이 온 세상에 널려 있습니다. 음식은 음식일 뿐이며, 내가 먹고 싶다는 것을 적당히 먹어주는 것이 최고의 보약입니다. '어떤 마음가짐으로 음식을 먹는가?' 그것만이 중요할 뿐이고 어떤 것이 몸에 좋다, 좋지 않다고 하는 음식은 없으므로 음식을 가지고 호들갑 떨며 살 필요도 없고, 좋다고 하는 것을 먹는다고 천년만년 사는 것도 아닙니다.

천년만년 -2

(1에 이어서) 보양(補養)이라는 것을 요즘에 뭐라고 하는가 하면, '한의학'으로 '기혈(氣血)과 음양(陰陽)이 부족한 것을 보충하고 자양하는 일이다.' 라고 하고 또는 '몸을 보양한다.' 라고 하고 또 '몸의 양기를 보하다.' 라고도 이야기하지만, 진리적으로 이 말은 아무런 의미가 없고, 이것은 과거에 잘 먹지 못하고 살았을 때, 음식이 부실했던 시기, 여름에 땀을 많이 흘리기 때문에 인간들이 이날을 기해서 평소에 먹지 못했던 것을 먹자는 취지에서 이같이 삼복(三伏)이라는 날을 만들어 먹고자 했던 것일 뿐이고, 이것은 진리적으로 이 삼복(三伏)이라는 것은 사실 아무런 의미가 없습니다. 과거에 잘 먹지 못했던 시절, 땀을 많이 흘리는 여름철에 영양이 있는 것, 평소에 먹어보지 못한 것을 먹는다는 의미밖에는 없습니다. 그런데 오늘날 우리는 어떤가, 몸에 영양분이 넘쳐나 그로 인해 비만이 되고, 따로 영양 보충을 하지 않아도 충분할 만큼 먹고 살고 있으므로 이러한 의미로 보양이라는 것은 별도로 할 이유는 없다 할 것입니다.

그러기에 사람들은 이 살이라는 것을 빼기 위하여 다이어트다, 뭐인지를 야단법석을 떨면서 하는 악순환의 모순된 삶을 산다고 해도 과언은 아닐 것입니다. 1년 365일이 보양식을 먹는 날인데 이같이 별도로 날을 정하고 어떤 음식을 먹어야 여름나기에 좋다 어떻다 등등 무수한 말하지만 이러한 것은 인간만이 가지고 있는 육신의 마음인 〈나〉라고 인식하는 아상(我相)의 극치라 할 것입니다. 나는 나 자신의 몸은 진리적으로 나의 본성과 연관이 있고, 타고난다고 이야기했습니다. 따라서 내가 여름을 견디지 못한다. 땀을 많이 흘린다고 하는 것은 이 같은 음식을 먹지 못해서가 아니라 그 원인은 다른 데서 있다는 것을 알아야 합니다. 비만인 사람이 몸이 허하다고 하고, 살을 빼야 한다고 하면서 음식을 골라 먹는 행위, 내 업으로 만들어진 내 몸에 자신의 상을 더하여 인위적으로 지방을 빼고 몸매가 어떻고, 에스라인 찾고 호들갑 떨고 사는 이 사회는 되돌릴 수 없는 극에 달했다 할 것입니다.

보양식 하면 삼계탕, 장어 등 무수한 음식을 이야기하지만, 이것은 앞서 말한 대로 잘 먹지 못하고 살 때 특별하게 이러한 음식을 먹으면 상대적으로 기분이 다른 것뿐이고 내가 그렇게 느끼는 것일 뿐입니다. 예를 들어 장어고기 장사를 하는 사람이 죽을 때까지 장어만 먹고 산다고 할 때, 그 사람의 몸은 소위 말하는 '변강쇠'가 되는가입니다. 그리고 여성들은 피부 미용에 좋다고 하는데, 장어집 딸은 피부가 금덩어리로 변한다는 이야기인가인데, 이처럼 사람들은 보이지 않는 마음을 어떻게 만들고 어떤 마음으로 살아야 하는가를 먼저 생각하는 것이 아니라, 보이는 육신에만 치장합니다. 고기가 귀했던 시절 소를 잡고, 강아지를 잡고, 닭을 잡아먹었는데, 지금은 우리가 먹고 싶으면 언제라도 먹을 수 있는 환경이 되어 있으므로 영양학적으로 넘쳐나는 과분한 삶을 살고 있다 할 것입니다.

앞서 말한 대로 '여름에는 힘이 센 장어를 먹어야 여름을 날 수 있다.' 라고 한다면, 장어를 먹지 않고 사는 사람은 여름을 날 수 없다는 이야기인데, 과연 이같이 몸에 좋다고 하는 음식을 먹어야 하는가인데, '육신의 마음으로 먹었으니 힘이 날 것이야.', '여름 잘 날 수 있다.' 고 하는 것이 바로 자기 최면일 뿐이며, 내 몸이 그러한 것 먹었다고 해서 달라질 것은 없으므로 이러한 것 찾아다니면서 요란스럽게 살지 말라는 이야기이며, 그 시간에 내 마음을 어떻게 만들까를 생각하고 내마음을 만들어 가면 내 몸은 그것에 맞게 반응하고 만들어집니다. 마음은 썩어 문드러진 마음으로 살면서 보이는 것에 매달려 인생의 소중한 시간 버리지 말라는 것이고, 이같이 이치에 맞지 않는 행을 하는 것은 곧 괴로움으로 나에게 온다는 사실 명심해야 합니다.

음식은 음식으로써 내가 먹고 싶은 것 적당하게 먹으면 그것으로 충분할 뿐인데 인간들이 만들어 놓은 상의 논리로 계절별로 날짜를 정하고 음양이 어떻고를 대입하여 말하는 것은 진리와 아무런 연관이 없습니다. 이러한 것은 다른 음식에 없는 어떤 영양성분이 있을지는 모르겠지만, 좋다고 하는 그것만을 먹는다고 그 영양성분으로 내 몸이 어떻게 변화되는 것은 없습니다. 한약이라는 것은 우리가 일반적으로 먹는 음식이 아니므로 내 몸에 이상이 있을 때 평소에 먹지 않는 것으로 보완하는 정도면 충분할 것입니다만 어떤 것이든 과하면 넘치게 되어 있고 달도 차면 기울게 되어 있다는 이 자연의 섭리를 따라 사는 것이 최고의 보약이 됩니다. 역사 속에 무수한 사람 천만년 살다가 죽은 것 아니고, 우리와 똑같은 몸을 가지고 살아갔으므로 그러한 허황한 망상 버려야 합니다. 종교적으로 인간의 수명에 대하여 무수한 말을 하지만, 그것은 종교적 사상에서의 문제이며 이것이 진리적으로 이치에 맞지 않는 말이므로 생략합니다.

따라서 우리가 아는 불로초는 말 그대로 '불로장생'이라 믿고 있는 약이라고 하지만 이것도 결국 존재하지 않는다는 것이고 문제는 내 마음에 문제라 할 것입니다. 절대 죽지 않는다는 음식은 과연 있는가, 없다면 우리가 정력에 좋고 피부에 좋다고 하는 음식도 사실은 존재하지 않습니다. 남자들이 흔히 말하는 정력이라는 것은 나의 본성과 연관이 있고, 또는 빙의(업장)와 깊은 연관이 있는데, 예를 들면 똑같은 두 사람의 남자가 있다고 합시다, 한 사람은 성에 관심이 많고 한 사람은 없다고 할 때(물론 이것은 보편적인 것을 이야기함) 성에 집착을 유별나게 한다면 이 사람은 자랑합니다. '나는 성적으로 타고났나 봐.' 라고 할 것이고 한 사람은 나는 왜 저 사람처럼 성에 무관심하냐고 생각하게 될 것이냐, 이런 것은 사실 의미가 없습니다.

문제는 '이치'에 맞지 않는 행위가 문제가 되므로 여기서 단편적으로 이야기할 수는 없는 것이, 개개인의 타고난 몸에 따라 집착이라는 것을 하게 되어 있기 때문인데 문제는 무속에서 이야기하는 '성을 밝히는 신'이라는 말을 하는데, 이것도 진리적으로 죽어서 윤회에 들지 못하고 떠도는 기운(빙의) 중에 성(性)을 밝히는 사람(이 경우 여자 남자가 될 수 있음)이 내 몸에 작용하여 성(性)을 유별나게 밝히게 하는 경우도 있는데, 이것을 모르면 앞서 이야기한 것처럼 어떤 사람은 마치 자신이 타고난 정력가이므로 성(性)을 밝히는 것으로 이해되기도 하지만 착각입니다. 따라서 음식으로 몸을 보하면 남자는 정력이라는 것에 좋다고 하거나, 굳이 이같이 성(性)적인 의미로 정력이라고 하지 않는다면 앞서 말한 대로 음식을 마음대로 먹지 못하고 살았던 때, 몸에 영양을 준다는 개념으로 정력이라고 해야 맞는 말이 됩니다.

그러므로 몸에 힘이 있다고 하여 성(性)적으로 좋다고 하는 것은 맞지 않습니다. 물론 몸에 힘이 적당하게 있다는 것은 좋은 것이나, 이것과 성(性)적으로 밝히는 정력과는 아무런 연관 없습니다. 따라서 내 몸은 나의 본성에 영향으로 존재하는 것이고 성(性)적인 것을 밝힌다고 하는 것은 나의 본성이나, 나에게 작용하는 업장(빙의)의 작용일 수 있다는 것을 염두에 두어야 하므로 이같이 무엇이 어디에 좋다는 것은 없습니다. 여자들이 흔히 이야기하는 것이 피부에 좋다고 하는 것도 물론 물질의 개념으로 어느 부분은 인정할 수 있다 할 것이나, 그러한 것으로 호박에 줄을 긋는다고 수박은 되지 않습니다. 내 얼굴 피부를 생각한다면 나의 업으로 온 세포이므로 먼저 마음을 이치에 맞게 고치면 얼굴에 아름다움은 자동으로 생깁니다. 이 말은 우리가 일반적으로 이야기하는 '미인'의 개념이 아니라, 수많은 꽃은 다 나름대로 그 만의 아름다움이 있듯이 나도 나만의 아름다움을 가질 수 있다는 것을 의미합니다.

이같이 음식으로 하는 이야기를 보면 대략 다 비슷한데, 다 논할 이유는 없고 음식으로 야단법석 떨 이유 없고, 따라서 불교적으로 어떤 음식에 무엇이 좋다고 하는 것은 없고, 무엇을 먹어서 깨달음에 수행에 방해된다는 것 없으므로 이같이 무엇이 좋고 좋지 않고를 이야기하는 것도 인간의 집착이고 상이라는 것 알아야 합니다. 내 몸은 내 마음에 따라 변하게 되어 있으며, 음식은 음식일 뿐이고 오늘을 사는 우리는 어떠한 마음가짐으로 살아야 하는가를 되돌아봐야 할 것이며 세상에 무엇이 어디에 좋고, 무엇이 어디에 특효라고 하는 세상에 우리는 마음을 잃어버리고 살고 있습니다. 내 마음은 썩어 문드러져 있는데, 이같이 보이는 것에 끄달리고 사는 사람 이 세상에 무수하게 살고 있고, 입으로는 고고한 척 무수한 말 하며 마음은 썩어 문드러진 마음을 가지고 사는 사람 무수하게 있습니다.

날씨

날씨가 변한다는 것은 자연이 변한다, 변하고 있다는 것을 의미한다는 것은 여러분도 잘 알고 있을 것입니다. 따라서 우리나라도 이 같은 기상의 변화, 불볕더위는 갈수록 더해가고 있는데, 어차피 생명체가 사는 지구는 이같이 변할 수밖에는 없지만, 그 기세는 심상치 않습니다. 지구 기온이 상승하고 해가 갈수록 이것으로 인해 사망하는 사람은 늘어갑니다. 더위를 먹어 죽은 사람, 온열 질환자는 올해만 600여 명에 이른다는 이야기도 있습니다. 문제는 이 같은 기온의 변화는 갈수록 심화 될 것이고, 이것으로 인한 사망자는 급증하게 될 것입니다.

기온이 변한다는 것은 곧 자연이 파괴된다는 것을 의미하는데, 문제는 이것을 인간의 힘으로 되돌릴 수는 없다는 데 있습니다. 뉴스에 보니, '지난 백 년 동안 세계 기온은 0.7도 올랐지만, 한반도는 그 두 배가 넘는 1.7도나 올랐다. 이 같은 기온 상승은 한반도 여름철 기온에 직접적인 영향을 준다. 실제로 불볕더위 일수가 1981~2005년 11.2일에서 2010~2014년, 12.7일로 늘어났다. 열대야도 5.3일에서 9.7일로 2배 가까이 급증했다.' 라는 말을 합니다. 이것은 사실 매우 심각한 것으로 앞으로는 이전의 100년보다 더 빠르게 기온이 변화될 것이고, 실제 기온이 약 5도만 더 올라간다고 하면 이 세상에 생명체는 살아날 수 있는 가입니다. 학자들은 불볕더위의 주요 원인은 바로 지구 온난화라고 이야기를 하는데, 결국 온난화를 가속한 것도 인간이고, 따라서 자연 파괴의 주동자 역시 인간이라는 것은 당연하다 할 것입니다.

만약 지구에 인간, 생명체가 살지 않아도 지구는 변해 갈 수밖에는 없지만, 인간이라는 것이 존재하므로 지구의 이 같은 변화는 더 급속하게 변해왔다는 것이고, 지구의 시작이 있다면 끝은 반드시 있다는 것을 의미하지만, 문제는 인간이 그 중심에서 그것을 가속하고 있다는 것입니다. 실제 국립재난 안전연구원은 온난화가 지속되면 5년 뒤인 2020년에는 불볕더위가 30일 동안 계속될 수 있다고 경고하고 예상되는 시나리오를 제시하기도 했는데, 2020이라면 앞으로 5년 남았습니다. 그러면 2030년이라면 어떻게 되는가? 이것은 매우 심각한 문제입니다. 따라서 이 기사에는 다음과 같이 예측합니다. '첫 주에 무더위 속에 가뭄이 이어지고 2주째에는 온열 질환으로 첫 사망자가 발생한다. 3주째에는 사망자가 급증하고 농, 축산물의 가격이 폭등하면서 전력 소비량이 최대치를 기록한다. 4주차, 온도가 40도를 넘어가면 사망자가 만여 명에 이르게 되고, 버스 타이어가 폭발하고 철길이 휘어지면서 철도 운행이 중단되는 교통대란에 이르게 된다.' 라고 이야기합니다.

바로 이같이 자연 파괴를 하는 현재의 경제학의 논리를 멈출 수는 없으므로 이것은 다시 이전의 지구로 되돌릴 수는 없다는 것이고, 결국 지구는 멸하게 되어 있다는 것을 의미합니다. 나는 언젠가 말했지만, 이 지구, 우리 보통 사람이 생각하는 것처럼 천만년 더 갈 것처럼 생각하는 그 오만한 마음 버려야 합니다. 인간이 가지고 있는 이 '마음'이라는 것은 우리가 상상할 수 없을 만큼 무서운 것이고, 결국 이 마음이 지구라는 것을 변하게 하고 스스로 무덤을 파고만 꼴이 되어버렸습니다. 하긴 오늘을 사는 우리는 오직 나만 잘 먹고 산다는 논리로 사는 마당에 이같이 지구가 멸하든 뭐하든 마음에 두지 않고 살 것이나, 문제는 경제의 논리인데, 이것은 사실 인간이 밥을 먹고 사는 것하고는 아무런 연관 없습니다. 예전에는 물물교환이라고 하였지만, 이제는 누가 더 돈을 버는가로 변질이 되어 버렸고, 돈만을 벌기 위한 수단만 강구하고 있는 이 사회의 경제논리로 이같이 자연을 걱정한다는 것은 먼 나라 이야기처럼 들립니다.

생명체가 존재하는 한 이처럼 기온의 변화는 당연하다 할 수 있지만, 다만 그 속도가 이처럼 급격하게 변해가고 있다는 것은 인간의 상의 마음이 극에 달했다고 볼 수 있으므로 누구를 원망하고 뭐하고 할 일이 없습니다. 자업자득·인과응보의 이치에 따라 인간은 그에 맞는 인과응보를 받게 되어 있습니다. 누구는 말합니다. 앞으로 기온이 상승하면 "전력 수요량이 많아져서 2020년대에는 전력 수요를 감당할 수 있는 계획들을 가지고 가지 못한다면 전력 수요에 대한 부족분의 발생으로 인해서 대규모 정전이라든지 2차 피해가 더 많이 발생할 수 있을 것이다."라고 합니다. 악순환의 고리입니다. 온 세상이 경제라는 이상한 논리로 인구를 늘려야 하고 인구를 늘려 생산을 해야 하고, 사람이 많다 보니 이에 따른 사회적 현상이 발생하고, 먹고 살아야 한다는 논리로 자연의 흐름에 역행하는 행위를 합니다.

이처럼 경제의 논리로 눈에 보이는 것에 치중하여 사람들은 보이는 물질의 잣대로 사람, 인간의 가치관을 평가하겠지만 대단한 착각입니다. 이 부분을 이야기하자면 한도 끝도 없는 이야기가 되므로 생략하고, 지구는 어떻게 멸해가는가를 진리적으로 이야기하면, 어느 때(이 부분은 사회문제가 될 수 있으므로 여기서 생략함) 알 수 없는 질병이 창궐하게 되므로 인간이 손을 쓸 수 없는 상황 속에 무수한 사람이 죽어갑니다. 이 경우 그 사람의 업의 경중에 따라서 업이 좋지 않은 사람이 맨 나중에 지각변동으로 인해 몰살을 당하게 됩니다. 다시 이야기하면 알 수 없는 질병의 발생, 동시에 기온의 급상승, 지각변동으로 인한 화산폭발과 같은 순서로 이 지구 자체는 그대로 있지만, 대지가 밀가루

반죽처럼 변하고 이것은 1~2의 시차를 두고 벌어지는 것이 아니라, 급속하게 짧은 시간에 이루어지게 되는데(이 부분의 시간도 밝힐 수는 없음) 문제는 얼마 남지 않았다는 것을 명심해야 합니다.

　나는 사람의 마음이라는 것은 진리적인 기운이라고 했습니다. 따라서 모든 생명체는 이처럼 자연 속에서 '진리의 기운'의 작용으로 존재하고 인간만이 이것을 '마음'이라고 느끼는 것이고 인간을 제외한 다른 동물도 이같이 진리의 기운과 본능으로 존재합니다. 따라서 다른 동물들은 이 기운이 변화로 움직이고 있으며, 이것은 사회적으로 쉽게 볼 수 있는데, 날아가는 새가 무리를 지어 가는 경우 또는 지각변동, 지진을 감지하여 피하는 동물들 등등과 같은 현상으로 여러분은 이 기운의 변화를 감지할 수 있을 뿐이나, 진리이치를 알면 이같이 자연이라는 기운의 변화를 쉽게 알 수 있고, 여러분도 마음이라는 기운을 가지고 있으므로 결국 진리이치를 안다는 것은 이 같은 자연의 기운을 안다는 것을 의미하므로 인간의 마음 안다는 것은 쉽습니다.

　이 개념으로 개미 한 마리도 왜 개미로 존재하는가를 알 수 있으므로 이차원에서 인간과 다른 생명체의 이치는 쉽게 알 수 있습니다. 따라서 우리가 참나를 알자, 깨달음을 얻자고 막연하게 불교의 관념으로만 생각하는 데 착각이며, 그러한 것으로 내가 말하는 자연의 흐름, 생명체의 본질을 알 수 없다고 나는 무수하게 이야기했습니다. 따라서 내가 말하는 것은 전무후무한 말이기 때문에 지난 세월 여러분이 가지고 있는 관념으로 이 법을 보면, 내가 미친놈이라 생각하겠지만, 그 판단은 여러분 스스로 해야 하고 아니라고 하면, 자신이 맞는다고 하는 것 찾아가면 그뿐입니다. 인위적으로 파괴한 자연 복원할 수 없고, 이미 그때는 지났으므로 이제 언제 멸하는가, 그 시기만 남아 있다는 사실이며 인간이 가지고 있는 이 마음이라는 것은 이처럼 무섭습니다. 그것을 우리는 '나'라고 하는 상(象)의 마음이라고 하는 것이고, 이것은 이치에 맞지 않는 마음이므로 이것을 이치에 맞게 돌린다고 하는 것은 불가능합니다.

돈이 있는 사람은 그 돈으로 천만년 살 것처럼 호들갑을 떨고 오만한 마음으로 살 것이나, 그 돈 없이도 사람은 하루 세끼 편하게 밥만 먹고 살아도 얼마든지 살 수는 있습니다. 그러므로 문제는 어떠한 위치에 있더라도 인간이면 인간다운 마음씨를 가지고 사는 것이 우선이지만, 이 경제사회의 논리를 그렇지 않습니다. 너 죽이고 밟아서 일어서야만 내가 산다는 논리, 그리고 업연으로 만난 내 가족이라는 것은 잘 먹고 잘살아야 한다는 그 마음, 대단한 착각입니다. 바로 이 같은 마음과 관념이 이 지구를 멸하게 하고 있다는 사실을 알아야 합니다. 이것이 바로 마음이라는 진리적 기운의 작용입니다. 이같이 변하는 날씨가 나와, 내 업과 무슨 연관이 있느냐고 할지 모르겠지만, 깊게 연관이 있다는 것이고, 그것은 바로 여러분이 '마음'이라는 진리적 기운을 가지고 있으므로 기운의 작용은 이처럼 여러분이 알지 못하겠지만, 실제 엄청난 작용을 하고 있다는 것을 알아야 합니다.

누가 나를

　　　　　　　우리는 어떤 일을 당하면 우선 내 마음이 그것을 문제 삼고, 또 빨리 벗어나길 바라며 이것이 계속될까 봐 두려워합니다. 이것은 전생에 자신이 이치에 맞지 않는 삶을 살았으므로 그 업연에 따라서 그 마음(기운)을 그대로 가지고 온 결과일 뿐이지만 불교에서는 무조건 '탐심과 성냄이 따라 일어나는 것'이라고만 하고 이 마음만을 지워야만 한다고 합니다. 그러나 이것을 지울 수 있는 도구가 무엇인가인데 나는 이것을 '이지'라고 말했습니다. 내가 '이치'라는 것을 알면 이 같은 마음을 비울 수 있기 때문입니다. 자신의 성격은 전생에 굳어진 자신의 본성(업연)에 따라서 형성이 된 것이므로 근본이 되는 '마음'이라는 것을 고치지 않으면 결코 자신의 운명을 바꿀 수 없습니다. 따라서 자신의 마음이 들뜨고 뭔가 불안한 마음이 있고 안정이 되지 않는 상태라면 그것은 자신의 마음(본성-기운)에 뭔가 문제가 있다는 것을 의미하지만 우리는 보통 '내 마음'이라고 하여 하나의 나의 마음만으로 생각합니다.

　따라서 자신의 본마음이 뭔가를 모른 채 우선 자신의 내 마음이라고 하는 그 입장에서만 그 문제를 바라보며 그런 문제가 일어난 근본을 살펴볼 여유가 없으므로 그 문제를 바르게 해결할 만한 지혜(마음이) 생기지 않습니다. 그렇다면 이때 자신이 신앙하는 존재에게 혹은 절에 가서 부처에게 자신의 잘못을 참회하는 마음으로 절을 하고 경전을 읽으며 염불을 하면 여러분은 편하다고 생각하겠지만, 문제는 근본적으로 그 문제가 해결된 것이 아니라, 그 시간만큼은 타력에 의지하는 마음이 생기므로 편안해졌다고 할지 모르나, 이것은 육신의 감정이 순간 그렇게 느끼는 것일 뿐이고, 근본적으로 문제는 해결되지 않을 것입니다. 아마 저희 카페의 글을 보는 여러분도 이 같은 행위를 무수하게 했을 것이나, 그러나 뭔가 자신의 마음에 개운함이 없으므로 저희 카페를 찾았을 것입니다.

그런데 문제는 이 기도의 의미를 뭐라고 하는가 하면, '한 시간 내지 두 시간 정도 기도에 집중하면서 마음이 가라앉으면 이제 문제가 객관적으로 보이고 지금 부딪친 현상은 모두 그럴만한 원인이 있어서 생긴 일이라고 그 문제를 받아들일 여유가 생기며 지금부터 어떻게 하는 것이 가장 바른 것인가를 아는 마음이 일어납니다.' 라고 기도에 대한 의미를 주고 마치 기도를 하면 자신의 문제가 보이는 것으로 이야기하지만, 사실 위와 같은 내용은 '인간 육신의 감정이나 욕망, 화'를 가라앉히기 위한 하나의 방법은 될지 모르나, 이 자체로 진리적으로 자신의 마음을 변화시킬 수는 없고 이 같은 행위로 진리라는 것 자체를 깨달을 수는 없습니다.

과연 나에게, 나의 마음에 어떠한 문제가 생겼을 때 그 문제로 인해 화를 내고 빨리 벗어날 욕망에서 한발 물러나게 해주는 것이 기도인가, 그 문제를 내 탓으로 받아들이는 용기를 주는 것이 기도인가, 지금부터 바르게 생각하고 말하고 행동할 수 있는 힘이 과연 기도하면서 생기는 것이냐는 문제가 남습니다. 이렇게 한다고 하여 그 문제에 대해 탐욕과 성냄이 없이 관용과 자애와 지혜로 말하고 행동할 수 있는 진리를 깨닫는 것이라 할 수 없고 육신의 감정을 다스리는 것에 불과한 것임을 알아야 합니다. 진리적으로 기도란 타력을 의지하는 것이고, 또 기도하여 진리이치를 깨달을 수 없으며, 육신의 마음에 화가 나고 나의 감정이 솟아 그 마음을 가라앉히는 순간적인 효과는 의미 없다 할 것입니다.

이 과정을 여러분은 보통 '엉킨 실타래가 술술 풀리는 것을 경험하고 이렇게 할 수 있었던 것은 기도 중에 부처가 준 지혜라고 생각하며, 부처의 가피를 입었다고 말하고 생각한다는 것'이 문제인데 이것은 진리적인 이치에는 맞지 않습니다. 문제는 어떠한 문제가 생겼을 때, 그 문제에 대한 근본적인 원인과 이치를 알고 그에 합당하게 해결을 함으로써 문제가 풀어지는 것이지 위와 같이 기도나 어떠한 대상에 의지한다고 하여서 그 문제가 자동으로 풀리지는 않기 때문이며 자력과 타력의 개념을 먼저 정립해야 할 것입니다. 이렇다 하여도 문제는 또 있는데, 기도해서 얻어지는 가피라는 것이 뭔가의 본질에 대한 문제가 남는다는 것인데 이것이 아닌 일반적으로 말하는 '가피를 받으냐 받지 못하느냐는 기도를 하는 사람이 얼마나 마음을 모아 기도에 집중하고 그 결과로 얻어진 결론에 따라 지금 느끼는 어려움을 기꺼이 받아들이는 것'이라고 하는 부분은 다릅니다.

보통은 대상에게 비는 것으로 기도라고 하는 것이나, 실제 진리적으로는 이 같은 기도라는 것은 대상을 의지하는 것이므로 의미가 없습니다. 내가 무엇을 기준으로 지금부터 바른말과 바른 행동을 실천할 수 있는 것인지 그리고 내가 그 용기가 있느냐 없느냐에 따라 결정되는 것이 핵심입니다. 어떻게 보면 참으로 모호한 말인데, 기도하여 잘되면 부처가 도와준 것이고 되지 않으면 내가 정성이 부족하다는 말이 된다는 뜻입니다. 이같이 보면 그 정성이라는 것이 기준이 되는데 이 말은 참으로 모호한 말이 될 것이고 전혀 논리적으로 맞지 않는 말이 됩니다. 결론적으로 이야기하면 진리적으로 부처는 존재하지 않으므로 이 부처의 가피라는 것은 없습니다. 오로지 나는 철저하게 자업자득·인과응보의 이치에 따라 나는 존재하고 내 마음이 어떻게 만들어지는가의 진리는 그것에 맞게 반응을 하는 것이 전부이고 우리가 흔히 '부처의 가르침'이라는 말을 하지만 문제는 그 내용이 과연 무엇인가입니다.

안타깝게도 우리가 알고 있는 그러한 가르침이라는 것은 부처가 한 말이 하나도 없으며 해봐야 착하게 살자, 나쁜 짓 하지 말라는 가르침이 고작이며, 내가 하는 행이 이치에 맞지 않으면 아무리 자신이 의지를 갖고 이 같은 것을 생활 속에서 실천한다고 하여도 나는 변하지 않게 된다는 것을 알아야 합니다. 그러므로 진리적으로 보면 결국 부처의 가피라는 것은 존재하지 않으며, 내가 이치에 맞는 행을 했을 때 진리는 그것에 맞게 반응을 할 뿐이고, 이치에 맞지 않으면 선, 악으로 내가 그에 맞는 과보를 받는 것이 전부입니다. 따라서 일반적으로 모든 것은 부처님 가르침이라는 말하기보다는 먼저 그러한 말들이 이치에 맞는가, 아닌가가 중요할 뿐입니다.

오비이락 鳥飛梨落

　　　　　　　　　　　'까마귀와 배' 일반적으로 업보(業報), 윤회(輪回)라는 말은 여러분도 익히 알고 있는 내용이고 불교에서 업이라는 것을 이야기할 때 자주 인용 하는 말이 '오비이락'이라는 말입니다. 이와 관련된 말 중에 우리가 잘 아는 고사(古事) 한 가지를 보면, 흔히 공교로운 시간에 같은 일이 함께 겹쳐 일어난다는 말로 '까마귀 날자 배 떨어진다.' 는 뜻의 '오비이락(鳥飛梨落)'이라는 고사가 있습니다. 물론 이 말은 불교 경전에서 나온 말이라고 하지만 그것이 중요한 것이 아니라, 문제는 이 말이 가지고 있는 내용입니다. 이 말에 대하여 누구는 이 말 뒤에는 '그 배가 떨어지면서 마침 지나가던 뱀의 머리를 맞추어 뱀이 죽었다'는 뜻의 '파사두야(破巳頭也)'라는 구절이 이어져야 한다고 이야기합니다. 불교는 이 고사성어에 대하여 뭐라고 이야기하는가 하면, '인과응보의 업연(業緣)을 잘 나타내주고 있다.' 라고 이야기합니다. 그래서 결국 '오비이락 파사두야'라는 말이 이같이 업보(業報)의 윤회(輪回)에 대한 이야기가 된다고 합니다.

　'오비이락 파사두야'라는 말에 불교설화를 업보(業報)의 윤회(輪回)에 비유하여 하는 말을 보면, "우연히 떨어진 배에 맞아 죽게 된 뱀은 죽어서 다시 산돼지로 태어났다. 또 배나무에 앉아 있던 까마귀는 죽어서 꿩이 되었다. 이른 봄에 꿩이 양지쪽에 앉아 햇볕을 쬐고 있는데 산비탈을 지나던 산돼지가 그만 돌을 헛디디고 말았다. 그 돌은 굴러서 양지쪽에 앉아 있던 꿩을 치어 죽이고 만 것이다. 처음에는 까마귀에 의해 죽임을 당했던 뱀이 다시 산돼지로 변하여 까마귀가 죽어서 된 꿩을 다시 죽이게 된 것이다.

다시 꿩은 죽어서 사람으로 태어나 사냥꾼이 되었고 어느 날 우연히 산돼지를 만나게 되었다. 사냥꾼이 그 산돼지를 쏘려고 하니 그 산돼지는 근처의 조그만 암자로 숨어들었다. 그 암자에는 지혜의 눈이 열린 도인 스님이 살고 있었다. 가만히 앉아 참선하고 있으려니 절 주위에서 죽고 죽이는 과거의 원한 관계가 뒤얽혀 피비린내를 풍기고 있는 광경이 펼쳐지고 있었다. 도인 스님은 사냥꾼에게 가서 산돼지를 죽이지 말라고 하면서 숙명통으로 과거로부터 이어져 온 서로의 원한 관계를 설명해 주었다. 그 이야기를 듣고 사냥꾼은 마침내 발심하여 불제자가 되었다." 는 말이 있습니다.

이 같은 말이 불교의 경전에 나온다고 하여 사람들이 보며는 '도인, 참선, 숙명통, 불제자' 등과 같은 말이 나옵니다. 여러분은 이 내용을 보고 어떠한 마음이 드는지 모르겠지만, 이 같은 설화의 내용은 무수하게 있습니다. 문제는 뭔가 이 같은 말을 누가 했는지도 모르는 것 그야말로 설화(說話 –신화, 전설, 민담)에 불과한 것으로 현실적으로 논할 가치가 없는 말인데, 이같이 말하고 불교의 말은 '이처럼 모르고 지은 업보이지만 언젠가는 그 과보를 받는 것이다.'라고 업보(業報)의 윤회(輪回)를 대입하여 이야기합니다. 사실 불교의 경전이라는 그 속에서 이같은 업(業)이라고 하는 말은 상당하게 많이 나옵니다. 아마 이 업보(業報)의 윤회(輪回)라는 말을 빼면 불교의 말은 아무런 의미가 없을 것이고, 또 이 말은 불교의 핵심 사상이 되므로 불교의 말 중에 매우 많은 분량을 차지하고 있는 것이 사실입니다.

이같이 업보(業報)와 윤회(輪回)에 대해 이야기하면서 위와 같은 '설화'의 내용을 일장연설하고 그다음에는 뭐라고 하는가 하면 "때때로 내 인생은 왜 이렇게 안 풀리는가 하고 한탄하는 경우가 많다. 그런 경우도 따지고 보면 전생부터 지은 업장 때문이다. 결국, 지은 업대로 그 과보를 받는다는 원리를 이해하면 자기의 행동이나 생각이 달라질 것이다. 좋은 업을 쌓으면 좋은 과보를 받고, 나쁜 업을 쌓으면 나쁜 과보를 받는다는 믿음이 철저할 때 우리가 속한 이 사회는 더 밝은 내일을 기대할 수 있을 것이다." 라고 하고 이 업보(業報) 윤회(輪回)에 대한 말을 마칩니다. 지금도 어디서 법회를 한다고 해서 가보면 아마 대부분이 이 같은 말 들을 수 있고, 이글을 보는 여러분도 이와 비슷한 말을 들었던 경험이 있을 것이고. 사실 이 글을 쓰는 나도 어릴 때, 할머니 품에서 이 같은 말, 귀에 딱지가 앉을 정도로 들었던 기억이 있습니다. 그런데 사실 위와 같은 말은 무아 사상에서 운명을 부정한 불교의 입장에서 보면 모순된 말이 된다는 사실입니다.

어찌 되었든 이 설화에 나오는 '까마귀 날자 배 떨어진다.'는 뜻의 '오비이락(烏飛梨落)'이라는 말을 현실적으로 보면 '어떤 것에 대하여 우연한 일치'일 때 이 같은 말을 합니다만, 이 말에다, '파사두야(破巳頭也)'라는 말을 대입하여 업보(業報)의 윤회(輪回)라고 하는 말은 진리적으로 아무런 가치가 없음은 물론이고, '어떤 것에 대하여 우연한 일치'에 비유하여 현실적으로 사용할 수는 있지만, 진리적으로는 '오비이락(烏飛梨落)'이라고 하여 우연한 일치라는 것은 없습니다. 이 말과 불(佛)자를 이야기하는 곳에서 자업자득·인과응보의 이치라는 말을 무수하게 하는데, 문제는 바로 '어떤 것에 대하여 우연한 일치'라는 말과 '자업자득·인과응보'의 이치라는 말은 서로 반대가 되는 말이고, 이 두 개의 말은 서로 개념이 다른 말이라는 것을 쉽게 알 수 있고, 이것을 정립해야만 자신의 의식이 깨어나게 되어 있습니다.

그런데도 이같이 '어떤 것에 대하여 우연한 일치'에 해당하는 '오비이락(烏飛梨落)'이라는 말에다가 '파사두야(破巳頭也)'라고 하여 '그 배가 떨어지면서(오비이락(烏飛梨落)) 마침 지나가던 뱀의 머리를 맞추어 뱀이 죽었다. (破巳頭也)'라고 말을 만든 것이고, 이것에 업보(業報)의 윤회(輪廻)라고 하여, '파사두야(破巳頭也)'라는 구절이 이어져야 만 말이 된다, 즉 업보(業報)의 윤회(輪回)라고 말을 인위적으로 만들어 진리적인 이야기를 대입하는 것은 참으로 안타까운 일이 아닐 수 없습니다. 그리고 여기에 더하여 '도인, 참선, 숙명통, 불제자'라는 말을 나열하는데 역시 안타까운 말의 조합이라 할 수 있는데, 이 같은 말을 들으면 여러분은 어떠한 생각이 날지 모르겠지만, 아직도 여러분 중에는 '도인, 참선, 숙명통, 불제자'라는 말에 마음의 비중을 두고 있다 할 것입니다.

업보(業報) 윤회(輪回). 정말 말이 많은 단어인데, 이같이 이치에 맞지 않는 말을 하면서 이것은 '인과응보의 업연(業緣)을 잘 나타내주고 있다.' 라고 이야기하는 말은 맞지 않습니다. 그리고 '우연히 떨어진 배에 맞아 죽게 된 뱀은 죽어서 다시 산돼지로 태어났다. 또 배나무에 앉아 있던 까마귀는 죽어서 꿩이 되었다. 이른 봄에 꿩이 양지쪽에 앉아 햇볕을 쬐고 있는데 산비탈을 지나던 산돼지가 그만 돌을 헛디디고 말았다. 그 돌은 굴러서 양지쪽에 앉아 있던 꿩을 치어 죽이고 만 것이다. 처음에는 까마귀에 의해 죽임을 당했던 뱀이 다시 산돼지로 변하여 까마귀가 죽어서 된 꿩을 다시 죽이게 된 것이다. 다시 꿩은 죽어서 사람으로 태어나 사냥꾼이 되었고 어느 날 우연히 산돼지를 만나게 되었다.' 라고 하는 말은 진리적으로 그같이 될 수가 없는데, 그 이유는 윤회, 업보의 개념으로만 보면, 하나의 인간이 인생을 살 때, 업이라는 것이 공장에서 찍어 나오듯이 똑같은 사람은 이 세상 60억 인구 중에 하나도 같은 사람이 없습니다.

현실적으로 우리가 이 세상 사람 중에 똑같은 사람이 있나요? 없는데, 없다는 것은 무엇을 의미하는가. 근본이 되는 '마음'이라는 것이 똑같은 사람이 하나도 없다는 것이 진리의 입장입니다. 그러므로 위 설화에 나오는 말처럼 될 확률은 '없다'입니다. 그런데 위와 같이 마치 다람쥐 쳇바퀴 돌듯이 딱딱 맞아 떨어지게 윤회를 한다는 것은 진리의 '진'자도 모르는 사람들이나 하는 말에 불과합니다. 그리고 여기에 등장하는 말, '도인, 참선, 숙명통, 불제자'라는 말로 중생을 현혹하는 것이 전부입니다. 그것을 보면 도인(道人)이라는 것이 뭔가 진리 적으로 도인이라는 것을 굳이 이야기한다면 '진리이치를 아는 자'가 도인이라 할 수 있으며, '참선'이라는 말도, 진리적인 것이 아니라, 요가에서 파생된 것이고 불교만의 선(禪) 사상에서만 통용될 수 있고, 진리적으로 참선이라는 것은 의미 없는 말이며, 또 '숙명통'이라는 말도, 육신통 중 하나인데 이 신통력이라는 것은 이 같은 것이 아니라, 진리적으로는 사람의 마음이 진리적인 기운이라고 했으므로 진리의 기운을 아는 것이 신통력의 개념인데, 육신통이라는 것을 설정하고 그중에 하나인 숙명통으로 이 같은 것을 본다고 하는 자체는 진리적으로 존재하지 않는 이치입니다.

따라서 윗글에 '사냥꾼이 그 산돼지를 쏘려고 하니 그 산돼지는 근처의 조그만 암자로 숨어들었다. 그 암자에는 지혜의 눈이 열린 도인 스님이 살고 있었다. 가만히 앉아 참선하고 있으려니 절 주위에서 죽고 죽이는 과거의 원한 관계가 뒤얽혀 피비린내를 풍기고 있는 광경이 펼쳐지고 있었다. 도인 스님은 사냥꾼에게 가서 산돼지를 죽이지 말라고 하면서 숙명 통으로 과거로부터 이어져 온 서로의 원한 관계를 설명해 주었다. 그 이야기를 듣고 사냥꾼은 마침내 발심하여 불제자가 되었다.'는 말은 의식 없고, 개념 없는 사람들을 이같이 '도인, 참선, 숙명통, 불제자'라는 말을 대입하여 현혹하기에 딱 좋은 말이 됩니다.

여러분은 '도인, 참선, 숙명통, 불제자'라고 하여 과연 도인을 보았으며 숙명통이 뭔가를 보았는가, 또 참선이라는 것을 하여 무엇을 보았는가입니다. 다들 허상을 보고 허구를 말하고 있다는 것이고, 불제자라고 한다면 위와 같은 말이 현실적으로 이치에 맞는가를 봐야 하는데, 이 같은 말이 있으므로 무조건 개념 없이 믿는 것은 아닌지 자기 자신을 스스로 되돌아봐야 할 것입니다. 그런데 일반적으로 이 말이 불교의 경전에 나온다고 하여 사람들은 이것을 보고 맞는 말이라고 자신도 이 같은 신통력을 얻으려 하는 것은 무명이고 안타까운 일이라 할 것입니다. 이 글을 보는 여러분도 의식이 바르지 않으면 내가 하는 말이 무슨 말인가 할 것이므로 깊게 자신의 마음을 되돌아봐야 할 것이고 이러한 것을 믿는다면 내 글을 봐야 아무런 도움이 되지 않는다는 사실입니다.

깨달음

불교는 '깨달음을 얻어 부처가 되는 것'을 이야기합니다. 내가 말하는 것은 진리이치를 알고 자신의 오랜 습관 속에 쌓인 업을 제거하는 과정이라고 말할 수 있는데, 다시 말하면 이치에 맞지 않는 자신의 마음을 이치에 맞는 마음으로 바꾸어 가는 것이 수행이고 하나씩 이치를 알아가는 것이 점차로 확대되어 가는 것을 나는 깨달음이라 말하고 있습니다. 그러므로 이같이 이치를 하나씩 알아 그것을 깨달음을 얻는 것이라 하여 '돈오점수'라 말할 수 있을 것입니다. 그러므로 이 깨달음이라는 것은 어떤 수행을 하여 단박에, 단번에 얻을 수 없는데 우리는 깨달음이라 하면 무엇만 어떻게 하면 단박에 돈오돈수가 되어 부처가 되는 것으로 착각하고 있지만 그러한 이치는 진리적으로 존재하지 않습니다. 이 부분도 석가모니가 보리수 아래서 어떠한 수행으로 단박에 진리를 깨달았다고 하여 생겨난 것인데 의미 없습니다.

　내가 말하는 깨달음이라는 것은 생활 속에서 '이치'를 알아가는 것이고 이 이치를 자신이 긍정하고 믿을 때, 자신의 언행이 변하게 되고 결국은 자신의 습성이 이치에 맞게 변하게 되고 이같이 변하면 자신의 삶의 기운이 바뀌게 되므로 자신을 바꿀 수 있는 것이 내가 말하는 깨달음입니다. 이 같은 과정이 반복적으로 지속되어 결국 계단을 하나씩 밟아 올라가 마침내 정상에 이르게 되며, 이것이 돈오점수의 개념입니다. 즉 윤회에서 벗어나는 것이 깨달음을 얻어 이를 수 있는 인간의 최종적인 목적지가 됩니다. 그러므로 무엇을 하여 부처가 되자, 된다는 것은 애당초 진리이치에서는 존재하지 않는 것이라는 뜻입니다.

　돈오돈수는 단박에 깨달음을 얻게 되면 더 이상의 수행이 필요 없는 완전한 깨달음의 경지에 이른다는 것이며, 돈오점수는 깨달음을 얻더라도 지속적인 수행으로 그 경지를 유지한다는 의미인데 무엇으로 이 같은 것을 알 수 있는가인데, 그것은 이치를 점진적으로 알고 그 이치를 깨달아가는 것이므로 이것은 사람의 언행으로 확인할 수 있지만 '단박에'라는 것은 존재할 수 없는 이야기인데, 문제는 불교에서는 어느 것이 맞다 잘못이라는 논쟁은 그 경지에 이르게 되면 부질없는 일이라고 하지만 이 말도 과연 '그 경지'라는 것이 뭔가를 먼저 말해야 하지만, 불교는 이 경지에 대하여 구체적으로 이야기하지 못하고 있습니다.

　그런데 깨침, 이 깨달음이라는 것에 대하여 불교는 무엇이라고 말하는 것일까 경에 보면 "도를 행함에 있어 큰 자비로 덕을 베풂이 보시 외에 더 큼이 없나니 보시 공덕의 뜻을 세워 그 도를 행하면 복이 심히 크느니라. 또한, 수희공덕이라 다른 사람이 베푸는 것을 보고 그것을 도와서 몸과 마음에 즐겁고 기쁨을 가지면 많은 복을 얻으리라." 는 말이 있는데 이것은 불교만의 사상이고 내가 말하는 이치를 아는 것과는 다릅니다. 또 불교의 말을 보면 '깨달음'이라는 말과 '보시'라는 말이 있는데 문제는 이 같은 무수한 말을 보면 그 핵심의 내용이 구체적으로 없는데 아무리 보아도 무엇을 깨달음의 경지라고 하는가에 대한 명확한 이야기가 없습니다.

불교에서 정의하고 있는 이 깨달음을 보면, 구경각(究竟覺)이라 하고 이 말은 불교적인 수행이 완성되어 증득(證得)하게 된 완전한 깨달음을 가리키는데 곧 부처의 상태를 이룬 것이나 부처가 되는 자리를 뜻합니다. 또 다른 말로는 보리(菩提) 또는 각(覺), 묘각(妙覺) 또 반야(般若), 마하반야(摩訶般若) 등등 무수하게 이 깨달음에 대한 말은 있지만 정작 중요한 것은 이 깨달음에 대한 구체적이고 실제적인 이야기가 없다는 것입니다. 그리고 단어, 말로만 이 경지에 대한 무수한 말을 합니다. 보면, 여러 불교 종파와 경전에서는 구경각을 깨우치게 되는 선정(禪定)도 거론하는데, 예컨대 《화엄경》과 화엄종의 교의에 따르면, 해인삼매(海印三昧)에 들면 비로소 구경각을 깨우쳐 부처가 된다. 《금강경》에 따르면, 금강삼매(金剛三昧)에 의거해, 《수능엄경》에 따르면, 수능엄삼매(首楞嚴三昧)에 의거해 구경각을 깨치게 된다는 등등의 무수한 말이 있지만, 문제는 아무리 봐도 이 경지에 대한 구체적인 내용이 없고 위 말처럼 무수한 깨달음에 대한 단어만 나열하고 있다는 사실입니다.

결론은 이 깨달음과 부처와 어떤 관계인가의 문제가 남지만, 실제 부처라는 것도 우리가 본 적도 없으므로 뭐가 부처인지 알 수 없고, 마음이라는 이야기를 하지만 마음이 뭔가에 대한 이야기도 없습니다. 따라서 부처가 뭐고 어떻게 되는가, 참나를 알면 무엇이 어떻게 되고 무엇을 알 수 있는가도 모르고 부처 찾고, 참나를 찾고 있다는 것입니다. 또, 대승불교의 주요 논서 중 하나인 《대승기신론》에서는 시각(始覺), 즉 수행을 통해 증득한 깨달음의 경지의 차이를 불각(不覺)·상사각(相似覺)·수분각(隨分覺)·구경각(究竟覺)의 4각(四覺)으로 나누어 설명하고 있지만, 도대체 이 깨달음의 경지에 대한 구체적이고 실체적인 이야기를 하지 못하고 있으며 막연하게 깨달음을 얻으면 부처가 된다는 이야기가 전부일 뿐입니다.

내가 말하는 깨달음이란 내가 행하는 모든 것이 이치에 맞는가, 아닌가를 알아가는 것이 깨달음을 얻는 것이라고 말한 것이고 100의 진리이치의 기준에 부합되는 마음으로 행할 때 이것을 나는 깨달음이라 하였습니다. 그러므로 우리는 100의 마음이 아니므로 자신의 마음을 이치에 맞는 온전한 100으로 내 마음을 만들어가는 것이 내가 말하는 깨달음이고 이 마음을 알면 생명체의 본질을 알 수 있으므로 바로 이것이 '나'라는 것을 알아가는 법이고 이것을 떠나 별도로 부처가 되는 법은 존재하지 않습니다. 문제는 우리는 부처라는 대상이 뭔가를 구체적으로 모르기 때문에 그 기준은 확인할 길이 없으므로 무수한 말이 존재할 수밖에 없는 것입니다.

　이 세상에는 무수한 생명체만 존재하고 그중에 우리는 인간으로 태어나 이 '마음'이라는 것을 가지고 있으며 인간이 무엇을 어떻게 깨달아야 하는가의 문제만이 중요하고 이것에 기준이 되는 것은 법을 떠나, 인간이면 인간답게 사는 인간의 윤리, 도덕적 행위가 기본이고, 이것이 바탕이 되고 근본이 된 다음에 할 것은 진리이치를 알아 업이 되지 않는 몸과 마음의 행을 해야 하고 이것을 알아가는 과정이 수행이고 이 이치를 알아가는 것이 깨달음이라고 하는 것입니다. 결국, 우리가 깨달음이라고 하는 것은 내가 '이치에 맞는 마음과 행을 하는 것'이 깨달음이고 이 행위가 100의 마음이 되는 때를 깨달음을 얻었다고 할 수 있으므로 내가 말하는 이치와 불교적으로 부처가 되는 깨달음과는 차이가 있다 할 것이며 바로 이 부분이 불교와 내가 말하는 것과는 다른 점입니다. 따라서 깨달음이라는 것은 진리의 바른 이치를 알아서 내 마음, 내습성을 바꾸어가는 과정이라 할 것이며 이것이 나의 본성을 바꾸어가는 법입니다.

　따라서 막연하게 "도를 행함에 있어 큰 자비로 덕을 베풂이 보시 외에 더 큼이 없다. 보시 공덕의 뜻을 세워 그 도를 행하면 복이 심히 크며 또한 수희공덕이라 다른 사람이 베푸는 것을 보고 그것을 도와서 몸과 마음에 즐겁고 기쁨을 가지면 많은 복을 얻으리라." 라고 하는 말은 종교적 관념이고 사상일 뿐이며, 진리적으로 보면 이 도(道)라는 것도 모호한 말이고, 또 자비라는 말은 인간적이고 윤리적인 말에 불과한 것이고, 보시라는 것도 종교적 사상에서 만들어진 관점일 뿐이므로 진리적으로 의미 없고 또 다른 사람이 베푸는 것을 도와주라고 하는 말 등등은 구체적인 진리의 이치에 대입하면 무수한 말로 정리를 다시 해야 하므로 진리적으로 이 말을 대입하면 한도 끝도 없는 말을 해야 하므로 결론적으로 의미 없는 말일뿐입니다.

인간이 이 세상을 살아가는데 두 가지 이치가 있습니다. 하나는 인간의 윤리, 도덕적인 부분과 하나는 진리이치에 부합되는 마음으로 행하는 것이라 할 수 있는데, 위 말과 같이 사상적 개념으로 이야기하는 것은 인간의 윤리적으로 보면 좋은 말로 보일 수 있지만, 구체적으로 진리이치에 맞는가는 그 차이가 상당하게 있다는 뜻입니다. 예를 들면 '자타가 이로써 이로움을 얻는 길이다. 베풂에는 세 가지가 있으니 하나는 자생시(資生施)로 재물로 빈궁함을 건져줌이요, 둘은 무외시(無畏施)니 어려운 경계를 당함에 그 근심과 괴로움을 해결해줌이요, 셋은 법시(法施)니 계·정·혜를 닦아서 바른길로 가게 베푸는 것이라. 이 세 가지 베푸는 도를 얻어 스스로 행하면 복이 심히 많을 것이다.' 라고 하는 말이 있지만, 자타가 이로움을 얻는 것은 보시하므로 어려운 사람을 돕고, 또 보시하므로 그 공덕이 있다고 하는 것은 보살 사상에서 나오는 말이고, 이 보시의 행위만을 진리적으로 보면 꼭 공덕이 되지 않기도 하기 때문인데 예를 들면 보시라 하는 행위는 진리적으로 내가 하는 행위가 반드시 진리이치에 맞는 합당한 조건이 될 때만이 공덕이 되므로 이치에 맞지 않는 것은 바로 업(業)이 될 수도 있으므로 막연하게 보시라는 말은 하지 말아야 한다는 이야기입니다.

그러므로 인간의 윤리, 도덕적인 마음으로 행하는 것이 하나 있고, 진리적 이치에 맞는 것이 보시의 의미가 있다 할 것입니다. 하지만 아무리 내가 보시를 한다고 하여도 그것이 이치에 맞지 않으면 오히려 업(業)으로 되어 자신에게 괴로움으로 된다는 진리이치도 있으므로 자신이 행하는 모든 것에 대하여 나는 '진리이치'에 맞는 것이 기본이 된다고 한 것입니다. 옛날이야기에 보면 "'네가 나면서부터 예쁘고 총명하고 또 모든 사람의 총애를 받는 것이 누구 때문인가?' 하고 물었다. 딸은 아버지의 덕이라 하지 않고 '내가 전생에 지어놓은 복'이라고 하자 노기가 등등한 부왕은 곧 거지 하나를 불러서 선광과 함께 궁 밖으로 내쫓았다. 거지와 선광은 거지의 본래 살던 집터에서 금덩이를 주어 큰 부자로 살게 되었다.

바사익왕은 부처님께 가서 무슨 인연 공덕으로 선광이가 저렇게 사느냐고 물으니 부처님께서 '옛날 비바시불 재세시에 반두왕이 비바시불이 돌아가시매 그를 위해 칠보탑을 건립하고 공양하는데 왕의 부인이 귀고리 등 여의주로 비바시불의 미간을 장식하고 서원하기를 후세에 미모를 가지고 태어나 부자가 되게 하소서 하여 지금 그 과보를 받았고, 거지는 가섭불 출세 시 부처님과 네 제자를 공양하자는 그 부인의 의견에 반대했다가 그 뜻에 나중에 동의하여 그 과보로 거지가 되었다가 다시 부를 누리며 부인과 함께 행복하게 살았다.' 고 답하자 바사익왕이 크게 깨달았다 한다. 따라서 상없는 덕과 변함없는 복을 짓기에 쉼 없이 행함이 대보은자일 것이다." 이 같은 이야기를 보면 우리는 이 말이 진리이치에 맞는 말인 것으로 생각할 것이나, 착각이고 사실 이 말은 진리적 이치에 하나도 맞지 않는 종교적 관점의 말일 뿐입니다.

'소원하기를 후세에 미모를 가지고 태어나 부자가 되게 하소서 하여 지금 그 과보를 받았고'라는 말은 진리적 이치에는 없는 논리이기 때문입니다. 따라서 내가 원을 세운다 하여 되지 않고 그에 맞는 진리적인 업을 지어야만 가능하고 설사 진리적 이치에 맞는 행을 했다고 하여도 구체적으로 내가 서원, 즉 마음먹은 대로 되지 않는 이유는 사람이 살면서 무수하게 지은 업의 이치가 딱 맞아야만 하므로 이같이 맞춤으로 원하는 곳에 태어날 수는 없습니다.

또 단번에 깨치는 것을 돈오돈수라 하지만 무엇을 단박에 깨치는 것은 없으며, 앞서 말한 대로 내가 행하는 것이 진리의 이치에 부합되는 것을 스스로 알아가는 것을 나는 깨침이라 하였고 그 과정을 수행이라 한 것이므로 보조국사가 말한 '마음이 곧 부처'라는 말은 이치에 맞지 않고 또 '이 마음은 성인이나 일반인이나 조금도 다름이 없으니 네가 곧 부처임을 깨달으라.'라고 한 말도 종교적 사상이고 진리이치에서 이같이 부처가 되는 법도 없고 부처는 존재하지 않는 사상적 개념일 뿐입니다. 그런데 이같이 깨달음이라는 것도 부처라는 것도 진리이치에는 없는데, 보조국사라는 사람은 깨달은 이후에도 닦음의 과정이 필요함을 강조하고 있는데 이 같은 말 들어본들 무슨 의미가 있는가입니다. 깨달음이라는 것이 무엇인가에 대한 구체적이고 실체적인 것이 없는데 무엇을 깨달을 것인가? 그러므로 종교적으로 이야기하는 말을 보면 '깨달음 이후에도 닦음이 필요하며, 깨달음은 일시에 이루어지지만 닦음은 점차 완성된다는 돈오점수의 수행과정을 밟아야 한다.' 라고 하는 말은 핵심이 빠져 있는 이야기가 되므로 여러분이 이 같은 말을 들어봐야 자신에게 어떠한 영향도 주지 않으며 분명한 것은 누구나 가지고 있는 이 '마음'에 대한 이치와 작용을 모르면 진리적으로 답을 구할 수 없고 어떠한 말을 한다고 해도 의미 없을 뿐입니다.

불교는 비록 깨달음과 동시에 닦음 또한 완성되는 돈오돈수의 근기들도 있다고 하지만 무엇을 깨달을 것이고 무엇을 닦을 것인지 또 단박에 깨닫는 이 같은 근기는 누가 확인할 수도 없으므로 이 말은 의미 없고 오로지 내가 이치에 맞는 행을 하는 것만이 최선이고, 100으로 이치를 다 알았을 때가 깨달음을 얻었다고 할 수 있습니다. 나라고 하는 존재는 과거 여러 생을 윤회하면서 만들어진 존재 결과물이므로 결국 내가 스스로 내 마음을 진리이치에 맞는 마음을 만들어 가는 것만이 최선입니다.

불교의 돈오에서 깨달음이란 부처와 중생이 조금도 다름없다는 이치를 깨닫는 것을 말하며, 점수에서 수행이란 부처와 다름없는 행동을 익혀간다고 말하지만, 부처라는 존재는 진리적으로는 없고 오로지 '진리이치를 깨달은 자'만이 존재합니다. 그런데도 불교는 이처럼 돈오란 마음이 곧 부처라는 사실을 깨닫고 보면 부처와 중생은 조금도 다름없음을 깨닫는 순간 곧바로 알게 된다는 뜻으로 이야기하고 있으므로 안타까운 일이라 할 것입니다. 자신의 습관과 업력을 제거하는 과정은 바로 진리이치를 바르게 아는 것뿐이고 진리이치를 알아갈 때 괴로움은 사라지게 되며 나 자신의 마음이 바뀌게 되고 마음이 바뀌면 진리라는 것은 그에 맞게 반응을 하게 되는 이치만이 존재합니다.

악몽

얼마 전 잦은 악몽의 원인에 대하여 뉴스에 나온 것을 보면, '핀란드 투르쿠 대학 인지신경과학센터와 핀란드 국립보건원이 24~74세의 성인 남녀 1만 3천922명을 대상으로 진행한 설문조사와 건강진단 자료를 분석한 결과에서는 우울증과 불면증이 잦은 악몽의 원인일 수 있다.' 라고 하는 기사를 보았는데, 이것은 잦는 악몽을 꾸는 원인에 대하여 조사를 한 적이 있다고 하여 그 원인을 발표한 기사를 보았습니다. 이 조사에 의하면 1만 3천922명을 대상으로 '지난 30일 사이에 악몽을 자주 꾼 사람은 심한 우울증이 있는 사람이 28.4%, 불면증에 시달리는 사람이 17.1%로 가장 많은 것으로 나타났다.' 라고 밝혔다는 기사의 내용인데, 이들이 악몽을 꾼 원인을 '잦은 악몽은 우울증의 초기신호일 수 있다.' 라고 짐작하여 말하고 있지만, 이것은 보이는 물질의 논리로 이야기하는 것뿐입니다.

하지만 진리적으로 보면, 이같이 잦은 악몽을 꾸는 것은 '나 자신의 업, 업장'과 깊은 연관이 있습니다. 앞서 본 바와 같이 누구는 꿈을 꾸고, 누구는 꿈을 꾸지 않는 경우, 또 꿈이라고 하더라도 그 내용이 같은 사람은 하나도 없는데, 이것은 사람마다 타고난 마음(업)이 다 다르므로 이같이 제각각 나타나는 것이 다르고 꿈이라는 것은 내 업(업장-운명)과 무관하지 않으므로 '잦은 악몽의 원인, 우울증이랑 연관이 있다.'라고 하거나, 이것을 우울증과 연관을 짓거나 하지만, 실제 이같이 보이지 않는 '기운의 작용'을 절대 물질의 개념인 의학적으로 그 답을 찾을 수는 없습니다. 고작해야 우리가 한다는 것은 약물로 깊은 잠을 유도하거나, 또는 음식으로, 잠자는 환경을 바꾼다든지 하는 것이 고작일 것이나, 이같이 한다고 하여 잦은 악몽의 원인을 밝힐 수 없으며 또 음식으로 잦은 악몽의 원인을 해결할 수는 없는데, 그 본질은 나 자신의 업, 업장(빙의)과 깊은 관련이 있기 때문입니다.

다시 보면, 이같이 '잦은 악몽의 원인에 대한 연구결과'라는 것이 미국 수면장애학회 학술지 '수면'4월호에 실렸다고 하여 우리는 이 기사에 나오는 말대로 '우울증과 불면증이 잦은 악몽의 원인일 수 있다.'라고 한다면 그러면 우울증과 불면증이라는 것이 왜 생기는가를 먼저 알아야만 이것이 악몽과의 관계가 있다는 것을 규명할 수 있을 것입니다. 따라서 현실적으로 사람에게 나타나는 이 같은 우울증과 불면증과 같이 보이지 않는 원인에 근본은 기운으로 작용하는 업장(빙의) 증상으로 이것은 업에 따라서 나타나는 증상이 다 다르지만, 내가 지은 자업자득·인과응보의 이치에 따른 결과로 마음공부하면 치료가 될 수 있으며, 이것은 업장(빙의)의 작용이고 이것은 내 마음에 작용하여 나타나는 것이기 때문에 이 '마음'이라는 것이 뭔가를 알면 이 같은 것은 쉽게 해결할 수 있습니다.

문제는 우리는 이같이 이름이 나 있는 어떤 기관에서 조사하여 발표하면 우리는 이것을 신뢰하는 것이 문제인데, 사람 마음의 작용은 이같이 과학의 개념, 논리로 밝힐 수 없고, 정립할 수 없으므로 위 같은 이야기 보이는 물질의 개념이야 누구라도 확인이 가능한 부분이겠지만, 문제는 보이지 않는 마음에 작용은 물질과는 별개로 존재하는 것이므로 막연하게 '잦은 악몽은 우울증의 초기신호일 수 있다.' 라고 한 것은 이치에 맞지 않습니다. 이 조사에 의하면, '악몽이 잦았다고 대답한 사람은 3.9%(여성 4.8%, 남성 2.9%)였고 이따금 악몽을 꾼 사람은 45%, 악몽을 한 번도 꾸지 않은 사람은 50.6%였다.' 라고 이야기하지만, 이같이 누구에게는 자주 나타나고 누구에게는 나타나지 않는 현상은 각자의 마음(업, 업장의 이치)이 다르기 때문이며, 이 마음을 이치에 맞게 개선하지 않고 물질로 아무리 해도 답을 찾을 수 없습니다.

　이 조사는 또 악몽을 꾸지 않도록 하는 음식을 이야기하지만, 이것도 역시 물질로(보이는 것) 보이지 않는 진리(마음의 기운)를 다스리려고 하는 것으로 이치에 맞지 않습니다. 그런데 이 8가지 음식으로 밤잠을 유도하는 방법이 있다고 말합니다. 그것을 보면 '체리'라고 하고, 이유는 이것은 '수면 사이클을 조정하는 데 도움이 되는 호르몬인 멜라토닌을 함유하고 있다. 한 연구에 따르면 매일 체리 주스를 2잔씩 마시는 사람들은 그렇지 않은 사람들보다 40분 정도 더 긴 양질의 수면을 취할 수 있다. 또 체리는 불면증의 강도를 떨어뜨리는 역할을 해 만성적인 불면증에 시달리고 있는 사람들에게도 도움이 된다.' 라고 하여 그 타당성을 이야기하지만,

이것으로 잦은 악몽, 불면증을 치료할 수 없고, 또 '두 번째는 바나나다. 바나나는 아침을 상쾌하게 여는 데 도움이 되는 과일인 동시에 아이러니하게도 밤잠을 잘 자게 만드는 데도 도움이 된다. 바나나에 든 비타민 B6는 뇌의 활동을 촉진해 아침 시간 정신을 맑게 깨우는 작용을 한다. 또 마그네슘과 칼륨은 근육의 긴장을 이완시켜 몸을 편안하게 만들고 휴식을 취하는 데 도움을 준다.' 라고 하고, 또 세 번째 호두, 쌀밥, 감자, 흰 빵, 살코기, 칠면조 고기, 우유, 강낭콩, 완두콩, 땅콩과 같은 것으로 숙면을 유도하고 잦은 악몽을 꾸지 않게 되며, 우울증과 불면증과의 관계를 이야기하고 있지만, 의미가 없는데 이것은 물질이치에서 내 몸을 조절할 수 있는 부분은 있을 것이나, 문제는 사람, 생명체가 존재하는 근본은 '마음이라는 기운의 작용'으로 존재하고 꿈이라는 것을 인식하는 것은 나 자신의 운명의 흐름과 나 자신의 마음의 흐름을 암시하는 것이고, 그것을 우리는 의식하는 것이므로 이 같은 음식으로 나 자신의 기운작용을 조절하거나, 다스릴 수 없으므로 나의 몸에 나타나는 현상은 나 자신의 본성 속에 업, 업장과 깊은 연관이 있고, 이 작용으로 악몽을 자주 꾸는 것으로 나의 업장(빙의)을 의심해볼 필요가 있다 할 것입니다.

또 이 관계에서 악몽을 꾸는 것은 '평균 수면 시간이 부족하기 때문이다.' 라고도 이야기하지만, 꼭 잠을 부족하게 잔다고 하여 악몽을 꾸고 우울증과 같은 것이 나타나는 것인가, 아니라는 것 알아야 하며, 누구는 취침 직전 TV 시청이나 스마트폰을 할 경우 숙면에 방해되고 악몽을 꿀 수 있고, 우울증으로 될 확률이 있다고 이야기하기도 하고, 또

컴퓨터, 태블릿, 스마트폰, MP3 플레이어, 게임기, TV 등의 화면에 얼마나 노출돼 있었는지에 따라서 악몽을 꿀 수도 있다고 하지만 이 같은 것을 오래 사용하면 잠을 방해할 수 있는 하나의 요인(물질의 개념에서)은 되겠지만, 이것으로 악몽이나, 우울증으로 생기지는 않습니다, 하나의 동기는 될 수 있지만, 꼭 이것이 원인은 아니라는 이야기입니다.

또 '스트레스와 천식이 밀접한 관계가 있다.'라고도 하지만 앞서 이야기 한 대로 이같이 주변의 상황에 따라서 깊은 잠을 자지 못하게 하는 하나의 요인은 되겠지만, 이것으로 인간에게 나타나는 현상, 인간 본질의 문제를 해결할 수는 없습니다. 또 '잦은 악몽의 원인과 잠자리에 가져가면 안 되는 것'을 다음과 같이 이야기합니다. ① 휴대전화기 ② 업무 ③ 반려동물 ④ 음식 ⑤ 책 등이 숙면을 방해하고 결과적으로 악몽을 꾸게 하고 우울증으로 발전될 수 있다고 이야기합니다. 그러나 누군가는 잠자기 전 약간의 책을 읽는 것은 숙면에 도움이 된다고 이야기 한 사람도 있는데, 이같이 정의되지 않고 이야기되는 무수한 말들은 의미가 없으며 같은 상황이라고 해도 누가 말하는가에 따라서 수시로 바뀌는 데 문제는 마음의 작용, 마음이 뭔가를 모르기 때문에 이같이 중구난방으로 이야기하는 것이 현실입니다.

이같이 무수하게 하는 말이 과연 신뢰할 만한 말인가이며, 결론적으로 인간, 나라는 것을 작용하게 하는 것은 나의 '참나'라는 기운이 작용하는 것이고 나에게 나타나는 모든 것은 이같이 나의 근본이 있으므로 나라는 육신을 통해서 나타나는 것이므로 나의 몸에 보이는 것

(예를 들면 암, 당뇨, 혈압, 등의 병)과 보이지 않는 증상 꿈, 정신병, 우울증, 불면증, 악몽 등과 같은 것은 나의 업, 업장(빙의)의 증상과 깊은 연관이 있으므로 위에 나열하여 말하고 있는 잦은 악몽은 이 같은 물질의 개념으로 치료될 수 없습니다. 만약 이 같은 것으로 치료된다고 한다면, 이 세상 악몽으로 시달릴 사람 없어야 마땅합니다. 실제 진리적으로 개개인이 가진 업, 업장의 이치를 보면, 이같이 그 사람의 업장으로 영향을 주고 있다는 것을 알 수 있으며, 업의 이치가 바뀌면 이 같은 증상, 현상은 사라지게 됩니다. 결국, 꿈은 나 자신의 업, 업장과 깊은 연관이 있으므로 이유 없는 꿈은 없고, 꿈이란 차창밖에 스쳐 지나가는 그림과 같은 것이고, 일반적으로 이야기하는 해몽으로 그 꿈을 해석할 수는 없으며 마음이라는 진리적 이치, 기운을 알아야만 해석을 할 수 있습니다.

지식

얼마 전 뉴스에서 '학력수준 높을수록 행복하다…저연령과 여성이 행복도 높아.' 라는 제목으로 인간의 행복 수치를 이야기한 것을 보았습니다. 바로 이것이 우리나라의 현주소인데, 이 말대로 '학력수준 높을수록 행복하다.' 라고 한다면, 학력이 없는 사람은 다 불행 속에 산다는 말이 됩니다. 이같이 보이는 물질의 논리로 행복의 기준을 정의한다면, 그 학력의 기준이 무엇이고 어디까지인가의 문제가 남게 됩니다. 우리가 사는 사회는 이같이 보이는 것으로만 잣대로 삼고 행복이라는 가치관을 이같이 '지식'으로 평가한다면 대단히 잘못된 것이고, 이러한 것으로 인해 결국 인간의 근본을 훼손하는 말이라 할 것인데, 행복을 정의할 수 없으므로 이같이 학력이 높을수록 행복하다고 하는 말은 인간의 오만한 말에 불과하고 진리적으로 행복이라는 것은 내 마음에 편안함의 정도를 의미합니다.

물질이 있든 없든, 또는 내가 배움이라는 것이 부족하다고 해도 현재 내 마음이 어디에 기준을 두고 만족이라는 것을 느끼는가만이 중요한데, 우리 사회는 이같이 '학력수준 높을수록 행복하다.' 라고 정의하는 그 자체가 인간의 상(象)이라는 것이 극에 달했다 할 것이고, 모든 기준을 이같이 보이는 물질로 행복의 기준으로 삼는 것은 안타까운 일이라 할 것입니다. 이 논리라면 소위 배웠다고 하는 사람들이 배우지 못한 사람을 보면 어떠한 마음으로 볼 것인가, 그것은 바로 "당신은 배우지 못했으므로 불행하다." 라는 논리가 되는데, 이것이야말로 인간차별의 본보기라 할 것입니다. 이 뉴스는 또 '노인·장애인·만성질환자·실업자·비정규직 가구 행복도 낮다.' 라는 이야기를 합니다. 이것도 물질로 내가 행복, 불행이라는 것을 기준을 삼기 때문에 결국 고학력을 갖고 어떠한 자리 하나 차지하면 먹고 사는 데 어려움이 없을 것이기 때문에 인간은 이것은 '행복'이라고 생각합니다. '노인·장애인·만성질환자·실업자·비정규직 가구 행복도 낮다.' 라고 하는 말은 물질의 논리를 기준으로 자신의 환경이 좋지 않다는 의미에서 행복하지 않다고 말하는 것이고, 진리적으로는 물질, 학력으로 내 행복의 기준을 이야기하면 안 되고, 내 마음에 편안함으로 만족, 행복이라는 기준으로 삼아야 한다는 이야기입니다.

'학력수준 높을수록 행복하다.'는 나는 '이만큼 배웠어.'라는 자기 주도적인 관념에서 나라는 상을 내세우는 것에 불과한 것이고, 또 '저연령과 여성이 행복도 높아.'라는 말은 어리면, 이 세상 태어나 무엇이든 할 수 있는 육신의 의지, 의식이 강하기 때문에 '나는 이 세상에 태어난 것이 좋다.'라는 마음에서 이것을 행복이라고 생각하는 것뿐입니다. 여성이 행복하다는 것은 물질의 기준으로 '이만큼 가질 수 있다, 선택할 수 있다.'라는 인간의 상을 표출하는 것이기 때문에 이같이 '학력수준 높을수록 행복하다, 저연령과 여성이 행복도 높아.'라는 말은 결국 생명체의 본질에서의 행복 기준과는 상당히 배치되는 말이 되는데, 그런데 우리는 이같이 '학력수준 높을수록 행복하다', '저연령과 여성이 행복도 높아.'라는 말로 인간의 행복의 기준으로 삼는 이상한 논리를 대입하는 이 사회에 살고 있다는 것은 매우 안타까운 일입니다.

진정한 행복이라는 것은 인간으로 태어나 인간의 가치관을 얼마나 가지고 사는가에 그 기준을 두어야 하는데, 이같이 학력, 물질로 행복의 기준을 이야기하는 이 사회는 뭔가 한참 잘못되었다 할 것입니다. 그렇다면 한적한 시골에서 자연의 순리에 따르고, 그 마음에 욕심 없이 주어진 자신의 운명을 말없이 받아들이고 묵묵하게 일생을 사는 그 자신들은 과연 불행하다 할 것인가입니다. 또 우리는 과거에 무지했지만 자연 그대로 인간의 냄새가 물씬 풍기는 삶을 살았던 그 사람들은 과연 불행했는가입니다. 그리고 이 뉴스는 결과적으로 '주관적 만족도 높일 정책 개발해야 한다.' 라고 이야기합니다. 이 말은 뭔가, 결국 개인 이기주의적인 마음, '나'라는 상을 키우는 것을 개발해야 한다는 뜻인데 착각이고, 이것을 개발하는 것이 아니라, '인간의 가치관, 인간으로서 어떤 마음가짐을 가져야 하는가.'로 접근해야 하는데, 결국 '주관적 만족도 높일 정책 개발해야'라고 한다면 내 개인적인 욕심의 만족을 위한 것을 이야기하는 것이므로 잘못된 것입니다.

다시 말하면 학력 수준이 높을수록 주관적으로 느끼는(나라는 상이 추구하는 것) 행복도와 만족도가 높지만, 우울감은 낮은 것으로 조사됐다고 하는데, 이 말은 이같이 물질의 기준으로 행복이라는 것을 추구하기 때문에 물질이 있으므로 우울감이 덜하다고 하는 것은 진리적으로 나라고 하는 육신의 마음(상)이 클수록 우울감이라는 것은 더 크게 작용하게 되어있지만, 물질이 있으므로 상대적으로 그것이 덜 나타나는 것뿐입니다. 우울증이라는 것은 '빙의-업의 현상'이기 때문에, 이것은 물질이 있다고 하여, 고학력이라고 하여 없다고 하는 논리는 진리 이치에 맞지 않습니다.

따라서 행복도는 나이가 낮을수록 높다는 말도 아직 어리기 때문에, 무엇이든 할 수 있는 나라는 욕망이 크기 때문에 자신은 행복하다고 느끼는 것뿐이고 이것은 시간이 가면 변하게 되어 있고, 또 여성보다 남성이 행복감이 적다라고 하는 것은 여자이기 때문에 능력 있는 상대만 잘 만나면 나는 행복해질 수 있다는 나라는 상의 극치일 뿐이고,

반대로 남자의 입장에서도 마찬가지이므로 결국 인간 본연의 마음으로 '~답게' 살아가는 것이 아니라, 이같이 나라고 하는 육신의 마음으로 우리는 이 세상 살고 있다는 사실입니다.

이것은 반대로 성(性)이라는 특수성을 따져봐야 할 것입니다. 과거에는 나는 내가 마음에 드는 상대를 만나 나를 위해주면 좋은 것으로 인식했지만, 요즘은 살아보고 물질이 없으면, 나를 만족하게 해주는 것이 없다면 나는 언제라도 물질이 있는 사람을 만나면 된다는 마음의 개념이 변한 것입니다. 그 예로 우리 사회는 간통죄라는 것이 없어졌는데, 이것도 바로 인간의 상이 극에 달한 것이라 할 것입니다. 이 말은 결국 인간으로서의 기본적인 윤리와 가치관을 기준으로 삼았던 과거와 달리 '나'라고 하는 개인 이기주의의 마음이 극에 달했다고 할 것입니다.

따라서 우리는 소위 배웠다고 하는 사람들의 말은 맞는 말, 옳은 말로 인식되는 삶을 산다고 해도 과언은 아닌데 이것은 지식으로 내가 이 세상을 어떻게 헤쳐가야 하는가의 논리인데 착각이고 이 기준이 아니라, '이치에 맞는 삶'이 기준이 되어야 하고 우리는 이같이 '학력수준 높을수록 행복하다.' 라는 식으로 보이는 것으로 인간의 삶의 잣대를 물질의 논리로 이야기하는 것은 대단히 잘못된 것이며, 이 이전에 인간으로서의 윤리와 도덕으로 먼저 기준으로 삼아야 할 것입니다.

지식과 지혜는 분명하게 다르고 지식이 있다고 하여 그들의 말이 무조건 맞고, 옳다고 생각하면서 사는 사람들은 개념이 없는 사람들이므로 정신 차려야 합니다. 지식이 있으므로 좋은 직장이 있으므로 물질로 육신이 풍요하게 살지는 모르지만, 그것으로 내 마음이 행복하다고 생각한다면 대단한 착각을 하고 있다는 것을 알아야 하고, 이 같은 물질의 논리로 생명체의 기본 본질을 외면하는 말 아무런 의미가 없습니다. 물론 나 자신이 이것을 행복이라 믿고 살면 사는 것이기 때문에 이것은 각자가 알아서 판단할 문제이며, 어떻게 살아도 이 한 세상 살 수는 있지만 진리적으로 행복이라는 것은 '진리이치'를 알고 그에 맞는 어긋나지 않는 삶을 사는 것이 진정한 행복이라 할 것이므로 진정한 자유인은 진리이치에 맞는 삶을 사는 것입니다.

우리가 '행복'이라는 것을 이야기할 때 종교가 있거나 신앙심이 강할수록 높다고 말하지만, 이것도 세부적으로 내가 죽으면 누가 구원해 줄 것이므로 행복이라는 것을 육신의 상으로 느끼는 타력적인 관념에 불과한 것이므로 신앙 속에서 행복이라는 것은 그 기준이 없으므로 어떠한 의미도 없습니다. 우리는 어떠한 마음을 만들어 가는가에 대해서는 나의 주관적 만족도를 높여야 하지만, 문제는 이같이 보이는 물질로만 행복의 잣대를 만들고 기준으로 삼으려는 것은 착각이고 이 같은 것이 인간들이 만들어 놓은 함정이라는 것이고, 결국은 이 함정 속에 인간이 빠져 이 지구의 생명체는 멸하게 되어 있다는 것이 진리적 입장입니다.

낙태 -1

        인간 사회에서 오늘날까지 끊임없이 문제가 되고 있는 것이 낙태에 관련된 부분인데, 낙태에 대하여 찬성, 반대를 따지기 위해서 반드시 알아야 할 것이 생명체로써 기준으로 어디까지가 인간으로 봐야 할 것인가를 진리적으로 정립하면 난자와 정자가 만나는 그 순간부터 생명체로 봐야 하는데 그 이유는 난자, 정자가 따로 분리되어있는 상태에서는 생명체가 아니라 할 것이나 따로 있을 때도 하나이 세포도 생명체로 보기 때문에, 난자 정자기 만나는 순간 이미 생명체로서의 '진리이치'가 성립되었다고 봐야 하므로 이때부터 인간의 개념으로 봐야 합니다. 진리적으로 개개의 세포에는 식(識)의 개념으로 생명체의 근본인 '기운'의 작용이 진행되고 있기 때문에 원칙적으로 임신이라고 할 경우, 이같이 수정이 된 상태가는 인간의 생명체로 봐야 하므로 임신을 했다고 하면 윤리적으로는 기한을 따질 것 없이 낙태해서는 안 된다는 것이 진리적인 입장입니다.

 생명체의 입장에서 난자와 정자가 만나는 순간에 이미 그 세포의 분열로 생명체가 만들어진다는 것을 전제로 분열하고 있으므로 결과적으로 생명체 탄생의 개념은 난자와 정자가 만나는 때가 진리적으로 '하나의 생명'으로 보는 것이 맞고, 이같이 세포 분열이 되면, 그에 따라 세포마다 식(識)이라는 진리적인 기운(두 사람만의 업연, 혹은 관계없는 인연)이 자리하게(영향을 받게 되는 것) 되기 때문에 진리적으로는 난자, 정자가 분리된 상태에서는 인간이라는 생명체라고 할 수 없습니다. 그런데 문제는 인간의 생명을 어디까지 봐야 하는가의 기준을 이같이 정하고, 그다음 현실적인 부분을 대입해야 할 것인데, 우리는 이 같은 것을 떠나, 각자의 입장이 있다 보니 인간의 윤리 도덕적인 부분과 관련이 있으므로 이 논쟁 오늘날에도 끊임이 없으며, 또 각자 처지에 따라 여러 가지의 의견이 분분하게 있지만 진리이치를 알면 답은 간단합니다.

현실적으로 낙태에 대하여 '보건복지부'는 다음과 같이 이야기합니다. "1973년에 제정된 모자보건법 제14조에는 인공임신중절 수술의 허용 한계를 본인 또는 배우자가 우생학적 혹은 유전적 질병이 있는 경우, 본인 또는 배우자가 전염병에 걸린 경우, 강간·준강간에 의한 임신, 모체의 건강을 심하게 해치거나 해할 우려가 있는 때에만 임신중절 수술을 허용하고 있다. 기타 외국의 경우는 우리나라와 정반대의 입장을 취하고 있기도 하고, 다시 제15조에는 인공임신중절 수술은 임신 24주 이내로 정하고 있다. 또, 2012년 8월 헌법재판소가 형법 제270조 1항 낙태 시술자 처벌에 대해 '사익인 임부의 자기결정권이 태아의 생명권이라는 공익에 비하여 결코 중하다고 볼 수 없고, 낙태를 처벌하지 않거나 가볍게 제재한다면 낙태가 만연하고 생명경시 풍조가 확산될 것'이라고 결정한 바도 있다. 이러한 법적 제재와 판결에도 불구하고 낙태아 수는 줄어들지 않고 낙태율은 계속 최상위에 머무르고 있는 것이 오늘의 현상이다." 라고 발표를 했는데, 이같이 규정한 것은 진리와 상관이 없는 인간들이 인위적으로 만들어 놓은 상의 논리일 뿐이며 이러한 규정이나 어떠한 것으로 생명체를 인위적으로 만들고 없애고 하는 기준을 두는 것은 옳지 않으며 자연적 현상으로 그 흐름에 맞게 두어야 할 것인데, 인위적으로 하는 행위는 결국 진리이치를 거스르는 행위가 되므로 후에 더 큰 문제를 야기하게 될 것이고 이것은 이 사회에서 일어나고 있는 현상을 보면 쉽게 알 수 있습니다.

따라서 진리적인 관점과 인간의 상의 논리는 별개라는 것이고, 인간이 만들고 규정하는 이것은 진리적인 것이 아니라, 현실적인 문제일 뿐이고, 인간상의 논리에 따른 부분이므로 현실적인 관념과 진리적인 생명체의 관점 두 가지로 이 문제는 접근해야 답을 구할 수 있다 할 것입니다. 현실적으로 인간의 상으로 인하여 임신이 된 경우, 현실의 논리에 대입하는 것은 여기서 논할 필요는 없을 것인데 그 이유는 제각각의 처한 상황이 다 다르고 포괄적이기 때문에 하나의 답으로 한 번에 정의하여 이야기할 수는 없을 것이고, 임신 이후 낙태, 중절에 대한 부분은 생명체의 본질에서의 상위법이라 할 수 없고, 하위법이므로 논할 필요가 없으며 이 부분은 내가 아무리 이야기한다고 해도 결국은 인간들의 상(象)의 논리에 따라 흘러가게 되어 있습니다.

다시 말하면 성적인 쾌락, 육체적인 쾌락으로 인해 임신이 된 경우도 있을 것이고, 결혼해서 합법적으로 임신이 된 경우, 어쩔 수 없는 상황에서 임신이 된 경우 등의 무수한 상황이 있을 것입니다. 따라서 이것을 떠나, 임신했을 때 어디까지를 살생이라고 볼 것인가만을 본다면, 난자, 정자가 만나서 세포의 분열이 일어났을 때부터 진리적으로 생명체라고 할 수 있으므로, 이때 이것을 제거한다고 하면 진리적으로는 '살생'이 됩니다. 이후 낙태를 언제 해야 하는가, 마는가, 그 시기가 언제인가, 등등의 말은 의미 없고, 그것은 인간의 상의 논리에 맡기는 수밖에 별도리가 없다는 이야기입니다.

위 기사 내용을 보면, '낙태는 특별한 경우를 제외하고는 불법적인 수술이다.'라고 하는 것인데, 바로 이 부분이 인간의 상의 논리라는 것인데, '특별한 경우'라고 하는 것이 과연 무엇인가입니다. 이 특별한 경우라고 하는 부분도 이미 진리적으로는 난자, 정자의 만남으로 생명체가 시작되고 난 후의 문제이므로 진리적으로 특별한 것이 아니라, 인간의 상의 개념으로 현실적으로 따지고 분별하는 것이고, 진리적으로 특별한 것이라는 것은 없습니다. 그런데 우리는 낙태를 찬성할 것인가, 반대할 것인가를 따지고, 그 기준을 어디까지 인정해야 하는가를 따집니다. 이것을 논하기 이전에 인간의 기본, 생명체의 윤리, 도덕의 기준이 먼저 바르게 정립한다면 낙태를 해야 하는가, 말아야 하는가가 우선이 아니라, 성적인 행위를 할 때, 스스로가 먼저 이 부분을 고려할 수 있고, 있어야 한다는 이야기인데, 사회적으로 문제가 되는 것은 사후에 약방문을 찾는 것처럼 생명체의 본질에서 윤리와 도덕의 본질을 먼저 생각하지 않는다는 것이 문제입니다.

따라서 현실적으로 막연하게 낙태 찬성자는 임신부의 자기결정권을 주요 근거로 찬성의 입장을 내세우고, 낙태 반대자의 주장은 막연하게 생명 탄생 이전의 태아인 상태에도 엄연한 생명체이며, 이를 죽이는 것은 살인이라고 하는 것은 막연한 인간적인 감성일 뿐입니다. 따라서 그 근본은 생명의 시작점을 언제로 볼 것이냐가 먼저 정립이 되어야 한다는 이야기입니다만, 우리는 어떠한가. 육안으로 식별할 수 있는 모든 신체구조를 갖춘 8주 이후부터를 생명체로 정의할 수 있다, 혹은 정자와 난자가 만나 5~10일 후 나팔관을 타고 자궁을 타고 내려가 착상한 그 시점부터를 생명체라고 할 수 있는가에 대한 의견도 분분합니다만 다 잘못된 말이고 진리적으로 난자와 정자가 만나는 순간부터 생명체의 개념으로 봐야 한다는 것이고, 이것을 인간이 느끼는 것은 자신의 몸의 변화를 통해서 감지가 될 수밖에는 없고, 이때는 이미 생명체가 상당히 진행되어 있다 할 것이고, 진리적으로는 그 개개의 세포 속에는 하나의 식이 자리하고 있다는 사실입니다.

다시 이야기하면 난자(여자)와 정자(남자)로 두 사람의 업연에 따른 진리적인 기운이 이미 시작이 되었다고 해야 맞는 말이 되기 때문에, 이때를 생명체의 시작이라고 해야 맞습니다. 따라서 막연하게 어느 때는 생명이고 아니라는 논쟁은 더는 할 필요는 없는데, 우리는 제각각의 입장(상의 크기에 따라서)에 따라 해도 괜찮다고 합리화하고, 어느 때는 반대의 입장을 갖고 이야기하지만 진리적으로 이 같은 말은 의미 없고 개개인의 입장일 뿐입니다. 다만 진리적으로 본다면, 그 상황에서 잉태된 생명체가 태어나지 못하고 죽는 것은 그 자신이 태어나지 못하고 이 같은 과정을 겪어야 하는 그 자신만의 업연이 따른 것이므로 진리적 입장에서의 낙태는 아무런 문제가 되지 않지만, 이것을 인간적인 관점으로 생명체를 죽인 것으로 보기 때문에 우리는 이같이 보이는 것으로 윤리를 대입하고 인간적인 것을 대입합니다. 이같이 말하면 낙태는 당연한 것으로 생각하고 오해할 수 있고 자신의 낙태를 합리화할 수 있지만, 단편적으로만 낙태를 볼 필요는 없다는 뜻으로 하는 이야기입니다.

　이 문제를 이해하지 못하고 현실적인 문제만 갖고 낙태를 이야기하는 것은 인간의 오만한 상의 논리일 뿐입니다. 시대가 변하므로 젊은 사람들은 자기를 중심으로 자유분방한 성 문화가 확산되었다고 듣기 좋게 말하지만, 자유분방한 것으로 합리화하고 포장하려는 이유는 인간의 기본 윤리와 도덕이 없어졌기 때문이라고 해야 맞는 말이고, 기본적인 생명 윤리를 알지 못하고 하는 인간들의 오만함이라고 해야 맞습니다. 근본의 문제부터 접근해야 맞고, 이 사회에 낙태가 만연하게 이루어지는 것을 보면 인간의 오만하고 무분별하고 무책임한 태도인데 이것은 인간이 성행위를 통해 얻는 쾌락만 생각한 결과일 뿐이고, 이것으로 이 인간사회의 부작용은 되풀이되고 있을 뿐입니다. 다시 한 번 인간의 오만한 상이 뭔가를 생각해봐야 하고 그 본질을 봐야 할 것입니다.

낙태 -2

　　　　　　　낙태를 해야 하는가, 말아야 하는가, 이것은 임신이라는 것을 하고 난 이후의 문제입니다. 문제는 임신을 해야 하는가, 말아야 하는가의 기본 문제의 본질에 접근하지 않고, 사후약방문으로 임신이 되고 난 후의 문제는 임신의 하위법이 되기 때문에 단순하게 낙태에 대한 부분만을 거론하는 것은 이치에 맞지 않습니다. 아마 인간이 존재하는 한 우리는 이 문제를 끊임없이 이야기해야만 할 것이고, 이 낙태에 대한 부분만을 이야기한다는 것은 근본적으로 해결할 수 없습니다. 낙태에 관련된 부분은 인간 사회에서 오늘날까지 끊임없이 문제가 되고 있는 것이고 단편적으로 이 낙태에 대하여 찬성한다, 반대한다는 등은 의미가 없습니다.

여기서 이야기하는 것은 보편적인 낙태에 대한 부분이며, 진리적인 부분으로만 이야기하는 것이므로 개인적인 의견과는 다를 수 있으므로 이점을 참고하고 생명체의 본질에 대한 부분만을 정립하면 다음과 같습니다. 우리가 이 부분에 접근하기 위하여 인간을 무수한 생명체와 같은 존재임을 전제조건으로 하면, 다른 동물들은 본능에 의한 행위에 결과로 그 종족을 보존하는 행위를 합니다. 그러나 인간은 이 '마음'이라는 것이 있으므로 성적인 행위를 동물과 다르게 자신이 하고 싶을 때, 하고자 하면 아무 때도 없이 합니다. 여기에는 반드시 '사랑'이라는 것이 존재하고, 이 사랑으로 나를 합리화합니다. 그리고 자신들만의 상(象)으로 행위를 마친 다음 그다음에 일어나는 임신이라는 것은 마치 해서는 안 되고 또 해서는 안 되는 것으로 착각한다는 사실입니다. 물론 성적인 행위와 임신이라는 것은 별개의 것이 아니라, 행위가 있으므로 임신이 되는 결과가 나타나는데, 우리는 이 같은 것을 방관하고 오로지 눈앞에 보이는 성적인 욕망만을 생각하는데, 바로 이 부분이 인간의 오만함이라 할 것이고, 윤리와 도덕은 이미 사라진 지 오래되었다 할 것입니다.

그러므로 본질인 윤리와 도덕의 교육이 영어단어 하나를 더 외우는 것보다 시급하고 당면한 문제인데 우리는 물질 만능 위주로만 모든 잣대를 들이대고 있으므로 인간본질, 생명윤리에 대하여 바르게 접근할 수 없다는 사실입니다. 따라서 낙태라는 것을 말하기 이전에 선행조건은 인간 개개인의 윤리와 도덕의 가치관을 확립하는데 모든 것의 중심을 맞추어야 합니다. 따라서 생명체의 본질에서 성적인 것을 우선 생각한다는 것은 인간의 도덕에 어긋나는 인간의 상의 마음이 되는 것이고, 이것을 논하기 위해서 반드시 알아야 할 것이 생명체로서의 그 기준으로 어디까지가 인간으로 봐야 할 것인가를 진리적으로 정립해야만 답을 구할 수 있을 것입니다.

우리는 세포 분열이라는 것을 통해서 인간의 몸이 만들어지는 것이라고 말합니다. 이것은 물질의 논리이고 이같이 분열이 될 때, 난자, 정자가 만나는 것, 그 순간부터 이미 생명체라고 진리적으로 정의해야 하고 이때 분열이 되는 그 순간 세포는 숫자가 늘어나게 되고, 그 세포마다 나라고 하는 업의 이치에 따라서 하나의 식(識)의 기운에 영향을 받게 됩니다. 따라서 생명체의 기준은 난자와 정자가 만나는 그 순간부터 생명체로 봐야만 합니다. 그 이유는 난자, 정자가 따로 분리되어있는 상태에서는 생명체가 아니나, 이것이 만나는 순간 이미 생명체로서의 이치가 성립되었다고 봐야 한다는 이야기이므로 우리가 임신 몇 주에는 인간이 아니라는 개념은 인간들이 만들어 놓은 인간들의 논리일 뿐이므로 이것으로 생명체의 기준을 이야기할 수는 없습니다.

그러므로 낙태라고 하는 것은 진리적으로 세포의 분열이 시작되는 순간 이후 그것을 없애는 것이 '낙태', 생명을 죽이는 것이 된다는 이야기입니다. 중요한 것은 이때, 진리적으로 개개의 세포에는 식(識)의 개념으로 생명체의 근본인 '기운'의 작용이 진행되고 있기 때문에 원칙적으로 임신이라고 할 경우, 윤리적으로는 낙태해서는 안 된다는 것이 진리적인 입장에서 생명체의 기준입니다.

문제는 인간들은 나라고 하는 육신의 마음으로 모든 행위를 하고 난 이후에 이같이 어떠한 결과에 대한 것을 별개의 것으로 별개의 문제로 만들고 그것만을 가지고 이런저런 말들을 하는데, 이것은 후자의 문제고 근본적으로 생명의 본질을 이야기해야 그 답을 찾을 수 있습니다. 우리가 종교적으로 업을 이야기하는데 누가 누구를 만나 이루어지는 것은 진리적으로 내가 받아야 업(마땅한 나 자신의 업)이 있다는 것을 의미하고 그 결과 받아야 할 고통 또한 나 자신의 몫이 됩니다. 이것은 자연스러운 진리이치인데, 문제는 우리는 나라고 하는 육신의 마음으로 모든 행위를 하고, 받아야 할 고통을 사회적 현상이라고 몰고 가는 것은 뭐가 우선인가 아닌가를 모르는 인간들의 오만한 마음이라 할 것입니다.

어차피 인간은 사회적 동물이기 때문에 집단의 논리를 떠나서 이야기할 수는 없을 것입니다. 결론은 나 개인 행위의 결과는 나 자신의 문제일 뿐이라는 이야기입니다. 나 자신의 의식이 없이, 분별없이 하는 동물적은 행위는 인간이라는 본질이 갖추어야 할 기본을 망각하고 살기 때문에 나타나는 그 현상만을 갖고 이야기한다는 자체가 인간의 어리석음이며 착각입니다만, 이것은 인간 기본의 윤리와 도덕이 바로 서면 해결할 수 있는 본질의 문제이나, 우리는 이 같은 것을 무시하고 삽니다. 다들 제 잘난 멋에 산다는 이야기고, 이미 이것은 인간으로서의 기본 윤리와 도덕이 없어졌음을 의미합니다. 그리고 인권이 어떻고, 개인의 삶이 어떻고 자기의 오만한 상만을 내세우는 것이 현실입니다. 영어 단어, 수학의 공식 하나를 더 외워 그것으로 개인 돈벌이의 기초가 되고, 이 논리로 사회적인 경제의 논리를 앞세우는 것은 본말이 뒤바뀐 행위라 할 것입니다.

내 말은 경제적인 것을 무조건 앞세울 것이 아니라, 인간이면 인간으로 인간답게 사는 논리를 먼저 알아야 하고, 가르쳐야만 한다는 이야기입니다. 일자무식이어도 마음이 바르면 이 같은 사회문제가 야기되지 않습니다. 그러면 결과적으로 문제를 만들고 그것을 금전으로 해결하는 악순환은 줄어든다는 이야기입니다. 고액 급여를 받는다 하여도 사회적 비용이 많이 들어가면 결과적으로 악순환은 계속될 수밖에 없고, 그것이 부족하다 하여 또 무엇을 요구하고 하는 인간상의 논리, 결국 이 논리로 이 지구, 인간사회는 멸하게 되어 있다는 이야기입니다. 인간으로서의 가치관은 이미 사라진 지 오래이며, 너를 죽여야 내가 산다는 논리가 만연해 있는 이 사회를 이치에 맞게 돌리기에는 이미 늦었습니다.

따라서 단순하게 낙태에 대한 부분만을 이야기하는 것보다 선행되어야 하는 것은 인간으로서의 가치관의 확립이 우선시되어야 한다는 점이고, 나라별로 경제력을 평가하여 등수를 매기는 것은 인간들이 만들어 놓은 덫이라는 것을 알아야 합니다. 생명체의 입장에서 난자와 정자가 만나는 순간에 이미 그 세포의 분열로 생명체가 만들어진다는 것을 전제로 하므로 결과적으로 생명체의 탄생 개념은 난자와 정자가 만나는 때를 진리적으로 '하나의 생명'으로 보는 것이 옳다는 이야기입니다. 따라서 세포가 분열되면, 그에 따라 세포마다 식(識)이라는 기운이 자리하게(영향을 받게 되는 것인데, 이것은 나 자신이 지은 업과 깊은 연관이 있음) 되기 때문에 진리적으로는 난자, 정자가 분리된 상태에서는 생명체라 할 수 없으므로, 이것을 먼저 정립하지 않고 인간의 생명을 어디까지 봐야 하는가의 기준 또는 낙태를 어디까지 기준으로 봐야 하는가를 말하는 것은 진리적으로는 의미가 없습니다. (3에서)

자존심 -1

우리가 괴로움을 이야기할 때 반드시 알아야 할 것이 상(象)이라는 개념인데, 단순하게 이야기하면 예를 들어, 남녀가 처음 만나면 너와 나라고 하는 각자의 자존심이 있을 것입니다. 그러면 내가 목적으로 하는 그 상대를 얻기 위해서 내가 가지고 있는 너, 나라고 하는 관념에서의 자존심을 버려야만 그 상대를 얻을 수 있을 것입니다. 이 말은 내가 가지고 있는 '나'라고 하는 내가 고집하고 있는, 집착하고 있는 아상(我相)의 마음을 버리게 되면, 상대의 뜻에 맞게 자신을 낮추면 서로의 뜻에 맞게 배려를 하다 보면 결국 '나'라고 하는 자존심은 없어지게 되는데, 이것이 바로 '나'라고 하는 상의 마음을 버리는 것, 내리는 것이 됩니다. 물론 이 경우 상대를 얻기 위한 수단으로 임시적이며, 그러한 것으로 나의 업이 되는 나만의 아상(我象)을 버렸다고 진리적으로 이야기할 수는 없습니다. 그러므로 현실적으로 내가 무엇을 얻기 위하여 임시로 나를 포기하는 것도 나라고 하는 상(相)을 버렸다고 할 수도 있지만 이러한 상(相)과 진리적으로 업이 되는 개념에서의 상(象)을 버렸다고 할 수는 없다는 뜻입니다.

나는 마음공부라는 것은 거창하게 어떠한 학식이 필요하고 또는 재산이 많다고 하여 잘하는 것이 아니라고 말했는데, 이 말은 마음을 바꾸는 것에는 어떠한 논리가 필요한 것, 지식으로 대입하여 하는 것이 아니라는 점을 알아야 합니다. 그 이유는 내가 '나'라고 고집하고 있는 이 마음은 몸이 있으므로 인식하는 나이기 때문에 내 마음을 어떻게 진리이치에 맞추어 가는가가 중요할 뿐이고, 이 마음을 어디에 어떤 것에 길들여 가는가에 따라 내 마음은 그대로 길들고 반응을 할 뿐입니다.

앞서 말한 대로 이성 간에 사귀면서 그 상대를 얻기 위하여 나라는 자존심을 비우는 것과 같다고 했는데, 여러분 자신을 생각해보면 이 말의 개념을 이해할 것입니다. 부모에게 용돈을 타기 위해서 '나'라고 하는 자존심의 마음을 버리고 부모가 용돈을 주기까지 부모의 온갖 말을 다 들으면서 인내를 해야만 그 돈을 얻을 수 있는 것은 나라고 분별하는 상(相)이라고 한다면, 진리적으로는 업이 되는 것 즉 이치에 맞지 않는 행동이 상(象)이 되고 이것이 어떤 것인가에 따라서 나는 이 이치대로 존재합니다. 우리는 부모에게 돈을 얻어내기 위하여 이 과정에서 부모의 무수한 말(물론 이 말이 이치에 맞는 말이든 아니든)을 들으면 돈을 얻을 수 있습니다. 그러나 이때 '나'라고 하는 고집스러운 마음이 가득하면 결국 부모의 말을 듣지 않고 뛰쳐나가 버리게 되면 돈을 얻을 수 없는 이치와 개념은 똑같습니다.

다시 예를 들면, 내가 회사에 들어가면 그 회사의 논리에 따르는 것이 '나'라고 하는 아집을 버리는 것입니다. 물론 이 경우 '나' 자신의 개인적인 의견이 있을 수 있고, 고집스러운 자신의 마음으로 행동할 수 있을 것이나, 그렇게 되면 자신은 그 회사에 다닌다고 해도 물에 기름 돌듯이 따로 돌게 됩니다. 이 경우는 나라고 하는 상(相)의 개념인데 그 회사에다 자신의 의견, 나라고 하는 이 상을 내세우면, 결국 나는 그 회사에 필요 없는 사람이 될 것이고 그 회사에 근무하지 못하지만, 반대로 나라고 하는 자존심을 버리고 그 회사를 이해하고 배려하는 마음으로 생활한다면 결국 나는 그 회사의 환경에 나는 물들어가게 될 것입니다. 그런데 여기에 '나'라는 것을 세우고 대입하면 어떻게 되는가. 마찰이 생길 것이고 결국 그 회사의 관념과 맞지 않게 되어 내가 그 회사를 나와야 할 것입니다. 이것이 현실적으로 나라고 하는 상(相)의 마음이며, 진리적으로는 이치에 맞지 않는 것이 업이 되는 상(象)이 라는 것이므로 이 두 가지의 개념을 잘 이해를 해야 합니다. 그래야 나머지 말들 세상에 떠도는 말이 뭐가 옳고 그른 말인가를 정립을 할 수 있습니다.

　마음공부라는 것도 이와 같은 것이므로 어떤 것에 대하여 나라고 하
는 상(相)의 날을 세우면 결코 할 수 없는데 그것은 나라고 하는 것은
나의 본성의 업에 의하여 형성된 것이라 그렇습니다. 문제는 뭔가 앞에
서 여러 가지를 이야기했지만, 나 자신이 어떠한 종교를 선택하던 그것
에 마음을 두면, 결과적으로 이 마음이라는 것은 그것이 선이든 악이
든 그 마음은 은연중에 길듭니다.

　따라서 남자가 여자를 얻기 위하여 나라는 자존심을 버리는데 이때
는 육신의 마음인 상(相)의 개념이므로 자존심을 버리면 결국 그 상대
를 얻을 수 있는데, 이 경우 목표가 그 상대를 얻기 위한 것이므로 내
가 가지고 있는 상의 마음인 자존심을 버리고 온갖 아양을 떨 것입니
다. 그러다 자신이 원하는 바를 이루면 결국은 자신의 본성의 마음,
즉, 이것이 나라고 하는 진리적인 본성, 상(象)의 마음이 올라와 버리
게 되는데, 마음공부라는 것도 처음에는 자신이 원하는 것이 있으므
로 순간의 자존심(육신의 상)을 버리지만(괴로움이 있으므로) 자신의 마
음이 조금 편안해지면 본래 자신의 본성(진리적인 나 자신의 근성)이 올
라오는 것을 봅니다.

　이 개념으로 현실적으로 한 가정에 평온함을 유지하려면 결국 나라
고 하는 고집스러운 마음을 버리고 상대의 비위에 맞추게 되면 가정은
일단 그 가정은 편안합니다. 이것이 일단 기본이 되어야 하지만, 문제

는 이 같은 세월 보내다 보면 어느새 내 마음은 상대에게 길들게 되는데, (물론 이 경우 그 상대가 맞느냐 틀리느냐는 나중에 문제이며, 나라는 상을 버리는 개념만을 이해하기 위해서 하는 말임) 마음이라는 것은 이같이소 길들이는 것과 같은 것이므로 귀신이 있다고 자신의 고집스러운 마음으로 귀신을 믿는다면 자신의 관념은 귀신이 있다는 것으로 굳어진다는 이야기입니다. 그리고 자신의 마음에 귀신이라는 존재가 있다는 그 마음이 자리하면 귀신이 없다고 아무리 이야기해도 그 마음은 쉽게 바꾸지 못하는 것과 같습니다. 만약 여러분도 여러분 자신이 '내 것'이라고 고집하는 마음이 있다면 그것이 바로 '아집'이 되는데, 이 세상에 온전하게 내 것이라고 주장해야 할 것은 하나도 없습니다. 지금 내가 가정을 이루고 산다면 내가 해야 할 역할에서의 그 도리와 몫만이 남은 것이고 그것만 충실하게 하면 현실적인 문제는 대부분 해결되며, 이 바탕 위에 진리이치를 바르게 알고 나 자신의 근본(본성)의 뿌리를 고쳐가는 것이 진리적으로 순서가 됩니다.

우리가 괴롭다고 하는 것, 지금과 같은 환경에서 존재해야 하는 것도 과거 생에 '내 것'이라고 나는 고집했기 때문에 그 업연(業緣)에 따라 지금 각자의 환경이 존재하는 것이므로 이 이치는 앞서 말한 바와 같이 똑같다는 것을 알 수 있을 것입니다. 과거 내가 내 것이라고 고집했으므로 그것으로 업, 업연이 만들어진 것이고 결국 나라고 하는 존재는 그 마음이 본성(바탕)이 되어 그 마음을 갖고 살기 때문에 '나를 알자'는 말은 이같이 나 자신의 본성을 스스로 아는 것이나, 문제는 여러분은 '참나'라고 하면, 이 같은 내 마음을 떠나서 무슨 거창한 것으로 따로 존재하는 줄 알지만 착각입니다. '참나'라고 하는 것은 결국 '나'라고 하는 아집을 버림으로써 나의 본성을 아는 것인데, 참나가 바뀌었다, 참나만 알면 된다고 하는 것에만 마음을 두는 것은 잘못된 것이며, 참나가 바뀌었다고 해도 육신의 마음인 '나'라고 하는 자존심을 버리지 않으면 아무런 의미가 없다는 뜻입니다.

괴로운 만큼 나라는 존재는 이미 전생을 그 마음으로 살았으므로 이생에 그 고집스러운 마음을 자신의 자존심이라고 부여잡고 그 마음 그대로 이생에 가지고 있지만, 자신이 모르기 때문에 이생에서 그 행을 전생과 똑같이 한다는 사실입니다. 누구는 이것을 '에고', 또는 '주인공'이라고 이야기하지만, 이같이 본질에서 벗어난 단어의 개념은 의미 없고, 진리 본질을 모르기 때문에 무수한 말이 만들어집니다. 불교에서 석가모니도 운명이라는 것을 부정했고, 영원, 영혼이라는 말을 일절 하지 않았는데, 이제 와서 '에고', '주인공'이 어떻고를 이야기해봐야 본질을 모르면 어떤 말을 해도 의미가 없을 것이며 계란 껍데기만 보고 그 속을 어림잡아 이야기하는 것이 전부일 뿐인데, 사전에 보면 '참나'를 뭐라고 이야기하는가 하면 '본래 모습의 나'라고 하는데 그렇다면 '참된 나'라고 하는 나는 무엇인가의 문제가 남는데, 이것은 진리적으로 본성, 즉, 내가 존재해야 하는 본래의 마음, 업으로 형성된 '나의 본성'이 되므로 본성은 불성이 아니라는 이야기입니다.

문제는 뭔가 이 본성을 불교에서는 청정한 것이라고 이야기하는데 잘못된 말이고 '본래의 내 마음'이라고 해야 맞고, 이 본래의 마음이라는 것은 나의 업에 의해서 형성된 마음이므로 이것이 깨끗하다고 할수 없는데, 불교는 이 본성에 대하여 '과거로부터 현재 미래에 이르기까지 변함없는 본래 성품, 자성. 사람은 후천적인 성질은 각각 다르지만, 본래 성품은 다 같은 것이다. 모든 사람이 부처가 될 수 있는 성품을 가졌다는 것은 모든 사람의 본성이 같다는 것이다.' 라고 말하지만, 착각이며, 이 부분을 여러분이 혼동하는데 불교식대로 말하면 본성은 깨끗한 것이고 부처가 될 성품이라고 하지만, 사실은 업으로 형성된 나의 근본이므로 불교식의 말은 착각입니다. 불교식대로 하면 지금 여러분의 본성은 과연 깨끗한가입니다. 나는 60억의 사람 중에 이본성은 다 다르다고 이야기했고, 이유는 내 업(業)으로 인해 나는 존재하므로 각자의 업에 따라 개개인의 본성은 정해져 있으므로 이같이 성품은 '본래 깨끗하다. 부처가 될 근본이다.'라고 하는 말은 진리이치에어긋난 말이 됩니다.

그래서 불교는 좀 안다는 사람들이 뭐라고 하는가 하면, 각자의 본성은 부처가 될 근본을 가지고 있으므로, 이 '참나'라는 것을 알면 부처가 되는 것으로 알지만 대단한 착각이고 진리이치를 깨닫지 못하였기 때문에 오늘날에도 본성에 대해서 맹자는 성선설(性善說)을, 순자는 성악설(性惡說)을 주장하고 있지만, 아직도 이 부분이 정립되지 않았고누구는 사람의 본성은 마음이 정(靜)하면 무선 무악이고, 동(動)하면능선능악이라고 이야기합니다. 이같이 보면 위 세 가지의 말이 다 다른데 그 이유는 뭘까, 진리를 깨달았다고 하는 석가모니마저 이 부분에대해 정립을 하지 못했기 때문에 이후 무수한 사람도 위와 같이 자신들의 입장만을 말하는 것이 전부입니다. 그러니, 본성에 대하여 말하는 사람마다 다 다를 수밖에는 없다는 이야기입니다.

자존심 -2

나는 지구 상 60억의 인간의 본성은 다 다르다고 했고 이글을 보는 여러분도 각자의 본성을 가지고 있으며 그 행동 그대로 하고 있는데, 이 본성은 과거 생에 내가 가지고 있는 집착, 나라고 하는 상의 마음, 나라고 하는 자존심의 마음으로 만들어진 그 아집을 그대로 가지고 있는 것 이것이 본성이라고 했으므로 결국은 이 본성을 뜯어서 이치에 맞게 고치지 않는 한 자신의 마음(운명)을 바꿀 수 없습니다. 사람들은 말합니다. 인간의 본성이란 '자연적 종으로서의 인간존재에 관련된 특성'이라고 말합니다. 다시 이야기하면 사회학자들이 말하는 것은 보이는 형태로 다른 동물과 비교하여 그 차이를 인간만의 본능이라고 하는데, 이것은 단순하게 보이는 모습(물질의 개념)으로 구분하는 것이며, 일반적으로 다른 동물과 비교하여 이것만으로 사람의 본성을 이야기하지만 착각입니다.

물론 이같이 보이는 모습으로 인간의 본능이 다르다고 하는 것은 인간만이 가지고 있는 특성은 그 '적응성'에 있습니다. 그런데 여기서 학자들은 '인간의 특별한 본능이나 자질을 갖고 태어난다고 하기보다는 성숙해 감에 따라 개발되거나 환경에 의해 자동으로 야기되는 것'으로 규정하지만, 이것이 아니라, 인간이라는 것은 모습(물질이치)과 마음(진리이치)의 작용 이 두 가지를 구분하여 정립해야만 답을 구할 수 있습니다. 예를 들면 원숭이를 길들이면 원숭이도 인간이 하는 행동을 따라 하는데, 이것은 원숭이의 특성일 뿐이고 그것이 그 원숭이의 본능이라고 할 수는 없다는 이야기입니다. 그러므로 학자들이 이야기하는 것은 동물학적 개념, 물리적인 개념으로 인간의 본능이 다르다고 말하는 것뿐이므로 이것은 인간이라는 생명의 본질, 근본(진리적인 이치)을 모르고 하는 말이기 때문에 일반적으로 보이는 것만으로 생명체를 이야기한다는 것은 한계가 있을 수밖에는 없습니다.

이같이 보면, 인간은 인간존재의 '행동'이 '문화'와 '사회화'에 의해 영향을 받는데 이것은 인간이기에 그럴 수밖에 없다가 아니라, 왜 이같이 인간은 동물과 다른 모양으로 살아가고 이 마음이 있는가의 본질을 알아야 하고 이것을 이야기하지 않는 한 생명체의 본질에 대한 답을 찾을 수는 없으며 우리는 학자나, 성인이라는 사람들이 말하는 그 말을 듣는다고 하여 그것이 온전한 답이 아니라는 사실을 명심해야 합니다.

결국, 보이는 물질의 개념으로 하는 이야기와 비물질인 세계를 이야기하는 것과 분리하여 이야기하고 있지만, 현실적으로 진리이치를 모르기 때문에 물질로 진리를 역으로 대입하고 있는 것이 현실이나, 더 중요한 것은 물질(인간이라는 몸-행동)과 비물질(마음이라는 것-진리적 기운)의 합은 생명체라는 것이고, 우리가 일반적으로 이야기하는 말은 보이는 것으로만 해석하여 진리를 가늠하고 대입해 왔다는 것이 전부였다는 사실입니다. 이 말은 나무라는 것이 보이는 물질(인간의 몸에 해당하는 것)이라고 한다면, 분명 뿌리가 있으므로 그 나무는 존재한다는 말 누구라도 하지만, 정작 이것을 인간, 생명체에게 대입하여 명확하게 본질을 이야기한 사람은 없었다는 의미이며, 사과 쪽을 쪼개놓으면 그 반쪽은 이야기하지만(보이는 물질이므로), 그 반쪽의 나머지는 보이지 않는 비물질이기 때문에 이 부분을 이야기하지 못하기 때문에 인간역사 이래 하는 말이 착하게 살자, 좋은 사람이 되자 등의 말만을 되풀이하고 있는 것이 현실입니다.

따라서 인간존재가 자연적으로 탐욕스럽거나 공격적이라는 말은 인간뿐만이 아니라, 다른 동물도 얼핏 보면 이 같은 행동을 하지만, 그러나 자세하게 그것을 들여다보면 동물은 타고난 '본능'의 행동을 하지만, 인간은 본능+나(육신의 마음)라고 하는 상(象)의 마음(업으로 형성된 육신의 마음)으로 행동합니다. 그러므로 사람마다 마음이라는 것이 다르고 또 행동하는 것도 다르고 그래서 '본능'이라고 하는 나만의 특성이 있다는 것이고, 특징이 형성되어 있다는 것을 알아야 합니다. 어차피 내가 하는 말도 여러분의 관념에 따라 무슨 말인가 이해를 하는 사람도 있을 것이나, 이해하지 못하는 사람도 있을 것이나, 이 부분은 어차피 사람의 마음이라는 것이 다 다르므로 자신들의 몫일 수밖에는 없지만, 나 자신이 인생을 살면서 모든 것을 떠나, 객관적으로 판단하고 분별하지 못하면 결국 자신의 본성대로 행동하고 그 업의 이치대로 살 수밖에는 없을 것입니다.

세상에는 각기 나름대로 자신의 주장을 내세우며 살기 때문에 무수한 말이 있고, 무엇을 어떻게 정립하고 살 것인가는 각자가 알아서 판단하면 됩니다. 이해를 돕기 위해 불교의 말을 보면, 석가모니에게 누가 물었다고 합니다. (1) 세계는 영원한가? (2) 세계는 무상한가? (3) 세계는 영원하면서 무상한가? (4) 세계는 영원하지도 무상하지도 않은가? (5) 세계는 유한한가? (6) 세계는 무한한가? (7) 세계는 유한하면서 무한한가? (8) 세계는 유한하지도 무한하지도 않은가? (9)여래(如來)는 사후(死後)에 존재하는가? (10) 여래는 사후에 존재하지 않는가? (11) 여래는 사후에 존재하면서 존재하지 않는가? (12) 여래는 사후에 존재하지도 존재하지 않지도 않은가? (13) 목숨과 신체는 같은가? (14) 목숨과 신체는 다른가? 이 14가지 질문을 만 동자가 석가모니에게 물었는데 이것에 대하여 석가모니는 말하지 못했다고 합니다. 이것을 소위 십사무기(十四無記)라고 하고, 왜 이 같은 말을 하지 못 했느냐고 하니, 석가모니는 소위 말하는 '깨달음'과 관련이 없기 때문이라고 말했다고 합니다.

　이게 무슨 말인가 사실 어찌 보면 여러분이 알고자 하는 부분이 위 내용에 다 있을 것인데 그것은 나의 운명과 깊은 관련이 있기 때문입니다. 위 질문도 어떻게 보면 질문다운 질문은 아닌데 한 가지만 보면, '(9) 여래(如來)는 사후(死後)에 존재하는가?'라는 것을 보면 부처는 사후(죽고 나면)에 존재하는지 아닌지, 이것을 여러분에게 대입하면 '나는 죽고 나서 어떻게 존재하는가?'라고 대입해볼 수 있는 말인데, 이것에 대하여 말하지 못했다고 하니, 이것은 무엇을 의미하는가. 판단은 여러분의 몫이라 할 것입니다. 문제는 이 같은 말이 '깨달음'과 연관이 없다고 하면 무엇을 의미하는가입니다. 따라서 현실 속에 무수하게 깨달았다고 말하는 사람 무수하게 있으나, 과연 그들이 깨달은 것은 무엇인가입니다. 또, ⒀ 목숨과 신체는 같은가? ⒁ 목숨과 신체는 다른가? 에 대한 부분도 목숨이 뭐고 신체가 뭔지도 모르기 때문에 이같이 '목숨=신체' 와 같은 것이 기본적으로 정립되지 않고 있다 할 것이므로 이 부분도 여러분이 알아서 정립해야 합니다.

자존심 -3

인간은 자신의 운명이나, 미래를 알고자 하는 것은 '마음'이라는 것이 있으므로 당연한 것이고, 인간을 떠나 동물은 이 마음(육신의 상)이 없으므로, 자신의 미래에 대한 것 인간처럼 알고자 하는 것은 없습니다. 그래서 인간이 가지고 있는 마음이라는 것은 '자존심'이라 할 수 있는데, 자존심은 곧, 상(象)의 크기를 의미하는 것이고 상(象)이라는 것이 크면 자존심도 강하다고 할 수 있을 것이나, 문제는 이 자존심(自尊心)이라는 말을 사전적으로 보면, '남에게 굽히지 아니하고 자신의 품위를 스스로 지키는 마음'이라고 되어 있는데 이 말도 말 그대로 '남에게 굽히지 아니하려는 마음'은 대략 맞는 말이기는 하지만 문제는 '자신의 품위를 스스로 지키는 마음'이라고 하는 말은 맞지 않습니다. '자신의 품위를 스스로 지키는 마음'이라는 것은 진리적으로 자신의 업으로 형성된 본성의 마음이 되므로 다시 말하면 내가 내 품위를 지킨다고 하는 말인데, 내 품위라는 것은 내 관념, 업의로 형성된 나이기 때문에 이 품의도 제각각 다 다릅니다. 다른 하나는 인간이므로 인간의 품위를 지킨다고 하는 것과 두 가지는 개념이 다르다는 이야기입니다.

이 글을 보는 여러분의 입장도 나름대로 자신이 생각하고 정한 품위가 있을 것이나, 그 품위는 자신의 업습으로 형성된 관념에서 생각하는 자신만의 품위가 되므로 내가 어떠한 관념을 갖고 있는가에 따라 품위의 내용이나 의미는 달라지는데, 상이 없으면 품위를 따지지 않는다, 나라고 하는 상의 마음이 클수록 품위를 따진다는 이야기가 됩니다. 그러면 인간으로서 이 같은 것을 따지지 말라는 것이냐고 말할 수 있지만, 마음이 없는 동물은 품위 따지지 않습니다. 오로지 인간만이 격식이나, 품격 품위를 따지는데 바로 이것이 진리적으로 동물과 인간의 근본이 다른 점이고 상이라는 것이 없는 동물과 인간의 차이입니다. 중요한 것은 인간은 인간으로서 지켜야 하는 윤리와 도덕이라는 것 즉, 도리와 그에 맞는 취지가 있으므로 그에 맞게 살면 될 뿐이고, 품위를 지킨다고 하여, 몸치장하는 것이 품위는 아니라는 뜻이고, 옷도 격(格)이라는 것에 맞게 입지 않아도 인간은 살 수 있습니다. 이같이 진리이치에 맞지 않는 마음을 갖고 사는 것이 인간이고, 그 마음의 차이가 인간이 가지고 있어서는 안 되는 업이 되고 괴로움이 되는 육신의 마음인 상(象)이며, 이 허상의 마음을 인간은 가지고 있다는 뜻입니다.

그러므로 먹지 말고 입지 말라가 아니라, '이치'에 맞게 행을 해야 한다는 것이고, 이같이 할 때 내 괴로움은 없어지게 되며, 업을 짓지 않게 된다는 이야기입니다. 앞서 말한 대로 나 자신이 바른 의식이 없다면 결국 앞뒤 분별하지 않고 살게 되고 남이 에쿠스 자동차를 타면 나는 티코라도 타야 한다는 육신의 상만 키워가는 것이 보통 사람들의 마음일 것이나, 내 말은 이같이 하지 말라는 뜻이 아니라. 내가 처한 현실에 긍정하고 나에게 주어진 환경에 순응하고 내 상황에 맞게 진리 이치에 맞게 살아가야 한다는 이야기입니다.

문제는 뭔가 종교적으로 말하는 대로 '본성은 다 똑같은 것이다.' 라고 한다면 우리는 공장에서 제품이 찍어 나오듯이 다 똑같은 환경, 마음을 가지고 있어야 할 것이나, 그렇지 않은 이유는 제각각의 업의 이치가 다르고 형성된 본성이 다 다르므로 이같이 모습, 환경, 마음이 다 다릅니다. 그것은 바로 육신의 마음인 '나'라고 하는 상의 차이가 지금의 나를 존재하게 하고 있다는 이야기입니다. 문제는 이 자존심이라는 것도 내가 태어나면서부터 내면에 가지고 있는 것이기 때문에 그 자존심에 나라고 하는 것이 물들어 버렸고, 그것을 '나'라고 인식하고 살았으므로 무엇이 나의 자존심인지 아닌지조차 모르기 때문에 결국 이치를 아는 사람이 지적할 수밖에는 없는데 예를 들면 어떤 사람이 사업을 한다고 또는 무엇을 한다고 나름대로 열심히 삽니다. 그런데 어느 순간에 자신이 무너지기 시작하고 모든 것은 괴로움으로 남는 것을 주변에서 흔히 보는데, 이것은 자신의 업과 연관이 있는 것이고 당당하던 그 자존심의 마음이 무너지는 것도 '마음'이라는 기운(이것은 보이지 않는 비물질)이 바뀌기 때문에 그것을 근본으로 하여 보이는 현상(보이는 물질이치)이 똑같이 진행된 것뿐이므로 분명한 것은 자신의 업, 업장과 깊은 연관이 있고, 자신이 타고난 나라고 하는 본성과 깊게 관련이 있습니다.

이 경우 누가 내 옆에서 나에게 어떤 조언을 해준다고 하면, 친구이므로 사업 관계 등으로 특정한 사람의 말을 듣고 자신이 그 사람 말을 참고로 행동하는데, 이 같은 것은 결국 나에게 조언을 해주는 그 사람의 업과 연관이 있으므로 다른 사람의 말은 듣지 않고 그 사람의 말만을 듣게 됩니다 업의 기운이라는 것은 이같이 나와 연관된 모든 것에 작용하지만, 여러분이 진리적인 관계를 모르니 어쩔 수 없을 것이나, 그러나 자신이 이 같은 것을 느낄 수 있는데, 그것은 '내 마음에 끌림'으로 느낄 수 있습니다. 다시 말하면 내가 누구의 말이나, 어떠한 사람에게 마음이 끌린다고 하면 그것은 분명하게 자신의 업과 깊은 관련이 있으므로 그 어떠한 상황에서 내가 마음이 끌린다고 하면 이같이 업의 관계를 보아야 합니다. 그러면 진리적으로 내가 그 이치를 모르므로 현실적으로 판단할 수 있는 무기가 무언가 하면 바로 '윤리'와 '도덕', '이치'입니다. 어떤 사람이 직장을 잘 다니는데, 누가 옆에서 이것을 하면 뭐가 어떻게 된다는 등의 말을 할 것인데 이때 자신에게 말해주는 그 사람과의 어떠한 업연인가에 따라서 자신의 마음은 움직이게 되어 있다는 이야기입니다.

그러므로 이 같은 상황은 인생을 살면서 무수하게 일어나지만 자신스스로 어떤 것이 옳은 것인가를 분별하지 못하기 때문에 자신의 마음으로 무엇을 결정할 때는 신중해야 합니다. 우리는 부부가 만나는 것을 인연이 있으므로 만난다고 하지만, 사실은 두 사람이 풀어야 할 업연이 있으므로 만난다는 것을 알아야 하는데, 이 말은 앞서 이야기한 대로 뭔가 나에게 인연이 있다(이것이 부부이던 자식, 혹은 사업 등)고 하면 좋은 인연은 아니라는 것을 전제로 해야 합니다. 둘도 없는 친구라고 하여 공동의 사업을 했다고 합시다, 그러면 열이면 열이 다 좋지 않게 끝나는 것을 보는데, 이것은 어릴 때부터 친구의 관계로 어느 상황까지는 별문제 없이 지내오다가 어릴 때부터 지내왔으므로 막연한 신뢰를 하고 어떠한 일을 같이했다면 두 사람이 어릴 때부터 마음이 통했다고 하는 그때부터 이미 두 사람의 뭔가의 업연의 줄이 연결되어 있다는 것을 알아야 합니다.

그래서 나는 기쁠 때 반만 기뻐하고 슬플 때도 반만 슬퍼하라고 말했는데, 이 말은 '이치에 맞게만 행동하라.' 입니다. 다시 말하면 내가 생각하기에 죽고 못 사는 친구라도 해도 적당한 관계만을 유지해야 한다는 것이고 그래서 어릴 때부터 지내온 사이이므로 믿어도 된다는 것에 치우치는 것은 업의 연관이 있고 좋지 않다는 이야기이며, 또 내가 어떠한 이성의 상대를 보고 마음이 끌린다 하여 지나치게 치우치게 되면 그 이면의 것을 보지 못하고 결국 예상하지 못한 일이 생깁니다. 결론은 우리가 어떠한 인간관계를 한다는 것은 최소한의 업이 적은 것을 찾는 것뿐입니다. 이성을 만나도 모두가 업연이라고 나는 말했으므로 결국 이왕 만나고 연결되어 인연이 된다면 나와 최소한의 업연의 고리를 가진 사람을 찾고 만나는 것이 현실에서 최선이라는 뜻입니다.

그런데 우리는 어떤가. 내가 자식이라도 하나 낳으면 온갖 수식어를 붙여 그것을 합리화하고 속된 말로 '천사'라는 말을 하지만 진리적으로는 천사라는 것은 없고 '업연의 고리'를 연결했을 뿐이라는 게 전부입니다. 따라서 나는 영원한 사랑, 영원한 우정, 영원한 부부와 같은 말 하지 말라고 한 이유가 여기에 있는데, 그 업이 나와 관계에서 얼마나 큰 것인가, 작은 것인가의 차이만 존재할 뿐이고 이 세상에 만나는 인연 선연(善緣)이라는 말처럼 100의 순수한 선연은 존재하지 않는다는 사실 명심해야 합니다. 지금 나 자신이 어떠한 이성을 만나고 있다면 앞서 말한 대로 그 인연이 나와 몇 %의 선연이냐, 악연이냐의 비율만 남아 있다는 사실 명심해야 합니다. 이같이 이치를 알아가고 최고의 선택을 하는 것이 그나마 괴로움을 덜 받는 것이고 업을 덜 짓는 것이 될 뿐입니다.

심리치료 心理治療

　　　　　요즘에 일반적으로 유행하는 말이 심리치료(心理治療)라는 말을 많이 하고 있고, 다른 말로는 정신치료라고도 하고 세분하면 그 분야는 참으로 다양한 것을 알 수 있습니다. 사전적으로 이 '심리치료'의 단어를 찾아보면, '마음의 작용과 의식의 상태에 이상이 있거나 병든 상태를 잘 다스려서 낫게 하거나, 또는 그런 마음의 치료'라고 정의하고 있는데, 여기서도 마음을 치료한다고 하지만, 우리는 인간이 가지고 있는 하나의 마음만을 이야기하고, 위와 같이 치료한다는 개념은 '감정을 다스리는 것'으로 진리적 이치와는 차이가 있습니다.

다시 말하면 어떤 사람이 갑자기 죽임을 당하면 그 갑작스러움에 마음이 불안하고 공포심이 생기고 등등 현실적으로 종잡을 수 없는 마음이 일어날 것입니다. 이와 같은 것은 '인간의 감정'을 이야기하는 것으로 진리적인 치료가 될 수 없다는 뜻입니다. 그렇다면 진리적으로는 어떻게 이해하여야 하는가, 예를 들면 일반적으로 정상이 아닌 정신적 질환을 타고날 때부터 가지고 있는 사람이 있다고 할 때, 이 사람을 심리 치료한다고 하여 나을 수 있을까요? 일반적으로 정신치료라고 하지만, 만약 우리가 이 같은 경우 심리 치료를 한다고 하면 정신병원은 존재해야 할 이유가 없을 것입니다.

그러나 우리는 심리치료라고 하는 말을 포괄적 개념으로 생각하는데, 잘못된 것이며, 정신과 마음은 다릅니다. 따라서 자신의 주변에 갑작스럽게 어떤 상황에 처했다고 하면, 우선 정신이 혼란스러울 것이고, 마음이 중심을 잃고 산만해질 것입니다. 감정이 일어나므로 그 감정으로 인하여 마음까지 영향을 주어 흔들리게 됩니다. 다시 말하면 내 마음이라는 것이 작용하여, 일어난 상황이 아니라, 외부적 요인에 의한 것이므로 이것은 '감정'이 난 것이므로 이 감정을 치료하는 것은 진리적 심리치료라는 것과는 연관이 없습니다.

진리적으로 심리 치료라고 하는 것은 어떤 외적인 요소가 아니라, 나 자신의 내면에 일어나는 요인에 의하여 내가 혼란스러워 하는 것은 진리적으로 업, 업장의 작용으로 이것을 진리적으로 심리 치료라 할 수 있으며, 이것은 의학적 개념으로는 접근할 수 없고, 진리적 기운인 자업자득, 인과응보의 결과대로 내 참나(운명)의 작용으로 내가 심리적으로 불안한 요인을 스스로 발생시킨다고 해야 맞습니다. 따라서 일반적으로 이야기하는 '심리치료', '정신치료'라고 포괄적으로 이야기하지만, 육신의 감정을 다스리는 것이 '정신치료'라고 하고, 이것은 물질의 개념이고, 이처럼 나에게 나타나는 근본의 현상의 원인의 이치를 알고 다스리는 것이 진정한 진리적 치료, 즉 기운(마음)치료라고 말할 수 있습니다.

이에 따라서 요즘에 '심리치료'라고 하는 것은 인간의 감정을 다스리는 것이고 이것이 진리이치는 아닙니다. 또 무슨 수련이라고 하는 곳에서의 '마음'이라고 하는 말은 육신의 감정을 이야기하는 것이고, 예를 들어 어떤 수련원, 심리치료라고 하여, 자신이 치료를 받았다고 하면, 그것은 그때 불안하고 일어나는 그 마음, 정신을 차분하게 하는 방법은 되지만, 진리적으로 업, 업장으로 인하여 내면에서 근본적으로 일어나는 그것을 해결할 수 없다는 뜻입니다.

사람은 분명하게 '감정'이라는 것이 있습니다. 그런데 이 감정(感情)은 어떤 현상이나 일에 대하여 일어나는 마음이나 느끼는 기분이라고 일반적으로 정의하지만, 외적인 요인에 의한 것과 내 내면에서 일어나는 것이 다르다는 뜻입니다. 외부적 요인에 의한 것은 육신(물질)의 이치로 작용하는 것이라고 한다면, 외부의 요인에 의하지 않고 내 내면에서 일어나는 작용과는 다릅니다. 따라서 이 내면에서 일어나는 작용은 본인이 느끼지 못하는데 이처럼 내 업으로 인하여 내 마음을 흔드는 기운으로 작용하므로 인간이 느끼기에는 보통은 '내 마음'이라고 하나의 마음으로 알고 있기 때문입니다.

따라서 진리적으로 엄격하게 말하면, '내 감정이 상했어.' 와 '내 마음이 상했어.' 라고 하는 것은 다릅니다. '내 감정이 상했다.' 라고 하는 말은 육신(물질)의 이치이고, '내 마음이 상했다.' 라고 하는 것은 기운의 이치이며 이것도 외적, 외부적 요인에 의한 감정이므로 진리적으로 마음과는 다른 의미가 있다 할 것입니다. 외적인 요인 없이 일어나는 것이 진리적으로 '마음'이라고 하고 이것은 자신의 업, 업장과 연관이 있다는 뜻입니다. 흔히 말합니다. '마음을 눈으로 본 사람은 없다 마음은 실체가 없다. 그런데 이 마음은 존재하기에 우리는 희로애락을 느낀다. 엄연히 존재하는 마음 이 마음의 밭을 갈아야 한다. 농사와 똑같다. 논밭은 사람의 손이 안가면 지력이 떨어져 작물이 잘 자라지 않는다. 열심히 논밭을 가꾸면 땅은 그 노력만큼 정확하게 보응한다. 하물며 마음의 밭은 오죽하겠는가.' 사실 이 같은 말은 어디서도 흔하게 들을 수 있는 말이고 아마 이 글을 보는 여러분도 무수하게 들었을 말이겠지만, 문제는 위 말에 '마음을 눈으로 본 사람은 없다. 마음은 실체가 없다. 그런데 이 마음은 존재하기에 우리는 희로애락을 느낀다. 엄연히 존재하는 마음 이 마음의 밭을 갈아야 한다.' 라고 하는 이 말은 우리가 일반적으로 이야기하는 '마음'이라는 말이고, 이것은 육신이 느끼는 하나의 마음 '나'라고 하는 마음만을 이야기하고 있는 것일 뿐이고 진리이치를 모르고 하는 말에 불과합니다.

마음을 눈으로 본 사람은 없고 마음은 실체가 없지만, '기운'으로 존재하고 나는 이것을 빛과 색의 이치로 이야기했습니다. 따라서 보이지 않고 기운으로 존재하는 여러분의 마음속을 보면 무수한 마음이 들어 있다는 것을 알아야 하고, 자신의 마음은 이미, 전생에 지은 자신의 업, 업장에 의하여 형성된 것임을 알아야 합니다. 그래서 나 자신의 성격, 성향, 모습, 환경 등이 다 다릅니다. 이것을 인정해야만 업, 윤회 등등의 말들이 성립되게 된다는 것을 알아야 합니다. 이 마음에 이치를 모르고 심리치료를 한다 하여서 한들 그것은 육신의 감정을 다스리는 것뿐으로 내가 말하는 진리적 이치를 안다 할 수 없다는 뜻입니다. 자신이 자신의 마음속도 모르면서 남의 마음을 이야기한다는 것은 잘못된 것이고 이치에 맞지 않습니다. 따라서 보통 우리가 말하는 것은 인간적인 감정을 이야기하는 것이고, 외적인 것이 아닌, 내 내면에서 일어나는 마음작용을 진리적으로 '마음-기운' 치료라 할 수 있습니다.

'마음을 눈으로 본 사람은 없다 마음은 실체가 없다. 그런데 이 마음은 존재하기에 우리는 희로애락을 느낀다. 엄연히 존재하는 마음, 이 마음의 밭을 갈아야 한다, 농사와 똑같다, 논밭은 사람의 손이 안가면 지력이 떨어져 작물이 잘 자라지 않는다. 열심히 논밭을 가꾸면 땅은 그 노력만큼 정확하게 보응한다. 하물며 마음의 밭은 오죽하겠는가.' 라는 말을 몇 번이고 이해가 될 때까지 보면 내 말을 이해할 수 있는데, 불교의 무와 공사상에서의 나는 존재하지 않으므로, '마음을 눈으로 본 사람은 없다 마음은 실체가 없다. 그런데 이 마음은 존재하기에 우리는 희로애락을 느낀다.' 라고 하는 말은 내가 말하는 근본을 이야기하는 것이 아니라, 육신이 있으므로 가지고 있는 '마음' 하나만의 이치를 이야기하는 것이고, 나는 이 육신의 마음을 상(象)이라고 이야기했고, 이것은 죽으면 사라지는 마음일 뿐입니다.

그러므로 육신이 있으므로 존재하는 '마음'이라고 하는 것은 자신의 업, 업연에 따라서 일어나는 허상의 마음일 뿐이고 내가 말하는 자신의 참나-운명의 이치를 부정하면 답을 찾을 수 없습니다. 자신이 아무리 일어나는 감정을 다스린다고 하여도 진리적으로 내면에서 작용하는 나 자신의 운명을 거스를 수 없으므로 불교적으로 모든 것은 내가 하기 나름이다, 내가 어떤 마음을 먹는가에 달려 있다고 하지만 여러분 스스로 이 말을 생각해보면 알 수 있을 것입니다.

자신이 지금까지 살면서 자신이 마음먹은 대로, 내가 하고자 하는 대로 잘 되었을까요? 젊은 시절 욕망으로 뭐든 다 할 것처럼 했고, 그것이 자신의 마음이라 생각하고 행한 그 마음은 다 허상의 마음이라는 것을 알아야 합니다. 따라서 이 허상의 마음을 불교적으로는 '내 마음'이라고 하고, 단편적으로 위 말처럼 '마음을 눈으로 본 사람은 없다. 마음은 실체가 없다. 그런데 이 마음은 존재하기에 우리는 희로애락을 느낀다. 엄연히 존재하는 마음 이 마음의 밭을 갈아야 한다. 농사와 똑같다. 논밭은 사람의 손이 안가면 지력이 떨어져 작물이 잘 자라지 않는다. 열심히 논밭을 가꾸면 땅은 그 노력만큼 정확하게 보응한다. 하물며 마음의 밭은 오죽하겠는가.' 라는 이상한 말만을 하게 됩니다.

마음이라는 것이 뭔가를 알아야만 그것을 가꾸든지 말든지 할 터인데, 위 말은 참나라고 하는 운명을 부정하는 말이므로 불교적으로 위 말대로 자신의 마음 밭을 가꾼다면 될 것이나, 대단히 잘못된 말이고 이치에 맞지 않습니다. 만약 이 글을 보는 여러분이 위 말대로 하여 무엇을 얻을 수 있고, 해결되었다면 이 글을 볼 이유가 없을 것입니다. 위와 같이 육신의 마음 하나만을 이야기한다면 그것에서 자신의 본마음을 발견할 수 없을 것이고 발견하지 못한다면 자신의 운명을 바꿀 수 없을뿐더러, 자신 참나의 실체를 알 수 없을 것입니다.

따라서 우리가 분명하게 알아야 할 것은 외적인 요인에 의하여 작용하는 마음은 감정이라고 하고, 내면에서 일어나는 근본의 작용은 업, 업장과 연관이 있으므로 이것을 분별하지 못하고 마치 심리치료 한다고 하면 진리적 이치에서의 근본을 바꾸는 것으로 착각해서는 안 된다는 것을 알아야 할 것입니다. 이 이치도 모르고 막연하게 '이 마음은 존재하기에 우리는 희로애락을 느낀다. 엄연히 존재하는 마음 이 마음의 밭을 갈아야 한다. 마음은 전후좌우 상하로 갇혀 있다 이 마음을 갈아서 출구를 찾아내면 그렇게 시원할 수가 없다. 이 마음의 밭을 갈기 위한 출구를 찾기 위한 노력은 끊어진 다리를 잇듯이 내 마음의 다리를 하늘과 잇게 되면 새로운 출구로 인해 생이 시원·상쾌해지면서 스트레스와 답답함이 많이 가신다.' 라는 식으로 이야기하는 말 의미 없으므로 알아서 개념을 정립하여 자신이 맞았다고 생각하는 그것을 믿든 말든 알아서 하면 됩니다. 화현의 부처님법으로 마음공부를 하고 자신의 운명을 바꾸려 한다면 이 같은 개념정립 스스로 하지 않으면 아무것도 얻을 수 없습니다.

천지신명

누구는 말합니다. '무당은 하늘땅의 많고 많은 사람 중에 한(恨)이 많고 원(怨) 많은 팔자로 태어나서 그 삶 자체가 피눈물의 한(恨)이 맺힌 팔자 인생 살다 가는 것이다.' 라고 무당의 대물림이라는 것은 무당이 무당을 만드는 것을 보고 대물림이라고 하는 것이며, 실제 할머니가 그랬고, 어머니가 그랬으므로 나도 신을 받아 무당이 되어야 한다는 논리로 대물림은 존재하지 않습니다. 그런데 우리 주변에 보면 원(原) 신령님의 본향(本鄕)과 원신 주력, 또 조상 본향(本鄕)과 조상 줄력을 모르는 제자라고 하여 자신에게 어떠한 현상이 나타나면 이같이 어떠한 조상의 줄력이라고 하여 그것을 신이라 생각하고 받아야 한다는 말을 합니다. 문제는 이같이 신이라는 것을 받아야 하는 사람들이 꼭 하는 말이 있는데, 그것은 가족의 족보를 이야기한다는 사실입니다.

보면, 외가, 친가 같은 말을 하고 다시 남자 조상신, 주인신, 주장신, 주력신 등등을 이야기하는데, 이같이 가족관계를 이야기하면 대부분 사람은 이 말을 믿게 되는데, 바로 가족관계에서 조상이라는 말이 들어가기 때문에 말 한마디 들으면 안절부절못하게 됩니다만, 사실은 진리적으로 이 같은 조상의 개념으로 그 어떠한 것이 나에게 영향을 주는 것은 없습니다. 결론부터 이야기하면 나 자신의 자업자득·인과응보의 이치에 따라서 내가 지은 내 업의 현상이 나타나는 것인데, 이것을 위와 같이 조상을 들먹이며 이야기하므로 애당초 이 같은 신(神)이라는 것은 존재하지 않고, 내가 지은 내 업으로 인한 현상일 뿐이고 신 내림의 대물림이라는 것은 없습니다. 진리적으로 보면 동업(同業)의 개념에서 같은 업을 지었을 때 보통 가족으로 만나 사는 경우가 있지만, 문제는 위와 같이 작용하는 신(神)이라는 개념은 존재하지 않는다는 이야기입니다.

내 업으로 인한 나만이 해당하는 빙의 증상(다른 기운의 작용)일 뿐이므로 가족 간에 신(神)에 의한 대물림이라는 것은 없습니다. 그러므로 애당초 외가, 친가 같은 말을 하고 다시 남자 조상신, 여자 조상신, 주인신, 주장신, 주력신 등이라는 것은 존재하지 않으며 내 업(業)에 의한 빙의 작용이 전부입니다. 그런데 이것을 모르고 나 자신에게 어떤 문제가 생기면 이같이 조상을 이야기하지만, 실제 이생에 인간으로 살다가 간 조상은 죽어버리면 그 자신의 업으로 자신만의 길을 갈 뿐이고, 나에게 어떠한 영향 주지 않습니다. 진리란 간단한데, 만약 위와 같이 일반적으로 하는 말 중에 조상이 나에게 영향을 준다고 하면 상식적으로 이생에 나의 조상으로 존재했던 사람인데 죽어서 자손에게 해를 주고 영향을 준다고 하는 말이 이치에 맞는가입니다. 그렇다면 그것은 조상이라고 할 수는 없을 것입니다.

보기에도 귀한 후손인데 무엇 때문에 그 후손에게 악영향을 준다는 이야기인가, 그래서 사람들이 나 자신의 업의 이치라는 것을 모르기 때문에 이 같은 '선무당'(만신)에 속고 굿에 귀한 돈 날리고 배신당하여 서러운 피눈물과 원망 속에 홀로 울고 있는 것이 보통 말하는 '제자'라는 사람들입니다. 그런데 이들이 말하는 신(神)이라는 것을 모셔야 산다고 하여 업에 의한 빙의 현상을 신이라고 하며 이 신(神) 내림굿을 해야 본인이 살 수 있고 가정이 편안해진다고 하여 천지신명(天地神明)의 뜻이라고 하는 말들은 다 무엇인가, 그들이 하는 말로 그 제자 길로 들어섰지만, 막상 내림굿을 하고 나면 또 신 굿이 잘못되었다느니 다시 신(神)가 림을 다시 해야 한다느니 이런저런 말로 혼자 견디고 감당하기가 어려운 말들을 합니다.

이 같은 말에 속아서 금쪽같은 돈 날리고, 몸은 병들고 정신적인 고통 받고, 주위에 따돌림과 무시당하고 사는 것이 그들이 말하는 제자라는 것인데 이것이 바로 아비규환의 세계라 할 것이고, 이러한 것은 바른 법을 알지 못 해하는 말이고 진리적으로 아무런 해당 사항이 없는 말에 불과합니다. 보통 이 같은 것을 하는 이유는 나에게 소위 말하는 신병이 있다고 하는 데서 시작합니다. 그리고 그들은 그 신이라는 것을 받아야 한다고 하여 자신의 제자로 만드는데 이것이 바로 그들이 말하는 신(神)의 대물림이며, 앞서 말한 대로 가족 대대로 신을 받았으므로 무수한 조상을 이야기하며 받지 않으면 안 되는 식으로 이야기하는 것은 진리이치에 맞지 않습니다. 이같이 가족이 나에게 영향을 준다고 하니, 그들이 말하는 '공양주' 노릇, '머슴' 노릇까지 시키는 대로 하고 있으니, 안타까운 일이라 할 것입니다.

결국, 이같이 신이라는 것을 받으면 (사실은 신이 아니라 내 업에 의한 현상) 삶에 대한 포기의 마음이 들고 하루하루를 마지못해 사는 인생이 되어 버립니다. 문제는 뭐가, 한번 이같이 자신이 매달려 버리면 그곳에서 빠져나오기가 어렵다는 사실입니다. 이 법당에도 이 같은 문제로 상담하러 오기는 하지만, 자신의 현실에서 벗어나고자 하지만, 한번 잘못 길든 마음 바로잡기란 매우 어렵고, 그들은 신을 받을 팔자다, 운명이다, 자신을 신이 점지했다는 식으로 이야기하지만, 그것은 그들이 말하는 위대한 신(神)이 아니라는 사실이고 이 같은 신은 존재하지 않습니다. 그리고 그 자신들 스스로 합리화 정당화하고 있을 뿐입니다. 그런데도 스스로 도법이나 비법을 내려주는 신명은 있다고 믿지만 그러한 비법이나 도법이 있다면 도대체 그 비법, 도법은 무엇인가입니다.

뭐가 잘되지 않으면 '무엇이 막혔다.'라는 식으로 되풀이되는 말을 듣고 피눈물로 허송세월을 보내고 있는 한(恨)스럽게 사는 것은 매우 안타까운 일이라 할 것입니다. 신이라는 것이 존재하고 있음에도 이 같은 일들을 겪고 살아야 하는가입니다. 이 나라 이 땅에서 일어나고 있는 무수한 일들 진리가 뭔지도 모르면서 순진한 사람을 자신들의 먹잇감으로 노리는 못돼 먹은 사람들 무수하게 있습니다. 이 같은 것은 세월이 가면 갈수록 더하면 더하지 줄어들지는 않을 것입니다. 누구는 말합니다. 인간들이 '신(神)'을 배신하는 것이지 '신(神)'은 절대 인간을 배신하지 않으신다고. 그러나 이 말은 신이라는 존재가 있다는 것을 전제로 하는 말이며 의미 없습니다.

우리 주위에서 수많은 말이 있습니다. '신의 길은 본인 자신의 삶 자체를 포기하고 단념하여 가야만 되는 한(恨)스러운 피눈물의 가시밭길이다.' 라고 하지만 빙의 현상이고 그것의 작용일 뿐이니 신, 조상신 등의 현상이고 작용이라고 하는 말에 끄달리지 말아야 할 것입니다. 위대하시고 신성하신 천지신명(天地神明)이라는 것 존재하지 않습니다. 이 같은 말을 듣고 길 한번 잘못 들어섰다 돌이킬 수 없는 심리적 고통과 육체적 고통, 더 나아가서는 한 가정의 크나큰 통곡의 슬픔과 눈물바다의 가정이 될 수 있으니 바른 법을 알고, 그 이치를 아는 것은 매우 중요하지만, 문제는 전생의 업으로 형성된 내가 얼마나 바른 의식으로 깨어나는가만이 중요하고 문제는 한번 잘못 길든 그 마음으로 바른 법 알기도 어렵고 또 그것을 고치기란 매우 어렵다 할 것입니다.

신병(神病), 즉 무병으로 심신의 고생과 고통을 겪고 있는 것은 내 업에 의한 빙의 현상일 뿐이다. 입니다. 신병(神病) 즉 무병인가 아닌가를 알 수 있는 것은 '참나'라는 자신의 기운을 알아야만 알 수 있는 것이므로 이 '마음의 작용'을 모르면 우리 인간역사이래 그렇게 해왔던 그것을 그대로 답습하고 살 수밖에는 없을 것입니다. '영적' 능력이라는 것은 존재하지 않습니다. 문제는 무당, 만신, 법사들이라는 용어 중에 '법사'라는 말이 있는데, 일일이 다 거론할 수 없는 말일 뿐이며, 이 개념에서 이 글을 쓰는 나도 이들이 보면 신을 받은 법사의 개념으로 여러분이 인식한다면 착각입니다. 이것을 판단하는 것은 오로지 자신의 의식에 달려 있고 그들이 하는 말과 내가 하는 말의 차이가 뭔가를 정립하면 법사의 개념을 알 수 있을 것이며 무당 팔자란 없고 무당에서 벗어나는 길, 되지 않는 길은 간단하다는 것을 알 수 있습니다.

무아와 참나

불교의 핵심사상은 '무아'라는 것은 이미 여러분이 충분하게 알고 있는 내용일 것이나, 이 무아 사상에 대하여 깊게 이해를 하고 있지는 않을 것입니다. 무아(無我)라는 말은 '나의 실체가 없다.'라는 뜻인데, 무아(無我)는 비아(非我)라고도 하고, 불교의 근본 교의 중 하나로, 처음에는 자기나 자기 소유물을 자기 것으로서 집착함을 금하는 실천적인 입장에서 주장되었던 것입니다. 즉 이 세상에 존재하는 모든 것은 내 것이라고 할만한 것이 없다고 하는 물질에 대한 소유를 의미하는 말로써 이것은 불교이전에 이미 이 같은 '사상'의 개념은 존재했던 것으로 꼭 이 무아라는 말이 불교에서 석가모니가 새롭게 신조어로 한 말은 아닙니다.

그런데 이같이 물질의 소유를 떠나, 석가모니가 말했다는 무아(無我)는 '나'라고 하는 존재에 대한 것, 이 육신을 이끌고 있는 이 '나'에 대한 실체에 대하여 무아(無我)라고 하여, 나의 근본은 없다는 취지로 운명을 부정하는 의미로 무아 사상을 이야기한 것인데, 이것은 고대 인도 사회의 계급사회와 무관하지 않는다는 것을 알아야 합니다. 당시 인도에는 철저한 계급사회였고, 한번 천민은 영원한 천민이고 한번 왕은 영원한 왕으로 인식되자, 민중들 사이에서 회의감이 돌았고, 사람들이 의욕을 잃어가던 때에 이 무아(無我)사상이 등장한 것인데, 고정된 '나'는 존재하지 않는다, 운명이라는 것이 없으므로 지금 내가 어떻게 하는가에 따라서 나의 미래는 달라진다는 취지로 이 무아 사상을 이야기하자, 이 말이 곧 대중 속에 스며들었고 이 무아(無我)사상을 중심으로 불교라는 것이 발전하게 됩니다.

그러므로 처음 인도에 있었던 물질의 소유욕에 대한 무아(無我), 즉 영원한 내 것은 존재하지 않는다고 하여 이때 반야심경이 유행하고 있었으며, 이 경에서 말하는 색즉시공 공즉시색이라는 말과 연계되는 말입니다. 그러므로 태초 인도사회에 존재했던 무아(無我)는 물질에 대한 애착을 경계하는 말이었다는 것을 알아야 하고 이것이 진리적 실체입니다.

그런데 이같이 물질의 개념으로 존재했던 이 말이, 인간의 '나'와 연계지어 육신이 있음에도 '나'는 없다고 하는 생명체의 본질로 이 무아(無我)사상이 변질이 되어 버립니다. 다시 말하면 세상에 보이는 모든 물질에 대한 애착의 개념으로의 무아(無我)와 생명체의 본질에 대한 무아(無我)는 차원이 다른 이야기인데, 물질의 개념에서의 무아는 생명체를 제외한 보이는 모든 것에 대한 애착을 갖지 말라고 하는 의미로 색즉시공과 공즉시색이라는 말과 일맥상통한 말로 이것은 이치에 맞는 말입니다. 그러던 것이 물질을 떠나, 생명체의 본질, 즉 나의 실체가 있는가, 없는가로 변질이 되어 버려, 후에 운명은 없다는 의미로 혹은, 나의 근본은 없다는 뜻으로 이 무아(無我)사상이 변하게 되어버렸고, 불교에서는 무아(無我)라고 하면 나는 없습니다. 그렇다면 나는 존재하는데 왜 나는 없는 무아(無我)라고 하고 있는가. 그것은 바로 나라고 하는 고정된 실체는 없는 것, 즉 정해진 운명은 없는 것으로 이 무아(無我)라는 말을 대승불교에서는 하고 있습니다.

따라서 우리가 '나'라고 하는 존재는 있는가, 없는가에 대한 이론이 아니라 연기에 의해 이루어진 제법(諸法), 즉 유위법(有爲法)을 실체로 보아서는 안 된다는 실천적 의미를 가리킨다고 정의합니다. 다시 말하면, 나라고 하는 존재는 물거품과 같고 뜬구름과 같은 존재이므로 고정된 것이 없다는 의미로 무아(無我)를 이야기합니다. 그렇다면 실천적 의미는 무엇인가, '나'라고 하는 고정된 것이 없으므로 '나'라고 하는 것은 내가 어떻게 하는가에 달려 있다는 의미인데, 이 같은 말을 해봐야 진리적으로 의미 없고 결론적으로 이야기하면, 고정된 나는 없다, 모든 것은 지금의 내가 하기에 달려 있다고 하는 이치에 맞지 않는 말을 하고 있다는 것이 나의 입장입니다.

결국 무아(無我)라는 것은 고대 인도 사회에서의 물질에 대한 애착을 갖지 말라, 영원한 내 것은 없다는 취지로 존재했던 이 무아(無我)라는 말이 불교 발생 후에는 영원독립하며 주재적인 자아(아트만)의 실재를 주장하는 브라만교의 교의에 반대하여 사람은 5온(五蘊)의 집합이요, 생명의 주체는 없고 또한 모든 존재는 인연으로써 생긴 것이며 고정적인 본성은 없다고 하는 무아설(無我說)을 주장하게 되었으며 이것이 대승불교의 핵심사상이 되어 버린 것입니다. 내가 말하는 화현의 부처님의 법에서는 육신의 나와 이 나를 존재하게 한 '참나'라고 하는 것이 있다, 즉 나를 존재하게 하는 근본(운명)은 있다는 것을 이야기하고 있으므로 불교에서의 무아(無我)사상과 내가 하고 있는 '화현의 부처님'법과는 근본적으로 차이가 있다 할 것입니다.

그러므로 불교에서는 운명을 부정하므로 여러분의 운명은 없다고 이야기할 수 있는데, 이 같은 내용을 아는 사람은 아마 별로 없을 것입니다. 그러면서 일부 사람들은 여러분의 사주팔자를 봐주고 있으며 운명이 없다면 나는 죽어서 오온으로 다 흩어져 버리게 되므로 천도재를 지내서는 안 됩니다. 영혼이라는 말을 해서도 안 되는데, 죽으면 다 오온으로 흩어져 버리므로 나는 존재하지 않는다는 것이 불교의 내용이고 내가 태어나야 할 인연이 되면 그 인연들이 모여 태어나는 것, 필요 때문에 인연으로 모여 나를 이루는 것으로 나의 근본은 영원히 존재하지 않는 것이 불교의 입장입니다.

다시 이야기하면, 부처는 무아를 주장했는데, 어찌 참나와 같은 자아가 존재할 수 있는가의 문제가 남게 된다는 뜻입니다. 그러므로 불교에서는 '참나'를 찾아서 혹은 '나를 찾아서'라는 말을 하면 안 되겠지요. 나는 뜬구름이고 고정된 나는 없으므로 죽으면 다 흩어져 버리는 존재인데, 어디서 '나'를 찾는다 할 것인가. 그러므로 불교에서 나의 근본을 찾는다는 것은 어려울 수밖에는 없을 것입니다. 왜 이 같은 말을 하는가 하면 운명이라 하여 나의 본질을 인정하지 않고는 나 자신에 대한 답을 구할 수 없기 때문입니다. 이 개념을 잘 정립해야만 자신의 문제를 해결할 수 있으며 진정한 '나'를 찾을 수 있다는 것을 알아야 합니다.

바르게

의식 없는 사람들 위 그림과 같이 '바르게 살자!' 라는 문구가 들어가 있는 이 같은 비석은 우리가 쉽게 어디서나 볼 수 있는 흔한 것이고, 길 가다 보면, 누구나 한 번쯤은 보

았을 것입니다. 그 내용은 '바르게 살자'인데, 문제는 과연 바르게 살자는 이 말을 가만히 보면 참으로 여러 가지 생각을 들게 합니다. 예를 들면 누가 나에게 "바르게 삽시다."라고 하면 여러분은 뭐라고 대답을 할 것인가입니다. 참 쉬운 말이나, 깊게 생각해보면 참으로 갑갑한 말이 바로 이 '바르게 살자', '착하게 살자!'라는 같은 말인데 이것은 하루에 오천 명 이상이 오간다는 서울 종로 한복판에 서 있기도 하며, 여러분도 어디서나 보았을 것입니다.

'바르게 살자', 좋은 말이지만, 표석이 뭘 의미하는지는 모르겠고, 저 말대로라면 우리는 결과적으로 '바르게 살지 않고 있다'는 역설적인 말이 된다는 사실입니다. 문제는 1999년부터 전국 거리 곳곳에 '바르게 살자'가 새겨진 표석을 설치하고 있다는 사실이고 이것의 숫자를 더 늘려간다고 이야기합니다. 문제는 전국 거리 곳곳에 세워진 '바르게 살자'의 의미는 무엇인가, 진리적으로 '바르게 살자'의 개념은 '이치에 맞게 살자!'라고 해야 맞습니다, 바르게 살자는 것은 결국 바르게 살지 않았다, 않고 있다는 의미가 있으므로 이 기준은 개개의 관념에 따라 다 다르므로, '바르게 살자'의 기준은 고작해야 인간적이고 윤리, 도덕이 기준이 된다 할 것이나, 문제는 어디까지가 윤리, 도덕이라 할 것인가의 문제가 남게 됩니다. 이것도 누가 말하는가에 따라서 윤리와 도덕의 기준은 다 다르기 정의되기 때문에 막연하게 '바르게 살자!'라고 하는 말은 아무런 의미 없다는 이야기입니다.

예를 들면 조직을 이루고 사는 사람들에게 착하게 살자고 하는 것과 같은데 그러한 사람들에게 착하게 살라고 하면, 그들은 착하게 산다고 할 것인데, 왜 그런가 하면 그 자신들이 착하게 사는 기준이 있기 때문입니다. 또 선비에게 착하게 살라 하고 하면 뭐라고 하는가. 자신들도 착하게 산다고 이야기할 것인데, 이같이 어떤 사람에게 물어봐도 자신들의 입장에서는 다 착하게 산다고 이야기할 것이고 "너나 잘하세요." 말이 나올 것입니다. 심지어 공동묘지에 가서 물어봐도 자신이 잘못했다는 사람 하나도 없이 다 억울하다고 이야기할 것입니다. 착하게 살자는 말은 역설적으로 '바르게 살지 못하는 사람들의 자기암시'의 말이 될 수 있다는 이야기이며 다시 말하면 아마도 우리는 지금 정신적 사고의 자폐증을 앓고 있는지도 모른다 할 것입니다.

그렇다면 이 문제의 책임은 과연 누구에게 있는가인데, 누구는 정부의 탓을 할 것이고, 누구는 국민 모두의 책임이라고 말할 수도 있을 것입니다. 하지만 이것의 근본문제는 이 세상에 이치를 아는 사람이 없었다는 것을 의미합니다. 따라서 누구의 책임으로 돌려야 한다는 것 또한 의미가 없다는 이야기입니다. 우리는 현실적으로 어떤 사회적 문제가 야기되면 서로의 탓으로 돌립니다. 정부의 대응방식을 탓하고 책임감을 가지고 적극적으로 해결해 가는 소신이 있는 관료들이 없다는 것을 탓하는 것이 현실이나, 문제는 이것을 따지기 이전에 인간들이 가져야 하는 기본을 모르고 있으므로 개개인의 관념이 중구난방으로 다 다르므로 그 기준이 없으므로 이 같은 사회적인 모든 문제가 발생이 되는 것이고 먼저 나 자신이 바른 이치를 알고 각각의 자리에서 바른 이치의 행을 한다면 사회문제는 얼마든지 줄여갈 수 있다는 이야기입니다.

그런데 우리는 무조건 불온세력으로 몰아붙이고 서로의 잘못이라고 이야기합니다. 이것은 똥 묻은 개가 누구를 나무라는 것과 같은 것이라 할 수 있다는 이야기이며 따라서 무슨 일이 좀 생기면 서로의 탓으로 돌리는 것은 이제 그만해야 할 것이며, 이것은 온당하지 못하다는 이야기입니다. 그러므로 이같이 본질의 문제에 접근하지 않고 무슨 일만 있으면 우리는 각각의 처지를 대변하고 그것을 합리화하려고만 합니다. 우리가 사는 사회는 올바르고 비판적인 진보세력도 필요하고, 건전하고 굳건한 보수도 우리에게는 꼭 필요한 존재라 할 것이나, 이것은 사회의 논리이고 이보다 상위법은 인간이라면 응당 '진리이치'를 알고, 그 이치에 맞는 마음을 개개인이 만드는 것이 중요하다 할 것입니다. 이것이 바탕이 되어야 서로 이치에 맞는 방향으로 견제하고 올바로 나아가야 하는 필연성이 있기 때문입니다. 인간 사회는 늘 정부나 단체가 주도하는 것에 익숙해져 있다 할 것입니다.

따라서 정부, 사회, 가정교육을 통한 올바른 사회교육에 근본은 바로 인간의 도덕과 윤리가 기본이고, 그 바탕 위에 이치에 맞는 마음을 만드는 것이 기본이고 상위법입니다. 그래서 언론의 역할과 책무는 바로 이 같은 것에 목표를 두어야만 할 것입니다. 그런데 우리는 사람의 감성을 자극하거나 편익에 몰두하여 상업적인 목표에 파묻혀 있다고 해도 과언은 아닐 것입니다. 교육정책만 보아도 관료가 바뀔 때마다 입시제도가 바뀌었고, 우리나라의 교육은 관 주도로 이루어져 인간 개개인의 근본인 인성을 만들고 윤리와 도덕이 기본적으로 형성되어야 하는데, 이미 우리는 이 도덕과 윤리는 이 세상에 찾아보기 어렵게 되어 버렸습니다.

걸핏하면 어떤 단체를 만들고 거기에 자신들이 원하는 것을 합리화하는 현실 단체 활동을 통하여 논란의 중심에 서면서 마치 그것이 대인이 맞고, 정당한 것처럼 이야기하는 것도 일조했다고 할 수 있을 것입니다. 인간은 이미 그 순수성을 망각하고 이제는 되돌릴 수 없는 사회의 현상이 되어 버렸습니다. 이런 문제들이 비단 교육 현장에만 해당하는 일이라 할 수 없고 이처럼 사회 곳곳에 있어 있는 부조리한 일들을 척결하지 않는 한 한국사회의 희망은 없다 할 것입니다. 문제는이 같은 것을 정부에만 돌릴 것이 아니라, 근본적으로 우리 각자가 지닌 문제점에 대해 스스로 각성하고 자기 자신의 윤리와 도덕을 키우는데 본질에서 접근해야만 할 것입니다. 나를 개선하고 나아가는 지혜를키워가는 것은 바로 윤리와 도덕이 초석이 되어야 하고 '바르게 살자'의기준은 바로 '이치에 맞는 마음을 만드는 것'이 정답입니다.

따라서 막연하게 '바르게 살자'고 하는 말은 그 기준이 없으므로 뜬구름 잡는 말이 되고, 누가 자신에게 "바르게 살라." 라고 하면 뭐라고하는가. "너나 잘하고 사세요." 라고 할 것인데, 이 말은 나 자신은 바르게 살고 있다는 관념하에, 그렇게 믿기 때문에 바로 반발을 하게 된다는 뜻입니다. 그러므로 '바르게 살자'의 기준 없이 이같이 하는 말은의미가 없습니다. 사람은 자신의 기준에서 다 바르게 살고 있다는 관념을 갖고 있기 때문입니다, '바르게 살자'의 기준은 '진리이치에 맞게 사는 것'이고, 진리이치가 그 기준이 된다는 이야기이며 이것에서 벗어나면 업이 되고 그 업은 괴로움으로 나에게 다가온다는 것이고, 이것이 뿌리가 되어 이 세상이 좌우된다는 사실 명심해야 합니다.

빙의, 퇴마 -1

　　　　　　불교에는 마장(魔障)과 마구니라는 말을 많이 합니다. 이 같은 말은 불교의 경전인 능엄경에서도 자주 나오는 말이고 또 이 같은 마장(魔障) 마구니라는 말은 보통 사람들도 흔히 하는 말인데, 결론부터 말하면, 이것은 한마디로 '빙의—다른 기운의 작용'일 뿐 더 이상의 의미는 없습니다. 그런데 보통은 불가에서 이 마장(魔障)이라는 말을 뭐라고 해석하는가 하면(마구니라는 말도 마장과 같은 개념임) 마(魔)의 방해로 인해서 불도수행에 장애가 되는 것을 마장이라고 하고 또 가족과 재산·지식·명예·권력 등이 수행을 방해할 수도 있고, 마음속에 일어나는 번뇌·망상·삼독오욕·분별사량·시기질투 등이 방해될 수도 있다. 이러한 마장을 없애야 수행을 잘할 수 있다고 이 마장(魔障), 마구니에 대한 정의를 하고 있지만, 이것은 꼭 마장의 작용이라 할 수는 없습니다.

　마장(魔障) 마구니란 업(業)과 업장(業障)과 같은 개념이라 할 수 있으므로 굳이 이같이 글자를 따질 필요는 없습니다. 생명체는 업과 업장으로 살아간다고 나는 말했는데, 업은 내가 존재해야 하는 내 개인적은 업이고, 업장이라는 것은 내가 특별하게 지은 것으로 이 두 가지가 있어서 인간뿐 아니라 생명체는 존재합니다. 그런데 이 이치를 알려면 '마음'이라는 것이 뭔가, 어떻게 작용을 하는가를 알아야 하는데, 이 마음에 대한 이치를 알지 못하면 이 마장(魔障) 마구니에 관련하여 무수한 말들을 하게 됩니다. 그것을 보면 누구는 마장(魔障) 마구니라는 것은 자신이 만들어낸 생각일 뿐이라고 말하고 있고, 또 누구는 '기도를 열심히 하고 일념으로 집중할 때 나타나는 일명 마장(魔障)은 『능엄경』에서도 50가지의 형태로 나타날 정도로 대단히 복잡하다.'라고도 이야기합니다.

여기에 일일이 다 거론 할 이유는 없지만, 마장(魔障) 마구니란 업(業)과 업장(業障)이라는 것을 알아야 하는데, 예를 들면 어떤 사람이 하는 일마다 되지 않는다고 하면 이 사람은 자신이 기본적으로 가지고 있는 업(이것을 마장)이 있기 때문에 결국 자신의 업으로 인한 장애가 있으므로 하는 일마다 되지 않을 수 있는데, 그 이유는 업이라는 것은 내가 남에게 이치에 맞지 않는 행위를 한 것으로 그 인과응보의 과보를 받는 것이라고 할 수 있습니다. 그런데 업과 업장(마장 마구니와 같은 개념이므로)을 이야기하면, 업장이라는 것은 내가 전생에 타인에게 지은 행위로 인하여 그 상대가 기운(마음)으로 내 마음에 영향을 주는 것이고 마장, 빙의라고도 합니다.

이것을 어떻게 알 수 있는가 하면, 마음이라는 것이 뭔가에 대한 이치를 알면, 이 같은 것은 쉽고 간단하게 알 수 있습니다. 다시 말하면 인간뿐 아니라, 모든 생명체는 진리 속에 살므로 결국 자신이 지은 과보로 이생을 삽니다. 이것을 기본 업(業)이라고 하였으므로 내가 어떠한 업을 지었는가는 이생에 자신 스스로 자신의 마음을 보면 알 수 있을 것입니다. 지금 현재의 '나'라는 존재는 이 전생에 나의 업습으로 인하여 존재하고 그 행위를 그대로 하고 있으므로 스스로는 이것이 나라고 인식하기 때문에 자신 스스로 자신을 잘 모를 것입니다. 이것이 업습(業濕), 즉 전생에 내 업의 습성을 그대로 드러내고 살고 있지만, 정작 본인은 그것이 나라고 인식하고 살았기 때문에 자신은 자신 스스로 알지 못합니다. 따라서 나를 알자고 하는 것은 바로 '나를 알자'는 의미가 됩니다.

사람, 생명체는 기본 업이 없다면 존재해야 할 이유가 없습니다. 이같이 업과 업장이라는 말과 마장과 마구니라는 개념은 같은 말이 됩니다. 따라서 우리가 마장, 마구니라고 하는 말들은 기본 업과 특별한 업장(빙의)을 두고 하는 말인데, 문제는 내가 어떠한 상대에게 업장(빙의)을 지었다고 하면 이미 나의 기본 업에는 이같이 좋지 않은 습(濕)이 남아 있다고 할 수 있으므로 설령 업장(빙의)이 없다고 하여도 나의 기본 업은 사람마다 다 제각각 다른 업의 이치를 갖고 있다 할 것이고 이 기본 업에 젖어 있으므로 이것을 본성, 근성, 습성이라고 하여 이것을 이치에 맞게 고쳐가는 것이 마음공부의 핵심이 되고 나를 바꾸어야 하는 이유가 됩니다.

이같이 업과 업장에 의하여 작용하는 것은 뭔가 그것을 바로 '마음'

이라고 하는 기운으로 작용하고 나는 이 마음의 작용에 대하여 빛과 색의 이치로 이야기하였습니다. 따라서 사람은 내 업, 업장에 의하여 살고 있으므로 이것이 어떤 것인가에 따라서 나 자신의 마음작용은 다 다르게 작용을 합니다. 이 말은 우리가 지금 내 마음이라고 하는 이 마음은 순수한 마음이 아니라, 자업자득·인과응보의 이치에 따라서, 내 마음은 내 마음이 아닌, 다른 사람의 마음(빙의, 업장의 마음)이 작용하고 있다는 것을 알아야 합니다. 문제는 이 업, 업장이라는 것은 내가 어떤 업을 지었는가에 따라서 다 다르므로 한마디로 정의할 수 없고, 나타나는 현상도 다 다르고, 작용하는 이치가 다 다릅니다.

예를 들면 어떤 사람이 여자를 무지하게 밝히는 사람이 있다고 하면 이 사람의 업은 전생에도 이 같은 삶을 살았다는 것이고 따라서 이 사람이 가지고 있는 기본 업은 이 같은 자신의 본성에 이미 내재하여 있다고 볼 수 있습니다. 이것으로 인하여 기본 업, 업장이 형성되어 있다는 것인데, 문제는 이 같은 자신의 업, 업장을 스스로 알지 못하므로 이 기준이 되는 것이 '진리이치'입니다. 다시 말하면 이 세상에 존재하는 사람은 이같이 각각의 업이 다 다릅니다. 따라서 사는 이치와 환경, 마음이라는 것이 다 다른 이유가 업, 업장의 이치가 다 다르기 때문입니다.

예를 들면 전생에 도둑질을 많이 한 사람은 그 기본 업이 도둑질과 연관이 있고, 특별하게 가지고 있는 업장(빙의)도 이 과정에서 지었을 수 있는 업이 대부분입니다. 그러면 업장이라는 것은 내가 상대에게 지은 특별한 것이라 했으므로 이 업장은 죽은 사람의 마음이고 나는 이 것이 기운으로 존재한다고 했습니다. 지난 세월 우리는 이 기운(마음)에 대한 이 이치를 모르므로 나 자신에게 장애를 주는 것을 우리는 신, 귀신이라는 개념으로 이해하고 살았다고도 말했습니다. 어떤 사람이 결혼하려고 하는데, 자신이 전생에 누군가에게(윤회를 믿는 입장에서) 개인적으로 한(恨)을 심어주었다고 하면 이 사람은 자신을 죽인 사람에게 한을 갖고 죽었을 것이고 그 한으로 인하여 윤회를 들지 못하였을 것입니다. 이처럼 이 사람이 육신은 없지만, 기운(마음)으로 우리가 사는 이 세계에 같이 공존하게 되고 이 사람의 마음이 기운이므로 내 마음도 기운이기 때문에 이 사람의 마음(기운)이 내 마음이라는 것에 들어와 작용합니다.

이것을 아는 이치는 사람의 마음이라는 것을 나는 기운이라고 했고 이 이치를 빛과 색의 이치로 이야기했습니다. 따라서 이 마음은 눈에 보이지 않으므로 이 이치를 빛과 색의 이치로밖에 이야기할 수 없으며 실제 진리의 세계는 우리가 사는 이 자연 속에 있으며 이같이 빛과 색으로 존재합니다. 따라서 내가 괴롭다고 하는 것은 이같이 내가 지은 업, 업장으로 인하여 한을 가진 상대가 기운으로 존재하는 것이고, 이 기운이 내 마음과 같으므로 결국 우리가 내 마음이라고 하는 이 마음은 나 자신의 본마음이 아닐 수 있다는 것을 알아야 합니다. 문제는 이같이 '마음'이라는 이치를 모르기 때문에 무수한 말이 난무하지만 이같은 말은 화현의 부처님법에서는 논할 이유는 없습니다.

우리가 인생을 살면서 무수한 것을 겪습니다. 초년에 잘나가다 어느 순간에 밑바닥으로 내려앉기도 하고, 또 어떤 사람은 한순간에 역전이 되어 잘 살기도 하는데, 이 같은 것은 다 전생의 업(운명)때문에 그렇게 나타나는 것인데, 속된 말로 "내가 왜 이렇게 살 수밖에 없을까?"라는 질문에 그러면 "전생에 조금 더 잘 살지." 라는 말을 할 수밖에 없는 이유가 안타깝지만, 자신이 지은 자업자득·인과응보의 이치 때문에 그렇게 되는 것이고, 설사 진리이치가 그렇다 하더라도 문제는 이것을 빨리 알아차리고 그것을 딛고 일어서야 합니다. 그렇다면 어떻게 딛고 일어나야 하는가의 문제가 남을 것인데 이때 필요한 것이 바로 이 같은 '진리이치'를 알고 자신의 의식이 깨어나야 하지만 바로 이 부분이 어려운데 그것은 나라고 하는 나는 내가 살아온 그 방식이 맞고 옳다는 관념이 강하기 때문에 스스로는 '나는 문제가 없어 어떤 것 하나만 해결되면 얼마든지 다시 일어설 수 있다.'라는 자신만의 착각에 빠져 버립니다.

쉽게 말하면 어떤 사람이 사업하다가 한순간에 자금이 막히면, 그 자신은 그 막힌 자금만 누가 도움을 주면 풀어갈 수 있다고 생각할 것이지만, 자신의 업이 그것을 해서는 안 되는 업을 가지고 있다면 아무리 양동이에 물을 퍼 담아도 깨진 그릇에 물을 담는 것과 같은 이치가 바로 업의 작용입니다. 이것은 내가 물질의 공덕을 얼마나 지었는가에 따라서 물질로 받을 수 있는 것이라 한다면, 마음공부는 전생에 내가 어떤 것을 알고 살았는가에 따라서 이생에 각각의 다른 사상을 만나게 되므로 이글을 보고 있는 여러분은 이 법과의 인연이 있다는 뜻이고,

다른 사상을 마음에 담고 있는 것은 이 법과 상관이 없는 다른 사상을 알았다는 말이 되기도 합니다. 그러므로 이 화현의 부처님 정법과 인연은 매우 소중한 것은 맞지만, 그 내면에는 또 어떤 업연을 갖고 있는가가 중요하다 할 것입니다.

인간은 이처럼 업, 업장을 떠나 살 수도 없고 존재할 수도 없습니다. 인간이 세상살이할 때, 이치에 맞게만 살면 아무런 문제가 없는데, 이같이 업의 작용은 피할 수 없으므로 이 윤회의 과정은 바로 이 업, 업장이 있기 때문이며, 문제는 실질적으로 이같이 작용하는 것은 모두가 기운의 작용인데, 지금까지 이 구체적인 작용을 몰랐기 때문에 자신에게 뭔가의 문제가 있으면 이것을 마장, 마구니라고 하여 이것을 물리친다는 개념으로, 존재해서는 안 되는 껌딱지처럼 여기고 이것을 어떻게 해보려고 하지만, 이것이 쉽지 않은 것은 나와 관련이 없이 존재하지 않는다는 것을 알아야 합니다. 바로 이 이치를 모르기 때문에 보통 마장, 마구니에 대하여 하는 말이 "마구니는 자신이 만들어낸 생각일 뿐이다. 생과 사의 사이에서 갈등하는 그런 마음이나 욕구, 집착, 사랑, 증오 그런 번뇌를 모두 가리키는 것이다. 마구니는 따로 있는 것이 아니고 '하고 싶다' '하기 싫다' 하는 자신의 분별이다." 라고 하여 자신의 생각에서 존재하는 것으로 이야기하지만 착각입니다.

실제 이 같은 것을 불교를 조금 안다는 사람은 이같이 이야기하거나, 일부는 업, 업장이라고도 이야기하지만 정확한 이치를 모르기 때문에 우리가 늘 그래 왔듯이 자신에게 뭔가가 문제가 있으면, 막연하게 뜬구름 잡는 식으로 귀신이 들렸다고 하거나, 막연하게 업이고 업장이라고만 했고, 실제는 이것이 무엇이고 어떻게 하여 나에게 영향을 주는가를 알지 못하고 살고 있습니다. 예를 들면 얼마 전 나는 대형 마켓에 간 적이 있는데, 그곳 식당에서 어떤 젊은 남자가 혼자 앉아서 음식을 먹는 것을 보았습니다. 그런데 그 사람은 혼자 음식을 먹으면서 혼잣말로 뭐라고 계속 중얼거리면서 음식을 먹는 것을 보았는데, 그 사람은 실제 자신이 음식을 먹는 것으로 생각하겠지만, 사실 그 사람이 먹는 것이 아니라, 그 사람의 업장으로 존재한 다른 기운 '빙의'가 그 사람의 몸을 통하여 음식을 먹고 있는 것을 보았는데, 물론 이 경우 그 빙의(업장의 기운)가 육신이 있으므로 실제 먹는 것이 아니라, 그 젊은 사람을 그렇게 조종을 하고 있다, 움직이고 있다는 것을 의미합니다.

이같이 기운이라는 것은 내 마음이라고 하는 기운과 죽은 사람의 기운의 '이치'는 똑같습니다. 바로 이 이치로 우리가 내 마음이라고 하는 이 마음은 실제 내 마음이 아닐 수 있다고 말한 것이고, 이것이 업장이라고 하는 것인데, 지금까지 이 이치를 모르기 때문에 막연하게 이 증상, 현상이 나타나 나에게 뭔가 장애를 주면 마구니, 마장이라는 식으로 이것을 떼어내려고 했다, 하고 있다는 것이 지금의 현실입니다. 그래서 그 방법으로 굿이라는 것, 49재, 천도재 등등의 갖가지 의식을 하지만 그렇게 한다 하여 될 문제 아니라는 것 알아야 합니다. 진리이치를 모르는 사람들, 아니, 뭣 좀 한다는 사람들이 하는 말이 있습니다.

이같이 나타나는 증상은 '자신의 이면적인 모습이다. 마구니를 없애라고 한다면 말이 될 수 없다. 그 이유는 이같이 나타나는 것은 내 생각 속에서 나타나는 것이므로 자기 생각을 없애라고 하는 것이 말이 되지 않는다. 생각이란 보이는 것도 아니고 만져지는 것도 아닌 어떠한 실체도 없는 것이기에 없는 생각을 어떻게 없앨 수는 없다 생각이라는 것이 물질처럼 있어야 생각을 없애든지 할 거 아닌가.' 라고 마장, 마구니라는 것을 이야기하는데, 바로 이렇게 말하는 사람들 무수하게 있지만, 진리의 바른 이치를 알지 못하기 때문에 이같이 말합니다.

빙의, 퇴마 -2

우리가 '나'라고 인지하고 생각하는 것은 내가 태어날 때부터, 나라고 인식하고 살기 때문에 지금 여러분이 '나'라고 인지하고 생각하고 그 생각으로 행동하는 것은 당연히 자라면서 그것을 '나'라고 인식하고 살았기 때문에 응당 '나'라고 인식하고 삽니다. 살 수밖에 없는 것은 당연합니다. 왜 그런가 하면 이 업장(마구니, 마장)이라고 하는 것도 기운으로 존재하기 때문이고 나는 이 기운을 '마음'이라고 이야기했습니다. 이 기운은 죽은 사람이나 살아서 존재하는 우리가 인식하는 마음이라고 하는 것과 같은 이치로 존재하기 때문에 죽은 이후 몸(육신)만 있고 없고의 차이만 있을 뿐, 마음에 이치는 다 같은 것입니다.

마장 마구니 라는 것도 사람들이 만들어낸 말인데, 정법의 이치에서는 업과 업장의 이치만 존재한다고 해야 맞으며 이것은 '빙의'라고 하여 다른 생명체 기운의 작용이고 내가 지은 내 업의 작용입니다. 결국, 다 마음에 작용인데 살아있는 사람의 마음을 움직일 수 있는 것도 죽은 사람도 마음으로 존재하기 때문에 이 마음이 나에게 영향을 주면 결국 우리는 내 마음이라고 인식하지만, 실제는 내 마음이 아닌 마음으로 산다고 할 수 있으므로 가장 위험하고 무서운 상황이 될 수 있다는 것을 알아야 합니다. 앞서 젊은 사람의 이야기를 했지만, 그 사람은 실제 그같이 하는 행동이 맞다, 당연하다 익시하고 있지만, 문제는 그 자신이 그러한 사실을 모르고 산다는 것이 큰 문제라 할 것입니다. 이 말은 어떤 다른 기운의 작용으로 살지만 정작 자신은 그것을 인지하지 못하고 그것이 '나'다 라는 인식을 하고 그것이 틀린 것이라는 사실을 스스로는 모른다는 것입니다.

이 같은 것을 어떻게 알 수 있는가 하면 바로 '마음'이라는 진리적 이치, 기운을 알면 알 수 있습니다. 또 하나의 방법은 그 사람의 '눈'이나 '행동'을 통해서 알 수 있는데 그 이유는 사람은 '진리이치', '물질이치' 두 가지로 산다고 말했는데, 생각-마음-행동의 순으로 작용하며 생각과 마음은 기운의 작용이고 행동은 물질(육신)의 작용이므로 근본은 진리적인 기운 즉, 다른 사람의 마음을 내 마음처럼 자신이 인식하는 것인데 자신이 그것을 모른다는 것이 문제가 됩니다. 그래서 우리가 '내 마음'이라고 하는 것은 사실은 내 마음이 아닐 수 있다는 것을 알아야 합니다. 이같이 작용하여 나에게 해를 주는 것이 바로 마구니,

업장, 빙의, 마장이라고 하는 것인데, 이 이치를 누구도 모르기 때문에 자신에게 뭔가 문제가 있으면 여드름 짜내듯이 무엇을 하면 없어질 것이라 하지만 그렇게 되지 않습니다.

따라서 우리가 나를 알자고 하는 것은 이같이 내가 '나'라고 인식하는 이 나가 실제의 나가 아니므로 본연의 나를 찾는 것이 바로 '본마음'을 알자고 하는 것입니다. 그러므로 지금 우리는 내 마음이라고 갖고 살지만, 그 마음은 내 마음이 아닐 수 있다는 것을 명심해야 하는데, 문제는 이같이 내가 지은 자업자득의 이치에서 업장이라는 것은 다른 사람에게 지은 그 업으로 인하여 상대가 한을 가진 것이므로 그 상대의 한(恨)을 풀어주기 위해서는 알 수 없는 시기를 윤회해야 하고 윤회 때마다 적과의 동침은 계속될 수밖에는 없다고 말한 것입니다. 따라서 이것은 내가 윤회를 통하여 강아지나, 새 등등 모습은 다르지만 다른 생명체로 살 때도 업장은 함께 공생공존 할 수밖에 없습니다. 실제 이 이치는 무수한 생명체를 통해서 알 수 있습니다.

여기서 한 가지 여러분이 바르게 알아야 할 것이 있는데, 이같이 다른 기운(업장, 빙의, 마구니, 마장)이 나에게 뿌리가 내리면 이미 나의 참나(본마음)는 그 빙의의 기운에 눌려 있게 되어 실제 나 자신의 마음을 내기 어렵습니다. 다시 말하면 양파 속과 같이 나의 본마음은 저 아래 밑바닥 속에 있고 그 주변을 이같이 다른 업장의 기운이 짓누르고 있으면 본마음으로 살아간다는 것은 매우 어렵다는 뜻입니다. 따라서 내가 의식과 의지가 강하지 않으면 이것을 누를 힘이 없어지게 되고 결국은 정신병이라는 결과를 가져오게 되는데, 문제는 우리가 이같이 어떤 보이는 증상이 있어야만 이것을 인식한다는 것이 문제입니다. 따라서 정법이 필요한 이유는 바로 이같이 누구라도 가질 수 있는 이 같은 기운의 작용을 미리 예방하는 차원에서 인간은 진리 속에 왔으므로 응당 진리이치를 알고 사는 것이 좋다고 말한 것이고, 나이가 어릴수록 이 같은 정법의 이치를 미리 아는 것이 좋다고 말한 것입니다.

다시 말하면 아프지 않을 때 예방하는 것이 중요하다 할 것인데, 우리 현실을 그렇지 않습니다. 자신이 뭔가 문제가 있으면 할 짓 하지 말아야 할 것 다 하다가 이것저것 다 해보는 것이 또 인간의 마음이라 할 것입니다. 따라서 이 같은 정법 알기도 어렵고 설사 안다고 해도 쉽게 긍정하고 받아드린다는 것은 매우 어렵습니다. 그 이유는 이 세상에 이 같은 법은 화현의 부처님 시절 이후 존재하지 않았기 때문입니다. 나는 업장(業障)은 업장을 알아본다고 말했는데, 이 말은 끼리끼리 논다고 하는 말과 같은데, 그 이유는 여러분 주변에서 흔히 귀신을 보았다고 말하는 사람이 있을 것인데, 바로 이 같은 것이 그 자신이 빙의(업장)를 가지고 있다 할 것입니다. 그래서 이 업장을 가지고 있으면 그 사람은 '나'라고 인식하겠지만, 실제는 나가 아니라는 것이기 때문에, 그 사람은 상대의 업장(빙의-속된 말로 귀신)을 볼 수 있는데, 실제는 진리적으로 기운으로 존재하므로 보기 어렵습니다.

하지만 그 자신은 분명 귀신을 보았다고 이야기하는데 바로 이같이 '마음'에 작용은 무섭다는 것을 알아야 하고 그같이 인식하는 그 마음

쉽게 고치기 어렵습니다, 설사 이것을 보낸다고 해도 그 자신의 본마음(의식과 의지가)이 없으면 어려운데 그 이유는 그 자신이 본마음을 자신 스스로 모르기 때문에 그 업장의 습(濕)으로 남아 있는 그 마음이 어떤 것이 자신의 것이고 아닌가를 잘 분별하지 못하기 때문입니다. 우리가 바르게 알아야 할 것은 예전에 '흉가체험'이라고 하여 한동안 '귀신이 보인다.', '귀신을 찾아서' 등등의 말이 있었고, 지금도 인터넷에 이와 관련된 동호회가 많은데 이 같은 것은 다 다른 기운의 작용으로 '끼리끼리'만 통하기 때문이고, 실제 같은 사람이라도 이것을 느끼는 사람이 있고 그렇지 않은 사람들이 있는데, 이것은 빙의(업장)의 차이가 다르고, 업의 이치가 다르기 때문입니다.

다시 말하면 업장이 이미 상당히 진행되었고 깊을수록 이같이 다른 기운이 잘 보이고 업장은 있지만, 아직 그가 나타날 때가 되지 않았으면 보이지 않고의 차이가 있습니다. 또 하나는 이 같은 기운의 작용은 '마음—지혜의 눈'으로 알 수 있을 뿐이고, 이같이 눈으로 뭐가 보이는 이치는 존재하지 않습니다. 기운(마음)은 물질의 이치로 존재하지 않기 때문입니다. 그러므로 일반 사람 중에 '귀신이 인간의 모습, 흡혈귀의 모습' 등등으로 어떤 형상을 이야기하는데 바로 그 자신이 빙의가 들어있다, 그 자신의 업장이 두텁다는 것을 의미하는 것이고, 또 누구는 일부러 이러한 모습을 보기 위하여 어떤 산속에서 속칭 도(道)라는 것을 닦는다고도 하지만 대단히 잘못된 것입니다. 도(道)라는 것은 이것을 도라고 하지 않으며 인간이면 인간답게 사는 것 그 길을 가는 것을 도(道)라고 하는 것입니다. 그런데 우리는 무슨 도라고 하면 이산 저산

날아다니는 것을 도라고 인식하고, 또 도를 얻으면 어떤 신통력이 생기는 줄 알지만 착각입니다. 이 같은 현실 속에 우리는 살고 있으므로 참으로 안타까운 일입니다.

내가 바른 이치로 살면 이같이 진리적 이치를 알게 되고, 그 흐름을 알게 되는데, 바로 진리이치를 깨달으면 진리적 기운을 알게 되고 진리 속에 존재하는 생명체의 이치를 다 알게 되는 것뿐입니다. 이처럼 마장, 마구니라는 것은 기운으로 작용하고 내 업, 업장으로 인한 현상입니다. 그런데 법, 진리라는 것을 말하는 사람들이 뭐라고 하는가 하면, 마장(魔障)이라는 것은 마(魔 이것은 마귀, 귀신을 의미하는 것)라고 하여 이 쓸데없는 것이 나에게 붙어 있다는 식으로 이 업장을 취급합니다. 참 안타까운 일인데, 그럼 성직자라고 하는 직업을 가진 사람들은 이것이 없을까. 그렇지 않습니다. 이 부분은 그들만의 착각인데, 그 이유는 성직자라고 하여 도를 닦기 때문이다. 그러므로 그 자신은 청정하다고 하지만 어쩌다 그들은 그 직업을 가졌을 뿐 그 자신 스스로 이같이 업, 업장이 없을 것이라고 하는 말은 이치에 맞지 않습니다.

다시 말하지만, 인간은 이 업(業)이라는 것이 없다면 태어나야 할 이유가 없다 했습니다. 그렇다면 그들도 분명하게 어떤 업이든 있을 것인데, 앞서 말한 대로 사람은 태어나면서 이미 나라고 하는 관념을 가지고 있고, 이 '나'라고 인식하는 그 '나'가 온전한 나의 본마음의 '나'가 아닐 수 있다 했으므로 그 자신들도 그 자신을 온전한 나라고 인식하고 살 것이므로 일반인과 다르지 않습니다. 이같이 업장(다른 기운)

이 있는가, 없는가는 '참나'의 색, 즉 생명체가 가지고 있는 마음의 색으로 알 수 있다고 말했습니다. 따라서 이 이치로 내 가 몇 개의 업장의 장해를 받고 있는가를 알 수 있고 이것으로 인간의 이치, 운명을 다 알 수 있다고 한 것입니다. 결국, 이것이 있으므로 내 삶에 방해가 되고 괴로움이라는 것을 느끼게 됩니다. 괴로움을 느끼는 그 마음이 나 자신의 본마음이라는 것을 알아야 하는데, 똑같은 내 마음으로 행한 것이지만 결국 내 마음으로 행한 것이 아니므로 이같이 괴로움이라는 것을 느낍니다.

이같이 업장의 작용은 여러분이 상상할 수 없을 만큼 냉혹한 것이므로 내가 지은 내 업으로 사는 것이 자업자득이고 이것의 방해로 인해서 결국, 잘 나가던 사업도 망하게 되고 결혼도 못 하게 되고 만성질환도 갖게 되고 나 자신의 삶에 지대한 영향을 주게 되어 결국은 나 자신을 파멸의 길로 이끌게 되기 때문에 업(業)을 짓지 말고 착하게, 선하게 인간다운 도리 다하고 인간답게 살아야 한다고 한 것입니다. 내 업에 의하여 내가 파놓은 덫에 내가 걸려 허우적대고 있지만, 문제는 자신이 현재 먹고살 만하면 이 같은 것은 마음에 두지 않고 살다가 그 마음에 꼭 뭔가가 문제가 있으면 마음공부를 한다 하고 진리를 아는 공부를 한다고 하지만 이같이 정법을 만났을 때, 자신을 바꾸어가지 못하면 답이 없으며 이 같은 시간은 자신에게 길게 머물러 주지 않는다는 것을 알아야 합니다. 그 이유는 모든 것은 정해진 시간, 즉 자신이 이 법과의 얼마만큼의 인연을 지었는가에 달려 있기 때문인데, 어떤 업이든 속된 말로 그 업이라는 것은 정해진 시간 '유통기한'이 있기 때문입니다.

빙의, 퇴마 -3

앞서 나는 모든 업은 이치에 맞지
않으면 생기는 것이라고 말했고, 이 업(業)은 업마다 정해진 시간 동안
(유통기한) 나에게 영향을 주고, 이것은 나의 '참나'의 기운으로 존재한
다고 했습니다. 이 말은 나 자신이 진리이치를 모른다고 하여도 알 수
없는 윤회를 하면 그 업은 그 업의 시간(유통기한)에 따라서 소멸은 될
것입니다. 다시 말하면 천 번을 윤회하여 자연소멸이 되게 기다릴 것인
가, 아니면 이같이 정법을 만난, 그 인연으로 그것을 개선하고 줄여나
갈 것인가는 오로지 자신의 몫입니다. 이것은 마치 거대한 얼음덩어리
도 바늘로 한번 찔러 흠집을 내놓으면 언제인가 그 흠집으로 그 거대
한 얼음덩어리는 깨지게 되어 있는 이치와 같다고 했습니다. 그런데 이
것은 '내 마음'이 의식을 갖는가, 갖지 못하는가에 따라, 자신이 해야 하
고 이것마저 누가 대신해줄 수 없는 노릇이기 때문입니다.

그러므로 진리이치를 바르게 알고 알지 못하고, 또 그것을 따르고 따
르지 못하고는 자신이 알아서 하면 될 몫일 뿐입니다. 여러분이 반드시
알아야 할 것이 있는데, 그것은 불법을 안다고 하여 기존에 알고 있는
석가모니가 말했다는 그 관념으로 이 법을 보면 안 됩니다. 이 말은 불
교에서 말하는 일반적인 자비는 없기 때문이고 또 누구처럼 여러분 개
개인의 입맛에 맞추어 인간적으로 언제까지나, 품어야 할 이유 없으며
내가 하는 말이 이치에 맞으면 자신이 의지를 세우고 자신이 스스로
이 법을 의지하고 따라오는 수밖에는 별도리가 없습니다. 아픈 상처는

냉정하게 그 근본을 도려내지 않고 입김으로 인간적인 감정으로 호호 불어준다고 하여 그 상처가 자동으로 치료된다고 하는 이치는 내가 말하는 이 법에는 없고 불교에는 존재합니다. 이 말이 무슨 말인가. 자신을 위해 냉정하게 생각해보아야 할 것입니다.

내가 말하는 것은 자신의 바른 의식과 의지를 갖고 뼈를 깎는 고통이 없이는 반대로 그에 맞는 희열이 없다는 것이고 반대로 말하면, 희열, 자신의 운명을 바꾸어 얻어지는 기쁨을 맛보려면 그만큼의 고행을 해야 얻어지는 것이 있다는 뜻입니다. 자신이 인식하는 이 '나'라는 것을 바꾼다는 것 매우 어렵다는 말이고 이것은 윤회 속에 단단히 굳어진 자신의 근성, 습성을 이치에 맞게 바꾸어 간다는 것이 고행이고 이 과정을 나는 수행이라 말했습니다. 따라서 거만하게 오만하게 자신의 그 마음 그대로 두고 거기에 뭔가를 채우면, 알면 뭐가 다 자동으로 되는 줄 아는 그 마음을 버려야 합니다. 그러나 반대로 자신이 이치에 맞는 마음으로 마음을 고쳐 가면 진리는 그에 상응하게 반응을 한다는 것을 알아야 합니다. 먹고살 만하면 진리를 떠나 살 수 있을 것 같지만, 그것은 오만함이고 생명체는 진리이치를 떠나 한시도 살 수 없다는 것을 알아야 합니다.

마음공부란 어떻게 하는 것인가, 답은 간단한데, 먼저 여러분이 알고 있는 진리의 세계에 대한 개념을 내가 말하고 있는 개념으로 다 바꾸어 바르게 이 세계를 인지하는 것이 중요합니다. 본 카페에 무수하게 쓰고 있는 글은 일반적으로 우리가 아는 내용과 비슷하다 할 수 있을지 모르겠지만, 사실은 그 내용은 다른데, 그 다른 부분을 보고 뭐가 다른지 스스로 정립해나가는 것이 마음공부인데, 문제는 여러분은 불교 공부를 했다고 해도 이같이 깊은 말을 들어본 적이 없으므로 내 말이 무슨 말인가 정립을 잘하지 못할 것입니다. 결국, 마음공부를 여러분이 했다고 해도 실제는 그것은 마음공부가 아니라, '타력', '타성'에 젖어 어떤 대상에게 뭔가를 의지했고, 바랐던 것이 전부이므로 실제 불교 공부를 했다 하여, 아니, 불교에서 하는 무슨 말을 조금 알았다고 하여 마음공부를 했다, 진리 공부했다고 하겠지만, 그것은 실제 마음공부라는 것은 아님을 알아야 합니다.

따라서 마음공부란 '진리'에 대한 바른 이해가 우선이며, 그다음은 '이치에 맞는 마음'을 만드는 것인데, 이것의 기본이 '인간답게, 인간다운 기본행'을 해야 한다고 했고, 이것은 '윤리와 도덕'이 기준이 된다고 말했습니다. 이 두 가지가 바탕이 되어 결국은 '이치에 맞는 행'을 하는 것이 내가 업을 짓지 않는 것이고, 결국은 내 괴로움을 줄여나갈 수 있습니다. 이것이 아니라면 내가 어떤 것을 한다고 해도 결국 나 자신을 위해 도움되는 것은 없습니다. 문제는 가장 기본이 되는 이 '진리'라는 것이 무엇인가도 여러분은 쉽게 정립하지 못할 것인데, 그것은 이 세상이 온통 자신들이 말하는 것이 다 '진리'라고 말하기 때문입니다. 문제는 이 '진리'라는 말, 누구나 말할 수는 있지만, 더 나아가 '진리이치'라는 것을 나처럼 말하고 있는 사람은 없을 것입니다. 진리와 진리이치 비슷한 말로 들리겠지만, 진리는 포괄적인 이야기이고, 진리이치라는 말은 더 섬세한 말로써 비유하면 진리라고 하는 것은 '지구'라는 것을 의미한다면 '진리이치'는 이 지구에 사는 생명체의 근본을 섬세하게 이야기하는 것과 같은 것이라 할 것입니다.

따라서 막연하게 마장, 마구니, 빙의, 업장 등을 이야기하지만, 이것은 다 같은 개념이고 한마디로 화현의 부처님법으로 이야기한다면, '다른 생명체 기운의 작용이다.' 라고 하면 됩니다. 따라서 이 기운이라는 것은 내가 죽으면 육신의 마음, 즉 나라고 인식하고 있는 이 육신의 마음은 없어지는 것은 당연한데, 불교에서 마음이라고 하는 말은 바로 이 육신이 있으므로 인식하는 '나'라고 하는 육신의 마음을 이야기하고 있으므로 죽을 때까지 여러분이 이 육신의 마음을 이야기해도, 이 마음만으로 내가 말하고 있는 진리이치를 알기 어렵고, 또, 나 자신을 알기 어렵습니다. 다시 알기 쉽게 이야기하면 불교는 보이는 현상만 이야기합니다. 하나의 나무가 있다면 불교는 보이는 물체, 형상만 이야기하는 것이고 그 뿌리(운명)는 인정하지 않습니다. 그러므로 불교에서 진리라고 하는 이 말은 보이는 형상을 하고 '진리'라고 하는 말이고, 내가 하는 말은 보이는 그 나무의 본질(뿌리-운명)을 이야기하는 것이므로 차원이 다릅니다.

나는 그 뿌리를 '참나-운명'이라고 말했지만, 불교는 그것을 '아뢰야식'이라고 했으므로, 차원이 다릅니다. 따라서 생명체의 근본, 근원이 되는 이 '마음'이라는 것을 모르면 자신이 스스로 깨닫지 못하면 절대 법, 진리이치를 말할 수 없다는 것이 됩니다. 그러기에 무수하게 우후죽순처럼 사상으로 존재하는 무수한 이야기 들어봐야 여러분은 마음에 끄달림만 남게 됩니다. 우리가 마음공부, 마음공부 하지만 실제 이 마음공부가 뭔가도 모르고 마음공부 한다는 말 하는데, 이 마음공부는 문자 하나 말하고 해석하는 것이 마음공부는 아닙니다.

불가에서 일반적으로 말하는 〈유물능위만상주(有物能爲萬象主)〉라는 말을 보면 "한 물건이 있어서 삼라만상의 주인공이 되고 일체가 마음의 짓는 바로써, 우주 만유가 모두 마음의 화현이므로 마음이 곧 조물주인 까닭이다."라고 한 말을 해석하는 것이 마음공부가 아니라는 뜻입니다. 이 말은 얼마 전까지만 해도 한문(漢文)으로 된 문자를 사용했으므로 한문으로 된 글자를 볼 수밖에는 없었기 때문에 이같이 한 문장 하나 해놓고 그것을 해석한다고 하여 '진리'를 안다, 깨트렸다고 말할 수 없다는 뜻인데, 그런데 위와 같이 한문 몇 자 써놓고 그것이 이치에 맞는 말인가 아닌가도 스스로 분별하지 못하고 그 같은 말에 끄달리는 것은 이치에 맞지 않습니다.

실제 그 말을 보면, 유물능위만상주(有物能爲萬象主)라는 말 속에 '한 물건'이라는 말이 나옵니다. 그러나 마음이라는 것은 물질의 개념으로 존재하지 않으므로 이같이 '한 물건'이라는 말을 하면 안 됩니다. 요즘에도 소위 유명하다는 사람들이 말하는 것을 보면 이 '한 물건'이라는 말을 자주 하는데 이 말을 하는 사람은 모두가 '마음'이 뭔가를 모르고 하는 말이라는 것을 알아야 합니다. 마음은 보이지 않는 기운으로 존재하는데, 이같이 '한 물건'이라고 표현하면 안 되고 더 중요한 것은 그 다음의 이야기입니다. 보면, '마음이 있어서 삼라만상의 주인공이 되고 일체가 마음의 짓는 바로써', 이 말도 이 '삼라만상'의 주인공이 된다고 하는 말은 잘못된 것이라 할 수 있는데, 자연은 인간이 주인이 아니며 자연은 그 누가 주인이 될 수도 없습니다. 생명체는 자연 속에 자연을 의지하고 더불어 존재하는 것일 뿐이므로 인간이 자연을 초월하여 그 주인이 될 수는 없으므로 이 말은 잘못된 말입니다.

또, '우주 만유가 모두 마음의 화현이므로 마음이 곧 조물주인 까닭이다.' 라고 하는 말도 보면, 여기서 말하는 우주(宇宙)라는 것도 포괄적으로 우주라는 말을 하는 것도 진리이치를 모르기 때문입니다. 물론 지구라는 것도 우주의 일부는 맞지만, 포괄적으로 '우주 속에 진리 있고, 진리 속에 생명체 있다.' 라고 무식하게 이야기하면 잘못된 것이 됩니다. 이 말은 진리와 진리이치는 다르다는 개념을 정립하면 이해가 될 것입니다. 그러므로 막연하게 '우주 만유가 모두 마음의 화현이므로 마음이 곧 조물주인 까닭이다.' 라고 하면 잘못된 것이고, 또 여기서 조물주라는 말이 나오는데 이 조물주라는 것도 진리적으로 존재하지 않는 말인데, 왜 이같이 말하는가 하면 진리라는 근원, 근본을 모르기 때문에 막연하게 '태초의 생명체는 누가 만들었을까?' 라는 것은 누구나 한 번쯤 의구심을 가졌을 것이나, 이 태초의 이치를 모르기 때문에 이같이 뜬구름 잡은 식으로 '조물주', '우주', '창조자' 등등을 이야기하지만, 이 말은 잘못된 것입니다.

자연은 자연 그대로 존재할 뿐이고, 우리는 이 자연 속에 왔다가 자연 속에 갈 뿐이므로 이 같은 진리이치를 떠나, 인위적으로 '조물주', '우주',

'창조자' 등등을 설정하고 그것을 믿고 따르게 하는 것은 진리(眞理)가 아니라, 사상(思想)이라는 것입니다. 결국은 '마음'이라는 것을 모르면 그 어떤 것도 바르게 정립할 수 없다는 것이고, 이 같은 것이 정립되지 않으면 업, 업장, 마구니, 마장, 영혼, 넋, 혼령 등등 무수하게 하고 있는 말을 정립할 수 없다는 것을 알아야 합니다. 그러기에 무수하게 하고 있는 쓸데없는 말 앞에서도 말했지만 하나를 더 보면, '진리를 찾으려면 다만 한 마음 한 생각에 있을 뿐이다. 사람의 마음이 바로 만사만 리의 근본이 되기 때문이다.'

또, 임제라는 사람이 한 말을 보면 심무처소불가득(心無處所不可得)이라고 하여 이 말은, '마음은 처소가 없는 것이므로 가히 얻어 보지 못하는 것이요, 마음이란 원래 형상이 없는 존재로서 출몰무쌍하고 은현 자재해서 일정한 처소가 없는 것이므로 그 실체를 얻어 볼 수 없는 것이다.'라고 하거나, 또, 본정이라는 사람은 도여허공부하수(道如虛空復何修)라고 하여 '도라는 것이 허공과 같은 것인데 다시 무엇을 닦을 것인가. 도라는 것이 본래 허공과 같아서 아무런 형상이 없는 것이므로 무엇을 닦으려 할 것이 없다. 그저 다만 악취 망연과 사심 잡념 등만 제멸하여 청정 일념에 주하게 되면 도는 은연중 그 가운데 들어 있기 마련이기 때문이다.'

또 단경이라는 사람은 무명무자역무형(無名無字亦无形) '이름도 없고 글자도 없고 형체도 없으며 성품 자리에는 본래 한 이름도, 한 문자도, 한 형체도 없이 다만 공공적적(空空寂寂)하고 고고역력(孤孤歷歷)하기만

한 것이다.' 라고 말했다 하는데, 바로 이것은 이 마음이라는 것을 이같이 이야기하고 있을 뿐 더 구체적인 내용은 없습니다. 위와 같은 내용이 마음에 대한 구체적인 표현(물론 따져 보면 이 내용이 이치에 맞지 않지만)은 앞서 말 한대로 포괄적인 '마음'이라 한다면 내가 말하는 내가 말하는 것은 이보다 더 깊은 상위법을 한발 더 나아가 진리 정점, 생명체의 본질을 이야기하고 있다는 것을 알아야 합니다.

수없이 한 말이지만 이 진리(眞理)라는 것은 '사람의 생각, 지식, 견해 등에 상관없이 언제나 변함없는 정확한 사실을 진리'라고 말할 수 있습니다. 그런데 세월 따라, 누가 말하는가에 따라서 이것이 변한다면 그것은 진리라 말할 수 없다는 것을 여러분이 인식해야 하는데 세상을 보면 그렇지 않습니다. 소위 뭐가 조금 유명하다는 사람들이 하는 말을 보면 이같이 진리이치를 이야기하는 것이 아니라, 사람의 감성을 자극하는 말을 하고 그 말에 매달려 우리는 산다고 해도 과언은 아닐 것입니다. 사람은 내 입장에 서서, 내 편에 서서 나를 위로해주는 말을 좋아합니다. 우리가 친구를 사귈 때도 그 상대가 나를 위안해주고, 위로해주는 말에 마음이 끌리게 되어 있습니다. 이것은 마치 어린아이가 자기 입맛에 맞는 달콤한 사탕을 좋아하는 것과 같은 것인데, 우리가 쉽게 하는 말을 보면 '입에 달면 그것은 약이 되지 않는다.' 라는 말 생각해보면 될 것입니다.

신神과 귀신鬼神 -1

　　　　　　　　주변에 보면 많은 사람이 신(神)이
라는 것이 실제 있는 것으로 압니다. 그리고 누구는 신(神)의 메시지를
들었다고도 이야기하는데, 결론부터 이야기하면 이 같은 존재는 이 세
상, 아니 이 우주 천지 그 어디에도 없습니다. 그런데 문제는 현실적으
로 자신이 그 무엇을 보았다, 들었다고 하는 사람들이 무수하게 있는
데, 이것은 진리적으로 '빙의'라고 하여 다른 기운을 마음으로 느끼는
것이고 마음이 이같이 작용하면 그리힌 것이 실제 존재하는 것으로 인
식하는 것이 바로 사람이 가지고 있는 마음의 작용입니다. 이러한 현
상은 인간이 이 지구 상에 존재하는 순간부터 있었던 것으로 새삼스
러울 일은 하나도 없습니다. 수차 한 말이지만 두 사람이 밤길을 가다
가 한 사람은 '저 앞에 뭐가 있다'고 인식을 하고 그 무엇을 이야기하지
만, 한 사람은 아무것도 인식하지 못하고 있다고 할 때, 어느 쪽의 말
이 맞으며, 왜 이 같은 현상이 일어나는가, 이것은 왜 그러냐는 것을 정
립하지 못하면 사람들은 이것을 '신의 메시지'라고 이야기할 것입니다.

　그 후, 이 사람은 자신이 보았던 현상을 마치 무용담처럼 이야기하
면 마치 신(神)이라는 것이 실제 존재하는 것으로 인식할 것이나, 이 경
우 진리적으로 이야기하면 두 사람의 업(業)의 이치가 다르므로 한 사
람은 그 자신만의 업의 이치로 그러한 현상이 보이는 것이고, 옆 사람
도 업은 있지만, 그 업의 작용이 다르므로 옆 사람이 본 것을 느끼지
못합니다. 결국 이 같은 것을 본 사람의 이야기를 모아서 우리가 전설

의 고향 같은 데서 나오는 '저승사자'라는 것이 만들어지게 되고, 실제는 이같이 우리가 아는 저승사자의 개념은 진리적으로 존재하지 않습니다. 예전에 어떤 사람이 말하기를 자신이 길을 가면 어디에 무수한 사람이 놀고 있다는 것을 나에게 이야기 한 적이 있습니다. 그런데 이 사람이 느끼는 것은 이생에 살았던 상태의 모습으로 길에 돌아다닌다고 이야기한 적이 있는데, 내 눈에는 그러한 것이 보이지 않았습니다.

그러면 이같이 무엇을 본 사람의 말이 맞는가, 보이지 않는 내가 잘못된 것인가의 문제가 남을 것입니다. 나는 이 부분에서 예전에 '끼리끼리 모인다.' 라는 말을 했는데, 이 사람 자신이 그에 맞는 업을(본성) 가지고 있으므로 그 눈에 실제 보인 것이 아니라, 그 마음의 작용으로 그같이 느끼고 그것이 실제 존재하는 것으로 인식한다는 사실입니다. 이 개념을 이해하려면 먼저 지구의 윤회개념을 정립해야 하는데, 나는 이 지구는 영구불멸하게 존재한다고 했고, 지각변동으로 사람이 살 수 있는 대륙의 모습만 변한다고 이야기했습니다. 이같이 1~5까지 5번의 지각변동이 있었고, 우리가 사는 이 지구의 환경은 5번째라고 말했는데, 이같이 지각변동으로 지구의 모습은 변했다고 해도, 결국 인간이 있으므로 지금과 같은 환경을 인식하지만, 인간이 없다고 하면, 지각변동은 하지만 '마음-진리적 기운'은 그대로 남아 있게 됩니다.

인식할 수 있는 인간이 없으므로 지구는 이같이 스스로 지각변동을 하나, 그것을 인식하는 인간이라는 존재가 없으므로 모를 뿐입니다. 이같이 5번째의 이 지구의 환경이 바뀐다고 하면 다시 지각변동을 할 것이고, 1번의 지구 대륙이 탄생하게 되고, 다시 2~5까지의 모습으로 변하는데, 이 과정의 시기는 알 수 없고 이것을 '영겁의 시간'이라고 하므로 이 과정에 어떠한 존재가 이 지구라는 것을 창조했다는 개념은 성립될 수는 없습니다. 그런데 이 1~5번의 변동 과정에서 그 환경에 맞는 생명체가 존재하고 있었고(이 부분은 현실로 공룡이 있었고, 높은 산에 물고기의 화석이 있는 것으로 확인할 수 있음), 인간이 먹이 사슬의 맨 정점에서 마지막으로 탄생하게 됩니다. 피라미드의 개념으로 보면 인간은 맨 꼭대기에 존재한다고 하면 이미 이 세상은 드러날 대로 모두 것이 다 드러난 5번째의 지구에 존재한다는 것을 현실적으로 이해할 수 있을 것입니다.

이것이 생명체의 개념에서 맨 마지막 꼭짓점에서 인간이라고 한다면(유정물의 개념), 인간 같은 생명체가 아닌 것(무정물의 개념)에서는 음식을 들 수 있는데, 유정의 생명체가 먹을 수 있는 것 쌀과 같은 곡물, 감자, 고구마와 같은 것들, 음식 재료가 되는 것들도 이제는 이 세상에 다 드러나 있다는 것은 무엇을 의미하는가입니다. 인간이라는 유정의 생명체가 꼭짓점에 있고, 음식의 기본이 다 드러나 있으므로 이것은 유정(有情), 무정(無情)의 개념에서 이미 이 세상에 드러낼 것은 다 드러냈다는 것은 이제 더는 신비해 할 것도 없고, 드러내야 할 것도 없는 종말의 시대가 왔음을 의미한다는 것을 알아야 합니다. 나는 이 부분에서 달도 차면 기운다는 이야기를 했는데, 현실적으로 보면 남녀의 성이 없어져 가고 인간 윤리와 도덕은 이미 다 사라졌으며 나라고 하는 인간의 상(象)이 극에 치닫고 있음은 무엇을 의미하는가입니다.

과거 우리는 어떠한 음식 재료가 하나씩 나올 때마다 그것을 신비하게 생각했고, 이것은 자연이 주는 선물이라는 말 많이 했는데, 이제는 그러한 세상은 오지 않으며 그 같은 시대는 끝이 났다는 것은 무엇을 의미하는가입니다. 또 인간이 인간다움이 다 사라졌다고 하는 것은 무엇을 의미하는가인데, 이같이 진리가 존재하는 이 지구에는 이미 이 세상에 드러낼 것은 다 나타냈으므로 신비해 할 것도 없고 자연에 무엇을 기대한다는 그 자체도 의미가 없습니다. 참으로 심각한 문제인데, 더 중요한 것은 '기온의 변화', '자연환경의 변화'라는 것을 우리는 심각하게 받아들여야 하는데, 결국 유정, 무정의 생명체와 자연의 변화 이 같은 현상을 우리는 방관하고 이제는 무덤덤한 마음으로 신경도 쓰지 않으며, 오로지 돈만 있으면 인간이 살 수 있다는 이상한 경제 논리로 세계 1, 2 등을 이야기하는 이 물질의 논리가 판치고 있다는 것은 안타까운 일이라 할 것입니다.

따라서 이 세상에 내가 이야기하는 이 같은 논리를 이야기하는 사람이 하나도 없다는 것은 뭔가, 바로 '진리이치'라는 것, 보이지 않는 마음에 작용(진리적인 기운의 흐름)을 알지 못하기 때문에, 진리이치-물질이치 이 두 가지를 정립하지 못하고 무수한 사람이 이야기하는 것은 결국 보이는 물질에 대한 현상만으로 이야기합니다. 따라서 이같이 지구라는 것이 맨 마지막 5번째의 지구에 이르고 그 기운이 극(極)에 다다르면 앞서 이야기한 대로 무수한 자연의 현상이 일어나고, 또 정점에 있는 인간들의 마음이 극에 달하게 되며 이러한 기운의 변화는 나타나는데, '마음'이라는 것이 무엇이고 어떻게 작용하는지를 모르기 때문에 이같이 진리이치를 말하는 사람이 없었으므로 다들 종교적 사상으로만 이야기합니다.

　수차 말하지만 '진리의 기운'은 지구가 지각변동을 해도 항상 존재하고 그 기운에 따라, 환경이 만들어지고 그에 맞게 무수한 생명체가 돌연변이의 진화를 거듭하여 그 정점에 인간이 맨 마지막 돌연변이로 지구에 존재하게 됩니다. 자연이라는 기운이 변하므로 자연의 환경(보이는 모습)이 변하고, 그 변한 기운과 환경에 따라 인간은 자연이 최대한 보여주는 극의 정점에서 인간은 존재하고 있을 뿐이므로 인간이 위대하다고 하는 인간 우월주의의 말은 아무런 의미 없고, 생명체의 본질에서는 일체의 동물은 다 같은 것이고 다만 마음이라는 것을 하나 더 가지고 있다는 사실만이 존재합니다. 이 같은 개념으로 모든 것은 극(極)에 다 이르렀다는 사실만이 존재합니다. 그 비참한 결과만이 우리의 미래로 기다리고 있다는 사실입니다.

신神과 귀신鬼神 -2

　　　　　문제는 이같이 변해가는 이 현실에 과연 구원해준다는 존재, 소위 말하는 신(神)이라는 존재는 있는가, 있다면 어디서 무엇을 하는가인데, 예전에 네팔에서 대지진이 났을 때, 그 나라에서 사람들이 믿는 신(神)이라는 것이 약 2천여 개가 된다고 말하는 것을 보았는데, 그러면 그같이 자연의 재앙이라고 하는 지진이 왜 생기게 놔두는가입니다. 수많은 사람이 이같이 자연재해를 당하지 않게 해주는 것이 현실적으로 신(神)이라는 존재가 해야 할 몫일 텐데 그런데도 우리는 속수무책으로 눈앞에서 벌어지는 처참한 상황을 보고 말았는데 이 부분에 대하여 세상 사람들은 뭐라고 하는가입니다. 아무 말 못 하고 '자연재해'라는 이야기하고 인간적인 안타까움만 이야기합니다. 물론 인간적인 안타까운 것이야 말할 수 없겠지만, 문제는 가만히 있어야 할 지구라는 것이 이 같은 현상을 일으키고 있고, 이처럼 갈수록 인간을 위협하는가입니다.

이같이 자연은 말없이 자연의 순리대로 흘러가지만, 자연 속에 존재하는 인간만이 이 자연을 거스릅니다. 그것은 바로 '마음'이라는 것을 가졌으므로 그렇고, 인간 같은 마음이 없는 무수한 생명체는 그 자연의 흐름을 거스르지 않습니다. 이것이 바로 마음을 가진 인간과 동물의 차이이므로 마음을 가진 인간은 이처럼 '무서운 존재'인데, 우리는 뭐라고 하는가. 인간이 소우주고, 부처가 될 불성이 있으며 모든 동물에 비해 우월하다는 이상한 논리로 인간이 인간 자신을 스스로 정당화하고 합리화하며 살아가는 모순 속에 빠져 있습니다. 그럼에도 이 것을 자각하지 못하고 오직 물질의 논리로만 모든 것을 잣대질하고 저울질하는 것은 진리이치에 어긋난 것이라는 것을 자각해야 하지만, 설령 지금이라도 치우쳐진 마음을 바로잡는다고 해도 이미 때가 늦었다는 사실만 존재합니다.

지구의 모습은 앞서 말한 대로 그 이치에 맞게 변해가겠지만(이것이 물질의 이치) 문제는 보이지 않는 인간의 이 마음은 육신(몸)의 기능이 멈춘다고 해도 마음이라는 기운이 남으므로(이 기운은 멸하지 않고 영구 불멸하게 존재함) 그 이치에 맞게 지각변동을 한다고 해도 존재하며 그 모습만 나타났다가 사라지고 그 모습을 우리 자신은 인간(人間)이라고 이름하고 있을 뿐입니다. 결국, 이 과정에서 보면, 나의 마음이 있으므로 나라고 하는 존재가 몸을 가지고 있으므로 몸(보이는 물질이치), 마음(보이지 않는 기운의 작용) 이 두 가지의 개념으로 우리는 마음이라는 기운을 가진 인간이 됩니다.

이 개념이 진리이치에서 생명체, 인간이 존재하는 이치이므로 앞서 말한 이 5번째의 지구가 멸한다고 해도 결국 마음이라는 진리적인 기운은 항상 있으므로 1번 지구가 되면 그 이치에 맞는 것, 업의 이치에 따라 그에 맞게 생명체는 존재하고 자연이라는 환경의 기운이 바뀌면 또 그것에 맞게 생명체가 존재하게 되고 오늘에 이르러 인간이라는 것이 꼭짓점의 정점에서 존재하고 있을 뿐입니다. 그러면 기운의 작용으로 '나'라는 것이 있다고 하면, 몸이 없는 기운은 어딘가에 있다는 이야기인데, 바로 이 지구 속에만 '진리적인 기운−마음'으로 존재하므로 인간이 이 지구 상에 존재하기 시작할 때, 이미 이 기운의 작용이 있으므로 인간은 이 같은 작용의 이치를 모르고 신(神)이 있어 나에게 어떤 작용을 하는 것으로 생각했고, 이러한 것이 세월이 지나면서 사상으로 발전하여 지금과 같은 종교의 개념으로 자리하게 되었을 뿐입니다.

그러므로 우리가 일반적으로 이야기하는 이 신(神)이다, 귀신(鬼神)이라고 하는 것들은 다 이같이 하나의 생명체의 마음-기운이 그 업의 이치에 따라서 작용하는 기운의 현상일 뿐이라는 것이 진리적 입장입니다. 이처럼 똑같은 상황에서도 누구는 어떤 것이 있다고 인식하고, 누구는 없다고 인식하는 차이가 바로 이같이 기운의 작용이 있기 때문이고, 이것은 개개인이 가지고 있는 자업자득·인과응보의 이치에 따라 제각각 느끼는 마음에 작용일 뿐이므로 일반적인 신(神), 귀신(鬼神)이라는 그러한 것은 없고, 따라서 그 무엇이 나에게 영향을 주는 대상은 존재하지 않습니다. 나는 생명체는 돌연변이로 태어나는 것이고 따라서 단군신화 같은 것은 있을 수 없는 것은 당연하고 무덤 속에 혼령이 있다는 것도 이치에 맞지 않으며 내가 죽으면 나는 내 업에 따라 그 마음의 작용으로 그것에 맞게 태어나고 죽음만을 반복할 뿐입니다.

그러므로 이 개념으로 사람들은 신(神)이라고 하여 어떠한 메시지를 들었다고 하는 것은 그 사람의 관념에 그렇게 작용하는 것뿐이므로 인간역사이래 자리하고 있는 대로 신(神)은 좋은 것 귀신(鬼神)은 나와 상관없이 좋지 않은 것, 저승사자는 나를 잡으러 오는 사람, 어떤 존재가 나를 보호해줄 것이라고 하는 무수한 사상의 관념은 실제 진리적으로 아무런 의미가 없습니다. 그런데 우리는 어떤가, 신(神) 귀신(鬼神) 등과 같은 것이 정립되지 않았으므로 무수한 사상이 만들어지고 개개인의 관념에 따라 그것을 믿지만, 말한 것처럼 의식을 가진 인간으로 옳고 그름을 분별하지 못하면 아무리 무슨 말을 해도 믿지 않을 것이므로 관념이라는 것은 매우 무섭고 한번 길든 그 관념을 바꾸는 것은 매우 어려우므로 근본이 되는 마음을 바꾼다는 것은 또 다른 고통이 있다고 나는 이야기했습니다.

그러므로 신(神)이다, 귀신(鬼神)이라고 하는 것은 현실적으로나 진리적으로 없고, 오로지 내가 지은 업에 따른 마음에 작용으로 나에게 영향을 준다는 것이고 이 과정을 나는 '진리이치의 작용이다.' 라고 한 것이고, 마음공부다 뭐다 다 의미 없으며 인간이면 인간다운 마음으로 이치에 맞게 살면 그뿐이라는 사실만 존재할 뿐입니다. 그러니 이같이 진리이치에 맞지 않는 말 무수하게 그것이 마치 실제 존재하는 것으로 이야기하는 무수한 이야기는 의미 없고, 이같이 진리의 작용을 아는 것이 바로 깨달음이라고 나는 말했으므로 나 자신이 어떠한 관념을 갖고 사는가는 각자의 몫으로 둘 수밖에는 없습니다. 신(神), 귀신(鬼神)이라는 것은 결국 죽은 사람은 '마음'만 남게 되고 이 마음이 내 마음에 작용하여 나타나는 일종의 기운(마음) 현상으로 작용하는 것뿐이므로 결국 어떤 사람이 신(神)이라고 말하는 것은 내 업에 의한 현상일 뿐입니다. 그런데 인간은 좋은 것은 신(神)이라고 하고, 좋지 않은 것은 귀신(鬼神)이라고 하는 말은 마음의 작용, 진리이치를 모르고 하는 말에 불과합니다.

나는 이 세상에 모든 생명체는 '기운'의 작용으로 움직인다고 했고, 인간은 이것을 '마음'이라고 했는데, 결국 '나'라고 하는 이 관념 속에 다른 기운(마음)의 작용으로 '신(神)이다', '귀신(鬼神)이다'를 분별하는 것뿐입니다. 이 지구는 결국 진리의 기운이라는 '기운' 작용으로 움직이고 있다는 이야기고, 나에게 어떠한 현상이 일어났다, 예를 들면 산속 어디에 무엇이 있다고 느끼는 것은 나만의 업에 의한 '빙의' 작용이라는 것이고, 이러한 현상은 개개인의 업에 따라 느끼고, 나타나는 것이 다 다를 뿐입니다. 그런데 이것은 이같이 관념 속에 나타나는 경우도 있고, 정신병, 만성질환, 우울증 등등 무수한 현상으로 내 몸과 마음에 영향을 주고 있다는 것이 진리적 입장입니다. 따라서 신(神)이다, 귀신(鬼神)이 있다고 하여 누구는 여기에 신의 메시지가 있다고도 이야기하지만, 업에 의한 빙의 현상인데 이것은 인간이 이 지구 상에 존재할 때부터 있었던 것이고, 이 부분이 역사 이래 정리가 되지 않았으므로 오늘날까지 이같이 무수한 말이 난무합니다.

따라서 이같이 신(神)이다, 귀신(鬼神)이라는 것의 작용은 마음만 이치에 맞게 하면 얼마든지 그 현상은 사라지게 됩니다. 업, 업장을 소멸한다는 개념은 바로 마음을 이치에 맞게 만들면 되는 간단하지만, 매우 어려운 일이기도 합니다. 이 개념을 모르면 우리는 위대한 것은 신(神)이다, 귀신(鬼神)은 좋지 않은 것이라고 하고, 사상적으로 영성이라는 말을 하고 또 누구는 신이 이 세상에 신의 메시지를 가져왔다고 주장하기도 하지만 신(神)이다, 귀신(鬼神)이라는 존재는 내 업에 의한 기운의 작용이고, 일종의 빙의 현상에 불과한 것이다 입니다.

남는 것

살아있는 생명체는 인간이 되었든 무엇이 되었든, 죽음이라는 것을 피할 수는 없습니다. 그렇다면 이 죽음이라는 것에 무엇이고 왜 태어나는 것인가에 대한 답을 구하기 위해서 우리는 여러 가지 방법을 동원합니다. 그리고 각각의 사상(思想)에 따라 여러분의 입장이 다 다를 것이고, 이 죽음이라는 것을이 두고 종교라는 것이 생겨난 것이므로 어찌 되었든 이 '죽음'이라는 말이 핵심이 됩니다. 그렇다면 인간은 죽으면 무엇이 남고, '나'라고 하는 존재는 어디로 가는 것인가에 대한 의구심은 가질 수밖에는 없을 것입니다. 이 글을 보는 여러분은 죽고 나면 과연 어디로 무엇이 갈까를 질문하면 자기 뜻에 따라서 그 답은 다 달라질 것입니다. 과연 우리가 죽고 나면 무엇이 어떻게 전개되는가를 보면, 먼저 진리적으로 우리가 가는 곳은 우리가 사는 이 공기 속 자연에 존재하는데 무엇이 존재할까. 그것은 바로 '마음'이라고 하는 진리적 기운만 존재합니다. 따라서 우리가 보통 '나'라고 하는 것은 육신의 마음이고 이것은 일회용이라 했고, 이 마음은 상(相)의 마음(기운)으로 죽으면 사라집니다.

그러나 육신의 마음인 이 '나'라고 하는 것은 육신이 있으므로 보통은 이 육신의 마음으로 모든 것을 행하고 내가 행한 모든 것은 바로 상(象)으로 진리적으로 분별이 되고, 이것은 식(識)으로 남아 나의 본래의 자리에 각인됩니다. 따라서 '참나'라고 하는 것은 나의 근본을 이야기하고, 이것은 영구불멸한 것이므로 육신이 행한 결과는 모두가 이 같은 과정을 '찰나' 속에 이루어져 버리며 결국 남은 것은 생명체의 근본인 '참나' 속에 남게 되므로 육신이 죽어서 흔히 '영혼이 빠져나간다', '넋이 나갔다'고 하는 것은 없으며, 진리적으로 나의 근본이 되는 '참나'라고 하는 기운만 나에게 단절이 될 뿐 오가는 것은 없습니다.

그러므로 진리적으로는 오로지 '참나'라고 하는 것과 육신이 있으므로 육신의 '나'만이 존재할 뿐 더 이상의 어떠한 의미도 없으며 그러므로 이 공기 속에는 아무것도 존재하지 않습니다. 그야말로 무와 공이지만 문제는 이 속에 바로 '진리적 기운'이 존재한다는 것이고 따라서 우리가 죽으면 나의 근본이 되는 것만 존재할 뿐입니다. 그리고 그 참나에 각인이 된, 나의 근본만 남게 되므로 넋이 나가고 혼령이 어떻고 라는 이치는 없습니다. 생명체의 모든 것은 이처럼 자연이 있는 이 공기 속에 하나의 기운으로만 존재할 뿐이므로 영혼, 넋 등의 말은 의미가 없는데, 과거 한동안 흉가에서 귀신을 보았다는 방송이 유행하던 시기가 있었는데, 이때 그들이 보았다, 영혼이 실제 존재하고 사진으로도 찍혔다는 등등 무수한 말을 하지만 기운으로 존재하는 것을 이처럼 물질의 개념으로 볼 수도, 알 수도 없습니다.

보이지 않는 그 진리의 세계와 물질의 개념으로 사는 이 세상의 이치는 철저하게 분리가 되어 있으며, 만약 누구 눈에 이 같은 것이, 과학의 논리로 이 세계를 알 수 있다면 이 세상은 존재할 수 없으므로 이 같은 개념을 이해하여야 합니다. 그러므로 죽어서 남는 것은 오로지 '기운'만 남게 되는데, 쉽게 이것을 이해하기 위하여 눈을 감고 미국에 있는 누구를 생각해보면 금방 떠오릅니다. 이와 같은 마음작용은 물질의 개념으로도 잴 수 없고 그야말로 '찰라'일 것이고 바로 이것이 마음이라는 기운의 작용입니다.

또 하나 이해를 돕기 위하여 말하면, 남녀가 사귈 때 옆에 앉아 있는 상대에게 자신이 좋은 마음을 갖고 있다면, 그 마음이 상대에게 전달되고 상대의 마음에는 이 사람 '호감이 간다.', '좋은 사람', '마음에 드네.' 등등으로 마음이 일어나게 됩니다. 그러나 이때 작용하는 그 마음속에 이치에 맞는 마음(기운)이 작용할 수 있고, 그 업에 의한 입장(빙의)의 마음(기운)이 작용할 수 있으므로(이것에 대한 이야기는 다음에 합니다.) 마음이라는 것은 이처럼 기운으로 존재하고 죽으면 이 기운의 작용만 남게 됩니다. 문제는 이 같은 마음(기운)은 살아있는 사람이나, 죽어있는 사람이나 이치는 같은 것이고 다만 육신이 있고 없고의 차이만 존재합니다. 육신이 있어 살아있는 경우는 나라고 하는 상(相)이라는 것이 더 있을 뿐이고 죽으면 당연히 육신이 없으므로 육신이 나라고 느끼는 그 육신의 마음은 없어지므로 차이는 육신이 있고 없고의 차이만 존재합니다.

그러므로 어떤 사람이 죽었다고 할 때, 그 사람이 살아서 가지고 있던 '나'라고 하는 마음은 없어지지만, 문제는 살아있을 때 자신이 지은 업의 이치에 따라서 참나는 그 이치대로 반응할 뿐입니다. 다시 말하면 내가 살아있을 때 특정한 누구를 좋아했다고 한다면 그 좋은 감정이 애착이 되어 윤회 속에 들지 못하고 그 기운(마음)이 내 마음(기운)에 영향을 준다는 것이 업이 많아 윤회에 들지 못한 영가(마음-기운)이라고 하는 것입니다. 이 같은 작용은 각각 자신들의 업에 따라서 나타나는 현상이 다 다르므로 한마디로 정의할 수 없습니다.

현실과 가상

직설적으로 이야기하면, 우리는 '현실과 이상'이라는 것조차 분별하지 못하고 살고 있다는 사실입니다. 현실(現實)은 지금, 현재 이 순간 실제로 존재하는 상태 또는 사실, 이것을 현실(現實)이라고 합니다. 이상(理想)이라고 하는 것은 인간이 '생각할 수 있는 범위 안에서 가장 완전하다고 여겨지는 상태' 또는 철학의 개념으로 생각할 수 있는 가장 완전한 상태, 절대적인 지성이나 감정의 최고 형태로 실현이라고 보통은 이야기합니다. 문제는 뭔가 하면 우리가 현실적으로 보이는 이 '현실'에 대한 부분과 현실이 아닌 '이상'에 대한 분별을 정립하지 못하고 있으므로 '현실+이상'이라는 공식으로 현실도 있고, 이상도 있다는 관념을 갖고 이것을 분별하지 못하고 삽니다.

다시 이야기하면 현실은 우리가 사는 이 세상을 이야기하고, 이상은 현존하지 않는 것, 미래의 것을 이야기하는데, 문제는 온 세상 사람들이 '현실+이상'을 혼용하여 말하기 때문에 이것은 '내가 무엇을 어떻게 하면 어떻게 될 것이다. 현실을 이상에 맞추거나, 이상향을 생각하며 현실 속에 고통은 인내하거나, 또는 현실에 어떻게 하면 자신이 생각하는 이상(理想)이 현실(現實)화될 것이라고 믿습니다. 문제는 이같이 '이상'과 '현실'이라는 것을 바르게 분별하지 못한다는 것이 문제인데, 이상(理想)이라는 것을 쉽게 이야기하면 '꿈'이라고 말할 수 있는데, 꿈과 현실은 같은 것이 아니라는 것을 알아야 합니다. 이 말은 꿈(이상)이라는 것은 현실을 떠나 존재할 수 없으므로 오직 이 순간의 현실만 존재하기 때문에 이것을 찰나(刹那)라고 하는 것이고, 오직 이 순간에 '현실'만이 존재합니다.

그러므로 이상(理想)이라는 것은 인간이 만든 이상향일 뿐이며, 이것을 철학개념으로 이야기하면 인간이 '생각할 수 있는 가장 완전한 상태', '절대적인 지성이나 감정의 최고 형태'라고 하는 것도 마찬가지로 인간이 상상하는 이상향, 그야말로 꿈에 불과합니다. 그런데 우리가 사는 이 사회는 이 현실(現實)과 이상(理想)을 혼용하지만 도래되지 않는 이상이라는 것에 꿈을 꿀 필요도, 가질 필요는 없다 할 것입니다. 문제는 종교적으로 이야기하는 것은 현실과 동떨어진 이상(理想)을 추구하는 것이므로 아무리 우리가 이상 속에 존재하는 그 어떠한 대상을 찾으려 해도 찾을 수 없음에도 우리는 그러한 존재를 느끼기 위해 전심전력으로 사상적인 수행을 하지만, 현실 속에 모든 것이 존재하는 이치를 모르고 이같이 막연하게 이상(理想)을 추구하면서 꿈을 꾸기 때문에 이 속에 빠져 있다가 현실로 되돌아오면 이중적인 태도를 보이게 됩니다.

다시 이야기하면 현실 속에 있다가 이상향을 이야기하는 곳에 있다가 하는 것은 마치 목욕탕에 냉탕·온탕을 왔다 갔다 하는 것과 같은 것으로 사람을 정신없게 만들어 버립니다. 종교적 사상에 있을 때는 마치 그러한 것이 실제로 나를 어떻게 해줄 것으로 알고 마음을 빼앗겨 버리다가, 다시 현실로 돌아오면 이상 속에 이야기하는 것과는 너무나 반대되는 현실이 기다리고 있으므로 혼란스러워하게 되어 있는데, 예를 들면 '우리가 죽으면 어디로 가는가?'라고 할 때, 종교적 사상으로 제시하는 것이 현실(現實)이 아닌 이상(理想)을 이야기합니다. 이 말은 이상향의 그 세계가 이 우주 어디에 별개로 존재하는 것으로 말하는 것을 이상(理想)의 개념으로 말하는데, 진리적으로 이같이 현실을 떠나, 무수하게 말하는 그러한 이상(理想)의 세계, 이상향의 존재는 없습니다. 사실 이 같은 이야기는 여러분이 기존에 알고 있는 그 어떠한 대상, 세계가 있다고 믿는 관념에서 보면 이해되지 않겠지만, 이 개념을 어떻게 정립을 하던 그것은 각자의 몫일 수밖에는 없을 것입니다.

내가 이야기하는 것은 오로지 이 순간(찰나)밖에 없으므로 이 순간 내가 무엇을 어떻게 하는가에 따라, 내 미래는 이 순간 어떻게 하는가에 따른 결과로 전개되는 것뿐이므로 지금 이 순간(현실)을 이치에 맞지 않게 하면, 이상향의 미래는 암울하게 전개될 것이고 반대로 이 순간, 내가 이치(理致)에 맞게 하면 이상향의 미래도 그것이 맞게 이루어지는 것뿐이고, 따라서 현실적으로 이치에 맞지 않는 행을 하면서 종교적 사상 속에 존재하는 그런 이상(理想)을 꿈꾸는 것은 그야말로 꿈에 불과합니다. 누구는 "꿈을 먹고 산다, 꿈이 있으므로 산다."라는 이야기를 하지만, 꿈은 그야말로 꿈, 이상(理想)의 세계이므로 그것과 현실을 연계지어 계산하고 살 필요는 없습니다. 그런데 일부 사람들은 뭐라고 하는가 하면, "모든 것은 내 하기에 달렸다, 마음먹기에 달렸다."라고 이야기하는데, 문제는 내가 무엇을 어떻게 해야 하고 어떠한 마음을 먹어야 하는가에 대한 이야기는 다들 중구난방으로 다 다릅니다.

그리고 그들이 하는 말은 '현실+이상'을 섞어서 하는 말이므로 내가 바른 의식이 없으면 이것을 분별하지 못하고, 그들이 하는 말을 그대로 받아들이게 되어 있습니다. 문제는 이 같은 말들은 인간의 감성을 자극하기에 충분하다는 것이고, 사람들은 이 같은 것에 기대하고 마음을 끄달리고 살아갑니다. 그러니, 어떻게 보면 이루어질 수 없는 이상(理想)을 생각하고 꿈만을 한평생 꾸다가 결국 그 꿈속에 빠져 인생을 마무리하므로 남는 것은 아무것도 없다 할 것입니다. 따라서 이상(理想)이 뭔가 현실이라는 것이 뭔가를 구분해서 이상(理想)이라는 것은 도래하지 않는 것이므로 생각할 필요는 없고, 오직 이 순간 내가 무엇을 어떻게 해야 하는가만이 존재할 뿐입니다. 이 말은 보통 말하는 전생, 이생, 다음 생이라고 하는 세계는 우리가 사는 현실 속에 다 있으므로 사상적으로 설정한 이상(理想)향의 세계는 존재하지 않으며, 모든 것은 오직 이 순간의 현실, 찰나 속에 모든 것은 자업자득·인과응보의 이치로만 존재할 뿐입니다.

현실(現實)과 이상(理想)은 하나가 될 수 없고 다르며, 인간이 생각하는 이상은 꿈에 불과한 것으로 현실이 아닙니다. 그러므로 종교라는 것도 인간이 나의 현실을 떠나 존재할 수 없음에도 파라다이스 같은 이상(理想)을 이야기하고 그것이 실체라는 것으로 이야기하므로 현실을 떠나, 그것에 파묻혀 있다가 다시 현실로 되돌아오면 괴리감을 느끼게 됩니다. 앞서 말한 대로 냉탕·온탕을 반복적으로 왔다 갔다 하면 정신이 없어지는 것과 같은 것이므로 인간이 사상으로 설정하고 만들어 놓은 이상(理想)향의 세계는 존재하지 않으므로 그 꿈에서 자신의 의식이 바르게 이치에 맞게 깨어나는 것만이 최선이므로 이것은 오로지 자신의 의식으로 세상에 존재하는 무수한 말속에 이치에 맞는 것이 무엇이며, 틀린 것이 무엇인가를 스스로 분별하고, 마음을 정립하는 수밖에는 별도리가 없으므로 이 찰나의 시간을 사는 우리 인간이 가장 시급하게 해야 할 몫입니다.

즉문즉설

Q 주관에 대하여—일반적으로 이야기하는 주관이 뚜렷한 사람이라는 것에 대해 생각해보았는데 주관이 뚜렷하다는 것의 기준이 각자 다르고 모호하다는 생각과 주관이 뚜렷하다는 것은 업이 있어 존재하는 이상 온전치 못함으로 자신의 관념이 강한 것뿐이라는 생각이 들었습니다. 주관자의 입장과 주관이 뚜렷한 것 주체적인 것의 차이는 무엇인지요?

A 사람은 누구나 자신만의 주관이 있고, 그 주관대로 살아갑니다. 그러나 반대로 주관이 없다는 말도 하는데, 주관이 있고 없다는 판단은 무엇으로 하는가입니다. 보편적으로 이 '주관'이라는 것의 기준은 '일관성'이라 할 것인데, 이때는 자신이 목적하는 그 무엇에 대한 것이 옳고, 그름을 떠나 목적하는 바를 끝까지 밀고 나가는 것이 기준이라 할 것입니다. 다시 말하면 어떤 사안에 대하여 갈대처럼 흔들리는 마음을 가졌다면 그것은 일관성이 없는 것, 자기중심이 없는 것이 됩니다. 그런데 자신이 생각하는 것에 대하여 옳고 그름을 떠나, 초지일관 그것

을 중심에 두는 것은 '일관성'이 있다고 할 것입니다.

문제는 내가 행동하는 어떤 행동에 대하여 의지를 세우고 끝까지 밀고 나가는 것이 보편적으로 이야기하는 일관성이라고 한다면, 그 일관성에 따라서 결과는 나타나게 될 것인데, 문제는 그 결과에 대한 성취도, 만족도는 내가 어떠한 것에 일관성을 두고 있는가에 따라서 다 다르게 나타납니다. 그래서 이 경우 그 기준을 알고 그 기준에 맞는 마음으로 일관성 있게 마음에 의지를 세우는 것이 중요합니다. 그러므로 우리가 일반적으로 이야기하는 '주관이 뚜렷한 사람'이라고 하는 것은 어떤 것에 대하여 이치에 맞는 것에 대하여 주관을 가지고 그것을 뚜렷하게 한다는 것이 아니라, 자신의 업습의 관념에서 나오는 그 마음을 자기 자신이 놓지 않는 것이 보편적으로 말하는 '주관이 뚜렷한 사람'이라고 하겠지만, 문제는 이것의 기준은 다 다르므로, 이치에 맞는 것에 대하여 의지를 세우고 초지일관 그 마음을 갖고 사는 것이 '주관이 뚜렷한 사람'이 됩니다.

'주관이 없다'는 것은 옳고 그름을 떠나, 흔들리는 갈대와 같은 것이고, '주관이 뚜렷하다'는 것은 자신만의 기준은 있다, 그러나 그것이 옳고 그름인가를 분멸하지 못하고 옹고집의 마음을 가지고 소위 막무가내로 밀고 가는 것이 일반적으로 주관이 뚜렷하다고 할 수 있고, 진리적으로는 '이치에 맞는 것'에 대하여 초지일관 의지를 세워 밀고 나가는 것이 진리적으로 '주관이 뚜렷하다'고 할 수 있다는 이야기입니다. 그러므로 보편적으로 '주관이 뚜렷하다'고 하는 것은 아무런 의미가 없습니다.

이유는 사람마다 업이 다르고 관념이 다르므로 그 기준이 각자 다를 수밖에 없으므로 모호하기 때문입니다. 따라서 이 경우 주관자의 입장이라는 것은 자기 자신만의 관념으로 가지고 있는 것이고 그 관념 속에 자기의 주관이 뚜렷하다고 하는 것이므로 옳지 않습니다.

주체적인 것도 마찬가지 개념이고, 다만 '나'라고 하는 주체자가 어떠한 관념으로 무엇을 '뚜렷하게' 알고 어떠한 주관을 세워 갈 것인가의 문제만 남습니다. 정법으로는 뚜렷한 의식으로 가지고, 진리이치에 맞는 것을 기준으로 주관을 세워가야 한다는 이야기이며, 이것이 진리적으로 주관이 있는 사람이라 할 것입니다. 이것이 아닌 현재 나 자신이 세운 주관은 나 자신의 관념으로 만들어진 마음으로(업습)의 주관이고 이치에 맞지 않는 주관으로 하는 행은 괴로움의 업으로 다가옵니다.

Q 분별에 대해―나와 연관된 것은 분별하고 이치에 맞는 행을 하면 되고, 나와 직접적 연관이 없는 제3 자와의 문제에 대해 그 상황에 분별하는 것은 맞지만, 그것에 대하여 나 자신이 결론 내리지 않아야 한다는 법문 말씀에서 '나와 연관된 것'과 나와 직접적 연관이 없는 제3 자

와의 문제의 구분에 대한 이해가 어렵습니다. 구분하기 모호한 경우가 있지 않을까 하는 생각이 듭니다.

A 질문에 "나와 직접적 연관 없는 제3자와의 문제의 구분에 대한 이해가 어렵다."라고 하는 부분은 결론적으로 본인의 의식으로 정립해야 하는 부분입니다. 마음공부는 자신의 마음을 드러내놓는 것이라고 했으므로 일상을 살면서 나와 연관된 것인가, 아닌가는 자신이 깨어있으므로 충분하게 분별할 수 있으나, 이 개념을 모르면 자신이 어떠한 상황에서 무슨 마음이 일어났다고 말을 하고 그것에 대한 조력을 얻으므로 그것에 대한 답을 찾아갈 수 있을 것입니다. 그런데 '나와 직접적 연관 없는 제3 자와의 문제의 구분에 대한 이해가 어렵습니다.' 라고 한다면 막연한 이야기일 수밖에는 없을 것입니다. 따라서 이 부분을 정립한 다음, 나와 연관이 있는 문제인가, 아닌가부터 분별하는 것을 먼저 이해하고 정립하면 됩니다.

나와 연관이 있는 것은 옳고 그름을 분별하여 자신 스스로 옳은 것을 선택하면 되지만, 이 경우 문제는 자신의 업습으로 형성된 그 관념으로 판단하기 쉬우므로 그마저도 자신은 옳다 생각하겠지만, 틀릴 수도 있다는 이야기입니다. 그래서 끊임없이 일어나는 마음을 혼자서 분별하기 어려우므로 자신의 문제에 있어 '선택'을 해야 하는 결정적인 문제에 있어 조력을 받고 따르라고 한 것입니다. 조력을 해주면 이 법이 맞는다고 하면 그 조력을 실행해야 하는데, 문제는 대부분 사람은 자신의 관념대로 해버리고 마는데, 이것이 바로 나라고 하는 고집스러운 마음이 강하기 때문에 잘 따라오지 못합니다.

그래서 나라고 하는 그 관념, 마음을 쉽게 고치기 어렵다고 말한 것입니다. 따라서 나와 직접 연관된 것은 분별하고 이치에 맞는 행을 하면 되지만 나와 직접적 연관이 없는 제3자와의 문제에 대해 그 상황에 대하여 객관적으로 분별하는 것은 맞지만, 그것에 대하여 나 자신이 결론 내리지 않아야 한다는 것은 나 자신이 결정하면 내 마음이 그 문제에 개입하여 '감 놓아라, 배 놓아라.'라고 하는 문제가 생기기 때문입니다.

따라서 일상에서 '나와 연관된 것'과 '나와 직접적 연관이 없는 것'의 문제는 스스로 일상에서 자신이 그에 답을 구해야 하고 이것이 수행이라 할 수 있으며, 마음공부라 할 수 있습니다. 이런 것도 하지 않으면서 마음공부를 한다고 할 수 없고, 마음공부를 할 수 없습니다.

결국 '나와 연관된 것'은 옳고 그름을 스스로는 나 자신의 업습으로 분별하기 어려우므로 스스로 판단은 해볼 수는 있지만, 조력을 받아야 하고, 그 과정에서 자신이 분별한 것이 맞는가, 아닌가를 비교하여 그 차이를 이해하므로 지혜라는 것을 얻어가는 것이고, '나와 직접적 연관이 없는 것'은 분별은 객관적으로 하되, 자신의 견해로 정리는 하지 말자는 이 개념을 잘 이해하여야 할 것이고, 이것이 정립되면 마음을 어떻게 써야 하는가를 알게 되는데 이것은 결국 자신의 의식이 깨어 있어야만 가능하고 이 부분을 정립할 수 있을 것입니다.

Q 생각과 정립의 차이가 무엇인지요?

A 생각에 대하여 사전에는 '사람이 머리를 써서 사물을 헤아리고 판단하는 작용이다.' 라고 정의되어 있습니다. 그런데 이 생각이라는 것은 육신의 의식, 즉 육신이 '나'라는 것을 의식할 때 일어나는 작용이기도 하지만, 무의식의 상태, 즉 '나'라고 인식하지 못하는 식물인간의 경우도 '생각'은 하지만 이 경우 그 생각을 '기억'하지는 못합니다. 또 육신의 의식이 없는 상태, 예를 들면 정신병자 같은 경우는 '나'라는 것은 인식하지 못하기 때문에 생각은 하지만 그 행동에 대하여 옳고 그름을 분별하지는 못합니다.

따라서 바른 생각을 한다는 것은 나라는 의식이 확실하게 깨어있을 때만 가능한 것이고, 이 개념으로 보면 생각을 한다고 하여 다 같은 생각이라 할 수는 없다는 이야기입니다. 따라서 생각이란 넓은 의미로는 살아있는 인간의 의식 활동에 대한 그 내용 모두를 지칭하는 것이 되겠지만, 그러므로 인간은 숨을 쉬고 있는 상태에서 느끼고 상상하는 것도 생각이라는 것이 되지만 문제는 이 생각이라는 것이 이처럼 현재 내가 어떠한 상태인가에 따라서 다 다르고, 진리적으로는 자신의 업습에 의해서 자기 생각에 기준으로 하여 일어나게 됩니다.

예를 들면 밥을 먹어야 한다고 하는 기본 생각은 누구나 공통으로 일어날 수 있지만, 문제는 밥을 먹어야 한다는 그 생각 속에는 자신만의 업습의 관념이 자리하고 같이 작용한다는 이야기인데, '무엇을 어떻게 먹을까?'라고 하는 자신만의 관념이 작용하는데 이것이 자신의 본성과 연관이 있다는 이야기입니다. 이 부분이 중요한데, 무수한 사람이 서울이라는 곳을 간다라고 하면, '나는 어떻게 갈 것이다.' 라고 속에서 일어나는 그 생각은 다 다르다는 이야기입니다. 의식이 깨어 있어(살아 있으므로) 생각은 누구나 한다고 하겠지만, 그 생각 속에는 자신만의 업습의 관념이 함께 내재하여 있다는 것이고 정립이라는 것은 '어떤 것에 대하여 자신이 맞는다고 하는 것'을 확정하여 마음으로 굳히는 것으로 마음으로 이같이 정립하는 것은 곧 실행하겠다고 확정하는 것입니다.

행동의 전 단계가 정립이라는 것인데, 따라서 인간이 살아 있으므로 어떠한 생각을 한다는 것은 매우 중요한 것이고, 이 생각에 대하여 마음으로 정립하여 그것을 실행하게 되는데, 생각-마음-행동의 순으로 보면, 정립은 마음과 행동 사이에 존재한다 할 수 있을 것입니다. 생각하게 되면, 바로 마음이라는 것이 움직이고, 이 과정에서 자신만의 관념으로 정립하게 되고, 정립된 것을 굳히게 되므로 실행이라는 것을 하게 됩니다. 따라서 자신이 어떠한 행동을 했다(밥을 먹는 것, 어떤 것에 대하여 행동하는 것)고 하면 이미 그 속에는 나 자신만의 본성, 관념이 다 들어 있으므로 수차 한 말이지만 사람의 행동 하나하나에는 그 사람만의 본성이 다 들어 있다고 나는 말한 것입니다.

그러므로 애당초 어떠한 것을 보고 일어나는 초기의 그 생각에는 나 자신의 업습에 의한 본성이 다 들어 있으므로 크고 작은 어떤 것에 대하여 한마디 물어보면 그 답 속에는 이미 자신의 본성이 다 들어 있다는 것을 알 수 있습니다. 사람은 누구나 생각이라는 것을 죽기 전에는 다 한다. 그러나 그 생각 속에는 나 자신만의 업습, 본성의 관념이 내재하여 있고 그 차이만 다르다는 것이 진리적인 입장입니다. 따라서 이 개념으로 후에 일어나는 정립을 어떻게 하는가도 자신 본성의 관념으로 대부분 하고 살아간다는 것이므로 그러한 것을 자신 스스로 생각하기에 '맞다'라고 하겠지만, 그것은 자신만의 업습으로 나오는 것이므로 잘못된 것이라는 이야기입니다.

Q 짝사랑과 업연-짝사랑의 경우 어느 일방이 상대를 좋아하고 죽었다고 할 경우 그는 상대와 상관없이 혼자서 그렇게 한 것인데 그로 인해 짝사랑한 상대에게 빙으로 작용을 할 수도 있다고 알고 있습니다. 이런 경우 그 상대방은 짝사랑을 당하고, 그로 인한 업장의 작용을 받아야 하는 운명이라서 그런 것인지요?

A 업(業)은 상대성이기도 하고, 나의 업습에 따르기도 하고, 이 역시 'A=A다.'라고 단답형으로 정의할 수는 없습니다. 내가 어떤 상대를 짝사랑했다고 하면 나와 그 상대의 업연 관계에서 그럴 수도 있고, 아니면 나 자신의 본성으로 새로운 업을 지을 수도 있고, 또는 그 상대가 나에게 소위 말하는 꼬리를 쳐서 나의 마음을 이같이 짝사랑하는 마음이 들게 했을 수도 있으므로 단답형으로 정의하여 말할 수는 없고, 그 당사자와 나와의 업연의 연결 고리를 봐야 합니다. 그러므로 내가 그 사람을 짝사랑했다고 하여 내가 그 사람에게 빙의로 간다는 보장 또한 없습니다. 짝사랑이라는 것도 이처럼 여러 가지의 상황이 있는데 하물며 인간의 몸으로 짓는 업이야 무궁무진할 것이고, 이것은 나의 본성에 따르는 업도 있고, 상대의 업에 따르기도 하고, 아니면 둘과의 업연의 고리에서 일어나기도 합니다.

그러므로 단편적으로 현실에서 어느 일방이 상대를 좋아하는 것으로 나타나지만, 내면에는 이같이 업의 작용이 존재합니다. 짝사랑이라는 것은 보통 상대와 상관없이 혼자서 그렇게 한 것으로 생각하겠지만 여러 가지의 업연의 관계를 당사자들 사이에서 참나의 이치로 봐야 하고, 따라서 무엇이던 진리이치는 바뀌고 개개의 업연이 다르므로 'A=A다.'라고 하는 논리는 없고 이 같은 관계를 통해서 업(業)의 작용을 이해하면 될 뿐입니다. 그러나 어찌 되었든 업의 관계를 떠나, 이치에 벗어난 행위는 업이 되므로 먼저 이치를 알고 그에 맞는 행을 하는 것이 중요하다 할 것입니다.

Q 인연법–태초가 아닌 윤회 속에 온 사람이 어느 누군가와 만나게 될 때는 그 사람과는 반드시 업연이 있어 만나는 것으로 알고 있습니다. 전생 인연이 있다는 것은 둘 사이에 풀어야 할 업이 있다고 알고 있는데, '스쳐 지나가는 인연'이란 것에 대해 이해가 어렵습니다. 업연이 있어 만나는 인연과 스쳐 지나가는 인연은 어떻게 다른 것인지요?

A 내가 누군가와 어떠한 만남에 있어 모든 것은 태초가 아닌 경우, 윤회 속에 온 사람이라면 내가 어느 누군가와 만나게 될 때는 반드시 그 사람과는 업연이 있어 만나는 것은 맞습니다. 무수한 인연이 있지만, 이 인연 중에 업연의 유통기한에 따라 살아야 할 인연, 어느 정도의 시간이 가면 그 업에 따라 헤어져야 하는 인연, 또는 지나가다가 옷깃을 스치는 인연 등등 그 업에 따라 이같이 업연의 인연은 길고 짧음이 정해집니다. 그러므로 태초가 아닌 경우에는 이같이 업에 따라 그 인연의 길이와 종류가 다 다르게 되어 있으므로 '스쳐 지나가는 인연'이라는 것은 이생에 함께 끝까지 살아야 하는, 함께 가야 하는 인연이 아닌 것을 '스쳐 지나가는 인연'이라고 이야기한 것입니다.

이 개념을 확대하면 지금 부부라고 하더라도 이생에만 스쳐 가는 인연이라는 것입니다. 더 확대하면 부부가 되었든 뭐가 되었든, 다 스쳐 지나가는 인연은 맞지만, 단순하게 스쳐 지나가는 인연이라는 것은 이생에 한평생을 함께하지 못하는 기타의 인연을 이같이 스쳐 지나가는 인연이라고 이야기합니다. 따라서 전생 인연이 있다는 것은 둘 사이에 풀어야 할 업이 있다는 맞지만, 평생을 살면서 풀어야 할 업의 인연이 있고, 반대로 옷깃을 스치며 지나가는 인연도 있다는 것이고, 이것을 '스쳐 지나가는 인연'이라고도 이야기할 수는 있습니다. 다 같은 업연이 있어 만나지만, 업의 길이를 이야기합니다. 나와의 긴 인연과 짧은 인연을 스쳐 지나가는 인연이라고 이야기하나, 결론은 이생을 함께 살지 못하는 모든 인연은 스쳐 지나가는 인연의 개념이 됩니다. 확대하여 길게 보면 윤회 속에 만나는 인연은 모두가 스쳐 지나가는 인연입니다.

Q 외모에 대하여―진리적으로 외모의 잘생김과 못생김의 개념이 존재하는지 궁금합니다. 어떤 사람의 경우에는 외모가 못생겼다는 이유만으로 멸시를 받고 살기도 하고 또 반대의 경우 잘생겼다는 이유로 호감을 사거나 원활하게 인간관계가 유지되는 것을 봅니다. 이렇게 보면 진리적으로도 이 개념이 존재하는 것 같다가도 외모를 따지는 것이 상의 마음이라는 말을 들으면 이것이 아니라는 생각이 들기도 해서 질문 드

려봅니다. 만약 이 개념이 존재한다면 제각각의 그렇게 잘생기거나 못생긴 외모를 가지고 태어나는 이유도 궁금합니다.

A 결론부터 이야기하면 현재 나 자신의 외모와 마음은 진리적으로 타고나는 것이라는 것이 결론입니다. 그런데 외모로 우리는 모두가 인간의 모습을 가지고 있으므로 '다 같은 인간'이라고 하지만, 물론 이 포괄적인 개념으로 인간의 모습은 맞습니다. 하지만 사람의 모습을 보면 이 세상 60억의 인구가 있다고 해도 비슷한 사람은 있을지라도, 똑같은 사람은 하나도 없다고 나는 말했는데, 이것은 바로 업(業)이라는 것이 다르기 때문이다, '마음이라는 것이 다르기 때문이다.'라고 나는 말했습니다.

결국, 진리적으로 잘생겼다, 못생겼다고 하는 말은 인간이 일반적으로 정한 팔등신이라는 기준으로 이야기하는 것이고, 진리적으로는 이 같은 기준 없습니다. 현실적으로 누가 누구를 보고 잘생겼다고 하는 것은 그 사람만의 관점이라는 이야기고 또 사회에서 일반적으로 잘생김, 못생김이라고 하는 것은 인간들이 만들어 놓은 관점에서의 기준일 뿐입니다.

그런데 진리적으로 나는 내 업에 의해서 타고나는 것, 만들어지는 것이기 때문에 사람의 몸, 생김새를 보면 그 사람의 업을 알 수 있으므로 모습으로 업의 정도에 따라서 잘생김, 못생김의 기준은 있는데, 이것을 일반 사람들은 모른다는 것입니다.

일반 사람들이 잘생김, 못생김의 기준은 ① 자신만의 관념으로 평가하는 것 ② 인간들이 만들어 놓은 물질개념으로 표준으로 이야기하는 것이므로 이 정립을 하면 진리적인 개념과 사회적인 개념을 이해하게 됩니다. 고슴도치도 자기 자식은 예쁘다, 잘생겼다고 하는 것도 자신만의 관념일 뿐이므로 인간도 내 자식을 보는 관념과 남의 자식을 보는 관념은 다릅니다. 이러한 관념으로 보는 것이 보통이고, 진리적으로 보면 나의 업의 정도에 따라 몸이 형성되는 것이므로 이 차이에서 잘생김과 못생김의 차이는 분명하게 존재합니다.

이 경우 현실적으로 기준을 정한 것으로 잘생김, 못생김으로 보는 것이 아니라, 이 기준과는 연관이 없는 차원이 다른 개념으로 본다는 사실입니다. 인간들은 이처럼 다양한 모습을 가졌지만, 기타의 생명체는 마음이라는 상이 없으므로 겉으로 보면, 대부분 모양이 같은데, 그 차이는 바로 상이라는 것이 있고 없고의 차이에 따라 이같이 나타납니다. 그러므로 인간이 가지고 있는 이 상(象)이라는 것은 실로 무시무시한 것이라고 할 수 있습니다. 결국, 이상을 없애는 것이 마음공부의 핵심, 나의 괴로움을 소멸하는 것이라 할 것입니다.

Q 진리는 피도 눈물도 없이 냉정하고 마음공부에서 인간적인 감정은 불필요하다고 알고 있는데 카페에 올려주신 법문 말씀 중에 '인간미'가 있으며 사람의 냄새가 나는 사람이 가장 아름다운 사람이라는 사실을 잊어서는 안 될 것이다. 말씀이 있는데 인간미는 인간적인 감정과는 어떤 차이가 있는지 궁금합니다.

A 진리가 피도 눈물도 없다는 말은 진리라는 것은 그 스스로 작용하지 않으며, 물질의 개념으로 존재하지 않으므로 '진리'라고 하는 말은 맞지 않으며, '진리이치'라고 해야 맞는 말이 됩니다. 보통 말하는 '이것이 진리의 말이다.' 라고 하는 말도 잘못된 말인데, 진리가 어디에 어떠한 형상으로 존재하지 않기 때문에 진리의 말이라고 사람들이 하는 말은 잘못된 것이고, '이치에 맞는 말이다.' 라고 해야 하고, 따라서 이치에 맞는 말이 뭔가를 알아가는 것이 마음공부라고 정리해야 맞습니다. 따라서 이 개념으로 '진리는 피도 눈물도 없이 냉정하다.' 라고 하는 부분은 진리가 피눈물이 없는 것이 아니라, '진리이치가—자업자득·인과응보의 이치가' 그렇게 피도 눈물도 없이 그대로 작용한다고 해야 맞는 말이 됩니다.

따라서 질문에 "마음공부에서 인간적인 감정은 불필요하다."라는 말은 우리는 인간이기에 인간적인 감정이 있지만, 이것을 법에 대입하면 편애를 하게 됩니다. 따라서 '치우침의 감정'을 이야기한 것인데, 인간적인 것이 시소의 이치처럼 치우치게 되면, 인간적인 감정이 나게 되어 있고, 그렇게 되면 물질이 우선으로 개입되게 되고, 나에게 소위 잘해준 사람에게 마음이 쏠릴 것이므로 따라서 냉정한 말을 하지 못하게 되며 여러 가지 부작용이 생겨납니다. 앞에 말한 '진리는 피도 눈물도 없이 냉정하다.' 라고 하는 부분은 진리가 피눈물이 없는 것이 아니라, '진리이치가—자업자득·인과응보의 이치가' 그렇게 피도 눈물도 없이 그대로 작용한다고 해야 맞는 말이라는 부분을 깊게 정립하면 이해가 될 것입니다.

그런데 예전에 나는 '인간미가 있으며 사람의 냄새가 나는 사람이 가장 아름다운 사람이라는 사실을 잊어서는 안 될 것이다.' 라고 했는데, 여기서 말하는 인간미라는 것은 '인간적인 정'을 앞세우는 말이 아니라는 이야기입니다. 더 이야기하면 인간적인 토양, 기본적인 것을 이야기한 것인데, 직설적으로 이야기하면 과연 이 세상에 인간적인 기본의 토양, 바탕이 된 사람 과연 얼마나 있는가입니다. 이 말은 우리가 인간적인 정이 있다, 인간미가 있다고 하는 것은 그 속에는 다들 '나'라고 하는 상의 마음, 고집스러운 마음이 있다는 것을 의미합니다. 여러분이 자기 자신을 스스로 인간적인 토양이나, 기본 마음을 가지고 있다고 생각할지 모르나, 이것은 인간적인 감정에서 이야기고 진리적으로 순수하다는 개념에서 인간미는 없을 것인데, 그 속마음은 100의 순수함이 없으므로 진리적으로 순수하게 인간미의 개념은 아닐 것입니다.

누가 한 말 중에 '착한 사람 반듯한 사람이란 진리적으로는 없고 현실에서 이치에 맞는 말을 기준 잡아 살려고 하고, 또 그렇게 사는 사람을 굳이 말한다면 착한 사람 반듯한 사람이라 할 것 같다.' 라고 어느 회원이 이야기했는데, 타고난 착한 사람, 반듯한 본성을 가진 사람이 99, 98인 사람도 있고 0인 사람도 있습니다. 그러므로 '착한 사람 반듯한 사람이란 진리적으로는 없고' 라는 말은 맞지 않습니다. 그런데 '현실에서 이치에 맞는 말을 기준 잡아 살려고 하고 또 그렇게 사는 사람을 굳이 말한다면 착한 사람 반듯한 사람이라 할 것 같다.' 라고 말한 이 부분을 보면, 이 판단을 누가 하는가, 무엇으로 기준을 하는가입니다.

수차 한 말이지만 현실에서 착한 사람, 인간적인 사람은 각자가 보는 기준과 관념이 다르므로 단답형으로 이 부분도 정의할 수는 없으므로 깊게 정립해야 할 것입니다. 따라서 질문에 "진리는 피도 눈물도 없이 냉정하고 마음공부를 함에서 인간적인 감정을 불필요하다고 알고 있다."라는 부분도 인간적인 감정을 앞세우지 말하는 뜻이고, '인간미'라는 개념과는 다르므로 정립하면 그 차이를 알 것입니다. 다시 말하면 법이고 무엇이고를 떠나, 순수하게 인간미를 가지고 사는 사람 이 세상에 없다는 이야기고, 그 정도의 차이만 있을 뿐이라는 이야기입니다. 따라서 내가 말한 '인간미가 있으며 사람의 냄새가 나는 사람이 가장 아름다운 사람'이라는 사람은 이같이 그 정도의 차이를 이야기하는 것이고, '인간적인 감정과 인간미'라는 것은 다르다는 것을 이해하고 정립해야 할 것입니다.

이 개념을 이해하면 '인간미'와 '인간적인 감정'의 개념을 이해하게 됩니다. '인간미는 타고난 것'이고 다만 그 정도의 차이가 있으며, '인간적인 감정은 가식적인 행위'라는 것을 이해하면 됩니다. 본성으로 가지고 있는 것과 일반적으로 생각하는 인간적인 감정은 차이가 분명하게 있습니다. 나라고 하는 상(象)속에는 이같이 나를 포장한 인간적인 감정이 있고, 순수함의 정도 차이는 있지만, 인간미의 마음을 기본적으로 가지고 있는 사람도 있으므로 '착한 사람 반듯한 사람이란 진리적으로는 없고'라는 말은 잘못된 말이고, '현실에서 이치에 맞는 말을 기준 잡아 살려고 하고 또 그렇게 사는 사람을 굳이 말한다면 착한 사람 반듯한 사람이라 할 것 같다.'라고 하는 말도 잘못된 것이, 그 기준이 없고 이것은 각자의 관념에서 생각하는 것뿐입니다.

예를 들면 어떤 사람이 물에 빠져서 건져주었다고 할 때, 이것은 인간적인 감정으로 당연한 도리입니다. 그런데 이 경우 '그 사람은 인간미가 있다.'라고 말을 개념 없이 사용하면 안 된다는 것을 알아야 하는데, 인간미라고 하는 것은 나라는 상의 마음이 개입되지 않는 것, 타고난 본성과 연관이 있다고 한다면, "인간적인 감정"이라는 것은 그 순수함에 '나'라고 하는 관념 속에 나의 상의 마음이 더해져 있다는 것입니다. 나라고 하는 상의 거품이 빠질 때 인간미가 순수하게 나온다는 뜻입니다. 깊은 이야기는 생략합니다.

Q 영육쌍전(靈[肉雙全)-기댄다는 것과 의지한다는 말이 같은 말인지 아니면 다른 말인지 만약 뜻이 같지 않다면 그 차이에 대한 말씀 부탁합니다.

A '기댄다'와 '의지한다'의 개념은 다릅니다. '기댄다'는 나의 능력이라는 '물질'의 개념이라고 한다면, '의지한다'는 보이지 않는 마음 진리적 개념이 된다 할 것입니다. 다시 이야기하면 '기댄다'는 것은 물질과 연관이 있으므로 내가 자립할 수 없는 상태에서 기대는 것이고, 회사에 다닌다고 할 때, 회사에 기대어 산다고 하는 것도 물질의 개념이고, 그런데 자식이 부모에게 기대고 산다, 의지하고 산다는 '물질개념+마음개념'이라는 것 두 가지가 포함된 것이 됩니다. 따라서 법에 기댄다고 하는 것이 아니라 법(法)에는 마음을 의지한다고 해야 맞고, 이것은 보이지 않는 기운의 개념으로 정립해야 합니다.

기댄다는 물질의 개념으로 혼자 설 수 없으므로 무엇에 의지한다는 개념이므로 물질의 개념이고, 의지한다는 혼자의 마음으로 설 수 없으므로 마음(비물질-보이지 않지만)을 법이라는 것으로 중심으로 삼아 의지한다고 해야 맞는 말이 되므로 '기댄다=물질', '의지한다=마음'이라고 정립하면 됩니다. 따라서 '나는 이 법에 기대어 갈 것이다'와 '이 법에 의지하고 살 것이다.'라는 것과는 개념이 다릅니다. 그러므로 이 두 가지의 개념이 정립되고 적절하게 사용하면, 회사 생활을 하고 인생을 사는 데도 도움이 될 것입니다. 예를 들면 회사 생활을 할 때, 물질의 개념으로 기댄다고 하고, 마음(상의 마음)도 주지 않으면 온전한 회사 생활을 할 수 없을 것이고, 가정이라는 것도 물질 개념(기댄다)으로만 산다면 사는 재미가 없을 것입니다, 가정은 기대고 의지하고를 적당하게 균형이 맞으면 별문제 없을 것입니다.

비록 업연의 관계지만 그러나, 인간으로 사는 재미두 마음(의지한다-비물질)이라는 것을 주었을 때 인간으로서의 사는 재미도 있다는 이야기입니다. '기댄다', '의지한다'의 개념은 다르지만 조화롭게 사는 것은 이 두 가지가 적절하게 균형을 이루었을 때 소위 말하는 '행복'이라는 것을 느낄 수 있을 것이고, 이것은 법에서의 개념도 마찬가지라 할 것입니다. 인간이 산다는 것은 '기댐'과 '의지'가 조화를 이룰 때, 원만한 삶이 된다는 이야기이며, 이 두 가지 중에 하나가 부족하면, 괴로움이라는 것을 느끼게 됩니다. 이 말은 깊게 정립하면 이해가 될 것입니다.

영육쌍전(靈肉雙全)이라는 말이 있는데, 영(靈)이라는 것도 의지한다는 비물질의 개념, 육(肉)이라는 것도 의지한다는 개념 물질이므로 이 두 가지가 조화를 원만하게 이루는 것이 중요합니다. 그러면 어떻게 어디까지를 의지해야 하는가의 문제가 남는데, 그래서 나는 그 기준이 '이치'라고 말했는데, 몸도 마음도 '이치에 맞게' 의지해야 합니다. 괴로움은 왜 생기는가? 바로 영육쌍전 중에 하나가 원만하지 않을 때 생기는 것이고, 또 이 개념으로 나 자신의 영육(몸과 마음)이 이치에 맞지 않는 것에 의지했을 때 괴로움은 생기게 되어 있습니다. 또 몸과 마음(영육)이라는 것은 어떤 것에 길들이는가에 따라서 그대로 반응하게 되어 있다고 나는 이야기했는데, 이와 관련된 무수한 이야기를 깊게 해야 하지만 생략합니다.

Q 이치(理致)−세상에 존재하는 모든 것은 진리보다 이치가 우선한다고 하셨습니다. 진리는 변함없고 진리 속에 존재하는 생명체는 나의 근본(참나)이 있으며, 진리의 이치에 따라 각각의 꽃으로 존재하고 물질은 또 물질의 이치대로 존재한다는 뜻인지요?.

A 진리와 진리이치를 구분해야 하는데, 진리는 변함없이 존재하는 것이고, 진리이치는 진리의 작용을 의미하므로 막연하게, 진리라고 하는 것은 맞지 않으며, '진리이치의 작용'이라고 구분해야 합니다. 따라서 이 개념으로 이치는 진리의 작용을 의미하므로 뭐가 우선인지를 말하기 전에 우리가 하는 행동은 진리이치에 맞게 하면 진리는 그것에 맞게 상응하게 반응을 할 뿐입니다. 그러므로 '나'라고 하는 존재는 진리이치

에 따라서 존재한다고 해야 맞는 것이고, 진리 속이 이치가 있다고 해야 맞습니다. 그러므로 나라는 것은 두 가지로 정립해야 하는데, 하나는 진리이치에 따라서 나는 그것에 맞게 자업자득·인과응보의 이치에 따라 존재하고, 마음(비물질)과 육신(물질)은 진리이치에 따라서 보이고 보이지 않고의 차이만 있고 실제는 동등하게 마음과 육신은 작용하고 있습니다.

육신을 꽃에 비유하면 나라는 꽃은 자업자득·인과응보의 이치에 따라서 그 이치대로 내 몸(꽃)은 만들어져 있다(이것이 물질개념), 이 몸을 움직이는 '내 마음'이라는 것은 진리이치에 따라 보이지 않게 작용하고 있다는 것이므로 두 가지는 따로 작용하지만, 그 뿌리는 하나가 됩니다. 그래서 나는 여러분이 말하지 않아도 여러분의 모습만으로도 여러분의 본성을 알 수도 있고(이것은 물질의 개념) 말을 하면 그 말속에서 여러분의 본성을 알 수도 있다고 한 것인데, 이 두 가지 개념으로 진리이치는 작용을 하기 때문입니다. 보이는 마음의 작용과 보이는 육신의 작용입니다.

Q 괴로움의 소멸, 상을 내리는 법–무수하게 일어나는 마음 중에 (본마음)이 뭔가를 알고 그 본마음으로 이치에 맞는 행동을 하는 것이 (나를 알자 찾자)라고 법문을 주셨습니다. 이때 (본마음)은 육신의 상을 내린 마음을 의미하는 것인지요?

A 나는 우리가 내 마음이라고 생각하는 그 마음에 자신의 본성(업으로 형성된 마음)이 다 들어 있다고 이야기했습니다. '나를 알자'의 개념은 지금 나라고 하는 나의 마음에서 이치에 벗어난 행을 하는 것을 스스로 아는 것이 '나를 알자'고 나는 말했습니다. 따라서 본마음이라는 것은 이치에 맞지 않는 자신의 업습으로 형성된 마음을 의미합니다. 그 마음으로 행동하는 것을 나의 본마음이라고 하고, 이치에 맞는 행을 하다 보면, 자신이 생각하고 있는 것(나라고 하는 본마음)과 차이가 있다는 것을 알게 됩니다.

다시 이야기하면 자신이 어떠한 것에 대하여 생각하는 것이 있다고 하면 이 생각은 자신의 본성(업으로 형성된 마음 또는 생각)이 발동되고 이 기준으로 어떤 문제에 대한 답을 스스로 내리게 되어 있고, 이때 자신은 그것이, 그 생각이 '옳다', '맞다'라고 정의를 하게 되어 있고 이것은 업으로 형성된 나 자신의 '본 마음'이 됩니다. 그런데 이것과 다른 개념으로는 이치에 맞는 행을 했을 때, 진리적으로 '맞다'라는 의미로 본마음이라는 말을 하기도 하는데, 이것은 진리이치에 맞는 마음의 개념이 됩니다. 예를 들면 자신이 어떠한 문제에 대해 자기 생각을 이야기할 때, 그 말 속에는 자신의 '나'라고 하는 상(象)의 마음이 겨자씨만큼이라도 있다는 이야기인데, 이것을 자신이 모른다는 것인 문제입니다.

있는 그대로 표현하라고 나는 말했는데, 문제는 자신이 있는 그대로 표현을 한다고 하지만, 그 속에는 '나'라는 상의 마음이 있다는 것이므로 여러분이 내 마음이라고 하는 것은 결국 그 '내 마음' 속에는 이같이 자신만의 본성이 들어 있다는 것을 의미합니다. 만약 있는 그대로의 100을 이야기할 수 있다면 그 사람은 이생에 인간으로 오지 않았을 것입니다. 그래서 결국 나를 알자는 것은 이치에 맞는 것, 말을 기준으로 내 마음이 얼마나 벗어났는가, 그 차이만큼이 자신의 본성(본마음)이 되므로 이 차이를 좁혀가는 것이 본마음 법당의 공부법이 됩니다.

이생에 이 차이를 스스로 아는 것도 힘들지만, 알았다면 문제는 그 차이를 이생에 얼마만큼 좁혔는가가 관건이고, 이 차이를 좁혀 가면 이치에 벗어난 행을 하지 않으므로 업이 그만큼, 괴로움이 그만큼 소멸하여 감으로 여러분은 '편하다'는 마음을 느끼게 됩니다. 이 차이를 알면 나라고 하는 상(象)이라는 것은 그것에 비례하여 내려가게 되어 있는데 이 이치로 마음이 편하면 굳이 상이라는 것을 세울 수 없다는 것을 스스로 알게 된다는 것이므로 막연하게 상을 내리자는 것은 있을 수 없습니다. 그러므로 내 마음이라는 것을 뜯어고치지 않는 한 나의 이치는 바뀔 수도 없고, 괴로움이라는 것 줄여갈 수 없으므로 불교에서 말하는 기도 염불과 같은 것으로 또는 그 어떠한 대상이 이것을 고쳐주는 이치 없습니다.

Q 지구의 윤회−윤회 속에 돌다가 온 인간 특히 요즈음 말법 시대에 태어난 생명체일수록 업습이나 마음이 좋지 않을 것 같다는 생각이 드는데요.
다섯 번째 지구가 멸망하면 모든 것은 거기서 멈추고 다시 시작하는 1번의 지구에서는 그 기운이 택해진 상태에서 다시 시작하게 된다는 생각이 드는데요. 1번의 지구를 '윤회'라는 생각으로 하면 다시 0점에서 시작이 되는지(리셋) 되는지요?

A 지구 윤회의 개념은 지구 자체는 그대로 있고, 지각변동만 일어나 우리가 사는 땅의 모습만 변합니다. 따라서 지금이 5번째의 지각변동에 의한 마지막 지구라고 한다면, 1번 지구의 개념은 생명체가 존재는 하지만 인간과 같은 존재가 있는 것이 아니라. 그 환경에 맞는 생명체가 있게 되고, 2, 3, 4번도 마찬가지입니다. 그 후 지금과 같이 5번째의 지구

에서만 인간이 존재했다는 것이고, 지각변동이 되고 난 후 알 수 없는 세월(이것을 겁(劫)의 세월 즉 알 수 없는 시간)이 흐르면서 업에 따라 그에 맞는 생명체로 태어나므로 질문처럼 원위치의 개념은 5에서 1로 되는 때가 될 수도 있을 것입니다.

'달도 차면 기운다'는 개념으로 이해하면 됩니다. 학자들은 지구의 수명이 100억 년이라고 하고 지금이 그 절반쯤인 50억 년의 세월이 흘렀다고 하지만, 의미가 없습니다. 지구가 멸한다고 하는 것은 지각변동으로 생명체가 사라진다는, 나는 멸한다는 의미로 이야기한 것이므로 학자들이 이야기하는 개념과는 다릅니다. 그런데 이같이 알 수 없는 세월 속에 존재하는 자연의 시간은 물질의 개념으로 존재하는 것이 아니므로 '찰나'라고 하여 이 순간만 존재하는 것이므로 죽은 사람들은 자체적으로 오늘 내일이라는 개념을 모릅니다. 그런데 이 기운들이 업에 따라 빙의가 된다면 인간의 몸을 통해서(마음작용으로) 우리가 사는 이 세계에 직간접적으로 관여하게 됩니다. 이것을 나는 기운의 작용이라고 했는데 그래서 천상세계라는 것이 별도로 존재하는 것이 아니라, 우리가 사는 이 세상이 바로 천상세계이며 이 속에 전생, 이생, 다음 생이 동시에 진행되고 있다는 이야기가 됩니다. 따라서 다섯 번째 지구가 멸망하면 모든 것은 거기서 멈추고 다시 시작하는 1번의 지구라고 하면, 리셋의 개념은 맞습니다. 문제는 이 지구가 멸할 그 시기가 얼마 남지 않았다는 사실입니다.

Q 참나가 바뀐다고 하셨는데 일생을 살면서 참나가 여러 번 바뀔 수도 있는지 궁금합니다. 참나가 떠나면 진리적으로 '죽음'이란 단어가 생각이 드는데 또 다른 참나가 올 수도 있는지요?

A 결론부터 이야기하면 참나가 바뀌었다고 하면 이것은 '마음에 변화가 있다.' 라는 것을 의미합니다. 그런데 여러분은 참나가 바뀌어도 스스로 바뀌었는지 아닌지는 절대로 모릅니다. 이것을 스스로 안다면 그때가 깨달음이라고 했는데, 여러분이 알 수 있는 부분은 '내 마음에 변화' 정도로만 알 수 있습니다. 그러므로 내 마음이라는 것이 어떻게 변했는가에 따라 참나(마음)의 기운이라는 것이 떠날 수도 있지만, 어떤 참나가 다시 온다. 라는 것은 극히 어렵습니다. 예를 들어 내가 집에 살기 싫어 나왔다고 하면, 다시 그 집에 들어가 살 수 있는 사람이 없는 것처럼 이 이치도 같습니다. 그러므로 일생을 살면서 참나가 여러 번 바뀐다고 말하는 것은 잘못된 말이고 마음이 여러 번 변할 수 있다고 해야 맞는 말이 됩니다.

예를 들어 정신병에 걸린 사람도 다른 참나(마음)의 간섭이 있으므로 정신병이라 부른다고 나는 이야기했습니다. 이때 다른 기운을 없애 주면 본정신으로 되돌아오는데, 이 경우 자신의 마음에 힘을 키우기 위해 이 법을 의지하라고 하는 것이고, 다른 기운만 어떻게 했다고 끝난 것이 아니며, 제정신으로 쉽게 돌아오지 못하는 이유는 그 마음에 내 업이 아닌, 다른 기운이 계속 작용하기 때문에 빙의를 보냈다고 하여도, 꾸준하게 마음을 관리해야 합니다. 실제 이 법당에도 빙의를 보냈으니 어떻게 될 것으로 생각하는 사람 많은데, 문제는 이후 자신의 마음을 변화시키지 않으면 언제라도 다른 기운의 장해를 받을 수 있다는 것입니다.

따라서 '참나'다, '빙의'라고 하기 이전에 올바른 의식을 세우는 것이 중요합니다. 나를 존재하게 한 근본은 '나의 참나'의 기운입니다. 그런데 이 참나의 기운이 다른 기운으로 바뀌었다고 하면, 여러분은 어느 순간부터 예전과 다른 마음이 생기고, 예전에 할 수 없었던 무언가 변화된 행동을 하게 됩니다. 이같이 다른 행동을 한다는 것은 마음이 변했으므로 변한 그 마음으로 행동하는 것이 됩니다. 이 법을 알다가 이 법당을 떠나는 것도 마음에 변화 참나가 좋지 않게 바뀌었다고 할 수도 있다는 것이고, 이같이 마음에 변화는 수시로 일어나게 됩니다.

그러므로 이 경우 꼭 참나가 바뀌었다고 말할 수는 없지만, 반대로 바뀌어 그러한 마음에 변화가 있을 수도 있는데, 개개인의 업의 이치와 상황이 다 다르므로 단정을 지어 말할 수는 없습니다. 어찌 되었든 이같이 마음이 변해 이 법당을 떠났다고 하면 다시 이 법당에 오기는 어렵고 온다고 할 때는 자신이 상당히 힘들어졌을 때 올 수도 있고, 그 자존심으로 오지 않을 수도 있습니다만, 더 좋지 않게 살아갈 수밖에는 없다는 사실입니다. 참나의 바뀜은 곧 마음이 바뀜을 의미하므로 내 마음의 작용이 어떻게 일어나고 있는가를 보면 자신도 어느 정도는 마음에 변화를 알 수 있을 것입니다.

질문에 "일생을 살면서 참나가 여러 번 바뀔 수도 있는지"에 대한 부분은 바뀔 수 있다는 것인데, 이것은 꼭 참나가 바뀐다고 할 수 없으므로 "내 마음은 일생에 무수하게 변한다." 라고 이해하면 되고, 또 질문에 "참나가 떠나면 진리적으로 죽음이란 단어가 생각이 드는데 또 다른 참나가 올 수도 있는지"에 대한 답도 진리적으로 참나가 떠나면 진리적으로 죽음은 맞지만, 이것은 매우 중요한 것이므로 단편적으로 밝힐 수는 없고, 또 다른 참나가 올 수도 있으며 오지 않을 수도 있다는 것입니다. 곧 마음에 변화를 의미하므로 이 법을 떠나면 그 자신의 이치대로 살아갈 수밖에 없으므로 참나가 있다. 없다는 의미 없을 것이고 다만 마음이 좋지 않게 변한다고 하면 됩니다. 법안에서 좋게 바뀌지 않았는데 이 법을 떠나서 더 좋게 바뀐다는 것은 있을 수 없기 때문입니다.

Q 업과 상—일하는 곳에서 가끔 구석의 어디선가 개미가 한 마리씩 나옵니다. 그럴 때마다 손으로 들어서 밖에다 보내주는데 집단생활을 하는 개미는 구석 어딘가에 자신의 집이 있을 텐데 밖에다 내보내 주는 것이 개미에게 잘못하는 것인가 하는 생각이 들었습니다. 구석의 자신 집이 아닌 밖에서 새로운 집단생활을 할 수 있는 것인지 궁금합니다.

A 모든 것은 자연의 흐름에 따르게 그대로 두면 문제는 간단합니다. 개미도 그렇게 사는 것이 그 환경에 적응한 것이므로 일부러 잡아다 밖에다 둔다면 그 또한 그 개미의 이치를 거스르게 한 행위이므로 업이 됩니다. 인간이 봤을 때 답답하고 이런저런 것을 따지지만, 개미의 입장에서는 그런 것을 따지지 않는데 인위적으로 밖에다 두었다는 것은 개미의 흐름을 방해하는 것이 되므로 업이 됩니다. 자연의 생명체는 각각이 자연의 환경에 적응하고 그 흐름 속에 살게 그대로 두면 되는 것이고, 인위적으로 인간이 판단하고 그 흐름을 방해하는 것은 업이 된다는 것을 알아야 하고, 일일이 이 같은 것에 마음을 쓰는 것은 옳지 않습니다.

거꾸로 누가 나를 인위적으로 어디에 데려다 강제로 두면 살 수 있는지 역지사지로 생각해야 할 것입니다. 다만 나에게 직접적인 해를 주지 않는다면 그들에게 일부러 인간의 생각을 가미할 이유는 없습니다. 밖에다 인위적으로 버린 그 개미는 그 이치에 맞게 살든 죽든 하겠지요. 자연의 흐름, 이치에 어긋난 행위를 하고 그 결과를 걱정하는 것은 본질이 잘못된 것입니다.

Q 직업과 업의 관계–다른 사람들의 몸을 만지고 주무르는 마사지사 같은 직업을 가진 사람들은 개인 업이 좋지 못한 경우가 많은 것인지 궁합니다.

A 인간사회를 살아가는 사람들은 제각각의 직업을 다 가지고 살아갑니다. 따라서 현생에 각자가 가지고 있는 직업은 자신의 업과 깊은 연관이 있는데 예를 들어 같은 직업이라고 해도, 그 환경은 다 다른데, 어떠한 사람은 그 직업에 만족하고 편하다고 느끼지만, 어떤 사람은 같은 직업이라고 해도 다른 사람에 비해 환경도 좋지 않고 힘들어하면서도 결국 그 직업을 포기하지 못하는 경우도 있습니다.

따라서 나의 적성에 맞는 것으로 생각하는 사람도 있지만, 그 직업이 좋아 보여서 상으로 그 직업을 선택하는 사람도 있으므로 이러한 것도 나라는 상(象)과 연관이 있고, 큰 틀에서는 본성의 업과 연관이 있다고 할 것이므로 단편적으로 좋은 업이다, 아니라고 이름을 지어 말할 수는 없습니다. 질문에 마사지사라는 직업을 가졌다고 하여 그 사람이 업이 좋지 않다고 할 수도 없는 것은 우리가 마사지라는 직업을 보통 좋지 않은 직업으로 보기 때문에 질문에 "좋지 않은 업"이라고 이야기한 것 같은데 사실 직업만으로 보면 좋다, 나쁘다고 하는 직업은 존재하지 않습니다. 비단 이것은 마사지라는 것을 떠나, 세상에 모든 직업은 다 마찬가지이므로 큰 틀에서의 직업은 어떤 직업인가는 의미 없고, 다만 앞서 이야기한 대로 그 환경이 중요하다 할 것입니다.

위 질문에 단순하게 마사지사가 업이 좋지 않은가, 좋은가는 그 개인의 업의 이치, 참나의 이치를 봐야 하므로 여기서 단답형으로 이야기할 수는 없습니다. 그러므로 어떤 것을 볼 때 일반적인 개념으로 어떤 직업은 좋다, 아니라고 분별하여 보는 자체가 상의 개념이므로 잘못된 것입니다. 수차례 한 이야기지만 돼지나, 물고기를 잡은 사람의 업은 나쁘지 않은가 하고 일반적으로 생각하지만, 진리적으로는 그렇지 않습니다. 자신이 전생에 무수한 사람에게 당했다고 하면 당한 만큼의 업을 되갚는 것이라고 할 수 있는 것이 진리이치입니다. 이것은 예를 들어 이야기하는 것이고 중요한 것은 나의 상(象)으로 고기를 잡는가 아니면 위와 같이 업의 개념인가는 개개인의 참나의 이치에서 알 수 있으므로 단편적으로 어떠한 직업이 좋다, 나쁘다고 하는 것은 인간의 상의 개념이고, 논리일 뿐입니다. 그런데 여러분이 바르게 알아야 할 것은 이같이 가축, 물고기를 잡는 사람은 업이 좋지 않아서라고 지금도 암암리에 이야기하고 있다는 사실입니다.

나도 어릴 때 모 종교에서 이같이 직업에 대하여 수없이 물었는데 들은 말은 그런 사람들은 업이 많다고 이야기하지만, 이것은 그들이 진리이치를 모르고 한 말임을 이제는 압니다. 그러므로 진리이치를 알고 이야기하는가, 아닌가에 따라 무수한 말은 만들어지게 되어 있습니다. 지금도 여러분이 어디 가서 가축을 잡고 물고기를 잡는 사람의 업이 좋은가 나쁘냐고 물으면 거의 다 "좋지 않다." 라고 이야기하고 상대하지 말라고 이야기할 것입니다. 그 판단은 여러분의 몫입니다. 따라서 직업은 전생의 이치에 깊은 연관이 있다는 것이고 문제는 내 마음이라는 진리적 기운이 바뀌면 직업도 그것에 맞게 바뀐다는 사실입니다.

Q 참나는 어떻게 바뀌는가−참나는 단번에 바뀌는지 아니면 서서히 바뀌는 것인지요?

A 참나가 바뀌는 것은 서서히 바뀌게 되는 경우도 있고, 갑자기 바뀌는 경우도 있으므로 단답형으로 이야기할 수는 없습니다. 문제는 이같

이 진리적 기운인 나의 근본(참나)이 바뀌는 것은 개개인의 업에 따라 다르기 때문인데, 기운이 바뀌었다고 해도 그 기운이 온전하게 자리를 잡는가, 잡지 못하는가에 문제도 있고, 또 나에게 온전하게 안착을 하지 못하고 떠나는 경우도 있으므로 이 부분 역시 한마디로 'A=A'라는 식으로 정의할 수는 없습니다. 사람이란 육신의 마음이 있으므로 이 육신의 마음이 어떻게 변하는가에 따라 참나가 바뀌는 상황이 다 다르기 때문입니다.

그런데 참나가 바뀌었다고 해도 안착을 잘해야 하는데, 이것은 시소의 이치처럼 내 마음이 법을 의지하는 마음으로 온전하게 기울어야, 기울 때 안착을 하게 됩니다. 거꾸로 이야기하면 참나가 바뀌었다고 해도 내 마음이 법을 온전하게 받아 드리는 마음이 되지 않으면, 바뀐 참나는 안착을 하지 못한다는 이야기입니다. 그러므로 보통 우리가 말하는 대로 육신의 마음인 '나'라는 상을 그대로 두고, 참나만 바뀌면 자신이 부처가 되고 윤회에서 벗어나고 등등 뭐가 어떻게 되는 줄 알지만, 불교식으로 이야기하는 이 같은 말은 착각이며 대단히 잘못된 말입니다.

수차 한 말이지만, 참나는 나의 본성을 아는 것을 이야기하고 어떻게 본성을 아는가 하면 나 자신의 이전에 마음과 법을 알고 난 이후와 마음에 차이가 있을 것인데, 그 마음에 변한 정도로 나의 본성을 알 수 있는데, 이것이 '나를 알자'의 정석입니다. 이전과 이후에 자신의 마음에 변화와 그 폭의 차이를 알므로 이전에 내 마음은 이랬고, 지금은 이렇다. 그런데 이전의 마음과 지금의 마음에 차이를 보니, 이전에 내가 했던 그 마음은 이랬었다고 그 마음이 뭐가 문제가 있는가의 차이를 스스로 보는 것이 '나를 알자'의 정석입니다.

그러므로 이전의 마음을 지금에 되돌아보니, 참으로 못된 마음이 있었구나, 그 차이를 알면 내 마음을 스스로 아는 것, 참나의 마음을 아는 것이 됩니다. 그래서 스스로 이치에 벗어난 행위를 하지 않으므로 업이 줄어들게 됩니다. 이것은 누기 시키지 않아도 스스로 하지 않게 되므로 불교식으로 정해놓은 계율이라는 것은 사실 필요 없게 됩니다. 자신이 어떻게 하면 업이 되고 되지 않고를 이해하기 때문에 이치에 벗어난 행을 스스로 하지 않기 때문입니다.

Q 성전환자나 동성애자의 경우 개인의 행복 추구를 주장하는 후천적 요인이 아닌, 선천적으로 태어날 때부터 외부구조가 다른데 성에 반하는 경우 어릴 적부터 성 정체성에 대해 혼란을 느끼며 자신의 육체와 반대의 성이라고 자신을 스스로 인지한다고 들었습니다. 이런 경우는 진리적으로 어떤 이치를 타고난 것인지 궁금합니다.

A 여기서는 진리적인 이치로만 이야기합니다. 결론적으로 중성의 성을 타고나는 것은 전생에 상대의 성(性)이 되고자 하는 마음이 강하면 이생에 이같이 중성의 성을 가지고 태어납니다. 다시 말하면 이생에 남자이면서 여자의 흉내를 내거나, 그 상대의 성을 부러워하거나, 여성스러운 행동을 따라 하거나 등등 무수한 상황이 있을 것입니다. 더 깊은 이야기는 할 수 없지만, 이처럼 '~답게'를 무시하고 살았다는 것이 요인이라 할 수 있는데 이 말은 남자면 남자의 본분이 있고, 여자면 여자의 본분이 분명하게 있는데, 이 선을 넘어선 행동의 결과라 할 수 있을 것입니다.

그런데 요즘 사회를 보면 중성화되어 가고 있음을 알 수 있는데, 그것은 바로 '평등'이라는 말입니다만, 중요한 것은 남자, 여자의 본분이 다르므로 인간적인 면에서의 평등과 인간 본연의 근본을 망각한 평등의 개념을 잘 정립해야 할 것입니다. 어찌 되었든 중성의 몸을 가지고 왔다고 하면 이 사람의 본래의 성(性)은 무엇인가를 알아야 하는데, 물리적인 구조로도 알 수 있고(의학적 개념) 또 진리적으로 그 사람의 참나의 이치로도 알 수 있습니다.

그런데 중성인 성을 가진 사람 자신이 여성, 혹은 남성의 성을 선택한다고 할 경우 그 사람의 본성과 연관이 있고, 현실적으로 상황이 있을 것이나, 이것은 후자의 문제고 내가 어떠한 성을 선택해야 하는가는 그 사람의 참나의 이치로만 명확하게 알 수 있을 뿐입니다. 남자의 구조로 되어 있으면서 여성의 구조도 있다고 하면 어느 쪽을 선택해야 하는가.

이 경우 현실적으로 물질의 구조를 보고 그것에 맞게 선택을 하는 것과 진리적인 것은 다를 수 있다는 이야기입니다.

Q 본성과 성향–인간에게 있는 본성의 성향은 한 가지인지 궁금합니다. 그리고 본성이 뿌리가 되어 업습이라는 가지가 형성되는 건 아닌지 궁금합니다.

A 나는 이 부분에 대하여 콩나물시루에 비유하였는데, 예를 들면 콩시루 속에 콩나물이 되기 전의 콩은 모양이 다 다른데, 물론 비슷한 것도 있겠지만, 이것을 본성(本性)이라고 했고 이 콩이 자라나면 콩나물의 모습은 다 다릅니다. 다른 이것을 성향이라고 이해하면 되겠지요, 따라서 인간에게 있는 본성의 성향은 한 가지가 아니며 다 다를 수밖에는 없습니다. 따라서 본성이 뿌리가 되어 업습이라는 가지가 형성되는 건 맞습니다. 그래서 업습(상의 마음)의 가지를 치면 본성을 알 수 있다는 이야기가 됩니다. 다시 예를 들면 똑같은 단풍나무가 있다고 합시다, 그러면 우리가 눈으로 볼 수 있는 것은 성향이라고 하면 보이지 않는 뿌리는 본성이 됩니다.

그러므로 보이는 가지를 하나씩 잘라내면 결국 뿌리를 볼 수 있다는 것이고 이 뿌리를 알 때 나의 본성을 알았다가 됩니다. 그런데 이 뿌리가 있으므로 가지가 존재하므로 뿌리의 영향은 가지에 영향을 그대로 준다고 해야 맞는 말인데, 이 말은 나 자신의 행동(성향)은 이 뿌리(본성)를 떠나 존재하지 않으므로 내 행동에는 나의 뿌리(본성)의 행동을 하고 있다는 이야기가 됩니다. 그러므로 단어적으로 보면 본성, 성향의 말은 비슷한 말이 되지만 다릅니다.

예를 들면 어떤 사람에게 "저 사람의 본성(本性)이 저래"와 "저 사람의 성향(性向)이 저래."라고 하는 말은 다 다릅니다. 본성은 굳어진 쇳덩어리라고 한다면 성향은 그 쇠가 가지고 있는 특징을 이야기합니다. 나 자신의 행동은 굳어진 나의 업에 기반을 둔 것이고, 나의 행동은 이같이 굳어진 업에 의해서 나타나 보이는 것이므로 내 행동의 성향에는 나의 본성이 자리라고 있다는 이야기가 됩니다.

Q 업장(빙의)이 있는 경우에는 다른 기운들이 침범하지 못하는 것으로 알고 있습니다. 그렇다면 개인의 업장(빙의)이 없는 경우 나의 참나

가 떠나고 해탈한 참나로 바뀌었다고 하면 그렇다 하더라도 다른 기운들이 침범해서 혼란스러움을 줄 수 있는 것인지 궁금합니다.

A 답은 '줄 수 있습니다.' 입니다. 기운의 작용은 우리가 상상하지 못할 만큼 무궁무진하게 이루어지고 있으므로 질문에 "업장(빙의)이 있는 경우에는 다른 기운(빙의 기운)들이 침범하지 못하는 것으로 알고 있다." 는 것도 큰 틀에서 그렇다는 이야기지만, 나에게 영향을 주는 빙의에게 또 다른 빙의가 있을 수 있고 영향을 줄 수도 있습니다. 가령 A가 나에게 영향을 주는 빙의라고 한다면 그 A에게도 '빙의+빙의'가 영향을 줄 수 있으므로 이것은 나와 연관은 없고 그들만의 문제이겠지만 나에게 영향을 줄 수 있습니다.

또 질문에 "개인의 업장(빙의)이 없는 경우 나의 참나가 떠나고 해탈한 참나로 바뀌었다고 하면 그렇다 하더라도 다른 기운들이 침범해서 혼란스러움을 줄 수 있는 것인지 궁금합니다." 를 보면, 나의 참나가 떠났다고 해서 꼭 그 자리를 해탈한 참나가 올 것이라고 하는 것도 방편의 이야기인데, 실제 해탈한 참나가 올 수도 있지만 내 업에 의하여 형성된 참나로 나의 참나로 올 수 있습니다. 내 업이라고 하면 원래는 빙의로 와야 하는 것이 보통이지만 빙의로 오지 않고 내 참나로 와서 나에게 영향을 줄 수도 있다는 것입니다. 어찌 되었든 나의 참나가 바뀌었다고 하면 나 자신의 개인 업이 좋지 않음을 의미하지만, 문제는 나를 바꾸어갈 기회를 얻었다는 측면에서는 좋은 현상이라고 하겠습니다.

갈림길에 서 있다는 의미입니다. 그러므로 참나가 바뀌었다고 하여 해탈한 참나로 바뀔 수도 있지만 반대로 해탈하지 못한 참나로 바뀔 수 있는데, 이것은 개개인의 업에 따라서 다 다르고 자신의 업으로 인해 빙의로 올 수도 있고, 내 참나로 바꾸어 올 수도 있습니다. 그러므로 질문처럼 꼭 해탈한 참나로만 바뀐다는 것도 아니며 육신의 마음(상)이 어떤 것인가에 따라, 나의 업이 어떤 것인가에 따라서 나에게 영향을 주는 것도 다 다르다는 이야기입니다.

그런데 이 부분은 본인 스스로 모를 것입니다. 법당에서 알려 줄 수는 있지만, 그것은 말해줄 수 없는데, 그 이유는 자칫하면 회의감이나 자괴감에 빠지게 할 수도 있고 오만함을 키워줄 수도 있으므로 깊게 말해 줄 수는 없고, 그 이치를 알기에 개개인을 바르게 잡아 줄 수 있는 것입니다. 바로 이것이 '마음'의 작용, 참나를 알면 가능한 것이고 이 부분이 전무후무한 것이라 한 것입니다. 이것이 진정한 정법입니다.

Q 성관계의 업—같은 행동이라도 어떤 마음으로 행하느냐에 따라 그 결과는 다르다는 말씀과 관련해서 궁금하여 질문을 드립니다. 두 사람

이 각자 이성과 성관계를 할 때 a는 상대의 생각이 어떠하든 자기의 욕정에 해소만 하면 된다는 마음으로 행위를 하고 b는 상대 마음이 자기에게 넘어왔는지에 더 비중을 두고 관계를 한 경우 어느 것이 너 업이 중하다는 게 있는 것인지요? 아니면 a, b의 본성이 달라서 그런 것 뿐인지요?

A 먼저 성관계를 하는 행위 자체를 논할 것이 아니라, 내가 어떠한 상대를 만났을 때 왜 만났는가, 만남의 목적이 뭐였으며 그것이 이치에 맞는 만남인가를 따져보는 것이 순서가 됩니다. 이것이 정립되지 않는 상태에서 성관계의 마음을 논한다는 자체가 잘못된 것이라 할 것입니다. 마음이라는 것은 내가 어떠한 경계(상황)에 부딪혔을 때 그 경계에서 나 자신의 올바른 행동이 뭔가 이치에 맞는 것이 뭔가를 따져야 하는데, 이같이 성행위 자체만을 이야기하는 것은 잘못된 것입니다.

따라서 이 질문은 본질을 비켜간 것을 이야기하는 것이므로 잘못된 것이고, 다시 이야기하면 내가 밥을 먹을 때 왜 밥을 먹어야 하는가를 먼저 정립해야 하는데, 질문은 밥이 입속으로 들어가서 몇 번을 씹어 먹어야 하는가를 이야기하는 것과 같다 할 것입니다. 참고로 이야기하면 성행위를 하는 마음도 각자의 본성대로 하므로 그 판단은 각자가 알아서 하면 될 것입니다. 문제는 내가 이성을 왜 찾고 만나기를 바라는가, 왜 성관계를 해야 하는가. 그 근본의 마음을 먼저 봐야 할 것이며 이 부분이 정립되면 질문에 대한 답은 자연스럽게 나옵니다. 똑같은 육신을 가지고 있지만, 성행위에 대하여 별 관심을 두지 않고 사는 사람도 있고 유독 밝히는 사람의 차이는 뭔가 바로 나 자신의 업과 연관이 있다는 것이고, 이치를 아는 사람은 일부러 성적인 욕구를 해소하기 위하여 상대를 찾지 않습니다. 깊게 정립해야 할 부분입니다.

Q 술과 대인관계- 술을 마시면 사람들은 평상시에 못하던 별의별 얘기를 다 합니다. 모습과 다르게 마음속에 담고 있던 얘기를 하는 사람들이 많이 있습니다. 그래서 사람들은 친해지기 위해서 같이 술을 마시곤 합니다. 마시면 평상시에 자신을 제어하는 마음이 사라져서 원래의 마음(업에 의한 마음)이 나오게 되는지 알고 싶습니다.

A 술을 먹으면 평상시에 하지 않는 행동이나 말을 한다는 것은 술로 인해 '이성'이라는 것을 놓아버릴 때 이같이 자신의 속마음을 이야기한다고 생각하지만, 이것은 그 사람이 가지고 있는 본성의 행동을 하는 것으로써 맑은 정신일 때는 이성이 있으므로 대략 하지 않아야 할 것, 해야 할 말을 구분해서 하지만 술이라는 것을 마시면, 육신의 능력인 이성적인 사고의 감각을 떨어트려 버리게 되고 결국 그 본연의 업습의 행동이 거침없이 나오게 됩니다. 주변에 보면 어떤 사람들은 사업이나,

교제할 때 꼭 술을 동반하여 말하는데, 이것은 자신의 의지가 약할 때 하는 행동이고 술이라고 하는 제3의 인격체를 옆에 두는 것은 좋은 현상은 아닙니다. 그리고 대부분 사람은 술을 마시면 사람들은 평상시에 못하던 별의별 얘기를 다 하는데 그 사람만의 업습이라 할 것입니다.

따라서 그런 사람이 평상시의 모습과 다르게 마음속에 담고 있던 얘기를 하는 사람들이 많은데 문제는 나 자신에게 있습니다. 왜 사람들은 친해지기 위해서 술이라는 것을 대동해야 하는가입니다. 이것은 사회적 풍조가 잘못되었다 할 것이고, 문제는 나 자신이 사람을 사귀기 위해서 술을 먹는다고 하는 관념을 하고 있다면 버려야 합니다. 하지만 현실적으로 이 같은 풍조가 있으므로 열 번 마실 것 다섯 번으로 줄여가고, 처음 사귈 때 술을 마시는 상황이었다면 사귀고 난 이후에는 술을 줄여 가면 될 것입니다. 그런데 사귀기 위해서 죽을 때까지 술을 먹어야 한다는 논리는 맞지 않습니다.

술은 자신의 주관이 떨어질 때, 술이라는 제삼자에게 인격을 부여하고 그 제삼자에 힘으로 자신을 기대어 자신의 마음을 표현한다는 자체가 바람직하지는 않으며 인생에 도움되는 것 없습니다. 사람들은 친해지기 위해서 같이 술을 마신다. 라는 논리가 잘못되었다는 이야기이며 식사로, 음료 같은 것으로 얼마든지 사귀는 기회를 가질 수 있는데, 이같이 술이라는 것을 핑계로 고리타분한 그 자신의 말을 들어주어야 하는 이 사회적인 구조 특히 직장, 집단의 서열의식이 잘못되었다 할 것입니다.

술도 하나의 음식으로 그 상황에 맞게 적당하게 마시는 것까지는 좋으나, 문제는 어디서나 그 한계의 선을 넘어가 버리면 자신의 본성을 드러내 버리는 것이 문제라는 이야기입니다. 그러므로 그 선을 지키지 못하면 결국 평상시에 자신을 제어하는 마음이 사라져서 원래의 마음(업에 의한 마음)이 나오게 되는데 그 선이라는 것은 제각각의 본성과 연관이 있다는 것입니다. 술을 마시지 않고도 얼마든지 인생을 살 수 있고, 사람을 사귈 수 있지만, 사회적인 친분도 결국 내 업연이 되므로 억지로 술을 마셔가면서 친구 사귀어 봐야 사회적인 목적에 의한 관계일 뿐이고 또 다른 업연을 만들어가는 것이므로 신중해야 합니다.

몸이 피곤하여 한두 잔 정도 마시는 것은 약이 될 수 있지만, 그 선을 넘어가면 그것은 독으로 나에게 괴로움을 주는 것이 술이고 어디까지를 그 선이라고 해야 하는가? 그것도 각자의 의식에, 업습(본성)에 달려 있다 할 것입니다. 친구를 사귀어야 해서 술을 마신다고 하는 것 사회적 흐름이 그렇다고 하는 말 등은 사회적 지위나 환경에 따르기도 하겠지만, 문제는 나 자신이 꼭 그 흐름에 따라가면서 술 마시는 것을 합리화해야 하는가입니다. 이 말은 사회적 분위기가 그렇다고 하여도 내가 얼마든지 조절할 수 있다는 이야기이므로 내 의식과 의지가 문제가 된다는 이야기입니다.

Q 참나의 이치–이생에 태어날 때 참나의 색은 정해져 태어나고 그 참나의 색은 이생이 다 할 때까지 바뀌지 않는다고 알고 있습니다. 마음이 변하면 참나의 색이 바뀌는 것인지 또 마음이 살면서 이생에 변하면 그 참나의 색이 마음이 변한만큼 바뀌는 것인지 궁금합니다. 말씀 부탁합니다.

A 질문에 "이생에 태어날 때 참나의 색은 정해져 태어나고 그 참나의 색은 이생이 다 할 때까지 바뀌지 않는다고 알고 있습니다." 라고 하는 부분은 맞습니다.

그러므로 지금 나라고 하는 존재는 나 자신의 참나의 이치에 따라서 지금의 이 모습으로 나는 존재한다는 것인데 그러면 육신의 '나'라는 마음(상의 마음)이 어떻게 하는가에 따라서 내 참나는 그대로 반응을 한다고 나는 말했으므로 이생에 내가 살 때는 내 참나 라고 하는 진리적 기운은 바뀌지 않으며, 육신의 마음인 나라고 하는 상의 마음을 비우면 이치에 맞는 행을 하면 다음 생에 태어날 때, 참나의 이치가 변하게 됩니다. 다시 이야기하면 나 자신이 하는 행동은 참나 속에 이미 만들어진 본성의 행동을 하는 것이고, 마음공부란 이 참나 속에 숨겨진 본성을 알고 그것을 고쳐가는 것이 마음 법당에서의 마음 공부 법입니다.

그러므로 이것을 건너뛰고 참나를 알 수 없을 뿐이고, 또 현실적으로 나의 잘못된 점(자신의 본성)을 고쳐가지 않고서 참나를 알자고 하여 별도로 알 수도 없습니다. 결국, 육신이 있으므로 인식하는 '나'라고 하는 마음을 열어 보면 무수한 마음이 들어 있는데, 이 무수한 마음속에 자신의 본성이 있으므로 내 마음이라고 하는 그 마음은 옳지 않은 자신만의 본성을 고쳐가는 것인데, 사람들은 내 마음이라고 하여 생각하는 그 마음이 마치 맞고 옳은 것으로 생각하지만 대단한 착각을 하고 있다는 것을 명심해야 합니다.

어떤 사람이 현실적으로 먹고살 만한데, 그 자식에게 어떠한 문제가 있다고 합시다. 그러면 자신의 관념으로 그 자식의 문제를 해결하려고 할 것이고 하다 하다 안 되면 진리라는 것을 찾아 자식의 문제를 해결했다고 합시다. 그러면 이 사람은 이 법을 믿는 것이 아니라, 자기 생각대로 해서 되었다고 인식한다는 이야기입니다. 자신의 그 마음에 관념을 절대로 버리지 못한다는 이야기인데, 만약 자신이 무엇을 하여 돈을 벌었다고 하면, 그 자신의 능력이 탁월하여 돈을 벌었고, 자신이 가진 그 사고방식이 맞았으므로 자신이 하는 말이 맞는 말이라고 생각하고 그 관념을 자식에게 주입합니다.

업의 이치가 다르므로 자식에게 자신의 관념을 주입한다고 하여 그 자식이 자신의 말을 듣지 않는다는 이야기입니다. 그런데 문제는 자식이 자신의 말을 듣지 않으면 그 자식은 현실적으로 불효자라고 하겠지만, 윤리적으로 부모와 자식의 도리와 진리적으로 서로 다른 업을 가지고 있는 동등한 생명체의 개념으로 분리해서 보면 큰 문제가 없겠지만, 사람 대부분은 그렇지 않은데, 너는 내 자식이므로 내 말을 들어야 한다, 따라야 한다고 하여 자신의 사상까지를 주입하려고 하는 것은 잘못된 이야기입니다.

이같이 개개인의 업이 다른 이유는 바로 각자의 참나가 다르기 때문이며, 그래서 이생에 어떠한 인연이 되었던 각자의 입장에 따른 도리만 다하면 되는데, 문제는 보이지 않는 진리적 기운까지 자신의 틀에 맞추려고 하는 것은 잘못된 것이고, 인생은 결국 인간적 관계로 맺어지기 때문에 이것에 대한 도리, 그다음 진리적으로 서로를 인정하는 자세 이 두 가지가 원만하게 맞아야 소위 말하는 행복한 가정 사회가 된다는 뜻입니다. 그러므로 육신의 마음이 변하면 참나의 색은 다음 생부터 바뀌고 이생에서는 '마음이 편하다.' 라고 느끼는 것입니다. '마음이 편하다.' 이것이 바로 기운이 변하므로 진리이치를 실제 모르는 사람들이 일반적으로 느끼는 마음에 변화입니다. 내 마음이 편하다…. 이것을 쉽게 생각하겠지만 무수하게 어렵다는 사실 알아야 하고 마음 공부라는 것은 결국 돈이 있고 없고가 아니라 내 마음에 편함을 얻고자 하는 것입니다.

Q 빙의와의 인연– 나 자신에게 현재 빙의가 없다고 해도 나에게 빙의가 올 수도 있는지요?

A 나는 사람에게 무조건 빙의가 다 있는 것이 아니라, 있는 사람도 있고 없는 사람도 있다고 했으며, 문제는 상당수가 빙의의 영향을 받고 있다는 것입니다. 따라서 빙의가 애당초 없는 것이 최선이겠지만, 빙의가 있다고 해도 그 기운이 나에게 어떠한 영향을 주는가는 각자의 업연에 따라서 다 다릅니다. 빙의란 기운의 작용이라고 나는 말했는데 이 말은 나에게 빙의가 없다고 해도 세상에 무수한 기운이 있으므로 어느때 어떠한 것이 나의 마음에 작용하여 해를 주는가를 알 방법은 '마음이 편한가.', '행이 이치에 맞지 않는가.'로 알 수 있습니다. 예를 들어 빙의가 없는 사람에게 어떠한 기운이 작용하면 자신이 전혀 예상하지 못한 결과를 가져올 수 있다는 것으로 기운(빙의)을 이해하면 됩니다.

따라서 현재 나에게 빙의가 없다고 해도 자신의 기본 본성이 어떤 것인가에 따라서 빙의로 올 기운이 나의 참나로도 올 수 있다, 작용할 수도 있다는 사실입니다. 이처럼 기운의 세계는 딱 정해진 것이 없으므로 단답형으로 정의하여 말할 수 없고, 또 고정된 그 어떤 것도 없으며 다만 큰 틀에서 생명체의 운명은 정해져 있을 뿐이나, 그것은 내 마음이 어떤 것인가에 따라서 수시로 바뀌게 될 뿐입니다. 그러므로 빙의가 없다고 해서 됐다고 하는 것이 아니라, 내 육신의 마음이 얼마나 이치에 맞는 행을 하는가만 중요할 뿐이고, 이처럼 기운의 세계는 수시로 변하기 때문에 이치에 맞지 않는 마음을 가지면 그에 따른 괴로움이 있을 것이고, 빙의가 없다고 해도 괴로움은 있을 수 있으며, 이 같은 것은 나 자신이 어떻게 마음을 만들어 가는가에만 달려있을 뿐이고, 기운의 작용은 이처럼 무수하게 영향을 줄 수 있으므로 속된 말로 나 자신이 정신 바짝 차리지 않고 산다면 언제라도 나는 괴로움을 당할 수 있다는 사실입니다. '깨어있으라'고 하는 말은 이같이 항상 똑바른 정신으로 의식을 가져야 한다는 것이라 할 수 있고 나 자신이 옳고 그름은 항상 분별하고 살아야 한다는 뜻입니다.

Q 가족 중 어느 한 사람의 참나가 떠났다고 할 때 그 사람과 가족 사이에 업의 이치는 바뀌는 것인지요? 그리고 어느 한 사람의 참나가 바뀐 경우 참나와 가족과는 새로운 인연인지요?

A 결론은 바뀐 참나와 기타 그 가족이나, 어떠한 것과도 업의 고리는

없습니다. 참나가 바뀌었다고 하는 것은 이 법으로 나 자신이 연결고리가 있어 바뀌는 것이므로 이 법과의 관계에서만 진리이치에 맞게 바뀌는 것이며, 이같이 바뀐 참나는 이 법이 아닌 기타의 인연과 아무런 관계는 없습니다. 하지만 나의 몸은 그대로 있으므로 나는 나라고 하는 내 관념(상으로)으로 살게 됩니다. 수차 한 말이지만 참나가 바뀌었으므로 내가 자동으로 그 참나로 내 육신의 마음도 바뀐다고 하는 개념은 아닙니다. 질문에 "가족 중 어느 한 사람의 참나가 떠났다고 할 때 그 사람과 가족 사이에 업의 이치는 바뀌는 것인가?"는 바뀐 참나의 업으로 바뀌지 않고 다만 '나'라고 하는 육신의 마음이 변하게는 됩니다.

이 말은 인간적인 정마저 덜 가지게 된다, 인간적은 육신의 마음도 포기하게 한다는 것은 있습니다. 그리고 이 법에서 참나가 바뀌는 경우는 인간적인 인연이 새로 맺어지는 것이 아니라, 법과의 인연을 새로 만들어간다는 것을 의미합니다. 이 법의 틀이 아닌 것, 법을 모르고 살았을 경우도 참나는 바뀌는 경우가 있는데, 이 경우는 자신의 본래 참나는 떠나고 자신의 업장(빙의)의 참나로 바뀌는 경우도 있는데, 이 경우 이 법의 틀이 아닌 순수하게 자신의 업의 이치에 따라 그렇게 되는 경우입니다.

이 경우도 빙의의 참나로 바뀌었지만, 육신의 나는 그것을 나라고 인식하고 살아갈 것입니다. 참나가 바뀌는 것은 법을 알아도 몰라도 바뀌는 것이 있지만, 문제는 그 참나가 무엇인가에 따라서 작용하는 것도 다를 뿐입니다. 따라서 질문에 "어느 한 사람의 참나가 바뀐 경우 참나와 가족과는 새로운 인연인지요." 에 대한 질문은 자신의 빙의로 참나가 바뀌는 경우 가족과 인연의 관계에 따라 그 참나의 기운이 전개될 것이고, 법의 틀에서 참나가 바뀐 경우 가족과의 인연, 육신의 정은 정리될 것이며, 법의 틀 속에 새로운 인연을 만나게 될 것입니다.

이것이 기운의 바뀜, 진리적인 기운의 변화(마음에 변화)를 의미합니다. 그러므로 보통 사람들은 이같이 기운이 바뀌지만 '나'라고 하는 그 육신의 마음이 있고 강하기 때문에 참나가 바뀌었는지 자체를 알지 못합니다. 그러므로 '참나'의 이치를 아는 사람만이, 마음이라는 기운이 뭔가를 아는 사람만이 이것을 알 수 있다고 나는 이야기 한 것입니다. 이 개념으로 자신의 마음이 이치에 맞는 마음인가 아닌가? 자신 스스로 알지 못한다고 말한 것이고, 마음공부(기운의 작용)는 그래서 혼자 하지 못한다고 말한 것입니다. 따라서 이 개념으로 불교에서 참나를 알자는 것과는 완전하게 다르다는 사실입니다.

Q 친환경 농사에 대하여 − 농사를 짓는 데 있어서 이치에 맞는 방법이 있는지 궁금합니다. 친환경이라 하여 농약과 비료의 의존을 줄이거

나 아예 배제할 수 있는 방향으로 농사기법이 고안되는 추세인데요. 그렇다면 여기서 기존의 관행적인 농법에 벗어나서 비료나 약을 안 주는 쪽으로 농사기법이 고안돼야 하는지 일반적인 농사기법을 토대로 비료나 약을 주되 토양의 상태 등을 점검해가며 적당한 선으로 주어도 되는지 궁금합니다.

A 태초에는 농사를 질 때 농약이라는 것을 치지 않았을 것입니다. 그런데 요즘에는 농약을 치지 않으면 작물이 거의 병해충에 의해 제대로 키울 수가 없을 것입니다. 그런데 한쪽에서는 친환경농산물이라는 것도 나오기는 합니다. 친환경과 농약을 치고 농사를 짓는 그 차이는 뭔가, 바로 '수확량'입니다. 결국, 농사를 짓는 데 이치에 맞는 방법은 친환경으로 하는 것이 맞지만, 현실적으로 이같이 다 할 수는 없을 것입니다. 물량도 부족하고 가격도 그렇고 등등의 문제가 있는데, 이것을 이야기하려면 또 사회적인 이야기를 해야만 할 것이므로 긴 이야기가 됩니다.

바로 인구의 증가, 경제논리에 따른 사회적 부작용 등등의 문제를 이야기해야 하므로 복합적인 말을 해야 합니다. 한 가지만 이야기한다면 인구, 사람의 숫자 인위적으로 우리는 늘렸습니다. 인위적으로 아이를 많이 낳아야 한다 하여 역사를 보면 어느 때 갑자기 우리나라의 사람 숫자가 늘어났고, 지금도 정책, 정치에 따라 인간의 생명을 마음대로 늘리고 줄이고 하는데, 이 부분은 진리적으로 대단히 잘못된 것입니다. 생명체는 순리에 따라 자연스럽게 태어나야 하는데, 이것이 아니라, 필요 때문에 인간을 인위적으로 만들면 진리의 균형이 깨어지게 됩니다. 즉, 태어나지 않아야 할 사람들이 태어난다는 것을 의미합니다.

사람은 태어나야 할 인연, 때가 되어 태어나야 하는 것이 순리인데 인간의 상의 논리에 생명체를 인위적으로 태어나게 한다면 결국 진리를 거스르는 결과가 되게 되고, 이것은 사회적인 현상, 그 재앙으로 나타나게 되며 오늘날 사회의 문제는 다 이것이 기본이 되어 극에 치닫고 있다 할 것입니다. 결국, 인간의 마음(상의 마음)이 생명체를 멸하게 하고 있다는 사실입니다. 따라서 질문에 농사를 지을 때 농약이라는 것을 인위적으로 쳐서 하는 것은 잘못된 것이고 수확량이 좀 줄더라도 될 수 있는 대로 친환경으로 농사를 짓는 것이 좋을 것입니다. 그러나 상의 논리에 따라 이같이 한다는 것은 현실적으로 불가능할 것입니다.

질문에 "친환경이라 하여 농약과 비료의 의존을 줄이거나 아예 배제할 수 있는 방향으로 농사기법이 고안되는 추세인데요. 그렇다면 여기서 기존의 관행적인 농법에 벗어나 비료나 약을 안주는 쪽으로 농사기법이 고안돼야 하는지 일반적인 농사기법을 토대로 비료나 약을 주되 토양의 상태 등을 점검해가며 적당한 선으로 주어도 되는지"에 대한 부분은 현실적으로 인간이 해야 할 최선의 노력은 되겠지만, 그렇게 되돌리기에는 너무 먼 길을 왔으므로 질문의 말대로 하는 것은 좋겠지만, 전부를 그렇게 하기는 늦었습니다. 앞서도 이야기했지만 진리적으로 한 나라의 인구도 그 업에 따라 형성이 됩니다.

그런데 인위적으로 인구를 늘리고 줄이고 하는 그 행위 자체가 진리에 대항하는 자세이므로 진리적으로 그 인과응보를 누군가가 받아야 하겠지요. 모든 것은 순리가 있고, 이치가 있다가 내가 말하는 법의 기본 개념입니다. 그러므로 경제논리라는 것은 인간의 상의 논리이므로 국력이다, 전쟁에 대비해서, 경제인구가 없다는 등등의 이유로 인간, 생명의 숫자를 인위적으로 하는 이 사회에서의 진리적인 답을 찾기란 이미 먼 길을 왔으므로 어떠한 말을 해도 그 의미 없을 것이고, 오로지 나 자신이 어떠한 마음가짐으로 살아갈 것인가만이 남아 있다 할 것입니다. 긴 이야기가 되지만 생략합니다.

Q 참나에서의 성별—여성인 자신의 참나가 바뀌었다고 할 경우 바뀐 생명체는 성별 불변이므로 바뀐 참나도 여성인가요?

A 단편적으로는 맞습니다. 하지만 세부적으로 보면, 태초의 개념(윤회가 아닌 경우)에서 생명체로 오기 전에는 너, 나를 분별할 수도 없고 무어라 이름할 수도 없으므로 진리 그 자체로만 존재합니다. 그런데 그 진리의 기운을 가지고 하나의 생명체로 탄생할 경우(윤회가 아닌 경우)

그 기운이 여성으로 태어났다고 하면, 이후 이 생명체는 여성으로서 윤회하는 것이고 어떠한 경우라도 윤회를 하는 입장에서 이 성별은 바뀌지는 않습니다. 그런데 언제인가? 나는 이 부분에 대하여 "참나가 바뀌었다고 하면 그 바뀐 참나가 남성일 수 있고 여성일 수도 있다." 라고 한 적이 있는데, 여러분이 여기서 반드시 알아야 할 것은 진리이치를 깨달은 자는 남성으로 존재합니다.

복잡한 이야기가 되는데 간단하게 이야기하면, 진리이치를 깨달아 법을 말하는 자는 남, 여의 성을 이미 초월했으므로 이 진리의 기운(진리를 깨달은 자)은 남자·여자 분별을 하지 않고 이치에 맞게 작용을 합니다. 하지만 진리이치를 깨달은 자가 아니다, 다만 해탈을 했을 뿐이라고 하면 이 경우는 근본적으로 중생의 성별은 바뀌지 않습니다. 다시 이야기하면, 여러분이 부처의 가피를 이야기하지만, 일반적인 불교사상으로 석가모니가 우리에게 어떻게 무엇을 해주는 것이 아니라, 내 마음이 이치에 맞게 변하면 진리이치를 깨달은 자(이것은 이름을 이렇게 할 뿐이고, 실제는 이마저도 분별할 수 없으므로 '진리'라고만 하면 됨), 즉 진리가 그것에 맞게 반응을 할 뿐입니다.

이 부분에 대한 개념 정립을 잘해야 하는데, 이 말은 결국 여러분의 마음이 변하지 않는 상태에서 그 무엇도 기대할 수는 없다는 이야기가 됩니다. 내 마음이 변한 만큼(내 마음이라는 것도 진리적인 기운이라고 했으므로)만, 이치에 맞게 진리는 그에 반응하는데, 화현의 부처님법에서는 이 개념이 '가피'의 개념이므로 불교의 말과는 다를 것입니다. 이 개념으로 진리이치를 깨달은 자는, 진리 자체이므로 걸림이 없는 마음이므로 성별은 중요하지 않으며, 이 경우는 남자·여자의 성별을 가리지는 않지만, 이것이 아닌 기타 해탈한 자라고 하더라도 이 이치는 변동이 없습니다. 깊은 이야기는 생략합니다.

Q 물질과 상의 개념—사람의 치장과 관련해서 적당히 정도 것의 기준은 무엇으로 삼는 것인지 궁금합니다. 치장을 과하게 하는 사람 수수하게 하는 사람이라는 것도 보는 사람의 기준이 각각 다를 텐데, 각종 장신구(반지·시계·귀걸이·옷·액세서리)를 하는 것이 단순히 된다 안된다는 것은 아니라고 생각합니다. 그리고 어떤 특정한 물품의 치장을 해도 되는 사람과 하면 안 되는 사람이 있는 것인지요?

A 치장의 기준은 간단합니다. 하지 않는 것이 기본입니다. 그 이유는 알몸으로 태어났으므로 알몸으로 살다 알몸으로 죽으면 그것이 가장 합리적인 것, 이치에 맞는 것이 되므로 질문에 "치장을 과하게 하는 사람 수수하게 하는 사람이라는 것도 보는 사람의 기준이 각각 다를 텐데"라는 질문은 생명체의 본질의 개념으로 보면 의미 없는 말이 된다

는 이야기입니다. 인간이 아닌 기타의 동물, 생명체는 인간 같은 치장을 하지 않습니다. 그런데 인간만이 치장, 장신구를 하죠, 바로 이것이 인간이 가지고 있는 상(象)의 개념인데, 그러나 인간으로서 마음을 가지고 있으므로 치장이라는 것을 하지 않을 수는 없을 것이므로 이 기준을 보는 것은 치장하는 숫자가 몇 개인가에 따라서 상의 높이를 가늠해볼 수 있습니다.

또한, 숫자가 아닌 치장한 것에 대한 정도의 차이가 기준이라 할 것이나, 원칙은 치장하지 않는 것이 기준이 됩니다. 다시 이야기하면 셋방에 사는 사람이 분수와 처지에 맞지 않게 하는 것은 현실적으로 이치에 맞지 않을 것이고, 또 부자라고 하여 지나친 것도 이치에는 맞지 않을 것이므로 나의 처지와 상황에 맞는 적당한 것을 한다면 현실적으로 그나마 최선이라 할 것입니다. 이것은 꼭 여성의 치장에만 해당하는 것이 아니라, 집, 자동차, 아이의 교육 등과 같은 것에 대입하면 자신의 상이 어느 정도인가를 대략 이해할 수 있을 것인데 인간에게 최고의 치장은 마음을 이치에 맞게 쓰는 그 마음이 보이지는 않지만, 그것이 인간이 할 수 있는 최고의 값진 치장이 된다 할 것이며, 이 말은 마음이 여리고 순하고 바른 사람, 그런 사람이 결국은 해탈이라는 것을 하기 때문입니다.

이 말에 질문을 대입하면 답을 찾을 수 있을 것입니다. 현재 나 자신은 이치에 맞는 치장(화장)을 한 것인지 아닌지는 자신의 모습을 보면 알 수 있고, 몸에 치장하는 것은 냄새가 나지 배어 나오지 않지만, 마음이 고운 사람은 몸에서 마음 냄새(인간다운 향)가 난다는 사실입니다. 이 말이 무슨 말인가 깊게 새겨봐야 할 것입니다.

Q 생명체의 윤회에서 개가 사람으로 올 확률이 높다고 알고 있습니다. 이와 관련하여 개고기를 먹으면 안 된다는 것은 어떤 의미가 있는 것인지요? 다른 생명체 (소, 닭)과의 차이가 있는 것인지 궁금합니다.

A 질문을 보면, "생명체의 윤회에서 개가 사람으로 올 확률이 높다고 알고 있습니다. 이와 관련하여 개고기를 먹으면 안 된다는 것은 어떤 의미가 있는 것인지요? 다른 생명체 (소, 닭)과의 차이가 있는 것인지 궁금합니다." 나는 개고기를 먹지 말라고 말한 적도 없고, 기타 고기도 마찬가지입니다. '어떤 음식을 먹어라, 먹지 마라.' 는 것은 내가 말하는 진리를 아는 것과는 전혀 상관이 없습니다. 다만, 어떤 것이든 편견으로 집착하면, 과하면 탈이 나는 것처럼 음식도 그것에 맞게 적당하게 먹으면 될 뿐입니다.

참고로 자신이 좋아하는 음식은 자신의 업습과 본성과 연관이 있고,

몸이 원하여 먹는 것은 분명 진리적인 이유가 있고, 따라서 자신이 먹고 싶은 것을 먹지 않으면 그것은 자신의 세포에 업이 되고, 상(象)이 됩니다. 이와 관련하여 비만이라는 것도 자신의 업과 연관이 있는데, 그런데 음식을 먹지 않으면서 인위적으로 인연에 의하여 형성된 내 몸에 살을 빼야 한다는 것은 자신의 상의 두께가 그만큼 크다는 것을 의미합니다. 윤리적인 입장에서 윤회를 보면 인간과 가장 가깝게 지내는 동물이 사람으로 올 확률이 높고 인간과 가장 멀리 있는 생명체는 인간으로 올 확률은 멀었다, 희박하다는 것을 의미합니다.

실제 이것은 진리이치를 보면 이처럼 작용하고 있지만, 그중에 강아지가 가깝고, 또 강아지라고 하여 무조건 인간으로 온다는 보장은 없는데, 그것은 개개의 업연이 다르고 업의 이치가 다르므로 한 한마디로 정의할 수는 없습니다. 그런데 질문에 개고기를 먹지 말라고 하는 것은 불교적인 관점에서 한 이야기이고 비단 이것은 오신채라고 하여 채소를 갖고도 이야기하지만 자연 속에 존재하는 인간은 생명체의 먹이사슬에 맨 정점에 있으므로 '어떤 것을 먹어야 한다, 아니다.' 라고 정의한다는 그 자체가 진리이치에 맞지 않고 또 내가 말하는 진리이치를 아는 것 하고는 전혀 연관이 없고, 음식과 관련되어 무엇을 먹고, 먹지 않고는 불교사상에서의 문제일 뿐입니다.

내가 말하는 것은 음식은 음식으로 보면 그것으로 충분하고 다만 분수에 맞게 적당하게 먹는 것이 가장 좋을 뿐입니다. 이 개념으로 인간이 인간을 먹을 수 있는가. '있다'입니다. 그러나 왜 그렇게 하지 못하는가

하면 바로 인간이므로 가지고 있는 '윤리'와 '도덕', '양심'이라는 것이 있기 때문이며, 이것이 마음을 가지고 있는 인간만의 특징이라고 개념만 이해하면 되고, 현실적으로 실제 미개인이 사는 지구 위 그 어디에 이같이 '식인종'이라는 사람이 있을 수도 있지만, 이 부분은 생략합니다.

그런데 살생의 개념에서 살아 있는 동물을 죽이는 것과 죽어 있는 생명체의 개념은 별개입니다. 이 말은 죽기 전 생명체라는 것은 다 같은 동등한 개념으로 보지만 죽고 나면 하나의 '물질'에 불과한 것뿐인데, 그런데 죽고 나 이후에 그 생명체는 사실 아무런 의미가 없습니다. 그런데 먹이 사슬에서의 행위는 마음에 어떠한 감정을 갖고 대하지 말라는 것입니다. 바로 이 감정이 업(業)을 만드는 것이고, 업은 곧 괴로움으로 나에게 오기 때문입니다. 따라서 인간만이 가지고 있는 이 '마음'이 모든 것을 존재하게 만드는 것이므로 내가 어떠한 성향을 가지고 있고, 어떠한 인연을 만나고, 어떤 음식을 좋아하고 등등은 실제 나 자신의 본성과 깊은 연관이 있다는 사실입니다.

나라는 사람이 행하는 모든 것(보이지 않는 마음, 보이는 육신)은 이같이 나 자신의 전생에서의 업과 깊은 연관이 있고, 스스로 이같이 자신의 본 모습을 보는 것이 '참나'를 보는 것이다 입니다. 따라서 생명체의 윤회에서 개가 사람으로 올 확률이 높다는 것은 맞습니다. 이와 관련하여 개고기를 먹으면 안 된다는 것은 불교의 사상이고 마음법당은 내 몸이 원하는 것은 적당하게 어떤 것이든 먹어도 됩니다. 따라서 이 개념으로 다른 생명체 (소, 닭) 등 기타 어떠한 생명체와도 차이가 없습니다. 다만 인간에게 마음이라는 것을 빼버리면 먹이 사슬에 의한 본능만이 남게 된 다와 연계하여 생각하면 이해가 될 것입니다.

그러므로 진리적으로 윤회를 하는 입장에서 나도 죽으면 강아지가 될 수 있다는 그러한 개념을 마음에 두면 마음속에서 그 생명체도 나와 다르지 않다는 것을 이해하는 것이 마음공부이며 깨달음이며, 이 같은 마음이 만들어 지면 결코 생명체의 본질에서 그들을 함부로 할 수 없을 것이고 결국은 우리가 이 마음이 되어야 한다는 이야기입니다. 참고로 외국에 어떠한 종교는 숨을 쉬는 것도 미생물에 대한 살생이 되므로 마스크를 쓰고 수행이라는 것을 한다는 종교도 있지만, 의미가 없습니다. 따라서 음식을 가려 먹는 것은 또 다른 집착이고, 이 집착을 하고 있으면서 깨달음을 얻는다고 하는 것과 내가 말하는 생명체의 기본에서 동등한 이치를 아는 것이 나는 깨달음이라고 했으므로 불교의 말과는 차원이 다르므로 어떤 것이 맞는가는 스스로 개념을 정립해야 할 것입니다. 이와 관련 긴 이야기가 되지만 생략합니다.

Q 인간은 어쩔 수 없이 육신의 마음이라는 것을 가질 수밖에 없는 것인가란 생각이 듭니다. 동물은 육신의 상이 없어 본능으로 사는데 그 자신만의 본성은 가지고 있어서 업이 생길 수도 있다고 이해했습니다. 만약 태초에 동물로 태어난 후에 그 자신만의 본성으로 업이 지어지면 동물의 입장에서는 고정된 운명일 수밖에 없지 않을까 싶습니다. 사람에게 육신의 마음이 있다는 것의 의미는 업습을 고쳐서 더 낳은 사람이 되라는 것이 아닐까 생각이 들어 여쭙니다.

A 드넓은 자연을 생각해보면 인간도 자연의 일부이고, 다만 인간으로서의 모습과 구조로 되어 있을 뿐이라고 포괄적으로 이해하면 이 개념으로 보면 인간도 다른 동물도 같은 개념으로 존재한다는 것을 이해할 수는 있습니다. 따라서 인간은 어쩔 수 없이 육신이 있으므로 인간만이 가지고 있는 나라고 하는 육신의 마음이라는 것을 가질 수밖에 없고 결국 인간뿐 아니라 모든 생명체가 해탈하여 윤회에서 벗어나는 것이 궁극적인 목표일 뿐이고, 그 과정을 반복하는 것뿐입니다.

동물은 육신의 상이 없어 그 본능으로 살고 그 자신만의 본성은 가지고 있으므로 그것이 씨앗이 되어 업이 생길 수도 있습니다. 그런데 질문에 "만약 태초에 동물로 태어난 후에 그 자신만의 본성으로 업이 지어지면 동물의 입장에서는 고정된 운명일 수밖에 없지 않을까 싶습니다.” 라는 질문은 그렇지 않습니다. 그 이유는 그 본성만으로 업을 지었다고 하면 결국 그 업으로 다음 생 윤회의 이치가 정해지기 때문에 어떤 것이든 고정된 운명은 없다는 사실입니다. 운명은 있다, 그러나 어떤 식으로든 이치는 바뀌기 때문에 고정된 것은 없다고 정립해야 합니다. 결국, 인간에게는 육신의 마음이 있다는 것은 결국 업, 업습을 고쳐서 더 낳은 사람이 되는 것이고, 궁극적으로는 해탈하는 것만이 최선입니다. 그러기 위해서 밥이라는 것을 먹고 사는 것이고 동물적인 행위를 하는 것일 뿐이고, 누가 어떻게 살고 있든 간에 이것만이 결국 남게 됩니다.

인간이면 인간다운 도리와 행이 있으므로 진리고 무엇이고를 떠나, 이것은 기본이 된다 할 것입니다. 우리는 오늘도 이 세상을 살면서 얼마만큼의 그 도리를 다하고 사는가를 되돌아봐야 할 것입니다. ‘오로지 이치에 맞는 행만을 해라.’ 가 답입니다. 따라서 이치를 아는데, 지위고 하를 따질 것도 없고 내 마음이라는 것만 있으면 되며 그 이유는 진리라는 것은 단순 무식하여서 어떠한 셈법이나 계산, 지식 같은 것은 중요하지 않습니다. 오로지 순수하고 여린 마음으로 이치에 맞는 것을 긍정하면 그뿐입니다. 자기만의 잔머리 계산된 마음 셈법 등등과 같은 마음으로는 자신을 변화시킬 수 없다는 이야기입니다.

Q 생명체로 윤회하는 동안 만나고 헤어지는 인연의 고리 속에 그 인연 다시 만나게 되는 인연이 있을 수 있을 텐데 이 차이가 있는 것인지요?

A 이생에 만난 인연이 다음 생에 만난다는 것은 벼락을 맞을 확률과 같은 것이므로 거의 만나지 못합니다. 우리가 이생에 만난 인연들은 전생에 인연이 있으므로 만나는 것이라고 이해를 하지만, 사실 이 전생이라는 것은 숫자로 환산할 수 없는 겁(劫)의 시간, 세월을 의미하는 것이므로 이 말은 이생에 부부로 만나 살지만, 이생에 헤어지면 언제 다시 부부로 만난다는 것은 매우 어렵고 불가능하다 할 것입니다. 그런데 내가 누구에게 해를 주었거나, 이치에 벗어난 짓을 했다는 상대성이 있는 행위라고 하면 그 업연을 정리하기 위하여 부부, 혹은 자식으로 또는 직장에서의 인연, 아니면 길 가다가 옷깃을 스치는 인연으로 그 업연에 맞게 만날 수 있을 뿐이므로 부부이기에 다시 부부로 만난다는 것은 없습니다.

예를 들면 부부로 이생에 살지만, 업연이 어떻게 형성이 되는가에 따라서 그 부부였지만 다시 내 자식으로 올 수도 있으므로 족보라는 것, 혈연이라는 것은 이생에서만 인간이 그같이 서열을 정한 것이고, 죽고 나면 오로지 업연만이 남게 될 뿐입니다. 태초의 생명체(윤회가 아닌 경우)는 우연히 태어나지만, 윤회하는 과정에서는 이유 없이 태어나지 않고 이유 없이 만나지는 것은 없고, 이생에서 인간사 적인 부분은 이생에서의 문제일 뿐이고, 죽고 나면 오로지 업연의 관계만 존재합니다.

한 가지 알아야 할 것은 위 같은 경우는 개인적인 윤회를 이야기하는 것이고, 이 법과의 인연도 언제인가는 다시 법연으로 이 법안에서 만나게는 되어 있지만, 각각이 지은 업에 따라 어떠한 법연의 고리를 만들어 가는가만이 남아있다 할 것입니다. 그러므로 이생에 부모라고 하더라도 전생에 업연의 고리로 만났다는 것뿐이고, 이생에서의 업연의 고리가 끊어지면 다시는 만날 수 없을 것이나, 그것이 남아 있다면 앞에 이야기한 것처럼 형제의 인연 또, 내 자식으로든, 스치는 인연이던 바람을 피우는 불륜의 관계로든 만날 수 있고, 이것은 개개인의 업에 따라 달라지므로 정형화하여 일괄적으로 말할 수는 없습니다. 큰 틀에서는 이같이 업의 흐름을 이해하는 것이 중요하고 개개인의 업연은 업의 이치가 다 다르므로 개인적으로 따로 자신의 업의 이치를 보면, 쉽게 구체적으로 알 수 있습니다

Q 모든 것은 내 안의 문제가 있다는 말씀과 상대성의 차이에는 무엇인지 궁금합니다. 만약 여러 사람에게 불편함을 주는 사람이 있다고 한다면 그 사람이 상대에게 불편함을 주는 행동이 있을 텐데 그게 어떤 것이든 반응하는 저에게 문제가 있단 걸 모든 건 내 안의 문제가 있다는 뜻으로 말씀하신 것일까? 라는 생각이 들었습니다. 상대가 나에게 불편함을 주는 행동을 할 경우 거기에 대한 제가 행할 반응들도 상대에 대해 선을 두던지 저 또한 언짢은 표현을 하거나 상대의 행을 보고 나도 감정이 있으니 당연히 불편하지 않은 선에서 거리를 두는 이러한 것들을 상대성이라 하시는 것이겠느냔 생각이 들었고, 그럼 모든 것은 내 안의 문제가 있다는 것과 상대성 두 가지는 서로 모순된 말이 아닌가는 생각이 들었습니다.

A 내가 존재한다는 것은 업이 있으므로 존재한다, 따라서 상대가 존재하는 것도 상대의 업이 있으므로 존재한다, 그러므로 상대와 나는 업이 있으므로 존재하는 이치는 같은 것이라고 먼저 이해를 해야 합니다. 이 같은 개념으로 보면 상대가 행동하는 것도 문제가 있을 수 있고, 나도 행동하는 것에 문제가 있을 수 있습니다. 그런데 나는 '모든 것은 내 안의 문제가 있다.' 라고 했는데, 이 말은 일단 나와 연관된 모든 것에 대하여 불편함이 주는 행동을 자신이 하고 있다는 것을 전제하는 것입

니다. 왜냐면 내가 업이 있어 존재하는 것이기 때문입니다. 자신이 행동하는 것이 100으로 맞는다고 하면 존재해야 할 이유가 없을 것입니다.

따라서 상대성이라는 것은 업 대 업으로 만나는 것이므로 상대의 행동 여하에 따라서 나 자신의 업습(본성)의 행동으로 대입하여 말할 것이기 때문에 상대가 어떻게 하는가에 따라서 나 자신의 행동도 변할 수 있다는 것을 이야기한 것입니다. 이것을 비유하여 아무도 없는 산속에 혼자 있는 것과 현실에서 여러 사람 속에 있는 것을 비교하여 말한 적이 있는데, 혼자 살면 누가 건들지 않으므로 자신의 업대로 살 것이나, 사람과 관계를 맺으며 산다면 상대가 어떻게 하는가에 따라서 내가 변할 수 있는 여건이 만들어집니다. 그래서 상대성이라는 말을 한 것입니다.

모든 것은 내 안에 문제가 있다, 이 말은 내가 존재하는 것은 내 업이 있어 존재하는 것이므로 일단 나라는 존재는 문제가 있는 것이다, 존재한다는 그 자체가 문제가 있다는 것을 의미하는 것이고, 상대성이라는 것은 내 업으로 인한 스스로 행동에도 문제가 있다는 것이고, 이같이 존재하는 내가 어떤 상대가 나에게 행동을 하는 것도 그 사람 입장에서 같습니다. 이 개념으로 질문에 "만약 여러 사람에게 불편함을 주는 사람이 있다고 한다면"이라는 말은 불편이라는 것이 보편·합리적으로 불편함인가, 아니면 그것을 바라보는 나 자신이 바라보는 관점에서만 불편함인가를 먼저 정립을 해야 합니다. 그런데 질문에 "그 사람이 하는 행동이 상대에게 불편함을 주는 행동이 있을 텐데"라는 것은 포괄적이고, 그 사람이 하는 행동이 어떤 부분은 100으로 맞는 행동이 있을 수 있고, 아닐 수도 있을 것입니다.

이 같은 것을 분별하고 100으로 맞는 행동을 했음에도 내가 그것에 예민하게 반응하는 것은 나에게 문제가 있다는 것이고, 따라서 질문처럼 상대의 "그게 어떤 것이든 반응하는 저에게 문제가 있다."라고 단정을 지어 말할 수는 없습니다. 중요한 것은 상대의 모든 것은 나 자신의 기준 잣대로 보지 말아야 합니다. 일단 모든 것을 볼 때 나라는 주관이 아니라, 나를 떠나 객관적으로 평가하고 분별하는 마음으로 보는 것이 중요합니다. 따라서 '상대가 나에게 불편함을 주는 행동을 할 경우'라는 것도 이치에 맞는 것인가 아닌가를 먼저 분별하고 그것에 맞게 자신이 현실적 대응을 하는 기준으로 삼으면 됩니다.

그런데 이것이 정립되지 않고, 자신만의 관점에서 어떤 것을 보고 단순하게 거기에 반응하는 방법만을 먼저 찾는 것은 잘못된 것입니다. 질문에 "거기에 대한 제가 행할 반응들도 상대에 대해 선을 두던지 저 또한 언짢은 표현을 하거나 상대의 행을 보고 나도 감정이 있으니 당연히 불편하지 않은 선에서 거리를 두는 이러한 것들을 상대성이라 하시는 것인가." 라는 것은 먼저 현실적으로 윤리와 도덕을 대입하여 해결해야 하는 부분이고 서로가 업이 있는 상태에서의 본성의 행동을 하고 있으므로 이것도 상대성이라 할 수 있습니다. 그런데 나 자신이 옳고 그름을 스스로 100으로 분별하지 못하기 때문에 결국 나도 내 업으로 형성된 자신의 관점으로 그 상황을 인식하고 있으므로 내 안에도 근본적으로 문제가 있다 할 것입니다. 따라서 '모든 것은 내 안의 문제가 있다는 것과 상대성 두 가지는 서로 모순된 말이 아니다.' 입니다.

만약 나 자신이 100으로 이치를 안다면 상대에게 휘말리지 않으므로 상대성이 아니나, 이것이 아닌 경우에는 분명하게 자신은 자신만의 업습의 본성이 있으므로 상대가 어떻게 하는가에 따라서 자신은 자신만의 관점, 본성으로 대응하게 되어 있고, 그 결과에 따라서 나 자신은 변하게 되므로 내 안에 문제가 있다는 것이고, 이 입장은 반대로 상대도 똑같은 입장입니다. 결론은 모든 생명체는 업이 있어 존재한다, 그러므로 본질에서 나는 문제가 있는 존재라는 인식이 필요하고, 이 상태에서 상대가 어떠한 행동을 하는 것을 보고 옳고 그름이라는 것을 보는 것이므로 내가 옳다고 생각하고 하는 행동도 상대에게 불편함을 주고 있다는 사실입니다. 그러므로 질문에 "여러 사람에게 불편함을 주는 사람이 있다고 한다면"은 먼저 윤리와 도덕의 잣대로 먼저 대입해봐야 합니다.

"상대가 나에게 불편함을 주는 행동을 할 경우 거기에 대한 제가 행할 반응들도 상대에 대해 선을 두던지 저 또한 언짢은 표현을 하거나 상대의 행을 보고 나도 감정이 있으니 당연히 불편하지 않은 선에서 거리를 두는 이러한 것"도 현실적으로 상대성들이라고 할 수는 있습니다. 따라서 내 안의 문제가 있다는 것과 상대성 두 가지는 서로 모순된 말이 아니므로 이 개념을 정립해야 합니다. 어떤 식으로든 상대에 따라서 나는 반응을 하게 되어 있습니다. 그러므로 상대성은 맞고, 문제는 그 반응에 따라 내가 반응을 하는데, 이때 나 자신의 본성에 따라 반응을 하게 되어 있으므로 내 안에도 문제가 있다는 이야기입니다.

Q 인간의 본성과 본능에 차이─인간이라는 생명체는 본능은 같고 본성만 다른 것인지 궁금합니다.

A 정리하면 마음(진리적인 기운)이라는 것은 포괄적으로 같습니다. 예를 들면 ① 콩나물이라고 하는 시루가 진리라고 한다면, ② 콩나물시루 속에 있는 콩나물은 각각이 모양이 다르다.③ 그 콩나물은 각각의 성질이 있다고 할 때, 질문에 본능이라고 하는 것은 ②에 해당이 되며, ③에 해당하는 것이 본성이라고 해야 맞는 개념이 됩니다. 다시 말하면 진리의 작용이라고 하는 것은 생명체에게 공통으로 작용하는 본질이므로 이것을 본능이다, 본성이라고 구분하는 것 자체는 옳지 않으므로 이 개념으로 진리가 신이다, 조물주다, 창조자, 절대자, 옥황상제 등등 무수하게 이야기하는 것 자체는 말이 되지 않는데, 그 이유는 진리라는 것 그 자체는 진리로 그대로 존재하는 것이므로 무엇이라고 이름 붙여 정의할 수는 없기 때문입니다.

그러므로 ①에 콩나물시루라고 하는 것을 진리 그 자체라고 한다면,

②에 해당하는 작용은 진리 속(콩나물 통)에 나라고 하는 것은 콩나물과 같다고 해야 하고 이것이 본능이라고 이해하면 되는데, 그렇다면 동물도 본능이 있고 인간도 본능이 있으므로 본능에 차원으로 보면 다 같은 것이라 할 수 있습니다만, 문제는 인간은 인간이기에 여기에 육신의 마음이라는 것이 하나 더 있으므로 육신의 마음이 없는 동물들의 본능과는 차원이 다릅니다. 순수한 본능이 동물이라면 여기에 인간은 콩깍지처럼 상의 마음(육신의 마음)이 하나 더 있다고 이해하면 됩니다. 바로 이 부분이 인간이 개개인을 보면 가지고 있는 상이 됩니다. 따라서 이것이 본능의 개념이라면 이 본능 속에 ③의 성질이 있다. 이것이 본성이라고 해야 맞는 말이 됩니다. 이 말은 똑같은 쇳덩이고 하더라도 그 성질이 각각 다른 것과 마찬가지입니다.

본능은 ②에 있고 상(象)은 ③에 속해져 있다는 이야기가 됩니다. 그러므로 이 개념으로 본다면, 내가 무수하게 하는 말 중에 '인간이라고 해서 다 같은 것은 아니다.'라는 말에 대한 개념을 이해할 것입니다. 질문에 단순하게 단답형으로 "인간이라는 생명체는 본능은 같고 본성만 다른 것인지 궁금합니다."라고만 하여 답을 하면 이해하기 어렵고 내가 말한 바와 같이 전체적인 개념을 이해하면 쉽습니다. 그러므로 불교에서 말하는 본성(本性)이 불성이라고 하여 이것만 알면 부처가 된다는 말은 잘못된 말이라는 것을 알 수 있습니다. 위와 같은 개념을 대입하여 성행위를 할 때 마음이 없는 동물의 행위와 육신의 마음(상의 마음)이 있는 것과의 차이를 생각하면 내가 말하는 본능과 본성의 차이를 어느 정도는 이해할 수 있을 것입니다.

Q 이 세상에는 다양한 민족들이 다양한 지역에 살고 있습니다. 민족마다 살아가는 방식이 다른 것 같습니다. 그리고 어떤 지역은 평화롭게 사는데 어떤 지역은 테러에 전쟁에 어떤 지역은 굶어 죽는 사람들이 나돌고 있습니다. 예전에 법문을 들었을 때, 비슷한 업을 가진 사람들끼리 모여 산다고 들은 것 같은데 이 부분에 대해서 다시 정립하고 싶습니다. 그리고 국제결혼에 대해서 약간 부정적인 말씀을 하신 것 같은데 이 부분에 대해서도 정확하게 다시 정립하고 싶습니다.

A 질문을 이해하기 위해서 먼저 나를 중심으로 업의 개념을 이해할 필요가 있을 것 같습니다. 나라는 존재가 어떤 상대를 만났다면, 만나야 할 업이 있으므로 만나겠지요. 그리고 가정이라는 것도 큰 틀에서 보면 업(業)이라는 것이 같으므로 가정을 이룬다고 하는 것도 이해할 것입니다. 이것을 확대하여 각각의 나라를 보면 결국 업이 같은 그룹끼리(이것을 보통은 사상과 이념이 같은 사람들끼리 모여 한 국가를 이루는 것이라고 볼 수 있다는 개념) 모여 각각의 나라의 성향이 정해집니다. 그러면, 이 개념으로 보면 나 자신이 외국에서 어떠한 상대를 맞이하며 살림을 한다고 합시다. 그러면 진리적으로는 업이 다른 사람끼리 만나는 것이 된다는 것을 쉽게 알 수 있습니다.

우리는 우리나라 사람끼리(대략 업이 같거나, 비슷하므로) 만나는 것이 최선이 된다는 것도 알 수 있을 것입니다. 그런데 우리나라에서 상대를 구하지 못하고 밖에서 구한다고 하는 것은 무엇을 의미하는가입니다만, 이것은 이미 '국민성'이라는 것이 사라지고 있음을 의미합니다. 그래서 국제화다, 세계화라고 하는 논리를 인간들의 상의 논리일 뿐이고, 이 상으로 인해 결국은 국민성이 무너지게 된다 할 것입니다. 나는 물질, 진리이치 이 두 가지로 세상을 봐야 한다고 했는데, 결혼하지 못했다는 것, 이 땅에서 이성을 만나지 못한다는 것은 인간들의 상이 극에 달해 있으므로 배우자를 만나지 못한 것이라 할 수 있는데, 이것은 물질만능주의에 빠져 앞장을 서서 가고 있는 일부 사람들이 문제라 할 것입니다.

다시 이야기하면 물질로 모든 것을 대입하고 사는 상이 극에 달해있는 사람들, 물질을 쫓아 물질로 모든 잣대를 들이대는 사람들이 문제고 이러한 현상은 앞으로 거 심화 될 것입니다. 인간들의 상으로 인해 국민성이 변해간다(업의 이치가 바뀌어 간다)고 이해하면 되고, 이같이 인간들의 상이 결국 지구를 멸하게 한다고 나는 이야기했습니다. 따라서 이 세상에는 다양한 민족들이 다양한 지역에 살고 있고, 이것은 진리적으로 업의 이치(국민성)가 다르기 때문이라고 정리하면 되고 따라서 예전에 강제로 침략으로 나라를 뺏어갔지만 결국 시간이 흘러 다시 되돌려 주는 것을 보는데, 구소련 같은 경우가 좋은 예라 할 수 있는데, 이 같은 것도 다른 업, 근본의 성질이 다른 것끼리는 하나로 합해질 수 없다, 업의 기운 작용(이것을 민족성, 국민성이라고 함)에 따른 것이라고 해야 맞는 말이 됩니다. 그래서 업의 이치가 다르므로 각각의 민족마다 살아가는 방식이 다를 것이다 입니다.

따라서 이 개념으로 어떤 지역은 평화롭게 사는데 어떤 지역은 테러에 전쟁에 어떤 지역은 굶어 죽는 사람들이 나돌고 있는 이유도 깊게 이야기할 수는 없지만, 업과 깊은 연관이 있고, 이 시대 중동의 사태를 보면 그 이유가 진리적으로 있다는 것만 이해하면 되고 여기에 답을 말할 수는 없습니다. 나는 예전 법문에 "비슷한 업을 가진 사람들끼리 모여 산다." 라고 이야기했습니다. 앞에 한 말을 깊게 이해하면 답을 찾을 수 있고 따라서 나는 업의 이치가 다른 외국 사람들과 결혼하는 것을 반대하는 것이 아니라, 이것은 현실적인 상황에 맞게 각자가 알아서 하면 될 것이나, 그러나 진리적으로 이 같은 내용을 정립하고 상대를 보면 더 깊게 이해를 할 수 있다는 취지로 이해하면 될 것입니다.

현실과 진리적인 부분의 괴리감이라 할 것입니다만, 그러므로 애당초 화현의 부처님의 정법이 끊어지지 않고 지금까지 왔다면 이 세상의 혼란함은 상당히 없었을 것이라고 나는 무수하게 이야기를 했습니다. 그이유는 물질에 치우쳐진 인간들의 상이 문제이고, 그러므로 세계화·국제화 시대의 논리는 사실 인간들의 상(象)의 논리이며 이것만을 앞세우는 논리는 결코 좋은 것은 아닙니다. 한 나라에서 결혼 배우자가 없다는 것은 실제 없는 것이 아니라, 남아선호사상이라는 인간들만의 상, 아집 때문이고, 또 하나는 물질이라는 것을 추구하는 인간들의 상의 논리에 따라 이 같은 악순환은 계속되어 질 것이고, 진리적으로는 업이라는 기운이 급속하게 변하고 있음을 의미합니다. 따라서 이같이 현실적인 논리, 또는 진리라는 기운의 변화(마음의 변화)에 따라서 이 지구 상의 생명체는 멸할 것입니다.

Q 도덕과 윤리―일상을 살면서 먼저 윤리적, 도덕적인 것이 기본이 되어야 한다고 알고 있는데 도덕이라 하면 학교에서 배운 도덕 시간이 생각이 나는데 인간의 본능 중에 남을 배려하는 감정도 본능에 포함된 것인지요. 자기중심적이기에 불편함을 줄이려고 도덕책이란 것도 생겨난 것인지 궁금함이 듭니다.

A 생명체 중에 도덕, 윤리라고 하는 것을 말하는 것은 오직 인간만이 그렇게 정해놓은 것이며, 다른 생명체는 이 같은 것을 말하지는 않죠. 그것은 바로 마음이라는 것을 가진 인간이기에 그렇습니다. 그러므로 도덕이라는 것은 도(道)와 덕(德)이라는 글자를 보면 길도(도-道)라고 하여 이것은 '바른길'의 의미가 있고, 덕(德)이라는 것은 인간이 가져야 하는 품성, 인간적인 행위를 의미하는 말이라 할 수 있을 것이고 결국 '인간으로서 지켜야 하는 바람직한 행동 기준'이 윤리와 도덕이라는 말

이 됩니다.

물론 마음이 없는 생명체의 경우도 기본적으로 본능은 갖고 있지만, 이 본능 속에는 그 자신만의 본성이 있고, 이 본성 속에는 자신만의 버릇이 있으므로 동물은 본능-본성으로 살지만, 인간은 본능, 본성, 육신의 마음이라는 것으로 살므로 기타 생명체보다 이 마음이라는 것이 하나 더 있으므로 마음을 어떻게 갖고 쓰고 살아야 하는가를 사람들이 인위적으로 만들어 놓은 것이 도덕과 윤리가 되지만, 물론 이것도 사람마다 생각하는 관념이 다르기 때문에(업이라는 것이) 이것도 한 마디로 정의할 수는 없습니다. 다만, 살생을 말라, 도둑질하지 말라 등등 일반적인 것이지만, 이마저도 윤리와 도덕에 기준이라고도 말할 수는 없는데, 그 이유는 나는 살생이라도 남의 것을 훔쳤다고 해도 그것이 '이치'라는 것에 맞으면 살생도 도둑도 죄가 되지 않는다고 했습니다.

이치에 맞는 것이라는 것은 사실 보통 사람은 가늠하기 어려운 말인데, 예를 들면, 모기가 나를 문다고 하면 죽이는 것이고 이때 윤리적으로 살생했다고 볼 수는 없을 것입니다. 또 도둑질이라는 것도, 내가 먹지 못해 죽음 직전에 이르렀다고 하면 눈앞에 보이는 것은 뭐가 되었던, 누구 것이 되었던 먹는 것이 가장 좋을 것이나, 이때 도둑질을 했다고 볼 수 있겠지만, 현실적으로나 진리적으로 이 경우 아무런 죄는 되지 않는다 할 것입니다.

결국, 이 '이치'라는 것이 모든 것이 표준이 되는 것이고, 윤리니 무엇이니 등을 따지는 것은 현실적으로 보편·합리적으로 인간이라는 존재가 만든 현실적으로 지켜야 하는 기준, 이것이 윤리와 도덕이나, 이 상위법은 '이치'라는 것이 된다는 이야기입니다. 모든 것에는 반드시 지켜야 하는 선(線)이 있고, 선에 기준이 되는 것은 이치라는 이야기입니다. 따라서 인간이 일상을 살면서 먼저 윤리적, 도덕적인 것이 기본이 되어야 한다고 하는 말은 마음이 있는 인간으로서 최소한의 기본을 이야기하는 것이고, 학교에서 배운 윤리와 도덕은 인간으로서 최소한의 행을 말하는 것이나, 그 상위법은 '이치'라는 것이고, 인간의 본능 중에 남을 배려하는 감정도 본능에 포함된 것이 아니라, 인간이기에 가지고 있는 '양심'이라는 것이 있고

이 양심에 기준이 윤리와 도덕이 되는 것입니다. 제각각의 업의 이치가 다르므로 기준이 없고, 우리는 업으로 형성된 다른 행동을 하므로 다들 자기중심적으로 살 수밖에는 없습니다. 질문에 "불편함을 줄이려고 도덕책이란 것도 생겨난 것인지 궁금하다." 라고 했는데, 불편함을 줄이려는 것이 아니라, 혼란함을 줄이기 위해 인간이 만든 표준이 생활지침서라 할 수 있는 것이 윤리와 도덕이라는 것이지만, 이것에 상위법은 이치에 맞는 생활이라고 해야 맞는 말이 됩니다.

Q 단어개념정립– 사람들은 "재수가 좋다.", "운이 좋다." 는 말을 흔히 합니다. 뭐가 뜻밖의 잘된 일이 생겼거나 좋은 일이 생겼을 때 일반적으로 하는 말인 것 같습니다. 자업자득, 인과응보의 개념에서는 재수가 좋은 게 아니라 전생에 그럴만한 업을 지었으므로 현생에 한 치의 오차도 없이 받는 것뿐이라고 이해해도 되는지요?

A 결론은 '맞다'입니다. 예를 들면 어떤 사람이 복권을 사서 맞았다고 하면, 그 사람은 전생에 그만한 물질의 공덕을 이치에 맞게 지었으므로 그 이치에 따라서 받는 것뿐임을 그 사람들의 참나를 보면 쉽게 알 수 있습니다. 그런데 이러한 것을 일반 사람들은 "재수가 좋다.", "운이 좋다." 는 식으로 이야기할 뿐입니다. 왜 이같이 말하는가. 그것은 인류 역사 이래 참나(진리적인 이치)를 몰랐기 때문이고, 그래서 나 자신에게 좋은 것은 신(神)이라는 것이 돌봐서 그런 것이고, 좋지 않은 것은 위신(鬼神)이라는 것이 그렇게 작용을 해서 좋고 나쁨이라는 것이 외부에 어떠한 대상에 의해서 그렇게 된다고 믿었고, 지금까지 우리는 그러한 관념을 하고 있지만, 내가 짓이 않는 것은 선(善)이 되었던, 악(惡)이 되었던 받지 않습니다.

이것을 자업자득·인과응보의 이치라고 하는 것인데, 실제 이같이 자업자득·인과응보라는 말을 불(佛)자의 말을 하는 사람들은 다 합니다만, 아이러니하게도 이것을 이야기하면서 어떠한 대상, 즉 신, 귀신 조물주와 같은 대상을 찾는다는 것은 상호 모순된 행동이라 할 것이나, 이 자체도 모르고 사는 사람 무수하게 있습니다. 그러므로 인생을 살때, 나에게 뭔가 뜻밖의 잘된 일이 생겼거나 좋은 일이 생겼을 때 일반적으로 막연하게 재수 타령, 운 타령을 합니다만, 운이라는 말도, 개념을 모르는 사람들이 하는 말이고, 이러한 것에 내 마음 매달리고 나에게도 혹시 하고 하는 마음 가졌다면 그 마음마저도 마음에서 지워야 할 것입니다.

생명체가 산다는 것, 받는 그 무엇은 오로지 자업자득, 인과응보의 이치에 따라서만 존재하므로 이것은 하늘에 날벼락 떨어지듯이 재수가 좋은 것으로 생각하는 것은 없습니다. 따라서 내가 지금 존재하는 나의 모습, 내가 받는 그 무엇은 전생에 그럴만한 업을 지었으므로 현생에 한 치의 오차도 없이 받는 것이다 입니다. 그런데 문제는 '자신이 받아야 하는 것이 있는가, 없는가.' 를 모른다는 것이 문제이고 사실 이같은 것은 그 자신 개개인의 참, 나, 업의 이치를 보면 알 수 있지만, 말해 줄 수 없는 이유는 그렇게 말해 주면 여러분은 일상의 삶을 제대로 살 수 없을 것이고, 그것에만 매달려 살게 되기 때문입니다.

그래서 나는 전생이고 무엇이고를 따지지 말고, 이생에 내가 지금 무엇을 해야 하는가, 어떠한 것이 내가 이생에서 해야 할 최선인가를 따지는 것이 중요하다고 이야기한 것입니다. 그러므로 법당에서 여러분에게 한마디 해주는 그 말에는 다 자신의 업과 연관이 있는 말이고, 내 말을 믿어야 하는지 아닌지는 내가 하는 말이 이치에 맞는가, 아닌 가로 분별하고 맞는다고 한다면, 그 흐름에 자신의 마음을 맡기는 것이 중요합니다.

Q 모든 생명체는 있는 그대로 동등하다고 하셨습니다. 일반적으로 인간의 존엄성에 대한 개념과는 비슷한 거 같으면서도 차원이 다른 생명체의 본질에 대한 말씀이라는 생각이 듭니다. '사람은 평등하다'는 것의 차이가 무엇인지요?

A 보이는 물질 모습에서 인간이라는 존재 자체를 보면 큰 틀에서는 인간의 형체를 가지고 있으므로 다 같은 인간이라고 하여, 우리는 '동등한 인간'이라는 개념으로 이야기하는데, 이때는 다 같은 인간의 모습이라고 하는 틀에서 동등하다는 개념으로 이 '동등'이라는 말을 합니다. 그러나 이것은 강아지, 참새, 인간, 돼지 등과 같이 그룹으로 나누었을 때 동등의 개념이라 할 것이고, 다른 한편으로는 이같이 모습만이 다 같은 것이라고 하여, 동등하다고 볼 수는 없다 할 것입니다. 나

는 이 부분에 대하여 지구 위 60억의 사람 중에 다 같은 사람은 없다고 했는데, 대분류에 따른 '동등'의 개념과 세부적으로 다 같은 것이라고 하는 것은 다른 차원의 이야기입니다.

그런데 우리가 사는 사회에서의 동등이라는 말은 이같이 동물들의 분류법의 개념으로 동등이라는 표현을 하고, 세상은 이 논리로 흘러갑니다. 물론 진리적으로 이 개념으로 인간은 동등하다고 하며, 이것만으로 동등하다고만 한다면, 더는 이야기는 아무런 의미가 없을 것입니다. 하지만 콩나물시루에 콩나물이 자라는 것과 같이 콩나물이라는 것은 맞지만, 그 콩나물은 다 같은 콩나물은 아니므로 진리적으로는 동등하지 않다고 해야 맞는 말이 된다는 이야기입니다. 그러므로 '모든 생명체는 있는 그대로 동등하다.' 라고 한 부분은 보이는 외형적으로 인간이므로 동등한 것이고, 이 개념으로 업이라는 작용 또한 그 개념은 같은 것이라고 해야 맞고 다만, 그 속에 작용하고 있는 개개인의 성향은, 본성은 다 다르다고 나누어서 '동등하다'의 개념을 적용해야 합니다.

그러므로 질문에 "일반적으로 인간의 존엄성에 대한 개념"은 보이는 외형의 모습, 인간이라는 그룹의 개념에서 인간에 대한 존엄성에 국한된 말이고, 그러나 다른 개념으로는 모습은 비슷한 거 같으면서도 차원이 다른(작용이 다른) 생명체의 본질에 대한 것은 다르므로 '사람은 평등하다'는 것은 보이는 형상에 따른 인간적인 것이고, 그러나 사람은 평등하지 않다는 말은 진리적인 개념으로 그 차이가 다릅니다. 마음공부를 함에, 바르게 개념정립을 해야 하는 부분은 이 같은 것인데 다시 말하면 사람으로서 동등하다고 하면 인간들의 행위가 모두다. 표준의 행동을 해야만 이때 동등하다는 의미가 맞지만, 각각 문제는 그 행동이 다 다르므로 포괄적으로 인간이므로 동등하다고 하는 것은 '초록은 동색이다'의 개념이 되겠지만, 나는 '초록은 동색이 아니다.' 라고 했으므로 분별을 해야만 명확한 개념을 정립할 수 있다는 것을 알아야 합니다.

공장에서 똑같은 제품이 생산되면 동등하다고 하는 것이고, 수작업으로 똑같이 만든다고 해서 이 경우 동등이라는 말을 할 수는 없다는 개념입니다. 이 경우 결코 같을 수는 없기 때문입니다. 질문자가 보기에 내가 하는 말의 차이가 뭔가를 정립한다면 의식이 깨어있다 할 것입니다. 불교나 모든 종교는 단순하게 공장에서 생산되는 개념으로 동등이라는 말을 하는 것이고, 내가 하는 말도 이같이 다 같은 인간이므로 동등하다고 하는 말은 맞지만, 이것은 보이는 외형에 따른 말이고, 나는 여기에 더하여 인간이지만 그 마음이 다 다르므로 동등하지 않다고 하는 것이므로 이 개념을 정립해야 마음이라는 것을 알아갈 수 있는 공부를 하게 됩니다. 뭔 말인가 이해가 안 되면 이해될 때까지 파고들어야 할 것입니다.

Q 부모와 자식 간 각자의 도리에 대해서 궁금합니다. 부모의 업과 자식의 업은 다르기에 서로 간의 도리만 하면 된다고 생각했는데 사람들은 서로를 하나의 끈, 소유물개념으로 알고 살아가는 것 같으며 가족이니까 그것이 서로를 위하는 것이며 맞는 것으로 생각하고 살아가는 사람들 많은 것 같습니다. 여기에서 가족 간의 서로의 도리와 선의 기준이 궁금합니다.

A 진리적으로 업의 기준으로 보면 부모와 자식은 업이 같을 수도 있고, 다를 수도 있다는 것을 우선 알아야 하고, 이것이 진리적인 입장이라고 한다면, 현실적으로 인간이므로 윤리와 도덕이라고 생각하는 것이 기준이 될 것입니다. 동물도 물론 본능적인 감정은 있겠지만, 인간 같은 그러한 정(情)의 개념은 없습니다. 그들은 각자의 도리에만 충실하기 때문이며, 사람은 그들과 달이 상(象-육신의 마음)이 있으므로 윤리와 도덕을 따집니다. 하지만 이 마음이라는 것이 없다고 하면, 동물처럼 그에 맞는 도리만 하면 되겠지요.

문제는 이 기준이 어디까지인가인데, 그 선은 한마디로 정의할 수 없고, 이같이 진리의 작용을 이해함으로써 자연스럽게 자신이 그 기준을 만들어 갈 뿐이므로 'A=A다'라고 하는 논리로 정의할 수 없고, 다만 마음이 있으므로 기준은 우리가 일반적으로 이야기하는 '윤리', '도덕'이 기준이 되므로 우선 이것을 마음에 기준으로 삼는 것이 좋으며 최선일 수밖에는 없습니다. 그런데 진리를 잘못 이해하면, 일일이 그 어떠한 것에 대하여 이것은 진리에 맞고 맞지 않고를 대입하면 안 된다는 이야기입니다. 그러므로 질문에 "부모와 자식 간 각자의 도리"는 윤리와 도덕이 되지만 문제는 각자가 가지고 있는 관념이 다르기 때문에(업이 다름)의 윤리와 도덕의 기준도 다 다릅니다.

그러나 최고의 방법은 윤리, 도덕을 먼저 생각하고 그 선에 따르는 것만이 최선이고 이것은 꾸준하게 죽을 때까지 자신이 수행으로 생각하고 행해야만 하는 것이고, 그 끝은 없습니다. 따라서 진리라는 개념을 알면 그 선, 경계점을 찾아갈 수 있습니다. 물론 진리이치를 다 아는 자는 그 선을 압니다만, 우리가 마음공부라고 하는 것은 결국 이 선을 다 알기 위함(소위 이것을 깨달음이라고 하는 것)일 뿐이므로 교과서 문제처럼 일괄적으로 정답을 다 말할 수는 없고, 상황에 맞는 것이 뭔가를 찾아감으로써 자신이 1에서 100까지의 이치를 아는 것이 바로 돈오점수라고 하여 점진적으로 깨닫는 것이 됩니다.

그런데 질문에 "부모의 업과 자식의 업은 다르기에 서로 간의 도리만 하면 된다고 생각했는데"라는 말은 업이 달라서 라고 하는 업을 먼저 대입했으므로 잘못된 것이고 이같이 말하고 "도리만 하면 된다."라고 말했는데, 업이 다르기 때문이 먼저가 아니라, 부모 자식이면 그에 맞는 행을 하는 것이 기준이 되므로 업을 먼저 따지는 것은 바람직하지 않습니다. 진리를 떠나, 인간이므로 사람이기 때문에 우리는 서로를 하나의 끈으로(가족이라는 개념) 생각하는 것은 당연하지만, 그러나 그것이 소유물개념으로 알고 살아가는 것도 당연하겠지만, 상대성이므로 나는 나 자신이 처한 상황에 맞는 행만을 하면 되고 기준은 윤리와 도덕이 기준이 됩니다. 이 부분을 유연성 있게 생각하고 처신하는 것은 오로지 자신만이 할 수 있습니다.

그것이 결과적으로 서로를 위하는 것이며 맞는 것이 되는데, 가족 간에 서로의 도리와 선의 기준은 업이 다르고 관념이 다르므로 한마디로 정의할 수 없고, 윤리와 도덕의 기준을 따르는 것이고 이 선을 넘어 진리적으로는 나를 떠나, 어떠한 상황에서 중도의 행, 즉 최선이 뭔가는 스스로 정립하면서 깨달아가야만 합니다. 문제는 이 두 가지의 개념은 절대 혼자 하지 못한다, 결론을 내리지 못한다는 것입니다. 그것은 개개인의 관념이 다 다르기 때문입니다. 그래서 진리이치를 아는 자, 진리를 깨달은 자의 말인 정법(正法)이 필요한 것입니다. 생명체는 이치라는 것이 수시로 변하기 때문에 이것은 오로지 자신이 개념을 정립하면서 진리라는 흐름의 이치를 이해하고 알아가는 것밖에는 없고, 죽을 때까지 해야 하고, 이생에 나 자신이 이 이치를 하나를 아는가, 열을 아는가만이 중요합니다. 바로 이것이 지혜를 얻는 것이라고 하는 것이고, 진리는 물질이 아니므로 학교 공부하듯이 답을 찾으면 안 됩니다.

Q 긴장, 초조, 기쁨, 슬픔-반만 기뻐하고 반만 슬퍼한다는 개념이 궁금합니다. 마음의 중심을 유지하기 위해서인가 하는 생각을 할 뿐입니다. 평소 긴장, 초조 등의 감정도 상황에 따라 그 강도가 다른데 이런 것과도 관련이 있는 것인지요? 그리고 실제상황에서의 긴장, 초조 기쁨, 슬픔 등과 영화를 볼 때의 긴장, 초조 어떻게 다른 것인지 궁금합니다.

A 사람의 감정에서 일어나는 긴장, 초조, 기쁨, 슬픔 등과 같은 것은 자신의 업(業)과 혹은 업장(빙의)과 깊은 연관이 있습니다. 이 말은 나라고 하는 것은 내가 지은 업으로 형성된 것이므로 나에게 지나칠 정도의 긴장, 초조, 기쁨, 슬픔 등이 쉽게 일어난다면 자신의 본성과 연관이 있다는 이야기이며, 현실적으로 나 자신이 어떠한 것에 대하여 긴장, 초조, 기쁨, 슬픔 등이 일어나는 마음과 자신의 감정 조절이 잘 안 되는 것은 자신의 의식이 뚜렷하지 않으므로 나타나기도 합니다. 질문에 "긴장, 초조, 기쁨, 슬픔 등에 대하여 반만 기뻐하고 반만 슬퍼한다."라는 것은 질문이 잘못되었는데, '긴장', '초조', '기쁨', '슬픔'이라는 것만을 놓고 보면, 기쁨과 슬픔이라는 것은 극과 극을 의미하는 것으로 기쁠 때 개념 없이 넋 놓고 그 기쁨에 취해 있지 말라는 것이고, 슬픔이라는 것도 너무나 치우치지 말라는 뜻입니다.

그러면 어디까지를 기뻐하고 슬퍼해야 하는가의 문제가 남을 것이냐, 의식이 바르다면 그 상황에 맞게 적당하게 심장을 도려내듯 한 감정을 내지 말라는 것이고, 이같이 감정의 치우침이 심하면, 극과 극을 오가는 치우침은 자신에게 좋지 않은 영향을 줍니다. 이 말은 감정의 기복이 심하다는 것은 자신의 본성, 업, 업장과 깊은 연관이 있다는 이야기고, 이것을 인간적으로 보면 참 감성이 풍부한 사람으로 생각하겠지만, 진리적으로 보면 자신의 상의 두께를 의미합니다. 예를 들면 자신의 부모가 죽었다고 하면, 어떤 사람은 기진맥진할 정도로 자신의 감정을 드러내는 것을 보는데, 이 경우 일반 사람들이 보면 대단한 애정을 품고 있다고 할 것이나, 진리적으로는 대단한 집착이라고 합니다.

이같이 나 자신의 감정 기복이 심하다는 것은 곧, 나 자신의 업(業)의 이치에 따른 본성의 작용이거나, 아니면 빙의(업장)의 작용, 또 하나는 자신의 의식이 뚜렷하지 않음을 의미합니다. 그러므로 '기쁨', '슬픔'이 아닌 '긴장', '초조'라고 하는 것도 자신의 업으로 형성된 본성에 따라 작용하거나, 아니면 이생에 살면서 좋지 않은 과거의 기억, 흔적에 따라서 하나의 정신적인 질병(이것을 '외상 후 스트레스 장애'라고 하기도 함)의 현상일 수도 있으므로 단답형으로 정의할 수는 없고, 개개인의 상황이 다 다르기 때문입니다.

따라서 큰 틀에서의 이 같은 긴장, 초조, 기쁨, 슬픔 등과 같이 자신에게 나타나는 현상은 근본적으로 자신의 업, 업장(빙의)과 연관이 있다 할 것이고, 또는 사회에 살면서 겪었던 자신의 환경의 영향으로 '긴장',

'초조'의 문제가 있을 수도 있고, 기쁨과 슬픔에 대한 것에 대한 기복이 심한 것도 업, 업장과 연관이 있을 수도 있고, 자신의 의식과도 관련이 있습니다. 중요한 것은 이 같은 긴장, 초조, 기쁨, 슬픔 등의 감정이 나타날 수 있지만 기쁨과 슬픔의 경우 자신의 의식만 바르다고 하면 어느 정도는 해소될 수 있지만, 긴장과 초조 같은 경우는 그 근본의 원인이 뭔가를 알아야 하는데 개인적인 상황마다 다 다르므로 정의할 수는 없고, 큰 틀에서의 문제는 나 자신의 '본성'과 무관하지 않습니다.

따라서 질문에 "마음의 중심을 유지하기 위해서 반만"이라는 개념은 기쁨과 슬픔에 대한 것이고, 긴장, 초조라는 것은 해당이 없습니다. 기쁨, 슬픔에 대하여 한쪽으로 극과 극으로 치우치지 말라는 의미입니다. 따라서 이것과 '긴장 초조 등의 감정도 상황에 따라 그 강도가 다른 것은 자신의 본성의 업과 깊은 연관이 있다.' 입니다. 그러므로 '실제상황에서의 긴장, 초조 기쁨, 슬픔 등과 영화를 볼 때의 긴장, 초조'는 같은 개념의 작용이고 이것도 본질은 업과 연관이 있다는 것이므로 다르지 않습니다.

다만 기쁨과 슬픔에 대한 것도 업과 연관이 있지만, 자신의 의식으로 개선이 쉽게 될 수 있지만, 긴장, 초조라는 것은 의식만으로 해결되지 않는다는 차이가 있습니다. 그 이유는 본성의 작용으로 형성된 내 마음의 작용이기 때문이므로 단편적으로 업이 다르므로 한마디로 정의할 수는 없습니다. 기쁨과 슬픔이라는 것에 다른 의미는 기쁨에 개념 없이 무의식으로 취해 있으면, 반대로 슬픔에 대처할 수 있는 마음에 여유가 없게 된다는 의미도 있습니다. 따라서 어떠한 감정이든 그 기복의 차이가 없을수록 자신의 마음이 평온하다 깨끗하다는 의미가 됩니다. 기복이 심하다고 하면, 자신의 업이 그만큼 좋지 않음을 의미하기도 한다, 청정하지 않다고 할 수 있습니다.

Q 업장과 빙의에 대하여—빙의의 기운작용과 관련하여 빙의가 법을 듣고 법을 이해하여 빙의 자신이 자신을 스스로 제도한다는 개념이 궁금합니다. 자신에게 한을 심어준 안 좋은 기운으로 작용하는 빙의가 법을 이해하여 안 좋게 작용하던 기운이 변하여 한을 심어준 사람의 참나에게 다르게 작용해서 그 사람이 변하게 되고 빙의 자신 스스로 윤회에 든다는 의미인지요?

A '답' 죽은 사람이나, 산 사람이나 남는 것은 마음뿐이라고 나는 말했습니다. 그러면 죽어서 남은 마음은 어떻게 작용을 하는가, 바로 내 몸을 빌려 사용하는 경우도 있고(이것은 참나가 바뀐 경우이고), 참나가 바뀌지 않은 경우에는 나 자신의 본성의 마음과 내 업으로 인하여 존재하는 빙의의 마음이 함께 있어 나에게 영향을 준다고 말했습니다.

따라서 빙의가 있다면 빙의의 기운(마음)작용과 업으로 형성된 나(육신의 마음-상의 마음)라고 하는 마음이 있을 것입니다. 그러므로 나는 내가 이 법을 듣는다고 생각하겠지만, 사실은 빙의가 이 법을 듣고 자신이 자신을 스스로 제도하는 것은 당연한 것이 될 수도 있습니다.

우리가 빙의 개념을 착각하는 것 중에 하나가 여러분은 여러분 자신의 '나'라는 존재가 모든 행동을 한다고 생각할 것이나, 물론 내 마음이라고 하는 것은 나의 마음일 수 있고, 내 업으로 존재하는 빙의의 마음일 수도 있다는 사실을 알아야 합니다. 따라서 빙의는 내 마음에 작용하므로 빙의가 법을 듣고 법을 이해할 수 있고, 빙의 자신이 자신을 스스로 제도한다는 개념은 성립됩니다. 물론 자신에게 한을 심어준 안 좋은 기운으로 작용하는 것은 맞지만, 기운(마음으로 작용)으로 빙의가 법을 이해하여 안 좋게 작용하던 기운이 변한다 하더라도 그것은 빙의만 해당이 되고, 빙의가 법을 들어 자신 자신을 스스로 제도 한다고 해도 그것은 나 자신과 아무런 영향이 없습니다.

따라서 내가 한을 심어준 그 사람의 마음(빙의)이나, 기운이라는 개념은 나와 다르지 않으므로 각자의 이치에 따라서 나는 법의 개념을 이해하지 못하지만, 빙의가 이 법을 먼저 이해할 수도 있습니다. 각자 다르게 작용해서 그 사람(빙의)이 변하게 되고, 빙의 자신이 스스로 윤회에 들 수도 있습니다. 하지만 빙의를 가지고 있는 본인은 이러한 것을 모릅니다. 그 이유는 나라고 하는 상의 두께, 업의 이치가 다르기 때문입니다.

다시 말하면 나 자신이 내 마음이라는 것을 스스로 알면, 이같이 작용하는 기운의 이치를 알 것이나, 내가 내 업으로 내 마음이라는 것을 모르기 때문에 내 마음이라고 생각하겠지만, 그것은 내 업장의 마음(기운)일 수도 있고 내 본성에 형성된 나만의 업에 의해서 형성된 나의 업일 수 있으므로 나를 알자는 것은 이같이 내 마음의 작용을 스스로 아는 것이 '나를 알자'의 개념이 됩니다.

내가 빙의를 가지고 있다는 것은 내가 빙의보다 더 못한 사람이므로 그러한 것을 가지고 있다는 것을 알아야 하고, 설사 빙의를 이 정법으로 천도해서 보냈다고 해도, 그것은 나 자신 스스로 보낸 것이 아니고 진리이치를 깨달은 자에 의해서 보낸 것이므로 자신이 이 법으로 자신의 업을 닦아나가지 않으면, 빙의를 보냈다고 해도 자신이 자동으로 변하지는 않습니다. 빙의도 마음으로 작용하고 '나'라고 하는 존재도 마음으로 작용하여 나라는 것이 있습니다.

육신만 있고 없고의 차이이므로 이치는 똑같으므로 나로 인하여 빙의가 법을 듣고 스스로 제도를 할 수 있지만, 문제는 나 자신 스스로 그것을 알 수는 없고, 이 기운의 작용(마음의 작용)을 스스로 아는 것이 깨달음이라고 했고, 내가 나를 안다는 것은 내 마음에 작용을 아는 것을 말합니다. 빙의 스스로 제도했다고 하여도 내가 자동으로 어떻게 되는 것이 아니라는 것이고, 떠났다고 해도 나 자신이 그것을 모르고 나는 나만의 업습의 행동을 변함없이 한다는 사실입니다.

Q 무능력이란 물질이 많고 적음이 무능력이 아니라 나라는 주관적인 삶을 살지 못하는 것이 진리적으로 무능력이라는 글을 보았습니다. 주관적인 삶이라는 것에 대해 생각하다 주관적인 삶이 잘 이해가 되지 않았습니다. 내 주관대로 산다고 하다가도 그것이 잘못되어 고집이 될 때도 있고 그러다 그것이 아니라고 생각하다 몇 차례 반복되면 내가 뭔지 맥이 빠지고, 그러면 또 주관 없는 사람이라는 생각이 들다, 또 주관을 세운다 싶으면 고집이 되고…. 이런 반복 속에 사는 것 같습니다. 주관적인 삶이 뭔지, 또 바로 주관을 가지며 살려면 어떤 마음가짐과 자세가 필요한지 말씀 부탁합니다.

A 내 주관이라고 하는 것이 현재 내 마음에서 일어나는 것이 내 주관이라고 생각하기 때문에 생기는 현상입니다. 지금 내가 생각하는 것은 내 주관이 아니라, 이치에 벗어난 생각을 내 주관이라고 생각하고 있는 것이 문제라는 이야기입니다. 다시 이야기하면, 사람들은 다들 자기 주관이라고 생각하고 삽니다. 이제껏 그렇게 살아왔고, 그러나, 그 주관대로 살았지만 결국은 그 주관대로 되지 않습니다. 왜 그런가, 내가 주관이라고 생각하는 그것이 '이치에 맞지 않는 것', '내 이치에 벗어난 것'이기 때문입니다. 내가 이야기하는 주관이라는 것은 순리에 따르는 것, 즉, 현 상황에서 내가 이룰 수 있는 것, 할 수 있는 것이 내 주관의

개념이 됩니다.

이 말은 내가 나의 능력의 본질에서 벗어난 것을 이루고자 뜻을 세우는 것이 내 주관적인 삶이 아니라는 것입니다. 예를 들면 내가 어떠한 직장을 다닐 때, 내 능력에 맞게 사는 것이 주관적인 개념인데, 이것이 아닌 내 마음에서 일어난 것을 이루고자 하는 마음이 주관적인 삶이 아니라는 것입니다. 따라서 우리는 내 마음에서 일어나는 것, 내 생각으로 하고자 하는 그것이 '나의 주관'이라 생각하는 것이 문제입니다. 질문에 "내 주관대로 산다고 하다가도 그것이 잘 못되어 고집이 될 때도 있고"라는 말이 바로 나 자신의 업으로 형성된 바탕의 마음에서 일어나는 생각대로 하고자 했지만 되지 않으므로 그것을 하고자 이루고자 하는 것이 욕심, 고집이 됩니다.

그렇다면 애당초 내가 생각하는 것이 내 능력의 한계에서 벗어난 것이 된다는 것이고, 이것을 보통 사람은 내 능력이라고 생각하기 때문에 문제가 되며, 그러다 그것이 아니라고 생각하면서도 이것이 몇 차례 반복되면 내가 뭔지 맥이 빠지게 됩니다. 그러면, 또 주관 없는 사람이라는 생각이 들다가 또 혼자서 주관을 세운다 싶으면 그것은 고집이 되고, 또 그것을 이루고자 욕심을 부립니다. 그렇게 사람들은 다 이런 반복 속에 삽니다. 따라서 주관적인 삶이란 결국 나 자신의 능력과 한계에 맞게 사는 것이 주관적인 삶입니다. 또 하나의 개념은 어떠한 문제가 있을 때, 그 문제에 대하여 맞는 것을 따르는 것입니다. 다섯 사람이 어떠한 문제에 대하여 의견을 냈습니다. 그런데 네 명이 틀리고, 내가 생각하는 것이 맞는다고 하면 내 생각대로 밀고 나가는 것입니다.

그런데 여기서 그 문제에 대하여 무엇이 옳고 그름인가를 먼저 분별하여 아는 것이 중요하겠지요. 이 경우 자신이 그 문제에 대한 답을 모르기 때문에 법당에서 그 문제에 답을 주었다 합시다. 그러면 자신이 생각하기에 법당의 말이 맞는다고 하면 그 말을 따르는 것이 자신의 주관적인 삶이 됩니다. 왜냐면 맞는 말을 따르기 때문에, 그런데 이것이 아니라, 이 같은 말을 해주어도 자신이 생각하기에 자신의 것이 맞는다고 한다면 자신의 견해에서 자신의 주관대로 할 것입니다. 그러면 이때 자신은 자신의 주관대로 했다고 하지만 결국은 그것이 이치에 맞지 않는다면 바른 주관이라 할 수 없을 것입니다.

주관이라는 것은 이치에 맞는 것을 행하고자 하는 마음을 세우고 그 행을 하는 것도 나의 주관적인 삶이 된다는 것이고, 혼자 마음에서 일어나는 그 행을 하는 것이 주관적인 행이 되지만 우선 이 두 가지의 개념을 이해하여야 하고, 또 다른 하나의 주관의 개념을 이야기하면 어떠한 행을 하고자 할 때, 남이 무엇을 하자고 하여 그것에 따라가는 것이 주관 없는 행동이 됩니다. 따라서 이 같은 개념을 정립하지 못하고 하는 행동, 무조건 내 마음에서 일어났으므로 일어나는 대로 행동을 하고자 하는 마음은 주관적인 행이라 할 수 없지만 보통 사람은 내가 내 마음에서 일어난 것이기 때문에 주관적인 행동을 했다고 하지만 그것은 주관적이라고 할 수는 없다는 이야기입니다.

정리하면, ① 내가 바른 나의 의식을 갖고 나의 능력에 맞게 의지를 세우고 이치에 맞는 행동을 하는 것이 주관적인 행동이 되고, ② 이런저런 것을 따지지 않고 자신의 마음에서 일어났으므로 그 행동을 하는 것도 다른 면에서 주관적인 행동이라 할 수도 있지만, 이것은 혼자만의 주관, 자신 업으로 형성된 마음에서의 주관의 개념이므로 이것은 옳지 않은 것이고, ③ 남이 장에 가지고 하니, 자신의 의지 없이 개념 없이 따라가는 것은 현실적으로 주관이 없는 것이 됩니다. 따라서 내가 말하는 것은 위 ①번에 해당하는 마음가짐으로 사는 것이 진리적으로 주관적인 삶이 되는데, 그래서 주관 있는 삶으로 나를 만들어가기 위해서 진리 이치를 알고 마음공부를 하는 것입니다. 그러므로 질문처럼 자신 스스로 생각하고 하는 주관의 개념은 업습으로 형성된 자신만의 입장에서 주관이므로 그것이 진리적인 주관이라고 할 수는 없다는 이야기입니다.

진리적으로 마음공부는 결국 나라고 하는 주관된 마음을 만들어가는 것이고, 진리이치에 맞는 마음으로 의식을 세우고 사는 것이 주관적으로 바르게 사는 삶이 됩니다. 이것이 아니라고 한다면 지금 여러분이 나라고 하는 그 마음으로 지금까지 살아왔듯이 그 주관을 갖고 살면 될 것입니다. 사람들이 사는 것은 다들 자신들의 주관대로 삽니다. 이것이 보통 사람들이 사는 모습이지만, 그러나 나라고 하는, 내가 생각하는 내 주관은 이치에 맞는 주관이라 할 수 없다는 이야기입니다. 어떤 사람이 좋은 직장이라는 것을 얻었다고 할 때, 그 자신이 생각하기에 자신의 주관적인 삶이라 생각할 것이고, 이것이 일반적으로 생각하는 주관입니다.

물론 이 같은 주관이 나쁘다고 할 수는 없을 것이나, 반대로 어떤 사람은 이치에 맞는 것인지 아닌지를 떠나, 무엇하나 일관되게 의지를 세우지 못하는 것도 현실적으로 주관이 없다고 이야기할 수 있겠지만, 문제는 그 이전에 이같이 일어나는 근본의 마음 작용이 어떤 것인가에 따라서 이같이 나를 작용하게 하므로 업(業)을 어떻게 지었는가에 따라 나타나는 그 작용도 다 다를 것입니다. 이치에 벗어난 것인지도 모르고 내 마음으로 그것을 하고자 하는 것도 자신의 견해에서는 자신의 주관이라고 생각할 수가 있는데, 그래서 사람들은 다들 자신이 생각하는 스스로 관점에서 주관이라는 것은 진리 적으로 틀릴 수 있다는 이야기고, 이것은 법을 모르고 살 때의 자신만이 가진 자신의 틀 속에서의 주관일 뿐이므로 진리적으로 그 주관은 의미 없습니다.

Q 업과 인과응보 인연법 3- 전생과 이생의 이치가 같다고 하셨는데 또, 반대라는 말씀을 들었습니다. (과거에 A가 B를 해쳤다. 다음 생은 B가 설욕할 기회가 온다) 누가 누구에게 호감이 있다면 한결같은 호감이 있을 수도 있고 악연에 의해 업연에 의한 호감일 수도 있는 것인지요? (호감, 싫은 감정)

A 업이라는 것은 분명하게 반대의 개념으로 옵니다. 예를 들면 전생에 A가 B를 전생에 해쳤다고 하면, 이생에는 B가 A에게 그에 상응하는 행위를 하기 됩니다. 그런데 이것은 A와 B라는 두 사람과의 인연법에서의 문제이고, 전생에서 A는 이미 중한 업을 지었으므로 그 자신의 몸에 어떠한 형태가 나타나게 됩니다. 물론 이것도 단답형으로 'A=A다'라는 것으로 정의할 수는 없습니다. 문제는 전생이라는 것이 지금 이 순간 이전에 조금 전까지의 상황이 차례대로 전생의 개념이 되므로 예를 들면 1초 전에 내가 누구에게 어떠한 감정을 가졌는데, 그 감정이 이치에 맞지 않는 것이라고 하면 당장(이것을 찰나라고 함)에 나는 그에 맞는 인과응보를 받는다는 개념을 이해하여야 합니다.

다시 이야기하면 부산에서 서울까지 열차를 타고 간다고 할 때, 현재 부산에서 열차를 타기 전이라면 이것이 현생, 이생의 이치가 되고, 내가 그 열차를 타면 이미 타기 전의 상황은 과거, 전생이 되는 개념입니다. 그러면 그 열차는 무수한 역을 통과할 것이고 통과하는 역은 순간(찰나)의 생이 되고 지나간 것은 전생이 되는 개념입니다. 그러면 다음 생이라고 하는 것은 지금 내가 가고 있는 길에 도착하기 전의 역이 다음 생이 되겠지요. 이 개념으로 삼생의 개념을 이해하면 되는데, 문제는 전생이라는 것은 이미 내가 지나와 버렸으므로 고정된 것이고, 미래는 내가 중간에서 내릴 수도 있고, 아파서 죽을 수도 있으므로 전생처럼 확정된 것은 바뀌지 않습니다.

이것이 미래는 지금 내가 어떻게 하는가에 달려 있으므로 서울을 간다라고 하는 것은 나 자신이 이미 정해진 운명의 개념이 되지만, 그러나 이생에 내가 가다가 내리는 수도 있고, 변수가 있으므로 서울을 꼭 간다고 하는 개념은 성립될 수 없는데, 바로 '마음'이라는 것이 있으므로 이같이 확정적인 미래는 존재하지만 변할 수 있고, 다시 이야기하면 운명은 정해져 있다, 그러나 그것은 바꿀 수 있다는 말이 됩니다. 따라서 전생과 이생의 이치가 같다고 한 것은 이미 지나간 것에 대한 그림자의 개념이므로 같습니다. 하지만 미래는 내 마음 여하에 따라서 도중에 내릴 수 있고, 다른 길로 돌아갈 수도 있다는 개념으로 정립하면 됩니다.

그런데 전생에 내가 지은 업의 개념으로 이생에 똑같은 내 인생의 여정이 형성되지만, 그것이 A와 B 당사자가 만나서 풀어지는 업이 있고, 만나지 않더라도 그 스스로 그 업의 이치대로 스스로 인과응보를 받는 경우도 있습니다. 예를 들면 내가 전생에 타인에게 인면수심의 말이나 행위를 했다고 하면, 이것은 불특정 다수에게 했으므로 어떤 한 사람을 특정하여 업을 풀 수는 없을 것입니다. 그래서 이 경우는 업을 지은 그 사람의 얼굴에 흉한 흉터가 생길 수 있고, 기능이 마비되는 경우도 있을 것이고 다양한 형태로 몸에 흠집을 가지고 태어날 수 있습니다. 그러면 이 사람이 태어나면서 그러한 것을 가지고 오는 경우, 또는 살면서 어떠한 시기, 때가 되어 나타나는 경우도 있는데, 이것은 전생에 내가 지은 때에 맞추어 그대로 인과응보를 받기 때문에 그렇습니다.

그래서 병(病)이라는 것도, 다 때가 되면 나타나는 경우도 있고, 태어나면서 가지고 오는 경우도 있으므로 이것도 그 자신의 참나를 보면 쉽게 알 수 있고, 단답형으로 정의할 수는 없습니다. 그러면 질문에 반대라는 말을 했는데, 이 경우는 내가(남자)가 전생에 어떠한 사람(여자)에게 업을 지었다고 합시다. 그러면 이생에 내가 이성적인 상대를 만날 때 좋은 감정이 들어야 만날 것입니다, 그러면 좋지 않은 악연이 전생에 이치인데, 이것이 이생에 나타나서 풀어야 하는 업인데 좋지 않은 감정이 들면 부부의 인연이 될 수는 없을 것이므로 이 경우는 처음에는 좋은 감정, 죽고 못 사는 감정이 들어 결국 가정을 만듭니다. 그러나 이 기운이 거두어지고 나면 드디어 전생에 업의 본성이 나타나게 됩니다. 이같이 반대로 작용하는 것도 있다는 개념을 이야기한 것입니다.

따라서 질문에 "과거에 A가 B를 해쳤다. 다음 생은 B가 설욕했다. 할 기회가 온다"는 것은 맞지만, 이 경우 인연으로 만나는 경우도 있고, 스쳐 지나가면서 이같이 풀어지는 업, 한풀이하는 업도 있다는 이야기입니다. 따라서 내가 누가 누구에게 호감이 있다면 한결같은 호감이 있을 수도 있고 악연에 의해 업연에 의한 호감일 수도 있는 것이다 입니다 다만 문제는 처음에 호감인 사람이 악연이 되는 경우와 처음부터 호감이 끝까지 가는 경우도 있습니다. 하지만 업이 있어 만나는 인연 끝까지 좋은 인연이라는 것은 흔치 않으며 일반적으로 업이라면 악연이므로 검은 머리 파뿌리 되는 그러한 인연 극히 드문 일입니다.

그러므로 인생을 사는 우리가 누가 마음에 든다고 하여 죽고 못 사는 것처럼 야단법석을 떨 문제가 아니라, 육체적인 관계, 선을 넘었다 해도 그것이 인연이 아니라면 그 선에서 정리하는 것이 먼 인생길에 도움이 되는데, 그래서 나는 업도 피해갈 수 있다고 한 것이고 이러한 것은 두 사람의 참나의 이치로 알 수 있는데, 그런데 인간의 마음으로 이미 정이라는 것, 선을 넘은 상태에서 내가 "그러지 마라."라고 하면 과연 들을 사람 얼마나 있는가입니다. 이러한 내용을 무당이나 철학의 개념으로 이야기한다는 그 자체가 이치에 맞지 않는다고 무수하게 이야기했습니다.

따라서 중요한 것은 이 법을 믿는다면 자신의 마음에 이성적인 상대나, 하고자 하는 일에 대한 마음이 일었다고 하면 그 마음이 뭔가를 봐야 하고, 자신이 마음에 들어도 양의 탈을 쓴 것도 있으므로 자신의 마음이 하고자 해도 그것은 업습에 의한 것이고 진리 적으로 아니라고 하면 하지 않는 것이 법을 마음의 중심에 두고 법을 의지하고 생활하는 자세입니다. 이것이 법을 의지한다,

마음에 둔다, 중심에 두고 생활을 한다는 개념인데 과연 이 같은 말 듣는 사람 얼마나 있는가, 자신의 마음이 편해지면 결국 이 법을 따르는 척하지만, 자신의 본성대로 할 짓은 다 합니다. 그래서 나 자신의 업습, 본성의 마음 바꾸기란 하늘의 별 따기만큼 어렵다고 한 것입니다. 과연 우리는 이 같은 진리이치의 말 얼마나 마음에 두고 이 법이 좋다고 하는가를 되새겨 봐야 할 것입니다. 나를 비운다고 하는 것은 법의 말을 우선 마음에 두고 따른다는 것이 나를 비우는 것, 내 상을 내리는 것이 됩니다. 왜냐면 내가 생각하는 내 마음은 내 업으로 형성된 것이므로 맞지 않기 때문입니다. 합장_()_

Q 개념정립에 대하여—마음법당에서는 개념정립을 하라는 말씀을 하시는데 개념정립이라는 것을 어떻게 해야 하는가요?

A 자신이 인생을 살면서 현실적으로 일어나는 것에 대하여 선과 악의 개념을 먼저 정립하는 것이 기초가 되고, 윤리와 도덕적으로 무엇이 옳고 그름인가를 먼저 이해하는 것입니다. 이때 진리라는 것을 대입하지 말고 자신의 현실에서의 옳고 그름을 이분법적으로 먼저 정립하는 것이 중요합니다. 이 세상에 일어나는 모든 문제에 대하여 답은 있습니다. 따라서 '2x2=4'라고 하는 기초적인 것부터 알아야 하는데, 이때는 진리다 마음이라고 하는 말을 하면 안 됩니다. 현실적으로 사소한 문제부터 이같이 옳고 그름의 개념을 정리해가면 이같이 단순한 것부터 이해하면 결국 이 이상의 복잡한 개념을 이해할 수 있게 됩니다. 마음 공부도 이같이 인간적이고 윤리적인 것이 기본이 되어야 할 수 있다는 이야기가 됩니다.

이것은 결국 내 마음의 기초를 다지는 것이고 만드는 것인데, 기초가 없이 집을 지을 수 없는 이치와 같은 것입니다. 그런데 우리는 이같이 인간 기본적인 행도 하지 못하면서 진리공부를 한다, 마음공부를 한다, 업이 어떻고 등 너무나 큰 것을 이야기합니다. 이것은 마치 징검다리를 건널 때 단번에 저 끝에 이르고자 하는 마음과 같은 것이므로 그렇게 할 수 없고, 마음공부를 한순간에 하려고 하는 것은 이치에 맞지 않습니다. 나라고 하는 나는 업이 있으므로 존재한다고 했고, 따라서 나의 사소한 행동 하나부터 이치에 맞게 고쳐가야만 결국 그 바탕 위에 나라고 하는 집을 잘 지을 수 있는 것과 같습니다. 개념정립이 무엇인가, 자신이 인생을 살면서 하는 행동이 옳고, 그름이 뭔가를 알고 옳은 것을 선택하고, 그것을 마음에 확고하게 정립하는 것인데, 문제는 이같이 정립을 절대로 혼자서 하지 못한다는 것입니다.

그 이유는 내가 혼자서 정립하는 것은 나의 업습에 의한 관념으로 모든 것을 정리하기 때문에 그것이 답이 될 수는 없습니다. 그래서 마음공부는 절대로 혼자 하지 못하고 반드시 그 기준이 되는 법이 있어야 하는데, 나는 그 법을 '진리이치에 맞는 말'이라고 이야기한 것입니다. 문제는 이같이 말하면 누구는 이렇게 말할 것입니다. "나도 개념 정립하고 산다." 라고 할 것이나, 그것은 자신만의 개념정립, 자신만의 관념에서의 개념정립일 뿐이고, 그것이 보편·합리적이지 않다는 것을 알아야 합니다. 다시 말하면 지구 상의 인간 60억이 나름대로 개념정립을 하고 삽니다. 하지만 그것은 오직 자신의 업으로 형성된 자신만의 관념, 관점이라는 이야기고, 그래서 세상 사람들은 다들 자신 잘난 대로 살아간다고 한 것입니다. 이러한 개념정립이 맞다면 이 세상은 법 없이도 살아갔어야 하는데 그렇지 않은 이유는 그것이 이치에 맞는 정립이 아니기 때문입니다.

추천사

김
상
태

•

저는 46세의 평범한 회사원입니다. 살아오면서 힘든 일 한 번쯤은 겪고 갈만한 나이가 되었지만 그래도 견딜만한 시간이었습니다. 첫 직장을 IMF로 잃고 새 출발을 해야 했던 잠깐의 어려움과 결혼, 그리고 새로운 직장에서의 10년 가까운 생활, 그러나 뭔가에 쫓기듯 불안하고 내가 결정한 수많은 일이 원래부터 내 것이 아니었던 것처럼 원하는 것과는 반대로 멀어져 갔습니다. 그러다 2009년 집사람에게 큰 시련이 찾아옵니다. 물질로는 치유할 수 없는 마음의 병이 생겼지만 어찌할 바를 몰라 좋다는 온갖 방법을 찾아 헤매고 또 반복하고 그렇게 몇 해를 지나며 함께 지쳐갈 때, '나는 왜 이렇게 살아야 하는가?', '우리는 무엇을 잘못한 것인가?'라는 질문을 하며 참 많이 울었습니다.

그러던 제가 3년 전 천산야 법사님을 만났습니다. 집사람의 마음의 병(빙의)이 나을 수만 있다면 상대가 누구라도 상관없고 물구덩이에서 빠져나오기만 하면 된다는 생각만 있던 그때 천산야 법사님과 선율님을 만나게 되었습니다. 천산야의 마음법당에는 세상이 말하는 그 어떤 '천도재'도 '구병시식도' 없고 진리와 하나 된 '마음' 하나만 있었습니다. 그때는 정말 몰랐습니다. 이런 방법이 과연 효과가 있는 것일까? 손에 잡히는 것도, 눈에 보이는 것도 없는데 보이지 않는 '마음'을 깨달으면 이생과 저생의 이치를 알 수 있고 '마음'을 다스린다는 것이 과연 어떤 의미가 있는지 말입니다. 이 정법을 만나기 전에는 꿈을 꾸며 살았습니다.

내 이야기를 들어주고 이루어주는 그 누군가가 있다고 믿으며 혼자 빌고 바래며 살았습니다. 하지만 저는 이제 빌고 바라지 않습니다. 지금의 '나'라는 꽃을 만든 것이 바로 '내 마음'이라는 것을 화현의 부처님 법을 통해 알아가기 때문입니다.

이제는 세상을 바라보는 시선에 한없는 여유가 생깁니다. 급한 성질 못 이기며 당장 '무엇을 할 것인가'에서 '무엇이 이치에 맞는 것인가'로 기준 하나 바뀌었을 뿐인데, 내가 생각하고, 마음의 결정을 하고, 또 그 결정에 따르는 행동을 함에 있어 그 어느 때보다 분명하고 마음의 편안함이 있습니다. 이생이 다하는 그 날까지 또 그다음 생에도 '마음'을 찾아 먼 길을 떠나야 하겠지만, 천산야 법사님이 말씀하시는 정법을 나침반 삼아 가는 길이기에 기쁘고 감사합니다. 나는 어디에서 와서 어디로 가는지 또 나는 왜 여기 이런 모습으로 있는 지, 이 모든 질문에 대한 해답을 권해드리는 이 책 '마음'을 통해 여러분께서도 함께 하셨으면 합니다.

소
상
욱

•

　　잠들지 못하는 하루하루…. 정신병
원을 찾기도 하고, 까닭 모를 불안함에 종교를 접하기도 했고 결국은
무속까지 접하고 남은 건 모든 걸 포기해버린 나였습니다. 나에게 일
어나는 안 좋은 일들…. 모두 나 아닌 다른 사람의 탓으로 돌렸었습
니다. 하지만 달라지는 건 아무것도 없었습니다. 나날이 생활만 힘들
어질 뿐…. 더는 아무것도 믿을 수 없을 때 이 법을 만났습니다. 조금
씩 마음이 편해지고, 생활 또한 조금씩 낳아졌습니다. 내 문제의 원
인은 나에게 있다는 것을…. 이제 조금 알게 되었고 조금이라도 고쳐
보려 노력 중입니다. 주위의 제가 알고 있는 친한 이들에게 꼭 선물하
고 싶습니다.

양
혜
정

•

　　처음 마음법당을 찾았을 당시 법당
에서 제게 처음 주신 말씀은 마음법당에 마음을 의지하고 지내야 한
다는 말씀이셨고 당시 제게는 마음의 병이 있어 늘 고통 속의 하루하
루였기에 이것이 마지막이라 생각하고 '법당 말씀 따라보자!!' 하는 생
각으로 말씀을 따르기로 다짐했고, 말씀을 따르다 보니 제 주변이 어

느 사이 안정감 있게 변하고 마음의 안정이 찾아오기 시작하며 붙지 않던 살도 붙기 시작했습니다.

그 무렵 마음법당에서는 더 강도를 높여 생활 속 소소한 저의 행동에 잘못을 늘 말씀해주셨고 잘못을 스스로 인지할 때까지 눈물의 회초리를 드셨고 저의 아집으로 법당과 늘 부대끼고 그때마다 마음 졸이며 혼나가며 울며 끝이 없을 것만 같은 그런 시간이 어느 정도 지나더니 또 다른 변화가 왔습니다. 예전 알던 안정감과는 차원이 다른 안정감과 여유도 생기고 모든 것을 보는 시선의 눈높이도 달라짐을 느끼기 시작했습니다. 그것이 바로 지혜였습니다.

지난 시간을 돌아보면 과거 힘듦의 그 모든 것은 저의 잘못된 관념으로 생겼음을 스스로 인지하기 시작했고 법당에선 저의 처음과 끝을 아시고 무엇이 틀려 그렇게 힘들었는지 아셨기에 그 뿌리의 소소함부터 잡아주셨습니다. 그러다 보니 사회생활에서도 기죽거나 치이는 일이 없고 주변 평판도 남들 기준보다 좋다는 것도 느낍니다. 늘 생활 속 행동 하나하나의 길잡이가 되어 주셨고 지금껏 가르쳐 주신 것들이 지혜를 만들어 가는 과정이었음을 이제는 조금 알 것 같습니다. 3년 전과는 너무나 달라진 저의 모습을 돌아보며 간략하게 압축하여 적어보았습니다. 늘 바른 것이 무엇인지 인간다운 것이 무엇인지 가르쳐 주시는 천산야 님께 감사함을 전합니다.

김규열

•

더운 여름에 법문 단행본 '마음'을 내
시느라 어려운 환경에서 에어컨도 켜지 못하고 땀 흘리며 법문 쓰시느
라 고생 많으셨습니다. 제가 법사님 법문을 접한 것이 2013년 5월 23
일 경이었으니 벌써 햇수로 만 2년이 넘었습니다. 처음엔 그냥 인터넷
으로 불교에 대한 글을 뒤지다 법사님 법문을 읽으면서 정신없이 미친
듯이 빨려들어 이 세상에 없는 이때까지 보지 못한 법문을 소설책 읽
듯이 읽었던 기억이 납니다.

그때까지 저의 삶은 희망이 없는 삶이었고 왜 그렇게 굴곡과 고난
이 많았는지 너무 힘이 들어 이제는 삶에 지쳐 하루하루 시간만 보내
는 그야말로 인간 같지 않은 생활 그 자체였습니다. 왜 이렇게 살아야
하는지 나름으로 제가 하는 일에 열심히 했다 했지만 하는 일마다 되
는 일이 없었고 그것에 지쳐서 자포자기하는 심정으로 살면서 그 의문
을 찾기 위해 시간 날 때마다 절에도 다니면서 부처에게 절하며 빌기
도 하고 마음 수련원에 다니며 거기서 하는 방법대로 마음 버리기도 했
지만 내가 왜 이렇게 살아야 하는지 대한 답은 찾을 수가 없었습니다.

그러다 법사님 법문을 읽으며 진리이치에 대한 공부를 하며 사상이
무엇이고 진리가 무엇인지 업이 무엇이고 내가 왜 존재하는지, 나는 무
엇으로 존재하는지 참나가 무엇인지…. 등등 저 자신에 대한 의문점이

하나씩 풀려가며 어떻게 살아야 하는지 답을 나름대로 찾았고 이치에 맞는 마음을 만들어 가며 법사님과 소통하고 내 마음이 법사님 법문을 읽으며 법사님 말씀을 듣고 조금씩 마음을 내리고 고쳐가면서 변했던 것 같습니다.

물론 그동안 법에 대해서 많은 의심과 말씀에 기존에 가지고 있던 나의 관념으로 저항하는 많은 마음이 올라오고 그것을 누르는 고통은 엄청났지만, 법사님 말씀을 긍정하며 내리려고 노력했고 그 말씀대로 따르려 했던 것이 지금은 법사님 말씀 틀린 것 하나 없다는 진리를 긍정하는 마음으로 변한 것 같습니다. 그리고 자기 자신을 알아간다는 것이 무엇인지, 업이 왜 생기고 그 원인이 무엇인지를 생활에서 찾으며 조금씩 이치에 맞지 않는 마음을 내리려 노력하고 긍정적으로 살며 이 상황에서 최선이 무엇인지를 찾아서 그 상황에 맞게 합리적인 것을 찾으려 합니다. 또한, 이때까지 내 뜻대로 살았던 인생이라면 지금은 법당에 의지하고 생활에서 일어나는 사소한 것을 법당과 소통하며 배우려 노력하고 있습니다.

살면서 희망 없었던 삶이 법사님을 만난 이후 어떻게 살아야 올바르고 인간답게 사는 삶인지 진리이치와 물질이치를 조금씩 이해하며 중도의 삶을 다는 이해하지 못하지만 그렇게 살아야 바른 삶이고 그렇게 하나씩 배워가며 살아야 편안한 삶을 살 수 있다고 확신했습니다. 진리는 이치대로 작용한다는 법사님 말씀을 명심하고 그 이치를 조금씩 깨치며 실천하니 나의 삶이 희망적으로 변했고 그것이 가장 큰 가피라 생각됩니다. 이 자리를 빌려 법사님께 감사 말씀을 올리며 '～답게' 살도록 최선을 다할 것이며 올라오는 마음 누르며 가신 걸음 하나하나 묵묵히 따르고자 합니다.

김
영
철

•

천산야 님을 알게 된 지 1년 된 회원입니다. 마음법당을 알게 된 것은 삶에 운명이란 존재하는가에 대한 의문 때문이었습니다. 1998년 IMF로 다니던 회사가 없어지면서 그 후 긴 세월 되는 일은 없고 삶은 힘들어져 갔습니다. 얼마 전까지만 해도 사람은 나쁜 일 안 하고 열심히 살면 원하는 것을 어느 정도는 이룰 수 있지 않을까 하는 믿음 같은 것이 있었습니다. 그러나 그런다고 해도 누구는 되고 누구는 안되고 하는 것에 대해 의구심이 커지면서 되고 안되고 하는 것에는 어떤 이유가 있지 않을까 하는 생각을 하게 되었고 그러던 중 마음법당 카페를 알게 되어 법문을 보게 되었습니다.

법문을 보면서 처음에는 정말 이런가 하는 의구심과 황당함이 있었는데 일단은 꾸준히 보았고 시간이 지나면서 긍정하는 마음과 혼란이 동시에 있었습니다. 기존에 알고 있던 것과 다른 부분들을 보면서 인정하고 싶지 않은 마음과 이것이 맞다는 생각이 복잡하게 들었습니다. 살면서 내가 원하는 대로 안 되면 안 된 것에 대한 자책과 함께 안 된 이유를 찾으려 했고 그러다 보니 내가 처한 환경과 현실을 부정하고 원망하는 마음이 들고 이건 이래서 안 되고 저건 저래서 안 되고 하는 각종 이유와 핑계를 내가 아닌 외부에서 찾으며 나 자신을 합리화해 왔습니다.

　내 주변은 내가 원하는 대로 돼야 한다는 생각으로 가족들을 내 뜻대로 하려고 하고 내 뜻에 맞지 않으면 다툼이 일어나기도 했습니다. 일을 하든, 사람을 만나든 내 기준이 옳고 내 기준대로 맞추게끔 하려는 생각이 우선하고 그러나 그 생각과 다르게 상황이 전개되면 무리수를 두거나 포기하게 되고 그로 인해 점점 힘이 들었습니다. 법문을 보고 법회에 참석하면서 기존에 가지고 있던 관념들이 조금씩 바뀌게 되는 걸 느끼고 있습니다. 나 자신의 마음의 중심이 없어 이리저리 휩쓸리고 갈팡질팡하는 생각들이 조금씩 줄어들게 되고 내가 하는 행동들에 대해 옳고 그른 것을 분별하는 부분이 늘어가게 되는 것 같습니다.

　현재 가장 크게 바뀌어 가고 있는 것은 나 자신을 긍정하게 된다는 것입니다. 나에게 일어나는 모든 것들은 그 누구도 그 무엇 때문도 아닌 나 자신에게 원인이 있음을 알게 되었다는 점입니다. 원인을 알게 되므로 나의 현실을 인정하게 되고 이 생각을 하게 되니 가족들이나 사람들을 대할 때 그들을 있는 그대로 보게 되고 미워하거나 시기하는 마음이 줄어들고 관계가 좋아집니다. 또 하나는 기존 종교에 대해 가지고 있던 생각이 변하게 되어 주체적인 삶을 살게 된다는 점입니다. 종교가 없었지만 힘든 일이나 바라는 일이 있을 때 신이 존재하지 않을까 기도하면 되지 않을까 하는 막연한 생각이 관념 속에 있었는데 나의 삶에 관여하는 그 무엇도 없고 오로지 내가 한 것에 따른 자업자득·인과응보의 결과만이 있다는 것을 알게 되어 타력의 마음이 줄어들면서 마음이 흔들리지 않게 됨을 느낍니다.

따라서 살면서 배운 지식과 경험이 잘살고 못살고를 결정하는 것이 아니라는 것도 알게 되었습니다. 그리고 수많은 유명한 사람들이 각종 매체를 통해 제시하는 성공법칙, 인생관, 지혜 등을 따라 한다고 해서 나도 그렇게 될 수 있다는 생각이 얼마나 어리석은지도 알게 되었습니다. 마음법당의 법은 나라고 하는 나의 자존심, 고정관념, 집착, 아집 등을 버리고 이치에 맞는 행동을 하니 마음이 편해지고, 나의 삶이 바뀌는 법으로 기존의 절대자에게 의지하거나 기도하거나 하는 타력의 마음이 얼마나 잘못된 것인지를 알게 하여 순리에 맞는 삶을 사는 길을 제시해 주는 법입니다.

내가 현재 이러한 모습으로 이러한 삶을 사는 것은 그 근본 원인이 그 무엇도 아닌 나 자신에게 분명하게 있고 그 모든 것이 바로 나의 잘못된 마음에서 비롯된 것임을 알게 해주었습니다. 나의 마음을 이치에 맞게 만들어 가면 나의 타고난 운명을 바꿀 수 있다는 것을 알게 해 준 유일한 정법을 알게 되어 감사한 마음이 듭니다. 앞으로도 기존 관념에 찌든 마음을 이치에 맞게 고쳐가기 위해 의식과 의지를 세우고자 합니다.

저처럼 기존의 잘못된 종교적 사상과 관념에 익숙해져 있는 많은 분이 이 책을 통해 진정으로 바른 법이 무엇인지 알고 어떤 기준으로 삶을 살아야 하는지 도움이 되기를 바랍니다. 이 책을 세상에 드러내, 많은 사람에게 바른 법을 제시해 주신 법사님과 선율님께 감사한 마음을 전해 드립니다.

도
미
화

•

삶을 살아가면서 주변에서 일어나는 크고 작은 부딪힘 속에 원인을 알 수 없는 불안감과 초조감으로 긴 시간 힘들게 살아가던 중 우연히 천산야의 마음법당 카페를 알게 되었습니다. 처음엔 마음의 편안함을 얻기 위해서는 절과 염불 기도 명상을 해야 한다고 생각했는데, 마음법당에서는 일체 그런 행을 하지 않았고, 일상생활 속에서의 잘못된 작은 행부터 고쳐나갈 수 있도록 알려주셨습니다.

처음엔 생소하였으나, 시간이 지나갈수록 내가 지금 느끼는 고통의 원인은 이 순간 습성으로 행하는 작은 행동에서부터 시작되고 있다는 것을 알게 되었고, 지금까지 스스로에게는 문제가 없다고 생각하며, 외부의 보이는 것들을 통하여 고통을 해결하려고 했던 지난날의 제 모습이 어리석게 느껴졌습니다. 보이지 않는 신적 존재에게 매일 같이 매달려 허리 숙여 빌면, '이렇게 노력을 했으니 알아주셨을 거야.', '조금은 나아졌을 거야.'란 착각 속에 잠깐의 편안함은 있었을지 몰라도 그건 마음의 고통을 느끼는 원인이 사라졌을 때의 진정한 편안함이 아니었다는 것 또한 알게 되었습니다.

예전엔 직장 생활을 할 수 없을 정도로 몸을 가누기 힘들었고 하루하루를 힘들게 살아갔었는데 마음법당을 알고 난 이후론 마음이 점차 편안해짐에 따라 주변 환경도 서서히 변하였고, 현재는 관공서에 취직해 안전한 직장 생활을 하며 잘 살아가고 있습니다. 무수하고 숱하게, 보이지 않는 마음에 대해 이야기를 하지만, 정작 그 보이지 않는 마음의 실체가 무엇인지 명확하고 확실히 정의 내려 말해줄 수 있는 곳, 정말 나라는 사람이 어떠한 문제가 있어 고통받는지 근본적인 원인을 알고 치료받을 수 있는 곳은 화현 부처님과 함께하는 천산야 마음법당 단 한 곳뿐이란 생각이 듭니다. 본 책의 말씀은 혼탁하고 어두운 무명의 세상을 밝혀줄 빛이 될 것이라 믿어 의심치 않습니다. 저처럼 예전 힘든 시기를 보내며 고통을 겪고 있을 많은 분이 ≪마음≫을 통해 진정한 행복으로 가는 첫발을 내딛길 희망합니다.

강
태
민

•

천산야님을 알기 전 제 인생은 지옥과도 같았습니다. 저는 어떠한 절대자가 존재하고 있으며 그 대상이 나를 바른길로 인도해줄 것으로 생각하며 살았습니다. 그리고 그 절대자와 대화를 했으면 하는 바람으로 온갖 사상적 행위를 하게 되었습니다. 그러다가 허상을 보고 환청이 들렸는데, 저는 제가 그 대상과 대화를 한다고 착각을 하며 살았습니다. 갑자기 온몸에 소름이 돋고 공포심이 강하게 들어서 두려움에 떨었으며 상태가 심각해져서 정신병원에 가게 되었습니다.

　병원에 환자들이 무척 많았으며 그래도 저는 그들과 다르다고 생각하며 절대자와의 대화를 포기하지 않았습니다. 스스로 바른길로 가고 있다는 착각을 하며 퇴원을 해서도 계속 그 같은 행위를 하였습니다. 그렇게 다시 병원에 가기를 반복한 후 포기를 힐 수 있게 되었습니다. 그런데 이후 매일 밤 찾아오는 알 수 없는 악몽에 계속 시달렸고, 인터넷 검색을 통해서 천산야의 마음법당을 알게 되었습니다. 진리이치를 깨우치신 천산야 법사님과 그분을 보좌하시는 선율님을 통하여 근본이 되는 마음의 근본 실체에 대해서 배우게 되었고 매달 열리는 법회를 꾸준히 다녀, 저의 증상은 정신병에 걸리기 전보다 훨씬 나아졌으며, 의지가 생겨서 가족들도 사람이 달라졌다면서 놀랄 정도가 되었습니다.

　본 글을 통하여 배우고 체득한 것을 말씀드리자면 마음이라고 하는 것은 잘못된 것에 길들면 진리는 거기에 맞게 반응합니다. 사람마다 개개인의 업의 이치가 달라서 증상이 다 다르게 나타날 수 있지만, 이치에 어긋난 행을 하게 되면 자업자득·인과응보의 이치에 맞게 그 과보를 받고 살아갈 수밖에 없는 것이 마음을 가진 인간들의 삶이라는 것을 법당을 통하여 알게 되었습니다. 윤회 속을 돌고 돌아 굳어진 관

431 · ⋯⋯⋯

념 고쳐나가기 힘이 들겠지만 '나'라는 상(像)을 내리고 이치에 맞는 것을 취하고 이치에 맞지 않는 것을 버림으로써 마음의 편안함을 얻을 수 있었습니다. 여태껏 봐왔던 핵심 없고 기준 없는 무수히 많은 말에 시달려 살아왔다는 것을 알게 되고 눈물을 흘릴 수밖에 없었습니다.

단박에 사람의 운명은 바뀌는 것이 아니기에 꾸준히 천산야 마음법당의 법을 의지하면서 이 법이 맞다는 확신이 생겼습니다. 그리고 저를 제외한 많은 회원분이 이 법을 의지하고 따름으로써 많은 변화를 이룰 수 있게 되었습니다. 이 책을 쓰신 천산야의 법사님과 그리고 그분을 보좌하시는 선율님께서는 모든 생명체의 근본(운명)을 아시기에 법회를 통해서 개개인의 회원분들이 잘못된 길을 가지 않도록 바르게 잡아주고 계십니다. 마음이라는 근본 실체에 대해서, 또는 '나는 어떠한 근본을 가지고 태어난 것인가.' 궁금하신 분들에게 이 책 ≪마음≫을 꼭 추천합니다.

박
종
화

•

3년 전 인터넷 검색 중에 천산야 법사님의 마음법당 카페와 인연이 되어서 지금까지 법회에 참석하면서 함께하고 있습니다. 이 법을 알기 전에는 여러 가지 일로 정신적으로 많이 지쳐있을 때였습니다. 이 법을 알게 되면서 생긴 가장 큰 변화는 '자업자득·인과응보'라는 진리를 믿고 긍정함으로써 저한테 일어났던 모든 일들을 다 제가 만들어 냈다는 것을 인정하고 긍정하며 받아들이기 시작하면서 마음에 편안해졌다는 것입니다.

이후 법당을 다니면서 제가 하는 행동이 이치에 맞는가를 생각하는 습관이 생겼고 그것이 저를 돌아볼 수 있는 계기가 되어 저의 잘못된 습관을 조금씩 변화시키려고 노력하고 있고, 평상시에는 무심하던 제 마음속에서 일어나는 생각들에 관해서 관심을 두게 되었습니다. 저의 마음과 행이 조금 변화 하다 보니, 주위 사람들을 대하는 저 자신도 변화된 것 같고 제 주위의 환경들이 편하게 변하고 있다는 것을 많이 실감하면서 살고 있습니다.

마음공부란 육신의 나가 아닌 내 마음의 근원인 참나를 찾아가는 공부란 걸 알았고 그 방법은 소소한 일상 속에서 나타나는 마음과 행을 진리를 깨우치신 법사님과 선율님께 여쭤보고 왜 그런 마음이 일어났는지에 대한 원인을 찾아서 잘못된 점을 알고 고쳐감으로써 내 마음이 조금씩 바르게 변하게 하는 것이란 걸 알게 되었습니다. 현재의 내 마음이 수없는 윤회 속에서 형성된 것이고 하루아침에 고쳐질 수 없다는 걸 알기에 평생, 이 법에 의지해서 한 발 한 발 나아가려고 합니다. 중년이 되어서야 그토록 찾아 헤매던 정법을 만나 함께할 수 있어서 너무나 감사합니다.

오늘 내 마음에 어떤 흔적을 남겼는가
그 흔적은 내일 나의 삶에
뿌리가 된다

•천산야• 명상 시

흔적을 남기지 말라

오늘 내 마음에 어떤 흔적을 남겼는가
그 흔적은
내일 나의 삶에
뿌리가 된다

그러므로
오늘 나의 삶은
어제 내 마음에 남은
그 흔적의
형상일뿐이며

또다시
업(業)으로, 괴로움으로
나에게 다가온다

업의 발생과 소멸

업이란, 무의식 속에 나의 관념으로 쉽게 짓는다
그것을 끊는 것은
오로지 바른 의식, 의지가 있어야만
끊을 수 있고,

이 과정에 또 다른 고통이 있지만
반대로 얻어지는 희열이 있다

이것은 마치
울며 겨자를 먹는 것과 같다 할 것이다

사랑과 업

내 마음에 사랑을 느끼면
이것은 또 다른 나의 업이
시작되었음을 알리는 시작의 신호이다

내 마음에 괴로움을 느끼면
이것은 내 업이 진행되고
있다는 것을 의미하고
그것은 내 마음에 또 다른 흔적으로 남는다

그러므로 '사랑'이라는 말은
업의 시작을 알리는 신호수에 불과할 뿐이다

매듭

내가
이생에 존재하는 것은
나의 매듭(업, 굳어진 미움)이
있어서이고
나는 그 매듭을 풀기 위해
존재하는 것뿐이다

그 매듭을 어떻게 풀어가는가에 따라
내일, 모래 다음 생…
내가 풀어야 할
매듭으로 남게 될 뿐이다

그 매듭을
나는 업연이라고 말한 것이다

자신의 마음을 보는 법

자신의 마음을 다른 곳에서
찾으려 하지말라
마음이라는 것은 보이지 않지만
현재의 나의 인연, 환경을 보라

자신의 마음은 이미 현실로
나타난 것을 보고 있는 것이다.
이것이 바로 자신이 가지고 있는
마음의 결과이며,
자업자득 인과응보의 이치다

형이상학, 형이하학

생명체라는 것은 형이상학形而上學이 바탕이 되어 존재하므로
거꾸로 형이하학形而下學으로 형이상학을 정의할 수는 없다

이같이 하면 이치에 맞지 않는 사상思想이 만들어지기 때문이다
사상이란 생각하고 생각하므로 얻어지는 추론 이것이 사상이다

이같은 사상은 누구라도 만들어 말할 수는 있다
그러나 그 사상이 맞는가 아닌가는 사람들이 하는 말(언어)로
알 수 있다

그 이유는 형이상학形而上學의 세계는
보이는 물질의 세계의 개념이 아니기 때문이나
말(언어)이 '이치'에 맞는가 아닌가로 이것을 분별할 수 있는 것이다

활구活句 사구死句 - 살아 있는 말과 죽어 있는 말

살아 있는 말(활구活句)은 이치理致에 맞는 말이며,
죽어 있는 말(사구死句)은 이치理致에 맞지 않는 말이다
따라서 활구를 통해서 지혜를 얻게 될 것이고,
죽은 사구를 통해 무엇을 얻으려고 한다면
나의 의식만 흐려질 것이고, 마음에 병만 커질 것이다
문제는 무엇이 사구인가, 활구인가를 분별하는 것은
오로지 자신의 의식意識에 달려 있다

도둑과 열쇠

인간은 육신이 있으므로 의식이라는 것이 반드시 있어야 하고,
〈나〉라는 의식이 없어지면 기운 속에 사는 인간은
언제라도 무의식(다른 기운)의 기운이 나에게 영향을 줄 수 있다

이것은 마치 대문이 열려 있는 집에
도둑(빙의)이 마음대로 들락거리는 것과 같은 것이므로
옳고 그름을 분별하는 의식이 있어야만
그 도둑(무의식의 다른 기운)은 들어오지 않는다

따라서 바른 의식은 〈나〉를 지키는 열쇠라 할 것이다

현명함과 어리석음의 차이

어리석은 사람은 보이는 물질과
그 사람의 달콤한 말만을 보고
자신의 모든 것을 다 주어버린다

이것은 마치 불나방이 불만 보고
그 불 속으로 뛰어들어가는 것과 같다

그러나 현명한 자는
그 상대의 본성을 앎으로
쉽게 내 마음을 내어 주지 않는다

세상에는 무수한 말이 있지만,
그 말에 옥석玉石을 가릴 줄 알고
보배로운 말이 무엇인가를 알고

그 말에 자신의 마음을 온전히
내어 줄줄 아는 사람이

의식이 깨어 있는 사람이고,

지혜가 있는 사람이고,

현명한 사람이며,

진정으로 마음을 잘 쓰는 사람이다

마음心과 나

육신이 있으므로 인식하는 〈나〉라고 하는 이 마음은 허상(상)이며,
대부분은 가식적인 마음이다

그 이유는 나를 존재하게 한 근본은 진리 속에 사는 생명체이므로
진리의 기운(무의식)을 인지하는 것이고,
그것이 참나의 것인지 아닌지를 모르기 때문이다

따라서 내가 지은 자업자득의 이치에 따라, 무의식의 기운도 그 이
치에 따라 존재하는데,
우리는 그것을 모두 〈내 마음〉이라고 인식하는 것뿐이다.
따라서 이 '나'라고 인식하는 허상의 마음은 내가 죽으로서
인식하는 기능이 없으므로 〈나〉라는 것은 인식하지 못한다
결국, 육신의 〈나〉는 사라지지만, 나를 존재하게 한
나의 근본 〈참나-진리의 기운-무의식〉은 영구 불멸하게 존재한다

따라서 진리 속에 사는 인간은 내 몸이 있으므로 〈나〉라고 하는 것
을 의식하고,
내 마음을 의식하지만, 내가 죽으면 육신이
의식이 사라지므로 인식하는 기능도 사라지며,
결국, 무의식의 기운만 이 지구의 진리 속에 남게 된다

그러므로 생명체는 몸만 있고 없고의 차이만 있을 뿐이며,
진리 적으로 나는 영구 불멸하게 참나(진리의 기운) 존재한다
이같이 마음(진리의 기운)을 알면,
이 세상에 인간(생명체)으로 살다간 자의 근본을 알 수 있다

무수하게 죽어간 그들은 어떤 옷을 입고, 어떤 환경에서
오늘도 고단한 연기演技를 하는 배우俳優가 되어 있는가를….
따라서 나는 전생의 연기를 이생에 그 이치대로 하고 있을 뿐이고,
이것을 바꾸어가는 것은 오로지 나의 의식에 달려 있을 뿐이다

초판 1쇄 인쇄 2015년 09월 24일
초판 3쇄 발행 2017년 06월 05일

지은이 강영수
펴낸이 김양수
책임편집 이정은   표지 본문 디자인 송다희

펴낸곳 도서출판 맑은샘   출판등록 제2012-000035
주소 경기도 고양시 일산서구 중앙로 1456(주엽동) 서현프라자 604호
대표전화 031.906.5006   팩스 031.906.5079
이메일 okbook1234@naver.com   홈페이지 www.booksam.co.kr

ⓒ 강영수, 2016

ISBN 979-11-5778-123-2 (03810)